Leonie Ossowski
Die schöne Gegenwart

Roman

Piper München Zürich

Von Leonie Ossowski liegen in der Serie Piper vor:
Weichselkirschen (1027)
Die schöne Gegenwart (3731, 6124)
Der Löwe im Zinnparadies (3812)
Espenlaub (4315)

Ungekürzte Taschenbuchausgabe
Dezember 2002 (SP 3731)
November 2004

Umschlag: ZERO, München
Foto Umschlagvorderseite: De Foy / Mauritius-Images
Foto Umschlagrückseite: Joy von Tiedemann
Satz: Satz für Satz. Barbara Reischmann, Leutkirch
Druck und Bindung: Clausen & Bosse, Leck
Printed in Germany ISBN 3-492-26124-8

www.piper.de

Wären die Spiegel in meiner Wohnung von einem Tag auf den anderen blind geworden, ich hätte es nicht bemerkt. Ich sah nicht hinein. Ich nahm mich nicht mehr wahr und schien mir auf beängstigende Weise fremd geworden zu sein.

Wie siehst du denn aus, hatte Susan nach meiner Veränderung zu mir gesagt und mitleidig die Nase gerümpft, während sich Hannes für eine wortlose Umarmung entschied. Ich hatte weder die Frage noch die Umarmung meiner längst erwachsenen Kinder beantwortet, sondern nur die Schultern und ein wenig die Augenbrauen angehoben, was soviel wie: Ich will nicht mit euch darüber reden, bedeuten sollte. Unser wöchentliches Zusammensein wurde immer schweigsamer und verkürzte sich von Mal zu Mal, bis Susan Ausreden erfand. Sie müsse für ihr Sprachstudium lernen, sagte sie am Telefon, und ich möge ihr verzeihen. Ein andermal war es Felix, ihr neuer Freund, ein Fernsehmoderator, der nur an diesem Tag frei habe. Ich zeigte weder Enttäuschung noch Verständnis, mir war es egal.

Hingegen versäumte mein Sohn nicht eine Verabredung mit mir. Ständig war er um mich besorgt, wollte wissen, ob in der Wohnung alles in Ordnung sei, holte mir Sprudelwasser, bepflanzte, ohne mich zu fragen, die Blumenkästen, trug den Müll herunter, wenn er mich besuchte, und behandelte mich wie eine Achtzigjährige, obwohl ich erst neunundsechzig war. Ich ließ mir alles gefallen, sagte weder danke noch bitte und war froh, wenn er wieder ins Geschäft mußte. Erst als er eines Tages vorschlug, sich auch um meine Finanzangelegenheiten zu kümmern, protestierte ich. Ob er vielleicht glaube, ich sei nicht mehr zurechnungsfähig, fauchte ich und erschrak über meinen Ton. Hannes errötete, senkte den Kopf und behauptete kleinlaut, doch nur mein Bestes zu wollen.

Da ich es nicht fertig brachte, ihm zu sagen, daß mir seine Fürsorge auf die Nerven ging, täuschte ich Kopfschmerzen vor und bat ihn zu gehen. Er merkte wohl nicht, daß ich ihn belog, sondern zeigte sich besorgt und verließ nur ungern meine Wohnung.

Am Abend wolle er mich anrufen, sagte er, und mir blieb nichts anderes übrig, als zu nicken. Nachdem er die Tür hinter sich zugezogen hatte, atmete ich auf und setzte mich, ohne das Licht anzumachen, in meinen Lesesessel am Fenster.

Die Wohnung, die ich vor einem halben Jahr bezogen hatte, bestand aus drei großen Zimmern, Balkon, Bad und Küche. Die Fenster reichten bis zum Boden und gingen auf einen Park mit alten Bäumen hinaus. Fred hatte sie nicht nur für mich gemietet, er hatte mir auch die Einrichtung zur Verfügung gestellt. Entweder könne ich mir aus der gemeinsamen Wohnung mitnehmen, was ich wollte, hatte er gesagt, oder aber ich könnte mich komplett mit Möbeln aus der Firma ausstatten. Ich hatte mich für letzteres entschieden. Nicht ein Teller, geschweige denn Bett, Stuhl oder Tisch sollte mich an meine vierzigjährige Ehe mit Fred erinnern. Wenn alles neu ist, dachte ich, würde ich über die Trennung und den Verlust meiner Position im Einrichtungshaus leichter hinwegkommen.

Wir hatten kurz vor unserer Hochzeit mit einem kleinen Möbelgeschäft angefangen, hatten uns dank unseres Fleißes, mit Umsicht und Energie mehr und mehr vergrößert, bis wir schließlich gemeinsam ein Möbelhaus von Rang, Namen und Geschmack besaßen, in dem es über mehrere Stockwerke alles zu besichtigen und zu kaufen gab, was des Menschen Herz begehrte, wenn es galt, ein Haus oder eine Wohnung einzurichten. Ich kümmerte mich um das Personal und betreute Großkunden, während Fred von Anfang an Chef und Besitzer des Unternehmens war. Selbst nach der Geburt von Hannes und Susan arbeitete ich weiter im Geschäft und glaubte bis vor einem halben Jahr, als rechte Hand von Fred unersetzlich zu sein. Was für ein Irrtum.

Wenn ich nur daran denke, mit welcher Zärtlichkeit Fred nach der Einweihung des Firmenhauses zu mir sagte, daß er ohne mich nie dahin gekommen wäre, wo er jetzt sei. Wie er mich in den Arm genommen und geküßt hatte, wie ich Tränen der Rührung und Freude in seinen Augen sah, wie er schließlich das Schächtelchen aus seiner Jacke zog, in dem ein wunderschöner Brillantring lag, den er mir an den Finger steckte. Der solle mich immer daran erinnern, wie dankbar er mir sei und zeitlebens bleiben würde. Inzwischen liegt der Ring, Jahrzehnte später, wieder in dem Schächtelchen. Ich wußte nicht einmal genau, wo ich dieses Schächtelchen verwahrt hatte, denn am Tag meines Auszugs hatte ich ihn vom Finger gezogen. Nie wieder würde ich ihn tragen.

Es war schlimm mit der Vergangenheit. Sie überfiel mich wie ein wildgewordenes Tier, saß mir im Nacken, krallte sich fest und schlug mir die Erinnerungen um die Ohren, bis ich sie hörte, schmeckte und fühlte. Dann konnte es passieren, daß ich stundenlang auf ein und derselben Stelle saß und vor mich hin starrte. Manchmal vergaß ich zu essen. Erst wenn mein Magen schmerzte und meine Lippen trocken wurden, machte ich mir Tee und aß etwas. Kaum war ich satt, kaum war der Durst gelöscht, wurde ich wieder zum Opfer meines vergangenen Glücks. Wie Blitze tauchten die Erinnerungen auf, zeigten Fred und mich in den unterschiedlichsten Situationen, waren jedoch von Mal zu Mal weniger vollständig. Es kam mir vor, als würden sie durch die ständige Wiederholung beschädigt. Wenn ich nur an das Einweihungsfest unseres Möbelhauses dachte. Freds Rede, die er für Gäste und Angestellte hielt, hatte ich noch Satz für Satz im Kopf. Vor allem die Passagen, in denen er mir für Einsatz, Fleiß und Treue dankte. Noch lange glaubte ich den darauf folgenden Applaus zu hören, der mir und meiner Zugehörigkeit zu Fred galt. Ich weiß nicht, wie viele Blumen ich geschenkt bekam, wie viele Hände ich geschüttelt hatte, wie viele Glückwünsche unserer gemeinsamen Zukunft galten. Immer wieder spürte ich Freds Arm auf meinen Schultern, seine Hand in meinem Nacken und sein wiederholtes Ohne meine Nele, mit dem er jeden dritten Satz begann.

Wie er seine Sätze im einzelnen beendete, habe ich inzwischen vergessen. Nur daß Fred behauptete, daß er ohne mich nie das hätte erreichen können, was er erreicht hatte. Mehr blieb mir über die Jahrzehnte nicht im Gedächtnis. Was danach geschah, wies in meiner offensichtlich beschädigten Erinnerung Lücken auf, Lücken wie Löcher, die Motten im Lauf der Jahre in ein Festgewand gefressen haben. Als sei es heute geschehen, erinnere ich mich noch an den Moment, an dem die Gäste und auch das Personal gegangen waren. Der Party-Service hatte die Reste, das Geschirr und die Gläser mitgenommen. Der Duft von Zigaretten und Alkohol hing noch zwischen den Möbeln in der unteren Etage. Im ersten Stock, hinter den Küchen, lagen unsere Büros, in denen nur noch Fred und ich arbeiteten. Ich sehe ihn vor mir, etwas angetrunken, die Augen glänzend. Er lachte, wirbelte mich im Kreis um seinen Schreibtisch und sagte zum hundersten Mal: Ohne dich, meine kleine Nele, ohne dich ...

Auch hier sind mir seine weiteren Worte verloren gegangen. Statt dessen glaube ich, seine Hand zu spüren, mit der er mich aus dem Büro zieht. Er zerrte mich, ohne den Fahrstuhl zu benutzen, die Treppen hinauf in die Etage, in der, Koje neben Koje, die Schlafzimmer aufgebaut waren. In Schleiflack, in Kirsche, in Eiche, Birke, aus Glas und Stahl. Ich hatte auf passenden Überdecken bestanden, auf Nachttischlampen und auf Seidenblumen, die sich in den Spiegeln der Schränke und Frisiertoiletten vervielfältigen sollten.

Welches willst du? fragte Fred.

Aber wir haben doch ein ganz neues Schlafzimmer, gab ich zur Antwort und verstand erst, was er wollte, als ich in sein Gesicht sah.

Du bist ja verrückt, flüsterte ich, es kann doch noch jemand hier sein.

Na und? Fred hob mich hoch und trug mich auf eins der Doppelbetten aus dem Ensemble Lido.

Auf welche Weise er mich dann umarmte, ist in den Lükken meines Gedächtnisses verschwunden. Nur das Schild mit dem Preis und dem Namen des Schlafzimmers sehe ich noch vor mir: Lido, DM 3500,–

Heute kann ich mich weder an seine Zärtlichkeit noch an meine Lust erinnern. Das einzige, was ich nicht vergessen kann, ist der Ausdruck seines starren Gesichts und seines geöffneten Mundes, während ich die ganze Zeit über fürchtete, daß uns der gerade erst eingestellte Nachtwächter mit seiner Taschenlampe entdecken könnte.

Auf diese Weise war, am Ende der Eröffnungsfeier unseres Möbelzentrums, im Schlafzimmer Lido unsere Tochter Susan gezeugt worden.

Der Gedanke daran löste kein Lächeln bei mir aus. Im Gegenteil, ich biß mir auf die Lippen und fühlte Tränen aufsteigen. Nicht etwa wegen der unzusammenhängenden Darstellung meiner Erinnerung, sondern wegen Fred, der mich so schamlos vor die Tür seines Lebens gesetzt hatte.

Nach solchen Überlegungen war ich stets erschöpft. Früher hatte ich dann geweint. Später erfüllte mich lähmender Stumpfsinn, der jeden Willen erstickte und mich in Selbstmitleid hüllte. Außer Spaziergängen und dem täglichen Einkauf unternahm ich nichts. Auch die wenigen Einladungen, die ich nach unserer Trennung noch bekam, sagte ich ab. Ich fürchtete Fragen und Getuschel hinter meinem Rücken. Die einzige Ablenkung war das Fernsehen. Aber auch da gab es Bilder und Situationen, die mich zurückwarfen, in das Leben mit Fred. Dabei ging es nicht etwa um Szenen, bei denen Zärtlichkeiten ausgetauscht wurden, bei denen geküßt und geliebt wurde. Meist waren es ganz harmlose Dinge, die meine Aufmerksamkeit von der Geschichte des Films zu meiner eigenen führten. Zum Beispiel Schnee. Egal ob er eine Landschaft oder die Häuser einer Stadt bedeckte oder ob Kinder sich darin wälzten, ich sah mich mit Fred im Auto sitzen und durch die karge Landschaft der verschneiten rauhen Alp fahren. Es war dunkel, neblig und spiegelglatt. Rechts und links der Straße türmten sich, für die Gegend ungewöhnlich, hohe Schneewehen. Auf Wunsch von Fred sang ich. Dann würde er nicht einschlafen, sagte er, denn ich hätte eine so schöne Stimme. Ihm zuliebe hatte ich die Texte seiner Lieblingssongs gelernt, sang in deutsch, englisch, und zwei Songs konnte ich sogar auf französisch. Wie es passierte, wußten wir später beide nicht mehr. Plötzlich rutschte der Wagen in einer Kurve hinten weg und schoß, genau zwischen zwei Schneebergen hindurch, über den Straßenrand hinweg in die Tiefe. Merkwürdigerweise sang ich noch, als der Wagen schon mit den Vorderrädern in der Luft hing. Dann war ich mit der Stirn gegen die Frontscheibe geknallt, und alles um mich herum versank in Finsternis. Als ich aufwachte, lag ich im Schnee, und Fred klopfte unentwegt mein Gesicht. Er rief meinen Namen und fügte alle Kosenamen hinzu, die er jemals für mich erfunden hatte. Er weinte. Mit dem ersten Blick nach meiner Ohnmacht sah ich die Tränen, die über seine Wangen liefen. Wie er mir später sagte, hatte er im ersten Moment angenommen, ich sei tot.

Im Gegensatz zu anderen Situationen hatte ich in diesem Fall Wort für Wort in meinem Gedächtnis behalten. Nele, liebste Nele, hatte Fred mehrmals gerufen, du darfst nicht sterben, ich kann ohne dich nicht leben.

Und ich, einfältig, wie ich war, ich hatte das, was er mir da gesagt hatte, für bare Münze genommen, hatte daran geglaubt und darauf vertraut.

Am schlimmsten waren bestimmte Daten wie der Tag unserer Hochzeit, sein Geburtstag oder Weihnachten. Dann heulte ich doch noch, oder ich stieß kleine Schreie aus. Sie drangen aus meiner Kehle und entsetzten mich, weil diese befremdlichen Laute so gar nicht zu mir paßten. Sie wurden Ausdruck meines unverdienten Leids, das mich immer mehr beherrschte und von einem Tag in den nächsten schob.

Hin und wieder rief ich Hannes und Susan an, um sie über die Unerträglichkeit meines Kummers zu informieren und sie dazu zu bringen, an meinem Kummer teilzunehmen.

Während Hannes sich meine Klagen eher wortlos anhörte, mich auch schon mal in den Arm nahm und sagte, daß er ja jetzt da sei, der sich um mich sorgte, rastete Susan eines

Tages aus. Sie habe, sagte sie wortwörtlich, mein ständiges Jammern und die Herumwühlerei in der Vergangenheit satt. Ich solle mich gefälligst mit den Tatsachen abfinden und froh sein, daß der Vater, sie sagte mein Vater, umsichtig und voller Verantwortung für mein Wohl sorge. Das hat nichts mit Umsicht und Verantwortung zu tun, erwiderte ich heftig, sondern mit seinem schlechten Gewissen. Sofort entstand eine Pause, in die beinahe einer meiner kleinen Schreie gerutscht wäre. Aber ich schloß rechtzeitig den Mund und hörte, wie Susan seufzte. Ich verstehe nicht, Mom, daß du die Schuld für eure Trennung ständig nur bei meinem Vater suchst.

Das brachte mich in Rage. Meine Stimme kippte und wurde schrill. Hat er mich wegen einer anderen verlassen oder nicht? brüllte ich. Aber da hatte Susan schon aufgelegt, und ich stand mit dem Hörer in der Hand mitten im Zimmer und hätte ihn am liebsten durch die geschlossene Fensterscheibe geworfen. Danach rief ich Susan eine Weile nicht an, und ich sah sie noch seltener als zuvor.

Mein Zustand änderte sich nicht, mein Aussehen sehr wohl. Ich war dicker geworden, das merkte ich an den Kleidern. Da ich mich nicht mehr schminkte, zudem auch nicht mehr in den Spiegel sah, war mir nicht bewußt, wie die Falten mein Gesicht hart machten. Später war ich mir nicht mehr ganz klar darüber, ob ich nicht vielleicht wollte, daß man mir den zugefügten Schmerz vom Gesicht ablesen konnte.

Es war ein Vorfrühlingstag mit einer für die Jahreszeit zu lauen Luft. Eigentlich wollte ich in den Park gehen, um mir die Beine zu vertreten und die Enten zu füttern, die um diese Jahreszeit wenig in der Natur fanden. Meine Stimmung war unerwartet ausgeglichen, und ich hatte, was selten genug der Fall war, lange und tief geschlafen. Weder hatten mich Alpträume noch Wachträume gequält. Als ich die Treppe hinunterging, klang mein Schritt fester als üblich. Es fehlte nur noch, daß ich vor mich hin gesummt hätte. Das alles änderte sich, als ich einen Brief im Kasten fand. Es war ein dicker Brief, mit der Handschrift von Fred adressiert. Und genau das war das Ungewöhnliche. Fred adressierte nie Briefe mit der Hand. Das war im allgemeinen Sache seiner Sekretärin, es sei denn, es handelte sich um äußerst persönliche Dinge. Selbst an mich war die wenige Post, die ich von ihm noch bekam, maschinell geschrieben. Was also hatte dieser Brief zu bedeuten?

Ich vergaß die Enten und meinen Spaziergang. Ich trug den dicken Brief wie ein Kleinod nach oben. Als ich vor der Wohnungstür angelangt war, pfiff mein Atem, Hitze brannte mir in den Wangen, und mein Herz trommelte. Ich fürchtete, mit dem Brief in der Hand vornüber in meine Wohnung zu fallen. Ich legte ihn vorsichtig, als sei er zerbrechlich, auf den Wohnzimmertisch. Erst dann zog ich viel zu langsam Jacke und Straßenschuhe aus. In meinem Kopf geriet alles durcheinander, und meine Gedanken gipfelten in der Hoffnung, Fred würde die Trennung von mir rückgängig machen wollen. Vielleicht hatte er im Laufe der letzten Monate begriffen, daß meine Zuverlässigkeit nicht zu überbieten war, daß ihm das Leben ohne mich schwerer fiel, als er gedacht hatte, daß er meine Nähe brauchte, um seiner Zukunft sicher zu sein, daß nur ich ihm Ruhe verschaffen konnte. Ich ging noch weiter und stellte mir vor, in dem Brief stünde, daß er meine Zärtlichkeit vermisse, daß er sich geirrt habe und nur mit mir leben könne und wolle. Ich war von seinen Eingeständnissen und seinen Wünschen derart erfüllt, daß ich meinte, den Brief gar nicht öffnen zu müssen. Bis auf die Anrede wußte ich Zeile für Zeile, was darin stand. Ich nickte zu jedem Wort, vergaß meine Wut über das Unrecht, das Fred mir zugefügt hatte, und verzieh ihm von Minute zu Minute mehr und mehr.

Inzwischen schien die Mittagssonne ins Zimmer, und ihre Strahlen fielen auf das Couvert, das ich immer noch anstarrte und dessen Ecken jetzt leuchteten, als läge darin mein verlorenes Glück. Endlich stand ich auf, um den Brieföffner vom Schreibtisch zu holen. Jede Bewegung war beschwingt, denn alles würde sich zum Guten wenden. Plötzlich war ich ungeduldig und beschädigte in meiner Hast den Umschlag. Ich riß den dicken Brief heraus. Er war mit der Maschine geschrieben, und nur oben, neben der Anschrift, klebte ein Zettelchen. Gratuliere zu Deiner Erbschaft, stand darauf, alles weitere können wir in meinem Büro besprechen. F.

Keine Versöhnung und keine Rede davon, zu mir zurückzukommen. Statt dessen war ich jetzt, laut dem beigefügten Dokument, im Besitz einer pompösen Stadtvilla.

Mein Urgroßvater hatte die Villa gebaut, und zuletzt war das Haus im Besitz meines Onkels, der in den Staaten lebte und dort als alter Mann gestorben war, ohne Frau und Kinder. Außer mir gab es keine Verwandten mehr, und da ich mit diesem Onkel kaum eine Verbindung hatte, war die Mitteilung der Erbschaft noch an meine alte Adresse geschickt worden. Das also war der Inhalt des dicken, mit der Hand von Fred adressierten Briefes.

Als das Telefon klingelte, stellte ich fest, daß ich meine Lippe blutig gebissen hatte. Es fiel mir plötzlich schwer, meinen Namen, der eigentlich nicht mir, sondern Fred gehörte, laut und deutlich zu sagen: Nele Ungureit.

Hör zu, Mama, sagte Hannes, sei so lieb und komm morgen am Nachmittag in die Firma, damit wir alles wegen deiner Erbschaft besprechen können.

Und wer ist wir?

Na Papa, Susan und ich.

Und warum in der Firma?

Weil wir, im Gegensatz zu dir, keine Zeit haben, irgendwohin zu kommen.

Statt einer Antwort legte ich leise den Hörer auf und vernahm im Geiste die Stimme meines Sohnes. Mama, bist du noch dran, Mama, warum hast du aufgelegt?

Seit der Trennung von Fred war ich nicht mehr in der Firma gewesen. Ich fürchtete, dort auf Heike zu treffen, Freds neue Lebensgefährtin.

Bisher war es weder Fred noch Hannes eingefallen, mich einzubestellen. Natürlich, ich könnte mich weigern. Nur würde mir das wenig nützen, zumal meine Unterlagen im Büro der Firma aufbewahrt wurden. Nach wie vor regelten Fred und Hannes alles, was mit Kassen und Behörden zu tun hatte. So war es immer gewesen, und nach Freds Vorschlag sollte es auch weiter so sein. Er wußte aus unserer gemeinsamen Zeit, daß ich derlei Vorgänge nicht nur haßte, sondern beinahe fürchtete. Also wäre es für mich einfacher, hatte Fred gesagt, während es ihn nicht weiter belaste. Ich hatte zugestimmt.

Noch nie war mir diese Situation derart klar geworden. Entweder ich blieb weiterhin von Fred abhängig, oder ich nahm endlich die Dinge selbst in die Hand.

Ich schlief schlecht, wachte wie gerädert auf, unschlüssig, was ich tun sollte. Ich frühstückte, zog mich an und ging erst einmal in den Park. Im Windschatten zwischen den Bäumen waren die ersten Schneeglöckchen zu sehen, und aus den Zweigen drückten sich vorsichtig tropfenförmige Knospen. Es roch nach Erde und Baumrinde. Der Himmel war frühlingsblau, und die Amseln pfiffen um die Wette. Ich mußte ununterbrochen an Heike denken, auch daran, wie ich mich verhalten sollte, wenn ich ihr begegnete.

Ich wußte längst, daß sie im Möbelhaus meinen Platz eingenommen hatte. Ich wußte auch, daß sie beim Personal weit weniger beliebt war als ich. Hingegen wurde sie von der Kundschaft außerordentlich geschätzt. Das hatte Susan berichtet, obwohl sie nicht im Betrieb arbeitete und es demzufolge eigentlich auch nicht wissen konnte.

Vor drei Jahren hatte ich Heike selbst eingestellt und mich für sie als Abteilungsleiterin stark gemacht. Findest du sie nicht ein bißchen zu alt? hatte Fred damals gefragt, während ich behauptete, daß fünfundvierzig kein Alter sei, zudem sähe sie jünger aus. Für den ihr zugedachten Posten sei ihr Jahrgang gerade recht.

Meine Gedanken flogen wie die Amseln über meinem Kopf hin und her, hielten an Heike fest und an Fred, der mich mit ihr nach vierzig Jahren hintergangen hatte. Nie wäre ich auf die Idee gekommen, daß unsere Ehe nicht mehr funktionierte. Sicherlich, unsere Gemeinsamkeit war im Lauf der Zeit von den Ritualen des Alltags beschädigt. Wir schwiegen mehr miteinander, als daß wir redeten. Die Zärtlichkeiten, die wir miteinander austauschten, hatten sich mit den Jahren auf immer die gleichen Gesten eingespielt, und schon lange umarmten wir uns nicht mehr im Bett. Aber mich hatte das wenig gestört. Das Vertrauen war mir wichtiger, vor allem die Gewißheit, nicht allein den Lebensweg gehen zu müssen. Ich war stolz auf unser so mühsam aufgebautes Möbelhaus und hielt meine Arbeit für einen Teil unserer Zweisamkeit. Auch war Fred immer ein guter Vater gewesen, und wir hatten bei der Erziehung nie Differenzen. Eine Ehe wie im Bilderbuch, sagten die Freunde, und auch im Geschäft wagte keiner der Angestellten zum eigenen Vorteil zwischen Fred und mir Zwietracht zu säen. In Geldangelegenheiten war er großzügig, und ich konnte mir kaufen, was ich wollte. Infolgedessen machte ich mir auch nie darüber Gedanken, daß das Geschäft allein auf seinen Namen lief. Ich sah darin keinen Nachteil für mich und meine Zukunft.

Wenn ich das ganze Drama meiner Ehe rekapitulierte, mußte ich zugeben, daß alles mit den Boxershorts angefangen hatte. Wir zogen uns abends im Schlafzimmer aus, wir waren wie immer müde und freuten uns auf unsere Betten, denn wir hatten einen harten Arbeitstag hinter uns. Ich hatte mich mit der Lieferung neuer Küchenmöbel rumgeschlagen, mit Schränken aus Schweden und Glastischen, die ich selbst ausgesucht und eingekauft hatte. Fred hatte bei einem Hotelier einen Großauftrag eingeholt und hatte den Kunden später zum Essen eingeladen. Ich hatte wie üblich auf ihn gewartet und schwieg, als er sich nicht darüber freute, sondern eher ungehalten zu sein schien.

Ich kann eben besser einschlafen, wenn du neben mir liegst, hatte ich mein Warten erklärt. Als er nicht antwortete, sah ich ihn an und traute meinen Augen nicht. Er trug statt der gewohnten weißen Slips knallige, in merkwürdigen Farben gemusterte Boxershorts.

Was hast du denn da an? fragte ich verblüfft und hätte, wenn es eine Erklärung für diesen lächerlichen Anblick gäbe, sicherlich gelacht. War er rot geworden? Ich konnte es nicht feststellen, denn er drehte sich sofort um und ging ins Bad. Ich war ihm hinterhergelaufen. Sein Rücken war mit dem Alter leicht gekrümmt, seine Haut rötlich, an den Seiten bereits faltig. Im Spiegel sah ich sein graues Brusthaar, glatt, bis zum Nabel reichend, der seinen Spitzbauch wie ein kleines Ventil abschloß und meiner Meinung nach ganz und gar nicht zu dem jugendlichen Design der Boxershorts paßte.

Aber heute morgen, begann ich langsam, heute morgen …

Da fuhr er herum, wütend, noch mit Zahnpaste im Mund zischte er mich an, ob ich jetzt auch noch seine Unterwäsche kontrollieren wolle. Viel zu erschrocken, um mich über seine Grobheit zu beschweren, lief ich zurück ins Schlafzimmer und verkroch mich im Bett. Als ich anderntags die Boxershorts in der Wäsche fand, warf ich sie, in der

Annahme, daß Fred nach ihnen fragen würde, in die Mülltonne. Nur Fred fragte nicht, und ich ließ, ohne darüber nachdenken zu wollen, die Sache auf sich beruhen.

Inzwischen hatte ich mehrmals den kleinen See im Park umkreist. Die Enten gaben nicht auf. Vom Winter hungrig, verfolgten sie in der Hoffnung auf Brotkrumen jeden Spaziergänger und lockten mit ihrem Geschnatter immer mehr Artgenossen an. Bröckchen um Bröckchen warf ich ins Wasser und sah zu, wie die Tiere sich gegenseitig das Futter wegschnappten, um damit davonzuschwimmen, es in Ruhe runterzuschlucken und wiederzukommen. Stets waren die Erpel schneller.

Als ich kein Brot mehr hatte, beugte ich mich über das Geländer, bis ich mich im Wasser erkannte. Ich erschrak über die alte Frau, die mir da mit verkniffenem Mund entgegensah, und ich spuckte mir ins Gesicht. Die kreisenden Ringe zerstörten das Bild, die Enten schwammen enttäuscht davon. Ich war eine alternde Frau. Ich glaubte zu spüren, wie meine Haut schlaff wurde, meine Muskeln, und wie sich meine Schultern nach vorn zogen. Sogar die Haare schienen weiß zu werden, und meine Beine wurden dick. Ich mußte mich auf eine Bank setzen, in Gedanken weit weg von mir und meiner Zukunft.

Später war ich davon überzeugt, daß das gesamte Personal von dem Verhältnis zwischen Fred und Heike wußte, nur ich nicht. Ich verstand nicht die Blicke, die die Verkäufer sich zuwarfen, wenn ich kam und Heike in der Nähe war. Ich wunderte mich über das Getuschel, das aussetzte, wenn ich mich näherte. Ich las ohne Verständnis das Staunen in den Augen, wenn ich mit Heike lachte oder sie zum Kaffee in mein Büro einlud. Und ich konnte rein gar nichts mit den verhaltenen Vorwürfen von Freds Sekretärin anfangen, als ich vorschlug, Heike mit Fred auf die Möbelmesse zu schicken.

Einer muß schließlich hierbleiben, hatte ich geantwortet und Freds Zustimmung gefunden.

Und dann kam es, wie es kommen mußte, wie es in Kitschromanen zu lesen oder in Fernsehserien zu sehen ist. Ich rief am Abend Fred nicht wie gewöhnlich über sein Handy an, sondern über das Hoteltelefon.

Die Herrschaften, gab der Portier höflich Auskunft, sind noch nicht auf ihrem Zimmer. Ich gab vor, nicht richtig verstanden zu haben, was den Portier dazu veranlaßte, mich darüber aufzuklären, daß Herr und Frau Ungureit noch nicht zurück im Hotel seien. Ich bekam nicht nur kein Danke heraus, sondern ich lehnte es auch ab, den Herrschaften eine Nachricht zu hinterlassen, und notierte mir nur die Zimmernummer.

Außer den Boxershorts fiel mir nichts ein, was mich hätte darauf hinweisen können, daß Fred eine Geliebte hatte. Allein das Wort löste Übelkeit in mir aus, und ich glaubte einen Moment lang, ich müßte mich übergeben. Ich saß ganz still, bewegte mich nicht, heulte auch nicht, sondern horchte in mich hinein. Alles in mir schien betäubt, wie damals nach dem Unfall. Ich hörte nur Freds Stimme, die sich in meinen Ohren wiederholte: Nele, liebste Nele, ich kann ohne dich nicht leben.

Merkwürdigerweise wurde ich auch nicht wütend. Die einzige Frage, die mich bewegte, war, mit welcher Frau mich Fred betrog. Auf Heike kam ich nicht. Zum einen hatte er sie bei der Einstellung als zu alt empfunden. Zum zweiten hätte ich ihr ein solch unsolidarisches Verhalten mir gegenüber nie zugetraut. Schließlich fühlte ich mich mit ihr fast befreundet. Sie war mehrmals bei uns zu Gast gewesen, und letztes Jahr hatte sie sogar Weihnachten bei uns verbracht. Nein, Heike kam nicht in Frage.

Ich wartete noch eine Stunde. Dann rief ich unter der

direkten Zimmernummer an und ließ es so lange läuten, bis endlich abgenommen wurde.

Wer ist denn da?

Ich erkannte sofort Heikes Stimme und hörte im Hintergrund Fred sagen, sie möge auflegen, bestimmt habe sich jemand verwählt.

Nach einer schlaflosen Nacht und vielen Tränen hatte ich mir vorgenommen, ihn nach seiner Rückkehr zur Rede zu stellen. Ich wollte, daß er mir ins Gesicht sagte, daß er mich betrogen habe, er sollte sich entschuldigen, bereuen und versprechen, Heike von einem auf den anderen Tag, meinethalben mit einer Abfindung, zu kündigen. Wenn er all dem zustimmte, würde ich ihm, so hatte ich es mir zurechtgelegt, großmütig verzeihen.

Nur dazu kam es nicht. Fred hatte sich zwar angehört, was ich von ihm wollte, ging aber nicht darauf ein. Er lächelte sogar und strich mir wie einem Kind über den Kopf.

Wir hatten dreißig schöne Jahre miteinander, sagte er. Und ich: Nein, vierzig.

Entschuldige Nele, aber die letzten Jahre haben wir nicht miteinander, sondern nebeneinander gelebt.

Aha, dachte ich mit einem kleinen Gefühl des Triumphes, jetzt sucht er also doch nach einer Rechtfertigung. Meine Augen zogen sich zusammen, meine Stimme wurde leicht schrill.

Soll das der Grund sein, mich mit Heike zu betrügen?

Fred betrachtete mich schweigend. Er suchte nach Worten. Das Wort Betrug lasse ich nicht gelten, sagte er endlich. Betrug heißt nichts anderes als die Vorspiegelung falscher Tatsachen. Das einzige, was ich als meinen Fehler gelten lasse, ist, daß ich dir nicht eher die Wahrheit gesagt habe.

Und was meinst du mit Wahrheit?

Im gleichen Augenblick wußte ich, daß meine Frage

falsch war und daß ich mit der Antwort auf die Verliererseite geraten könnte. Ich legte die Hand auf meinen Mund, als könnte ich die Worte wieder hineinstopfen. Mit der anderen Hand winkte ich ab, als nähme ich meine Frage nach der Wahrheit selbst nicht ernst.

Aber Fred nickte zufrieden, wenn auch schweren Herzens, mir endlich reinen Wein einschenken zu können.

Er sagte: Ich liebe Heike, und ich möchte mit ihr zusammenleben.

Seine Stimme hatte einen so selbstverständlichen Klang, als redete er von einem Haus, einem Pferd oder einem neuen Auto. Dabei hob er die Schultern und breitete die Arme aus, um mir zu verstehen zu geben, daß er gegen sein Schicksal machtlos sei. Er goß uns sogar Cognac ein und reichte mir ein Glas, das ich nicht anrührte.

Heißt das ... fragte ich, und ohne daß ich meinen Satz beenden konnte, nickte er.

Ja, das heißt: Ich möchte mich von dir in aller Freundschaft trennen.

In der Art folgten noch mehrere Gespräche, bei denen Fred im Gegensatz zu mir nie laut wurde. Mit gleichbleibender Bestimmtheit sprach er von seinem Entschluß, sich von mir zu trennen. Wenn ich ihn an seinen Schwur erinnerte, daß er ohne mich nicht leben könne, an seine versprochene Liebe, an unsere Kinder, dann stimmte er mir mit freundlicher Geduld zu.

Das war einmal, das gehört in unsere gemeinsame Vergangenheit, die ich nicht missen möchte. Nur jetzt ist diese Zeit zu Ende. Merkst du das nicht selbst?

Nein, schrie ich darauf wütend, ich weiß nur, daß du mich betrogen und mein Leben zerstört hast.

Das war meistens der Augenblick, in dem Fred den Raum verließ oder mich darauf hinwies, daß weder er mein Besitz sei noch ich der seine. Und von Betrug könne gar keine Rede sein, denn ich wisse so gut wie er, daß wir uns schon lange nicht mehr im Bett umarmten.

Aber wir sind doch verheiratet.

Eben, gab er zur Antwort, das will ich ja gerade ändern.

Ein einziges Mal hatte ich ihn bei diesen Auseinandersetzungen in Rage gebracht, ein einziges Mal hatte er mich dabei dermaßen gekränkt, daß ich es bis heute nicht vergessen kann. Ich hatte ihm in Bezug auf Heike pure Geilheit vorgeworfen, hatte ihn beleidigt und seine Liebe, wie er es nannte, in den Dreck gezogen. Im ersten Augenblick glaubte ich, er wolle mich schlagen. Er hatte sogar schon ausgeholt, als er sich sozusagen mit der anderen Hand selbst in den Arm fiel. Erst war er leichenblaß geworden, dann puterrot, und sein Atem pfiff von einem Ende des Zimmers bis zum anderen. Als er den Mund öffnete, waren seine Lippen so schmal, daß er mir ganz fremd vorkam.

Paß auf, was du sagst, zischte er, sieh in den Spiegel, dann begreifst du, wie alt du bist, und weißt, warum ich mit Heike schlafe.

Danach redeten wir tagelang nicht. Ich war wie betäubt. Und was ich überhaupt nicht an mir kannte, ich begann an mir selbst zu zweifeln. Ich ging ab sofort nicht mehr ins Geschäft, in der Angst, Heike zu begegnen und ihren Triumph zu spüren. Ich ließ Fred, gemeinsam mit Hannes, eine Wohnung für mich suchen und den Umzug organisieren. Nur die Möbel wählte ich selbst aus, um ja nichts aus dem gemeinsamen Haushalt mitnehmen zu müssen, nicht einmal Geschirr oder Küchengeräte.

Na also, hatte Fred darauf gesagt und mir kameradschaftlich auf die Schulter geklopft, es geht doch.

Nein, die Erinnerung an diese Gespräche und an meinen Auszug mochte ich nicht. Sie hatten jedesmal zur Folge, daß ich nicht mehr wußte, warum ich auf der Welt war, und nur noch die Lächerlichkeit sah, der ich nunmehr ausgesetzt war. Ich tauchte in lähmendes Grau, spürte nichts, auch nicht meinen Körper, und dachte an den Tod.

Hier, hier im Park, in diesem Moment der totalen Abkehr und Zurückweisung von allem, was um mich geschah, wurde ich angesprochen. Ich hörte eine dünne und sehr leise Stimme. Entschuldigen Sie, wenn ich Sie anspreche, aber mit irgendeinem Menschen muß ich reden.

Ich fand nur mühsam in die Realität zurück und blickte die ältere Frau vor mir unfreundlich an.

Ich weiß, sagte die noch leiser und zutiefst bekümmert, ich weiß, daß ich störe.

Da ich dem weder zustimmte noch widersprach, setzte sie sich blitzschnell neben mich auf die Bank und legte ihre kleine Hand auf mein Knie. Das Alter der Frau war schwer abzuschätzen, vielleicht Mitte siebzig. Ihr volles, gut frisiertes Haar war schneeweiß, ihre Kleidung gepflegt, und an ihrem Handgelenk sah ich neben einer Uhr ein geschmackvolles, etwas altmodisches Armband.

Um ihr zu signalisieren, daß ich auf ein Gespräch mit ihr keinen Wert legte, schob ich vorsichtig ihre Hand von meinem Knie. Sie schien diese Geste erwartet zu haben, denn sie packte fester zu und griff nach meiner Jacke.

Sie dürfen nicht weglaufen, sagte sie, nicht bevor ich Ihnen erzählt habe, was mir passiert ist.

Als ich nickte, ließ sie mich los und schwieg ein Weilchen. Ihr kleines, von Falten gezeichnetes Gesicht wirkte konzentriert, und ihr Blick, klar, blau und voll großer Unruhe, richtete sich auf mich.

Stellen Sie sich vor, sagte sie mit einer plötzlich kräftig wirkenden Stimme, stellen Sie sich vor, letzte Woche kam meine Tochter, die in Amerika lebt, zu Besuch. Sie sah sehr schön aus.

Der Blick der alten Dame hielt mich fest. Ich konnte nicht anders, ich mußte sie ansehen. Mit jedem Wort, das sie sagte, wurde ihr Ausdruck hilfloser, und um ihre Mundwinkel bildeten sich winzige Fältchen. Ihre Augen wurden feucht, und ich befürchtete, daß sie gleich weinen würde. Aber bevor ich etwas Tröstliches sagen konnte, fuhr sie in der Beschreibung ihrer Tochter fort.

Sie hat blaue Augen, wie ich, sagte sie, und ihre Haare sind schwarz wie – wie …

Ebenholz, sagte ich ein wenig belustigt.

Ja, wie Ebenholz, antwortete die alte Dame ernst und berichtete genau, was die Tochter angehabt habe, beschrieb die Handtasche und die Blumen, die sie mitgebracht habe: nämlich Astern.

Um die Jahreszeit? wollte ich wissen.

Ja, es sind meine Lieblingsblumen. Sie hat lange in meinem Zimmer gestanden und gewartet. Sie hat sich nicht gesetzt, sie hat mich nicht umarmt, sie hat auch nichts gesagt, sie hat nur gewartet.

Und worauf?

Daß ich sie erkenne.

Jetzt war die Konzentration aus dem Gesicht der Frau gewichen und hatte tiefer Mutlosigkeit Platz gemacht. Der ganze Körper sackte nach vorn, und die zitternden Hände hielten sich aneinander fest. Der Blick rutschte zu Boden, als wollte sie darin versinken.

Und? fragte ich unsicher, weil ich nicht wußte, um was es der alten Dame ging. Da begann sie zu weinen, tonlos und tränenreich. Einige Sätze, die nicht zu verstehen waren, mußte sie wiederholen, bis ich begriff, was die Frau in so tiefe Verzweiflung gestürzt hatte.

Ich habe mein eignes Kind nicht erkannt. Können Sie sich das vorstellen? Meine Tochter kommt aus Amerika, um mich zu besuchen, und ich erkenne sie nicht.

Aber Ihre Tochter weiß doch, wer Sie sind, warum hat sie denn nichts gesagt?

Ich weiß es nicht, ich weiß es wirklich nicht. Ich glaube, sie war gekränkt, daß ich sie nicht erkannt habe. Sie ist wieder weggegangen und hat sogar die Blumen mitgenommen.

Das glaube ich nicht, sagte ich schockiert, das hat sie bestimmt nicht gemacht.

Doch, hat sie, und nun ist sie wieder in Amerika.

Es entstand eine endlose Pause. Ich wußte nicht, was ich zu diesem sonderbaren Bericht sagen sollte, während die alte Dame versuchte, sich zu fangen, indem sie sich umständlich die Nase putzte.

Wissen Sie, sagte sie jetzt, meine Tochter kommt ja vielleicht wieder. Aber daß ich mein eigenes Kind nicht erkenne, das ist schrecklich.

Jetzt sah sie mich wieder an, und ihre Finger krallten sich abermals in meine Jacke. Bin ich denn so verwirrt? fragte sie, glauben Sie, daß ich verrückt werde und es nicht merke?

Natürlich nicht, antwortete ich schnell, am besten ist, Sie rufen Ihre Tochter in Amerika an und klären das Mißverständnis auf. Aber die alte Dame reagierte nicht auf meinen Vorschlag. Ich muß immerfort daran denken, daß ich verrückt werde, murmelte sie, stand auf und sah rechts und links den Weg entlang.

Möchten Sie nach Hause? fragte ich freundlich.

Ja, sagte sie, ich wohne im Seniorenheim. Und dann lächelten mich plötzlich ihre blauen Augen an. Begleiten Sie mich ein Stück?

Da mich das Gespräch von meinen eigenen Sorgen abgelenkt hatte, ging ich neben ihr her bis zum Altenheim. Ich war verwundert, mit welcher Erleichterung wir begrüßt wurden. Die junge Frau am Empfang schien regelrecht aufzuatmen, und eine Schwester, die sofort ihren Arm unter den der alten Dame schob, sagte halb lachend, halb streng: Na, Frau Griese, Sie sollen doch nicht weglaufen, das wissen Sie doch.

Sie ging mit Frau Griese fort, ohne daß ich die Möglichkeit hatte, mich zu verabschieden.

Sie ist sehr verzweifelt, weil vorige Woche ihre Tochter hier war und ...

Frau Grieses Tochter war nicht hier. Die lebt in Amerika und hat ihre Mutter noch nie besucht.

Ich muß sehr verdutzt ausgesehen haben, denn die junge Frau nickte mir verständnisvoll zu. Ich weiß, was Frau Griese Ihnen erzählt hat, sagte sie, das erzählt sie allen, die sie trifft und die sich von ihr ansprechen lassen.

Auch daß sie Angst hat, verrückt zu werden?

Ja, auch das. Es war sehr freundlich von Ihnen, Frau Griese zurückzubringen.

Ich sah mich um, sah die vielen Grünpflanzen, den handgearbeiteten Wandbehang und die selbstgemalten Bilder, die den Flur schmückten, in dem Frau Griese am Arm der Schwester verschwunden war.

Wie alt ist sie eigentlich?

Frau Griese? Ich weiß es nicht genau, ich glaube Mitte siebzig. Warum fragen Sie?

Weil ich neunundsechzig bin.

Ach, wissen Sie, sagte die junge Frau ebenso freundlich wie gleichgültig: Irgendwann kann es jeden von uns erwischen. Das lernt man hier im Lauf der Zeit.

Am liebsten hätte ich die junge Frau an den Schultern

gerüttelt. Statt dessen sagte ich nur: Aber Frau Griese ist todunglücklich, merkt das hier keiner?

Die junge Frau, die sich schon wieder ihrem Computer zugewandt hatte, drehte sich noch einmal zu mir um: Wer hier wohnt, ist nicht mehr glücklich, höchstens zufrieden. Aber Sie können Frau Griese ja öfter mal besuchen und mit ihr spazierengehen.

Ich gab keine Antwort, stürzte aus dem Haus und war froh, als ich hinter mir die Tür ins Schloß fallen hörte. Ich rannte geradezu nach Hause, wobei ich ständig das Gefühl hatte, von Frau Griese begleitet zu werden. Sie ließ mich nicht los und saß mir mit ihrer Angst, verrückt zu sein, im Nacken. Dann sah ich sie wieder ergeben, fast unterwürfig am Arm der Schwester den Flur entlanggehen, ohne sich nach mir umzudrehen. Frau Griese beschäftigte mich mehr als die Tatsache, am Nachmittag in Freds Firma gehen zu müssen.

Schon von weitem sah ich den Schriftzug über dem vierstöckigen Gebäude. Möbelhaus Ungureit und daneben das Logo, das ich damals aus den Entwürfen des Graphikers ausgewählt hatte. Einen Augenblick setzte mein Herzschlag aus, und meine Kehle zog sich zusammen. Das Gefühl, wie eine Angestellte gefeuert worden zu sein, übermannte mich. Am liebsten wäre ich umgekehrt und nach Hause gefahren. Andrerseits fürchtete ich die Fragen von Hannes, Freds Ungeduld und Susans Bemerkungen, was ich denn nun schon wieder hätte. Ich entschloß mich, nicht den Personaleingang zu benutzen, sondern durch die Geschäftsräume zu gehen. Zwischen den Kunden würde man mich nicht vermuten, und so könnte es mir gelingen, unbemerkt Freds Büro aufzusuchen. Ich stand schon in der Lampenabteilung im Erdgeschoß und ging eilig auf die Rolltreppe zu, als ich meinen Namen rufen hörte.

Frau Ungureit, sagte einer der langjährigen Verkäufer des Hauses, wie schön, Sie zu sehen. Er legte seine Hand derart herzlich auf meine Schulter, daß ich schon glaubte, er wolle mich umarmen.

Guten Tag Herr Feigel, grüßte ich zurück und fragte höflich nach seinem Wohlergehen.

Wir vermissen Sie, flüsterte er und sah sich um, wir vermissen Sie sehr.

Obwohl mir der kleine Satz guttat, wußte ich keine Antwort darauf, schützte Eile vor und fuhr in den nächsten Stock. Aber Herr Feigel hatte mich schon telefonisch angekündigt, denn ich war noch nicht oben angelangt, da standen schon weitere Mitarbeiter an der Rolltreppe, lächelnd und voller Freude, mich zu sehen.

Wie es mir ginge, wollten sie wissen, was ich mache und ob ich gesund sei.

Mein Blick ging an Schränken, Tischen, Sofas und Sesseln vorbei in alle Ecken. Was sollte ich sagen, wenn Heike jetzt aufkreuzte, zwischen den Spiegeln hervorträte und mich wie eine Kundin fragte, was sie für mich tun könne?

Heike, die neue Chefin, Heike, die jetzt in meinem Büro saß, die neben meinem ehemaligen Mann in meinem ehemaligen Bett lag und in meiner ehemaligen Küche für ihn kochte. Ich sah sie vor mir, jünger, hübscher, und im Gegensatz zu mir ganz und gar Traumfrau. Allein ihre kleinen Füße, immer in hochhackigen Schuhen steckend, so daß ihr Po bei jedem Schritt von einer Seite auf die andere schwang, während ich in meinen Mokassins Größe vierzig eher wie ein Kutschpferd durch die Gegend trabte. Ihre Haare, täglich gewaschen, waren kurz und nach der neuesten Mode geschnitten. Bei meiner Frisur fiel eher die grauweiße Farbe auf, da ich in letzter Zeit auf jegliche Tönung verzichtet hatte.

Ich sah es den Gesichtern der Angestellten an. Sie alle dachten dasselbe. Die alte und die neue Chefin, was für ein Unterschied. Aus einem mir unerfindlichen Grund mußte ich an Frau Griese denken, hörte ihre ängstliche Stimme und fühlte ihre Hand auf meinem Knie.

Ich versuchte zu lächeln, aber es gelang mir nicht. Ich drehte mich um, sah nach rechts und nach links und glaubte, langsam in den Boden zu versinken, als eine der älteren Verkäuferinnen, die mit Herrn Feigel seit Bestehen der Firma im Haus angestellt war, laut und für alle hörbar sagte: Sie ist nicht im Haus, Frau Ungureit, Kundenbesuch, worauf die anderen Mitarbeiter kumpelhaft nickten und wieder an ihre Arbeit gingen.

Die Gewißheit, Heike nicht begegnen zu müssen, machte mir Mut.

Das ist doch egal, sagte ich und ging hocherhobenen Kopfes in Freds Büro. Wie er da hinter seinem Schreibtisch saß, war er mir ebenso vertraut wie fremd. Sein Blick streifte mich nur kurz, nicht anders als einen seiner Angestellten, der unangemeldet in sein Büro gekommen war. Kein Lächeln, keine Begrüßung. Schön, daß du da bist, sagte er immerhin, und nach einer Pause, in der ich etwas verloren noch immer an der Tür blieb: Setz dich solange, ich stehe dir gleich zur Verfügung.

Ich setzte mich auf das Ledersofa hinter dem Glastisch und wartete.

Kaffee?

Nein danke.

Fred schien mich nach der Ablehnung eines Kaffees sofort wieder vergessen zu haben. Er rechnete, blätterte in Korrespondenzen und machte sich ständig Notizen. Ich fragte mich, warum ihn meine Gegenwart nicht zu stören schien, auch nicht, daß ich ihn in aller Ruhe beobachtete.

Offensichtlich war ich für ihn nicht vorhanden, denn jetzt puhlte er ausgiebig an seinem linken Eckzahn, von dem ich wußte, daß es ein Stiftzahn war, an dem sich seit Jahr und Tag Essensreste festsetzten. Gleich würde er die Beute betrachten, um sie anschließend runterzuschlucken. Auch wie er mit ausgestreckten Beinen unterm Schreibtisch die Füße kreuzte, war mir bekannt. Ich brauchte nur bis zwanzig zu zählen, dann würde er seine Beine ruckartig anziehen, mit der Schuhspitze ein paarmal nervös auf den Boden klopfen und ebensoschnell die Beine wieder ausstrecken. Plötzlich glaubte ich das Aftershave zu riechen, das er seit dreißig Jahren benutzte und das trotzdem nie seinen feinen, mir früher so angenehmen Körpergeruch übertönte.

Würde Fred jetzt aufstehen, um mich zu umarmen, wovon ich immer noch geträumt hatte, würde ich mich zu meiner Verblüffung plötzlich abgestoßen fühlen, ich lächelte, tatsächlich, ich lächelte. Ich hatte diesen Mann bewundert, angeschwärmt und vergöttert. Nichts hatte ich jahrzehntelang ohne ihn tun wollen. Immer fühlte ich mich nur in seiner Nähe wohl. Ich hatte ihn gebraucht, um leben und atmen zu können. Ohne ihn hatte ich mich unsicher, unvollständig und unselbständig gefühlt. Das Lächeln verging mir so schnell, wie es gekommen war. Ich sah mich nicht nur, ich hörte mich auch: Woher kommst du? Wohin gehst du? Wann kommst du wieder? Überall, wo Fred war, wollte auch ich sein, ein Teil von ihm werden und immer für ihn da sein. Nie hatte ich mich oder ihn gefragt, ob er das überhaupt wollte. Nie wäre ich auf die Idee gekommen, daß er meine Liebe als Umklammerung empfinden und ausbrechen könnte.

Merkwürdig war, daß mir das jetzt erst, ausgerechnet in seiner Gegenwart durch den Kopf ging. Jetzt, wo ich mich nicht mehr nach seiner Nähe sehnte, schon gar nicht mehr ein Teil von ihm sein wollte und er mir fremd geworden war.

Fred, sagte ich leise, wir hätten reden sollen.

Worüber? fragte er, noch ganz mit seinen Papieren beschäftigt.

Über uns, antwortete ich.

Großer Gott, Nele, rief er flehentlich, fang nicht wieder mit den alten Vorwürfen an. Ich kann sie nicht mehr hören.

Und weil ich nicht antwortete, nicht wie üblich mit meiner Gardinenpredigt loslegte, sah er mich einen Augenblick überrascht an. Dann nahm er den Telefonhörer hoch, tippte eine Nummer und sagte: Hannes, komm rüber, deine Mutter ist da.

Danach räumte er schweigend einige Papiere beiseite, und als Hannes in Begleitung von Susan das Büro betrat, schien er geradezu erleichtert. Hannes, der sofort wissen wollte, wie es mir gehe, begrüßte mich mit immer der gleichen, ein wenig zu fürsorglichen Herzlichkeit. Susan hingegen legte nur mit einer flüchtigen Umarmung ihre Wange an die meine. Dann sah sie mich prüfend an. Mein Aussehen gefiel ihr nicht, und ich mußte, ohne daß ich es wollte, an Frau Griese denken.

Kommen wir zur Sache, sagte Fred und fragte, ob ich die Unterlagen, die er mir geschickt habe, dabei hätte. Ich legte die Papiere auf den Tisch, und Hannes sah sie sich noch einmal gründlich an. Während Fred ungeduldig und nervös mit seinem Kugelschreiber spielte, folgte ich Susans Blick, der von meinen Schuhen über Strümpfe, Rock und Pulli streifte. Nichts, was ich trug, fand ihre Zustimmung. Auch mein ungeschminktes Gesicht und mein zurückgekämmtes Haar schienen ihr nicht zu gefallen. Sie flüsterte mir zu, was sie mir schon oft gesagt hatte: Unmöglich, wie du wieder aussiehst.

Ich nickte zufrieden, als hätte ich auf diesen Satz gewartet. Die Männer unterhielten sich über die Villa meines Urgroßvaters, ohne mich ins Gespräch zu ziehen. Sie waren es gewohnt, alle finanziellen und behördlichen Dinge ohne mich, aber für mich, und zwar im besten Sinne, zu entscheiden.

Unterschreib hier mal, sagte Hannes und schob mir eine von ihm vorbereitete Vollmacht zu, mit der ich ihm alle Rechte im Zusammenhang mit den Verhandlungen über die Immobilie übertragen hätte. Ich unterschrieb nicht, wie ich sonst immer alles unterschrieben hatte, was Fred oder Hannes mir vorlegten.

Diesmal war es anders. Ich spürte ungewohnten Trotz. Er saß unterhalb meines Bauchnabels, fest und hart. Ich mußte hinfassen, weil ich den Trotz zu fühlen glaubte.

Was habt ihr denn vor, fragte ich und bekam zur Anwort, daß ich das schon rechtzeitig erfahren würde, oder ob ich etwa glaubte, daß man nicht zu meinem Wohle zu handeln gedenke.

Ich weiß nicht, sagte ich, was die Männer zu ärgern schien und Susan veranlaßte, mich darauf aufmerksam zu machen, wie froh ich sein müsse, daß man sich überhaupt für meine Angelegenheiten Zeit nehme.

Ich schwieg und fühlte den Trotz. Er sprang von rechts nach links, von oben nach unten und erschreckte mich. Hannes saß mir gegenüber und machte sich Notizen. Ich sah, daß sein Haar auf der Mitte des Schädels dünn geworden war, und der Gedanke durchzuckte mich, daß er noch immer nicht verheiratet war.

Also Muttchen, sagte er mit Ungeduld in der Stimme, bist du dir denn nicht im klaren darüber, daß ich nur dein Bestes will?

Seit der Trennung von Fred nannte er mich immer öfter Muttchen statt Mutter, und obwohl er das lieb und zärtlich sagte, störte es mich. Irgendwie klang es nicht nur altbacken, sondern auch so, als sei ich plötzlich sein Eigentum.

Ich habe keine Lust zu unterschreiben, murmelte ich. Ich möge es nicht zu weit treiben, knurrte Fred darauf ungehalten, und nicht vergessen, daß ich in solchen Dingen von Tuten und Blasen keine Ahnung hätte.

Tatsächlich wurde ich still, und der Trotz, der sich so lebhaft in mir gemeldet hatte, war wie ein vorübergehender Schmerz verschwunden. Jetzt mischte sich auch Susan in das Gespräch und stimmte dem Vorschlag zu, die Stadtvilla zu verkaufen und das Geld sorgfältig anzulegen. Dann könne ich zum Beispiel in ein Seniorenheim nach Mallorca ziehen oder in eine andere schicke Residenz für ältere Herrschaften, die zur Zeit wie Pilze aus dem Boden schössen.

Sofort dachte ich an Frau Griese und wie sie sich klag- und willenlos, weit entfernt von sich selbst, am Arm der Schwester hatte in ihr Zimmer bringen lassen.

Sagt mal, seid ihr verrückt geworden?

Aber nein, wieso denn?

Ich sah einen nach dem anderen an, meinen Ex-Mann, meinen Sohn, meine Tochter, und dann schilderte ich meine Begegnung mit Frau Griese. Ich ließ nichts aus, gespannt darauf, wie sie reagieren würden. Bereits nach den ersten Sätzen sahen sie sich konsterniert an und versuchten mich, wenn auch vergeblich, zu unterbrechen. Was das denn nun wieder solle, wollten sie wissen.

Der Trotz, den keiner von den dreien an mir kannte, meldete sich wieder und machte mir Mut.

Es scheint euch überhaupt nicht zu interessieren, was ich hier erzähle, sagte ich, und Fred antwortete lächelnd, nicht unbedingt, meine Liebe, denn was du uns da berichtest, hat nichts, aber auch gar nichts mit dir und deinem Erbe zu tun.

Hannes nickte beflissen, und Susan verdrehte die Augen. Wut ließ mich wortlos aufstehen, meine Tasche nehmen und gehen. Ich hörte noch Hannes dies befremdliche Muttchen rufen, und ich dürfe doch jetzt nicht einfach weglaufen, als ich die Tür hinter mir zuzog.

Diesmal verließ ich das Möbelhaus nicht über die Verkaufsetagen, sondern durch den Personaleingang, wobei ich jeden, dem ich begegnete, freundlich und wie selbstverständlich grüßte.

Zu Hause angekommen, ließ ich mich in den Sessel fallen und weinte. Zum ersten Mal in meinem Leben haßte ich nicht nur Fred, sondern auch meine Kinder. Mag sein, daß ich keine besonders gute Mutter gewesen bin, daß ich vielleicht meinem Mann mehr Aufmerksamkeit hatte zukommen lassen als ihnen, aber ich liebte sie, war immer für sie da und stets bemüht, daß ihnen nichts zum Nachteil gereiche.

Und jetzt, wo ich niemandem mehr etwas nützte, jetzt schienen sie sich mit dem Vater einig, die Mutter entsorgen zu wollen. Meine Depression, meine Unsicherheit, meine Selbstaufgabe und der Verlust aller Existenzfreude nervten sie. Dabei war ihnen der Gedanke gekommen, mich zu überreden, in eine Seniorenresidenz, wie Altersheime heute genannt werden, einzuziehen. Kein einziges Mal hatten sie mich nach meiner Meinung gefragt. Sie wollten auch nicht wissen, ob ich mich alt und einem solchen Haus zugehörig fühlte. Sie wollten mich loswerden, aber gut aufgehoben wissen. Fred würde alles zahlen, während Heike meinen Platz im Geschäft und in der Familie bald vollends einnähme.

Wenn ich die Kraft hätte, überlegte ich, würde ich jetzt weglaufen. Aber erstens hatte ich nicht die Kraft, und zweitens wußte ich nicht, wohin. Geschwister hatte ich nicht, meine Eltern lebten schon lange nicht mehr, und meine Freunde waren auch die von Fred. Ich konnte mich nicht darauf verlassen, bei ihnen Verständnis zu finden. Der Kreis meines Unglücks wurde immer enger und ließ keine Lükken, durch die ich hätte fliehen können.

Der Tod. In solchen Situationen denkt man ans Sterben, und es war bei mir nicht das erste Mal. Andrerseits wußte ich, daß dieser Wunsch, dessen Erfüllung ich mir in der Realität gar nicht vorzustellen wagte, nichts anderes als ein lächerlicher Fluchtgedanke war. Sich vor ein Auto werfen, aus dem Fenster oder vom Fernsehturm springen, sich vor einen Zug legen, das alles zog bei näherer Überlegung nicht nur Entsetzen, sondern auch die Möglichkeit in Betracht, nicht den erwünschten Erfolg zu erzielen. Statt dessen Knochenbrüche, innere Verletzungen, im schlimmsten Fall lebenseinschränkende Verstümmelungen. Also schob ich den Gedanken schnell wieder weg und ließ mich lieber in mein Unglück fallen, das allen Trotz, den ich noch in der Gegenwart der Kinder und Fred zu spüren glaubte, erstickte. Das Telefon klingelte, aber ich fühlte mich nicht in der Lage, den Hörer abzunehmen. Das hartnäckige Läuten, das kein Ende nahm und immer bedrohlicher wirkte, trieb mich schließlich aus meinem Sessel.

Muttchen, hörte ich Hannes' Stimme, was machst du denn für Sachen. Ich bin sehr in Sorge, denn so kommen wir doch nicht weiter.

Ich schwieg, ließ ihn reden, bis er fragte, ob ich noch dran sei.

Ja, sagte ich. Kein Wort mehr.

Muttchen, fing er wieder an, und ich unterbrach ihn mit der Bitte, mich nicht immer Muttchen zu nennen.

Na schön, Mutter, jetzt war er pikiert, dann will ich dich nur daran erinnern, daß heute Tante Nüßchens siebzigster Geburtstag ist. Sie würde es nicht verstehen, wenn du nicht kämst.

Dann legte er auf, wohl in der Furcht, ich könnte ihm

meine Absage mit auf den Weg geben. Großer Gott, dachte ich, Nüßchens Siebzigster. Sie war die Patentante von Hannes und hieß Nüßchen, weil sie die Taschen ständig voller Nüsse hatte, die sie an alle Kinder verteilte, die ihr begegneten. Sie war Freds und meine Nachbarin gewesen, bevor wir in einem anderen Stadtteil in unser eigenes Haus zogen. Sie hatte später geheiratet. Das Ergebnis unserer Freundschaft war, daß sie die Patenschaft von Hannes übernahm und den Jungen von Anfang an nach Strich und Faden verwöhnte. Als wir weggezogen waren, verbrachte er oft ganze Wochenenden bei ihr, um nach seiner Rückkehr zu behaupten, bei Tante Nüßchen sei es viel schöner als zu Hause. Nüßchen bekam ein Kind nach dem anderen, und wir sahen uns immer seltener. Sie hatte nur noch für ihre Kinder Zeit, sprach von nichts anderem und war, wie Fred sagte, eine richtige Glucke geworden. Aber gerade deswegen hatte ich ihr viel zu verdanken. Fuhr ich mit Fred in den Urlaub oder zu Möbelmessen und Ausstellungen, war es immer sie, die die Kinder nahm und wie ihre eigenen fünf umhegte und versorgte.

Ob ich wollte oder nicht, ich mußte zu Nüßchens Geburtstag, und da ich ihre fünf Kinder kannte, die mehr oder weniger im Alter von Hannes und Susan waren, hoffte ich auf eine angenehme Ablenkung. Mein Geschenk, ein ziemlich wertvolles Märchenbuch, hatte ich schon vor längerer Zeit beim Antiquar gekauft. Die alten Märchen würde sie mittlerweile ihren Enkelkindern vorlesen.

Es blieb mir also nichts anderes übrig, als mein verheultes Gesicht zu kühlen, meine Haare zu waschen und irgend etwas anzuziehen, was dem feierlichen Anlaß gerecht wurde.

Als ich Nüßchens Wohnung betrat, war das Fest schon im Gange. Wie ich es geahnt hatte, saßen die Älteren in einem der Zimmer, während sich die Jüngeren in den übrigen Räumen vergnügten. Nüßchen begrüßte mich herzlich, und als sie mich umarmte, spürte ich ihren großen Busen an meiner Brust. Nüßchen war dick geworden. Ihre kurzen Haare waren gelockt, wie bei älteren Damen üblich, und ihr wallendes Kleid hatte ein tiefes Dekolleté, in dem Nüßchens Altersflecken wie Spritzer einer Bratensoße wirkten.

Wie schön, daß du trotz deines Kummers gekommen bist, liebste Nele.

Dann führte mich Nüßchen wie eine Gebrechliche durch die Zimmer, in denen mir die jungen Leute freundlich zunickten, zu den Alten und rief mit einer Stimme, als sei ich der Überraschungsgast des Abends: Seht mal, wer hier gekommen ist!

Ich gab reihum die Hand und stellte mich den wenigen Gästen, die ich nicht kannte, mit vollem Namen vor.

Komm, setz dich zu uns. Nüßchens ältere Schwester rückte einen freien Stuhl an ihre Seite, ich war gefangen. Ob es mir recht war oder nicht, so schnell würde ich dieser Runde nicht entfliehen können. Es waren fast alles Frauen. Die dazugehörigen Männer, so behauptete Nüßchen, säßen zu Hause und guckten Fußball, Spanien gegen Deutschland.

Ich hatte den Eindruck, daß eine wie die andere aussah. Die grauen und weißen Haare waren alle kurz und wie bei Nüßchen durch eine Dauerwelle gekräuselt. Sie trugen weite Röcke, weite Blusen und weite Jacken in unauffälligen Farben. Ihre Hände waren entweder rot und dick oder dürr und von unzähligen blauen Adern durchzogen. In ihren faltigen Gesichtern glänzten die roten Nasen mit den zu großen Poren, als hätten sie allesamt Schnupfen, und wenn sie lächelten, zogen sich ihre Oberlippen zu einem schmalen Strich zusammen. Ihre Beine hatten längst die frühere Form verloren, ihre Füße steckten in Schuhen, die mehr durch

Bequemlichkeit als durch Eleganz auffielen. Und dann sah ich mich schräg gegenüber in einem Spiegel. Ich wirkte nicht etwa wie eine Außenseiterin, eine Frau, die aus dem Rahmen fiel und nicht in diesen Kreis gehörte. Nein, ich sah genauso aus, unscheinbar, langweilig, bis auf die Frisur den anderen zum Verwechseln ähnlich. Jetzt lauschte ich auch ihren Gesprächen. Rechts von mir ging es um die Gesundheit, wer zu welchem Arzt ging, ob die Staroperation tatsächlich nicht schmerzte, daß Schwimmen für die Knochen gut sei, daß man mit Yoga und der richtigen Ernährung eine Menge gegen Arthrose tun könne. Ich gab keinen Kommentar ab und wandte mich nach links. Da redete man mit mütterlicher Nachsicht über die Männer, egal ob sie noch lebten oder schon tot waren. Im Alter, so konnte ich hören, werden sie alle wie die Kinder, und man hat eine Menge zu tun, um sie richtig zu versorgen. Merkwürdig, das Gespräch einte nicht nur ihre Meinung, sondern auch ihre Gesichtszüge. In ihren Stimmen schwang kaum hörbar Triumph, als kosteten sie etwas Unaussprechbares aus. Sie genossen die Abhängigkeit ihrer Partner im Alter. Jetzt waren es die Frauen, die den Alltag beherrschten, die sagten, wann gegessen, geruht, spazieren, zum Arzt oder ins Kino gegangen wurde. Sie tauschten ihre Erfahrungen mit immer den gleichen kleinen Seufzern aus, nickten, lächelten und machten mir gehörig Angst. Dazwischen hüpften die Enkel, wollten Nüsse von Oma Nüßchen, bettelten und machten einen Höllenlärm.

Sind sie nicht süß? wollte Nüßchen wissen und wühlte in ihren Taschen nach Nüssen, knackte sie für die Kleinen, während die Größeren die Schalen wie selbstverständlich auf den Teppich fallen ließen.

Muß das sein? fragte ich spitz, und Nüßchen sagte: Laß sie doch, mir macht das nichts.

Aus dem großen Zimmer, wo man die Möbel zur Seite gerückt hatte, drang jetzt überlaut Musik, die jedes weitere Gespräch im Keim erstickte. Das beruhigte mich seltsamerweise, und ich überlegte, ob ich nicht einfach aufstehen und hinüber gehen sollte. Im gleichen Augenblick kam Hannes, stellte sich hinter meinen Stuhl, legte beide Arme auf meine Schultern und wollte wissen, ob ich mich auch amüsiere.

Natürlich amüsiert sie sich, antwortete Nüßchen statt meiner, vor allem wenn ihr die Musik leiser dreht, damit man sich hier unterhalten kann. Dabei hielt sie Hannes wie in Kinderzeiten ein paar Erdnüsse hin, die er lächelnd annahm. Zum Dank küßte er Nüßchens Hand.

Wenn wir dich nicht hätten.

Was meinst du denn damit? fuhr ich aus Wut über diese alberne Gesellschaft und auch ein bißchen aus Eifersucht dazwischen. Hannes beschwichtigte mich, bevor es zu einem Disput kommen konnte, nannte mich mal wieder Muttchen und verschwand in dem großen Zimmer, wo er dafür sorgte, daß die Lautstärke der Anlage heruntergedreht wurde.

Immer noch folgsam wie als kleiner Junge, dein Hannes, sagte Nüßchen.

Obwohl ich weder zustimmte noch widersprach, leiteten Nüßchens Worte einen Themenwechsel ein, der mir nur zu bekannt war und der den Frauen schon den ganzen Abend wie Zündstoff unter der Haut gesessen hatte. Ihre Gesichter verloren die Ähnlichkeit, ihr Lächeln schien plötzlich echt, und ihre Gesten wurden lebhafter. Jede wollte zuerst reden, von Tochter oder Sohn erzählen, Husarenstückchen auftischen oder von den Pechsträhnen des Lebens berichten, mit denen es fertig zu werden galt. Sie fielen sich gegenseitig ins Wort, lachten oder schnappten nach Luft, je nachdem, was zu hören war. Vor nichts machten sie halt, gaben Intimes zum Besten, verglichen die Töchter mit den Töchtern und die Söhne mit den Söhnen, bis das letzte Geheimnis unter dem Siegel der Verschwiegenheit gelüftet war.

Susan betrat das Zimmer der Alten, um Tante Nüßchen zu gratulieren und sich für ihr spätes Kommen zu entschuldigen. Sie umarmte die Jubilarin, überreichte ihr ein Geschenk, von dem ich nicht wußte, was es war, und stellte Felix vor. Nicht nur Nüßchen, sondern auch andere Damen nickten beifällig, denn man kannte den jungen Mann vom Fernsehen. Er moderierte viermal wöchentlich nachmittags eine der Game-Shows, bei denen um die Wette geraten wurde und bei denen man Reisen, ein Auto oder andere Gegenstände gewinnen konnte.

Wir kennen Sie natürlich alle vom Bildschirm, sagte Nüßchen strahlend, und ich freue mich, daß Sie mitgekommen sind. Felix gab jeder der Damen die Hand und machte eine nette Jungenverbeugung, wobei ihm eine Locke in die Stirn fiel. Erst dann wurde ich begrüßt.

Meine Mutter, sagte Susan, nachdem sie mich, wie immer flüchtig, umarmt hatte. Felix begrüßte mich nicht anders als die anderen Frauen. Kein zusätzliches Wort, kein neugieriger Blick. Dann stellte er sich, wie zur Betrachtung freigegeben, mitten in den Raum, verschenkte sein Lächeln und ließ sich in Ruhe bewundern. Er war nicht sehr groß und kaum älter als Susan. Unter seiner senffarbenen Kaschmirjacke trug er ein schwarzes T-Shirt, und seine Füße steckten in glänzenden Stiefeln, die durch eckige Absätze auffielen.

Was war nur an dem Mann, was mir nicht gefiel? Gott sei Dank ließ er mir Zeit, denn er stand immer noch wie angeklebt in der Mitte des Zimmers und lächelte in sein Publikum, als stünde er pünktlich zu Beginn seiner Sendezeit im

Studio. Endlich wurde es mir klar: Eitel war der Junge, krankhaft eitel. Jede seiner Gesten wirkte auf mich wie einstudiert, und er zeigte an nichts Interesse, außer an sich selbst. Sein Augenaufschlag ging auf die Nerven, und sein Lächeln schien nur den Zweck zu verfolgen, seine sehr weißen Zähne zu zeigen. An seiner linken Hand steckte ein geschmackvoller Ring, nur eben zu groß und zu auffällig. Susans Blick schien der junge Mann nicht zu beachten, oder er war daran gewöhnt. Sie himmelte ihn an. Sie verschlang ihn mit ihren großen Augen und sah zwischendurch zu Nüßchen und zu mir als wollte sie sagen: Ja, da staunt ihr, was? Und als wenn sie es anders nicht aushalten könnte, küßte sie ihren Felix, berührte seine Hände oder legte ihren Arm um seine Taille, obwohl er das nicht zu mögen schien. Als stünde sie ihm im Weg, schob er sie jedesmal, ohne sein Lächeln zu verlieren, sanft von sich weg.

Zu gern wäre ich aufgesprungen, um Susan von diesem Mann wegzuführen, zu mir nach Hause. Ich liebte sie in diesem Augenblick mehr, als ich es begreifen konnte. Beschützen wollte ich sie vor allem vor der Dummheit, einem Mann mit Haut und Haar zu verfallen. Denn so wie Susan ihren Felix, hatte ich früher Fred angehimmelt, ihn bewundert und mir geschworen, ihm für immer mein Leben zu schenken. Noch immer schmeckte ich die Lächerlichkeit meiner Schwüre auf der Zunge. Da nützte kein Schlucken, der schale Geschmack blieb wie ein schlechter Belag auf der Zunge.

Susan, rief ich unvermittelt, Susan …

Die weiteren Worte fehlten mir. Ich wußte nicht, was ich ihr sagen sollte. Ihr Blick streifte mich voller Ungeduld. Sie schüttelte nur den Kopf. Dann griff sie nach der Hand von Felix, zog ihn in das große Zimmer und begann mit ihm zu tanzen. Ihr Körper schmiegte sich an ihn, ihre Wange lag in seiner Halsgrube, und ihre Augen waren vor Seligkeit geschlossen.

Was für ein Paar, rief Nüßchen verzückt und bekam rundherum Zustimmung, da kann man Susan doch nur gratulieren.

Ich gab keine Antwort. Statt dessen erhob ich mich von meinem Stuhl und ging meinerseits in das Zimmer, in dem getanzt wurde. Eine Weile sah ich zu, sah Susans kleine Füße, die sich synchron neben den Stiefeln von Felix über das Parkett bewegten, sah Hannes, der unbeholfen und ein wenig schwitzend ein dickes Mädchen über die Tanzfläche zog, und ich sah all die anderen Paare, die mir verwunderte Blicke zuwarfen.

Vielleicht, dachte ich und blieb mit verschränkten Armen neben der Musikanlage stehen, vielleicht fordert mich jemand auf. Kaum einer, den ich nicht kannte, der nicht in Freds und meinem Haus mit Hannes gespielt hätte, dem ich nicht auf dem Klo die Hosen zugeknöpft und vor dem Nachhausgehen die Jacken und Mützen angezogen hätte. Wie oft hatte ich ihnen die Nase geputzt und die Tränen abgewischt, wenn sie sich geprügelt hatten oder hingefallen waren.

Erwachsen geworden, zum Teil selbst Väter, gehörte ich nicht mehr in ihr Leben. Ein Nicken, ein Gruß, ein Lächeln, vielleicht noch ein: Wie geht's? Das war alles.

Tanzen, nein, zum Tanzen würde mich keiner von ihnen auffordern, das wurde mir von Minute zu Minute klarer.

Plötzlich war er wieder da, dieser Trotz, der sich in Freds Büro bemerkbar gemacht hatte. Er hüpfte nicht nur in mir, er setzte mich sogar in Bewegung. Er schickte meine Füße aufs Parkett und hob meine Arme. Ich tanzte. Ich glitt zwischen den Paaren hin und her, als sei es das Selbstverständlichste auf der Welt, als ältere Frau allein zwischen jungen

Menschen zu tanzen. Mir wurde sogar Platz gemacht, und ich meinte die Stimme von Felix zu hören, der Susan fragte: Ist das nicht deine Mutter?

Ich tanzte weiter, geführt von meinem Trotz, der nicht locker ließ, den Kopf erhoben, die Hände im Nacken. Wie lange ich mich so zu der Musik bewegte, weiß ich nicht mehr. Ich weiß nur, daß mich Hannes' Ausruf stillhalten ließ.

Mutter, schrie er quer durch das ganze Zimmer, Mutter, was ist denn in dich gefahren?

Ich blickte in halb amüsierte, halb verlegene Gesichter. Nüßchen stand mit hochrotem Kopf in der Tür. Durch mein Verhalten peinlich berührt, suchte sie nach einem Scherz, um die Situation zu retten, vielleicht auch, um mich vor zu erwartendem Spott zu schützen. Sie kam auf mich zu, und ich dachte im ersten Augenblick, sie wolle mir Nüsse anbieten. Aber sie legte den Arm um mich, um zu fragen, ob es mir gutginge. Sie wollte mich zurück zu den Alten führen. Nur war ich schneller, griff nach meiner Tasche und wühlte im Flur meine Jacke aus der übervollen Garderobe. Ich rief, ohne mich umzudrehen, ein überlautes Tschüs und schloß hinter mir die Wohnungstür, noch bevor mich Nüßchen erreichen konnte.

Zuhause angekommen, saß ich, ohne das Licht anzumachen, wie so oft eine Weile in meinem Sessel. Die Straßenlaternen erhellten das Zimmer, so daß ich die Möbel, den Teppich und die Blumen auf dem Tisch erkennen konnte. Das Licht war mir angenehm und lenkte nicht von dem ab, worüber ich nachdenken wollte. Über mein Alter. Ständig hatte ich diese Frauen vor Augen, die bei Nüßchen zu Gast waren und von denen ich mich in meinem Äußeren kaum unterschied. Sie hielten mich beim Nachdenken auf. Kaum hatte ich ihre Gegenwart beiseite geschoben, tauchten sie wieder auf, zogen mich gütig lächelnd in ihren Kreis zurück und flüsterten mir zu, daß ich zu ihnen gehöre.

Warum?

Das fragst du noch?

Ich schüttelte mich wie ein nasses Hündchen und machte das Licht an. Zum ersten Mal seit meiner Trennung von Fred stellte ich mich im Flur vor den mannsgroßen Garderobenspiegel und betrachtete mich.

Eine Jammergestalt. Eine alte Frau mit Rändern unter den Augen und hängenden Schultern, die Haare viel zu streng nach hinten gebürstet, und einer Kleidung, deren Belanglosigkeit schwer zu überbieten war, kein Rot auf den Lippen, kein Schmuck an Armen und Händen, auch keine Kette um den Hals. Eine Büßerin im Büßergewand, ein Überbleibsel, eine Frau ohne Mann, die sich aufgegeben hatte. Nicht einmal die Kinder machten noch von ihr Gebrauch. Und laut sagte ich mir ins Gesicht: Du bist für niemanden mehr wichtig, du bist überflüssig wie ein Kropf, eine nichtsnutzige Drohne, die sich bis an ihr Lebensende von ihrem Exmann Unterhalt zahlen läßt.

Es fehlte nicht viel, und ich hätte in den Spiegel geschlagen. Aber nicht einmal das brachte ich fertig. Statt dessen wurde mir übel, und ich wünschte mir, weinen zu können. Aber nicht eine Träne tropfte aus meinen Augen. Und weil ich mich nicht so kannte, starrte ich mich abermals an. Was ich jetzt sah, brachte mich erst recht aus der Fassung. Ein winziges, kurzes Lächeln tauchte in meinen Mundwinkeln und Augen auf. Wie der Lichtstrahl einer Taschenlampe huschte es übers Gesicht und war, kaum von mir bemerkt, auch schon wieder verschwunden. Ich wußte nicht, was mit mir los war, und ging vom Spiegel weg, wieder zum Sessel. Warum, fragte ich mich, warum habe ich gelächelt, wenn ich doch so traurig und verzweifelt bin? Plötzlich wurde mir klar: Wenn ich den Grund dieses winzigen Lächelns fände, würde es mir bessergehen. Ich mußte nur suchen, und wenn es die ganze Nacht dauerte. Ich dachte an Hannes, an Susan, an Fred. Aber bei keinem der drei zog ein Lächeln über mein Gesicht. Unverändert fühlte ich jeden Muskel in meinem Gesicht fest unter der Haut liegen, und kein Fältchen bildete sich in den Augenwinkeln. Das Lächeln mußte woandersher gekommen sein. Vielleicht aus der Kindheit? Ein wenig verwirrt, weil ungewohnt, glitten meine Gedanken zurück in mein Elternhaus. Vom Krieg zerbombt, mußte ich es erst wieder aufbauen und die Zimmer richtig anordnen. Es dauerte eine Weile, bis ich meinen Vater – der aus dem Krieg nicht zurückgekommen war –, an seinen großen Schreibtisch setzen konnte, wo er nie gestört werden wollte. War er nicht in seiner Kanzlei, saß er an diesem Schreibtisch, las, schrieb und rechnete. Kam ich mit mittelmäßigen Schulnoten nach Hause, sah er schweigend meine Hefte durch, leistete schweigend die gewünschte Unterschrift und sagte: Vorerst kein Taschengeld. Heute meine ich, nie in den Besitz des mir zustehenden Taschengelds gekommen zu sein. Wenn ich an meinen Vater denke, sehe ich seine Gestalt vor mir, seine Hände, die Uhr in seiner Westentasche, und ich habe auch den leichten Tabakgeruch in der Nase, der seinem Anzug entströmte. Aber statt seines Gesichts ist da nur eine Zeitung, hinter die zu blicken ich damals zu klein war. Also hatte ich einen Vater, dessen Kopf für mich eine Zeitung war und der mich heute, nach fast sieben Jahrzehnten, nicht im geringsten zu einem Lächeln veranlaßte.

Die Mutter? Wenn ich an sie dachte, hatte ich als erstes ihre Stimme im Ohr. Ständig war sie besorgt um mich und litt unter der Vorstellung, sie könne nach dem Verlust des Mannes auch noch die Tochter verlieren. Sie erdrückte mich mit ihrer Liebe, wünschte, wenn ich nicht zu Hause war, angerufen zu werden, um jederzeit zu wissen, ob mir auch nichts passiert sei. Hatte ich eine harmlose Grippe, pflegte sie mich wie eine Todkranke. Es verging kein Tag, an dem sie nicht zu mir sagte: Ich hab doch nur noch dich. Anschließend sprach sie stets ein paar Sätze über meinen Vater, dessen Kopf für mich eine Zeitung war. Er war so ein treusorgender Familienvater, sagte sie mit wehmütiger Stimme, solange er lebte, habe ich nie Not leiden müssen.

Hast du ihn geliebt? habe ich sie einmal gefragt. Und sie hat verwundert geantwortet: Natürlich habe ich ihn geliebt. Mehr erfuhr ich nicht über die Beziehung meiner Eltern zueinander.

Wie gesagt, nach den Worten meiner Mutter hatte sie nur noch mich, und so ging sie auch mit mir um. Ich bekam, solange ich denken kann, alles, was ich wollte. Am Ende des Krieges war ich vierzehn. Wir hatten kaum das Nötigste zum Leben. Nicht nur Vaters Kanzlei, sondern auch unsere Wohnung war mit allem, was wir besaßen, ausgebombt und verbrannt. Mama und ich lebten in einem Zimmer von der Hand in den Mund. Trotzdem kann ich mich nicht erinnern, je wirklich gehungert zu haben. Irgendwie gelang es Mama immer, etwas für mich zu organisieren. Dann sagte sie: Iß, mein Kind, du mußt groß und kräftig werden. Während sie immer blasser und magerer wurde und behauptete, keinen Hunger zu haben. Ich aß alles, was sie mir gab, ohne darüber nachzudenken, ob sie satt wurde oder nicht. Später fing Mama an, aus alten Kleidern und Stoffresten, die sie sich zusammenbettelte, Puppen zu nähen, die sie bis zur Währungsreform in Lebensmittel umtauschte und danach für D-Mark verkaufte. Es waren schöne Puppen, weich, schmiegsam, mit lieben gestickten Gesichtern.

Ich gebe mir Mühe, hatte Mama immer wieder gesagt, daß sie alle ein bißchen wie du aussehen.

Ich aber hatte die Puppen, die mein Ebenbild sein sollten, gehaßt, und es kam schon mal vor, daß ich die eine oder andere heimlich mit einem Kreuzstich in der Pupille zum Schielen brachte. Aber auch die wurden verkauft, und es war uns, dank des ungeheuren Fleißes meiner Mutter, von Jahr zu Jahr bessergegangen. Als ich schon halb erwachsen war, hatte meine Mutter eine gutbezahlte Stellung in einer Puppenwerkstatt bekommen, wo sie mehr oder weniger die ganze Kollektion entwarf.

Ich dachte so intensiv darüber nach, weil ich immer noch den Grund für mein Lächeln suchte. Obwohl mich meine Mutter nach Strich und Faden verwöhnte, war er in meiner Kindheit nicht zu finden, auch nicht in der Erinnerung an Mama. Sie war es, die mir nach dem Schulabschluß zu einem Beruf riet, den ich auch prompt ergriff. Sie war es, die mir zunächst eine Lehrstelle besorgte, und sie war es, die später das ihrer Meinung nach notwendige Studium zur Hauswirtschaftslehrerin finanzieren wollte, ohne daß ich einen Pfennig hätte dazuverdienen müssen.

Ich hab doch nur noch dich!

Mit diesen Worten hatte sie jeweils den nächsten Abschnitt meines Lebens organisiert. Das einzige, was mir blieb, war, ihren Plänen zu folgen. So verlief meine Kindheit und Jugend, mein sogenanntes erstes Leben.

Dann verliebte ich mich in Fred. Wir heirateten ohne Mamas Einverständnis, und ich war für immer und ewig von ihrer Bevormundung befreit. Nie mehr sagte sie: Ich hab ja nur noch dich.

Nachdem sie mehrmals, wenn auch vergeblich, versucht hatte, sich in die Erziehung meiner Kinder einzumischen, sahen wir uns immer seltener. Zum Schluß kam sie nur noch zu Weihnachten, Ostern und den jeweiligen Geburtstagen zu uns, und als sie starb, gelang es mir nicht, bei ihrer Beerdigung zu weinen.

Nun war es Fred, der bestimmte, was ich zu tun und zu lassen hatte. Er wies mir meinen Platz im Haus und im Geschäft an. Er wählte die Namen unserer Kinder, er entschied, wie unser Haus eingerichtet werden sollte, er suchte die Urlaubsorte aus, in die wir jährlich für drei Wochen fuhren, er regelte Versicherungen und Finanzen, er überraschte mich eines Tages mit einem Auto, und er sorgte dafür, wann ich glücklich war und wann nicht.

Das also war mein zweites Leben gewesen, über das es heute für mich nichts, aber auch gar nichts zu lächeln gab.

Und jetzt, wer zeigte mir jetzt den Weg? Angst saß mir im Nacken, und ich wünschte mir wieder einmal, auf der Stelle zu sterben. Ich glaubte, nicht mehr atmen zu können, und sehnte mich erstmals, seit ich erwachsen war, nach meiner Mutter.

Ich muß sehr lange in meinem Sessel gehockt haben. Weder starb ich, noch hörte ich auf zu atmen. Ich fiel weder in eine Ohnmacht noch in einen Heulkrampf. Das einzige, was ungewöhnlich war: Ich bewegte mich nicht. Unentwegt starrte ich vor mich hin, die Augen auf ein und denselben Fleck gerichtet, bis ich nichts mehr erkannte, bis der Fleck verschwamm und sich in Schlieren auflöste.

Und dann war er plötzlich da, der Grund meines Lächelns. Er schoß mir unversehens durch den Kopf, verschwand und tauchte erneut auf. Diesmal hielt er einen ganzen Atemzug lang an. Ich hob den Kopf, bewegte Hände und Füße, stand sogar auf. Vorsichtig und etwas wacklig sah ich plötzlich einem neuen Leben entgegen, einem Leben ohne Mutter, ohne Fred und ohne Kinder, in dem ich ganz und gar auf mich selbst gestellt war. Das Lächeln kam wieder, ich spürte es in den Mundwinkeln und Augen, ein Lächeln, das meinem dritten Leben gehörte. Eine Chance, das wußte ich jetzt, die jeder Mensch bekommt, die aber nicht jeder nutzt.

Erst glaubte ich, mir würden die Knie versagen. Die Versuchung war groß, zurück in den Sessel zu fallen, die Augen zu schließen, zu weinen und Gott und die Welt um Hilfe zu bitten. Aber ich nahm mich zusammen, suchte mein Lächeln, fühlte es wieder in meinem Gesicht. Schritt für Schritt ging ich vom Wohnzimmer hinüber in mein Schlafzimmer und schaltete das Licht ein. Dann zog ich mich aus. Stück für Stück legte ich Rock, Bluse und Jacke auf den Stuhl. Es folgten die Strümpfe und jedes einzelne Wäschestück, bis ich völlig entkleidet war. Es kostete mich einige Überwindung, so nackt im grellen Lampenlicht vor den großen Spiegel zu treten, in dem ich mich absichtlich schon lange nicht mehr betrachtet hatte.

Aber war ich nicht nackt in mein erstes Leben aus meiner Mutter geschlüpft? Und mein zweites Leben, hatte es nicht nackt in Freds Armen begonnen? Also mußte ich auch mein drittes Leben nackt beginnen. Nur diesmal ohne Liebe, ohne Zärtlichkeit und ohne den Schutz der Mutter und des Mannes. Ich nahm mich zusammen und sah mich an.

Nein, schön war ich nicht mehr. Es fiel mir schwer, in der alten Frau, die mir da mit den kleinen Altersflecken auf Händen und Hals gegenüber stand, mich selbst zu erkennen. Es schien, als sei mir die Haut zu weit geworden und die Brust zu schwer, während Hüften und Taille im Umfang kaum einen Unterschied zeigten. Nur der Bauch wölbte sich eindrucksvoll über der Scham. Drehte ich mich zur Seite, stellte ich fest, daß mein Rücken runder war als mein Po. Beugte ich mich nach vorn, bildeten sich auf meinen Oberarmen und Oberschenkeln winzige Fältchen, als bestünde meine Haut aus zerknülltem Seidenpapier. Die Knie wirkten wulstig, aber die Fesseln zeigten noch den alten Umfang. Ich brauchte viel Zeit, um den Anblick meines neunundsechzigjährigen Körpers zu ertragen. Noch mehr Zeit brauchte ich dafür, ihn anzuerkennen und mich zu entschließen, ihn als den meinen zu akzeptieren. Wenn nicht ich, wer war dann für ihn zuständig? Wie sollte ich denn in meinem dritten Leben bestehen, wenn ich keine Achtung vor mir hatte, mich nicht so, wie ich war, respektierte, mich stärkte, mir Mut machte und mich liebte?

Wir werden es probieren, flüsterte ich mir im Spiegel zu, von morgen an will ich dafür sorgen, daß du gern auf der Welt bist.

Dann ging ich ins Bad, duschte lange, wusch mir die Haare und rieb mich von oben bis unten mit einer duftenden und die Haut kühlenden Lotion ein.

In der Nacht schlief ich, erstmals seit Monaten, ohne Schlafmittel, und als ich am Morgen aufstand, stellte ich das Radio ein und pfiff bis zu den Nachrichten die mir bekannten Melodien leise mit.

Noch immer zeigte sich der Vorfrühling nur am Himmel, ließ zwar ein bißchen Sonne zu, aber es blieb kalt, und keine der winzigen Knospen an den Bäumen wollte sich öffnen. Ich fuhr mit der Straßenbahn in die Stadt. Noch nie hatte ich Frauen meines Alters, die vor und neben mir saßen, ihre Handtaschen festhielten und mit ausdruckslosen Gesichtern aus den Fenstern sahen, so viel Aufmerksamkeit geschenkt. Die meisten waren zu dick, und fast alle hatten diese grau und weiß gekräuselten Löckchen, ebenso ordentlich wie langweilig. Wenige benutzten Kosmetik, höchstens einen Lippenstift, dessen Rot nur allzu leicht in den Falten der Mundwinkel verlief. Mein Blick schien zu irritieren. Eine Frau wollte von mir wissen, warum ich sie so anstarrte.

Ich zuckte als Antwort mit den Schultern und murmelte eine Entschuldigung.

Zunächst suchte ich meinen Friseur auf. Weil ich nicht angemeldet war, mußte ich warten und hatte genug Zeit, um mehrere Magazine und Hefte mit den neusten Frisuren durchzublättern.

So wollen Sie die Haare geschnitten haben? fragte mein Friseur mit aufgerissenen Augen und fuhr leiser fort: Ich weiß nicht, ob der Schnitt zu Ihnen paßt, Frau Ungureit.

Aber ich weiß es, antwortete ich ein wenig herrisch und ließ keinen weiteren Widerspruch zu. Nicht einen Moment ließ ich die Hände des Friseurs aus den Augen, verfolgte jeden Schnitt mit der Schere und sah voller Genugtuung, wie meine grauen Haare rund um mich herum den Fußboden bedeckten.

Der Friseur, obwohl beleidigt, daß ich seinem Rat nicht gefolgt war, machte seine Sache gut. Jetzt hatte ich seitlich einen kurzen Scheitel und Ponnyfransen bis zu den Brauen. Rechts und links deckten die Haare gerade noch meine Ohrläppchen zu und zeigten von dort in einer Art Sechserlocke ins Gesicht. Im Nacken, so hatte ich es gewollt, waren sie schräg angeschnitten und brachten auf diese Weise meinen ausgeprägten Hinterkopf zur Geltung.

Sie haben nicht nur Mut, Frau Ungureit, sagte der Friseur und hielt mir den Spiegel so hin, daß ich mich von allen Seiten betrachten konnte, Sie haben auch recht. Die Frisur steht Ihnen, ich gratuliere.

Wieder auf der Straße, waren meine Schritte länger und fester. Ich spürte den Boden unter den Fußsohlen, und auf mein Gleichgewicht war Verlaß. Mein nächstes Ziel war eine Parfümerie, wo ich die Kosmetik kaufte, die ich auch früher benutzt hatte, nur verzichtete ich auf Wimperntusche und Lidschatten. Dafür suchte ich mit Sorgfalt Make-up, Tages-

und Nachtcreme aus, Lidstrich, ein dezentes Rouge, Lippen- und Augenbrauenstift. Mehr brauchte ich nicht, wollte ich nicht versuchen, mich jünger zu machen, als ich war.

Wäre es nach meiner Gewohnheit gegangen, hätte ich jetzt zu Mittag gegessen. Aber ich hatte keinen Hunger, kein Magenknurren, nicht einmal Appetit. Die Boutiquen waren es, die mich reizten! Ich kaufte bedächtig und umsichtig, was meinem Typ entsprach. Ich kaufte Hosenanzüge, lange Röcke, Hosen, knielange Jacketts, Pullis und Blusen in hellen und warmen Farben, die zu meinen Augen paßten. Noch nie hatte ich mir derart sorgfältig und in Ruhe etwas zum Anziehen ausgesucht. Ich probierte an, legte weg und probierte wieder an. Ich war darauf bedacht, mich nicht jugendlicher zu kleiden, als es mir zustand. Aber ich wollte auch nicht älter aussehen, in keinem Fall so wie Nüßchens Gäste, oder wie ich selbst bis zum heutigen Tage ausgesehen hatte.

Zu Hause angekommen, räumte ich meinen Kleiderschrank aus, damit die neuen Sachen ihren Platz fanden, und später probierte ich im Badezimmer das Make-up aus.

Am folgenden Tag rief Hannes an. Er wolle wissen, sagte er förmlich, wie ich nun meine Erbschaftsangelegenheiten zu regeln wünsche. Meine Antwort war kurz. Ich weiß es nicht, sagte ich.

Aber Muttchen …

Bitte nicht Muttchen.

Also Mutter, Hannes' Stimme klang ungeduldig, du mußt dich entschließen, ob du den ganzen Rechtskram, Verkauf und was sonst noch dazu gehört, allein machen willst oder ob ich dir helfen soll.

Seltsamerweise hatte ich seit meinem Besuch in Freds Büro nicht einmal über meine Erbschaft nachgedacht. Da ich mir mein Verhalten nicht erklären konnte, schon gar nicht Hannes gegenüber, war ich etwas verlegen und suchte nach einer Ausrede.

Ich habe andere Sachen im Kopf, log ich munter drauf los, und um weitere Lügen zu unterbinden, lud ich Hannes zum Essen ein. Ich koch was Schönes für dich, sagte ich, vielleicht hat ja Susan auch Lust zu kommen.

Du willst für uns kochen?

Warum nicht, ich hab's viel zu lange nicht mehr für euch gemacht.

Hannes legte auf, und ich spürte seine Verwunderung in der Art, wie er sich verabschiedete. Selbst sein Aufwiedersehn hatte noch einen fragenden Ton. Susan reagierte nicht anders. Bisher hatte ich die Kinder, wenn wir uns sahen, stets in ein Bistro gebeten. Bei mir hatten sie höchstens einen Kaffee getrunken und ein Stück Kuchen gegessen.

Seit du von Papa getrennt lebst, hast du uns noch nie eingeladen, um für uns zu kochen, sagte sie, was ist mit dir los?

Alles zu seiner Zeit, gab ich lachend zur Antwort und freute mich, daß Susan zusagte, ohne darauf zu bestehen, ihren Felix mitzubringen. So würde ich meine beiden Kinder ganz für mich allein haben.

Ich nahm mir vor, ihre Leibgerichte zu kochen. Für Susan das Hauptgericht und für Hannes die Süßspeise, während ich mir die Suppe aussuchte. So hatten wir uns früher, als sie noch beide im Elternhaus lebten, wenn Fred verreist war, die Mahlzeiten zusammengestellt. Mehr oder weniger war es dann immer das gleiche Menü. Ich bestand auf einer italienischen Tomatensuppe mit Knoblauch, Thymian und hartgekochtem, kleingehacktem Ei, Susan bekam ihr türkisches Huhn mit Rosinen, Mandeln und Curry, scharf und süß, dazu körnigen Reis, während ich für Hannes die geliebte Zitronenspeise zubereiten wollte, auf der die Makronen nicht fehlen durften.

Ich freute mich auf den Abend, kaufte ein, was ich benötigte, und begann am Nachmittag zu kochen. Ich brauchte weder ein Kochbuch noch ein Rezept, jeder Handgriff war mir bei der Zubereitung dieser Mahlzeit vertraut. Unzählige Male hatten wir sie gegessen, hatten ein kleines Ritual daraus gemacht und es für unser Geheimnis erklärt. Den Tisch deckte ich mit besonderer Sorgfalt, suchte die passenden Kerzen und Servietten aus und stellte frische Blumen in die Mitte. Ich hatte alles so vorbereitet, daß ich genug Zeit zum Umziehen fand. Ich wollte die Kinder in meinem neuen Outfit überraschen und wählte den schilfgrünen Hosenanzug und eine brombeerfarbene Hemdbluse. Ich wusch mir die kurzgeschnittenen Haare und schminkte mich ebenso sorgfältig wie unauffällig. In jeden Spiegel, an dem ich vorbeiging, sah ich hinein und lachte mir zu. Später setzte ich mich an den gedeckten Tisch und träumte vor mich hin. Ich sah mich mit den Kindern essen, hörte Susans Kleinmädchengekicher und die im Stimmbruch kieksende Stimme von Hannes: Ach Mutter, es ist so schön mit dir.

Ich liebte die Abende mit den Kindern, wenn Fred auf Geschäftsreise war. Dann gehörte das ganze Haus uns. Wir brauchten auf nichts Rücksicht zu nehmen und konnten soviel Krach machen, wie wir wollten. Wir sahen Filme, die Fred nicht mochte, und hörten Musik, die ihm nach Geschäftsschluß auf die Nerven ging. Es kam auch vor, daß sie Freund und Freundin einluden, und dann spielten wir alle zusammen Versteck im Dunkeln. Weihnachten fiel mir ein, Ostern, Kindergeburtstage, dazwischen immer wieder italienische Tomatensuppe, türkisches Huhn und Zitronencreme.

Als es endlich klingelte und Hannes mit seinem schmalen Aktenköfferchen vor der Tür stand, fiel ich ihm um den Hals und küßte ihn, bevor er auch nur einen Gruß hervorbringen konnte. Das war zwischen uns schon lange nicht mehr üblich und erschreckte ihn derart, daß er sich nicht nur steif wie ein Brett machte, sondern mich auch vorsichtig von sich wegschob. Dann starrte er mich von oben bis unten an. Wie fassungslos ihn meine Veränderung machte, konnte ich an seinen Augen ablesen. Einzeln, wie gespuckt fielen ihm die Worte aus dem Mund.

Was hast du denn mit dir gemacht?

Gefalle ich dir nicht? Ich war nun doch unsicher geworden und zupfte verlegen an meinem Jackett herum.

Hannes stellte umständlich den Aktenkoffer ab und zog seinen Mantel aus.

Nein, Mutter, murmelte er gerade so laut, daß er zu verstehen war, nein, Mutter, in diesem Aufzug gefällst du mir ganz und gar nicht. Das paßt doch alles überhaupt nicht zu dir. Die Schminke, die Frisur und der Hosenanzug. Ich meine ...

Ich sollte mich lieber wie Tante Nüßchen anziehen? unterbrach ich ihn enttäuscht.

Von mir aus wie Tante Nüßchen. Jedenfalls hast du mir vorher besser gefallen. Aber bei dir ist man ja nie vor Überraschungen sicher.

Er ging an mir vorbei in die Küche, sah in die Töpfe, und sein Gesicht hellte sich augenblicklich auf. Sag bloß, es gibt zum Nachtisch Zitronencreme.

Ich war nur fähig zu nicken, sprechen konnte ich nicht. Schweigend folgte ich ihm von der Küche ins Wohnzimmer, wo er sich, ohne zu fragen, in meinen Lesesessel fallen ließ. Als ich im Flur zufällig einen Blick in den Garderobenspiegel warf, blickte mir in Haltung und Mimik die alte Nele entgegen, mit hängenden Mundwinkeln und zwischen den Schultern sitzendem Kopf. Mein Selbstbewußtsein war wie weggeblasen, es hätte nicht viel gefehlt, und ich wäre ins Bad gelaufen, um mir die Schminke abzuwaschen. Einen

Moment stellte ich mir vor, wie ich noch gestern ausgesehen hatte, Nüßchen und ihren Gästen zum Verwechseln ähnlich. Der Moment reichte. Ich atmete tief durch, und zu meinem Erstaunen konnte ich mir wieder zulächeln. Na also.

Wie ich sehe, sagte ich im Wohnzimmer mit leichter Ironie in der Stimme zu Hannes, hast du es dir schon bequem gemacht.

Sorry!

Er sprang mit rotem Kopf auf, und einen Augenblick lang tat er mir leid. Bleib ruhig sitzen, sagte ich freundlich, was möchtest du trinken?

Was du hast, Mutter, sagte er und setzte sich wieder.

Ich goß ihm einen Campari mit Sodawasser ein, so, wie er es mochte. Seine Schlucke waren viel zu klein, um das Getränk genießen zu können. Er druckste herum, schlug ein Bein über das andere, seine Augen blinzelten mich nervös an, und seine schmalen Hände griffen immer wieder an die tadellos sitzende Krawatte.

Schieß los, sagte ich leise und nickte ihm liebevoll zu, du hast doch was auf dem Herzen.

Jetzt wurde er auch noch rot. Wie ein Stockfisch sitzt er in meinem Sessel, dachte ich, und traut sich nicht, mir seinen Ärger über mich ins Gesicht zu sagen. Ich schwieg, und die Stille zwischen uns machte ihn immer nervöser; als er zu reden begann, stotterte er.

Dein Tanz, neulich bei Tante Nüßchen, das war sehr peinlich.

Für wen?

Für Susan, für mich, für alle.

Und warum?

Sein Gesicht verzog sich zu einem hilflosen Grinsen. Er suchte weiter nach Worten und sagte schließlich: Na, in deinem Alter, ich bitte dich.

Was darf man denn nach deiner Meinung in meinem Alter?

Wieder dieses verzweifelte Grinsen und das Suchen nach Worten, mit denen er mich zur Ordnung zu rufen hoffte.

Muttchen, begann er versöhnlich und fuhr zusammen, als ich bei dieser Anrede mein Glas auf den Tisch knallte. Aber bevor ich mir dieses Muttchen zum hundertsten Mal verbitten konnte, klingelte es. Susan stand vor der Tür. Mein Anblick verblüffte sie derart, daß sie vergaß, mich zu begrüßen. Sie sagte wau und boah, fand mein Aussehen nicht nur spitzenmäßig, sondern sogar affenstark. Sie drehte mich um meine eigene Achse, trat einen Schritt zurück, klatschte in die Hände, kam wieder auf mich zu und umarmte mich.

Was hab ich plötzlich für eine tolle Mutter, du siehst ja richtig scharf aus.

Hannes, den Susans Ausrufe der Begeisterung nervös gemacht hatten, kam mit seinem Campari aus dem Wohnzimmer, lehnte sich in den Türrahmen und sagte mit verkniffenem Mund, daß man sich langsam wirklich fragen müsse, wer von uns beiden mehr übergeschnappt sei. Wir lachten, und ich vergaß von einem Augenblick zum anderen, wie sehr ich mich eben noch von Hannes gekränkt gefühlt hatte.

Dein Bruder behauptet, dir wäre es peinlich gewesen, daß ich am Siebzigsten von Tante Nüßchen allein getanzt habe. Stimmt das?

Peinlich? fragte Susan und hob die Schultern, nein, warum? Ehrlich gesagt, ich habe nicht weiter darüber nachgedacht.

Da sie mit meiner Frage wenig anzufangen wußte und ganz so wirkte, als könne sie sich nicht einmal an meinen Tanz erinnern, sah sie jetzt Hannes an und sagte: Manchmal bist du ein fürchterlicher Spießer.

Hannes tat so, als habe er nichts gehört, ging in die Küche, nahm die volle Mülltüte und den Flaschenkorb, um beides nach unten zu bringen. Er sei gleich wieder da, murmelte er, froh, einen Grund gefunden zu haben, um sich mit Susan nicht noch länger über mich, mein Aussehen und mein Verhalten bei Tante Nüßchen auseinandersetzen zu müssen. Das war typisch für Hannes, der zwar gern angriff, aber nichts mehr haßte, als einen Konflikt auszutragen.

Während Susan und ich das Essen auftrugen, wollte sie wissen, in welchen Boutiquen und Parfümerien ich eingekauft hätte, schlug mir noch weitere Geschäfte vor und bot sich sogar an, mich zu begleiten, wenn ich wieder Shoppen ginge, wie sie sich ausdrückte.

Als wir endlich alle drei am Tisch saßen und ich sah, wie es den Kindern schmeckte, verschwand der ganze vorherige Ärger, und ich fühlte mich in die Zeit versetzt, als Hannes und Susan noch klein waren. Sie saßen sich nicht nur wie früher rechts und links von mir gegenüber, sie wurden für mich wieder zu Kindern. Hannes, in seiner typischen Haltung über den Teller gebeugt, mit dem schmalen Hals, den etwas zu großen Ohren und den immer ein bißchen zu traurigen Augen, lächelte mich zwischen den Bissen an und dankte für das gute Essen. Ich kannte keinen Mann in seinem Alter, der wohlerzogener war als er. Immer hilfsbereit, immer bemüht, alles recht zu machen, hätte er eigentlich als Kind den Anspruch gehabt, unser Liebling zu sein. Aber es war Susan, das freche kleine Mädchen, das schrie, wenn es nicht seinen Willen bekam, das abends mehrmals ins Bett gebracht werden mußte, weil es nicht einschlafen wollte, das selten um etwas bat, sondern forderte, was es haben wollte. Hannes lachte nur, wenn Susan oder ich lachten. Allein schien er nie an etwas Spaß zu haben. Man mußte ihm nicht nur die Spiele vorschlagen, sondern auch das Essen, das Trinken und das Schlafen. Hannes fühlte sich nie in der Lage, sich für etwas von sich aus zu entschließen. Hingegen führte er jede Aufgabe, egal ob in der Schule oder zu Hause, mehr als gewissenhaft aus. Lob war für ihn das Schönste, und er konnte weinen, wenn man es vergaß.

Das alles war lange her. Aber wenn es Hannes schmeckte, saß er noch in der gleichen Haltung am Tisch wie als Kind. Das rührte mich, und ich legte die Hand auf seinen Arm. Schön, daß ihr bei mir seid.

Hannes sah auf meine Hand, die auf seinem Arm lag, als gehöre sie da nicht hin. Ich glaubte schon, er wolle sie abschütteln, als er sagte, nach dem Essen müssen wir über deine Erbschaft reden.

Von mir aus.

Ich wandte mich Susan zu. Sie hatte, auch wie als Kind, in Windeseile verschlungen, was auf ihrem Teller lag, und wollte noch mehr, stets in Sorge, weniger als andere zu bekommen. Sie aß so hastig, daß rund um ihren Teller immer kleine Spritzer auf dem Tischtuch zu sehen waren. Und wie in alten Zeiten sagte ich: Schling doch nicht so Kind, es ist ja genug da.

Und Susan steckte die nächsten drei Bissen betont langsam in den Mund. Auch als erwachsene Frau hatte sie sich nicht geändert und glaubte immer noch, nie genug zu bekommen, etwas zu verpassen und Gefahr zu laufen, am Ende einer Schlange zu stehen.

Richtig, die Erbschaft, sagte sie jetzt mit vollem Mund, weißt du schon, was du mit dem Haus deines Urgroßvaters machen willst?

Ich sagte, nein, das wüßte ich noch nicht, während Hannes meinte, Vater habe gesagt, es solle verkauft werden.

So, hat er das gesagt? fragte ich mit meinem neuen Lächeln, teilte die Zitronencreme aus und hörte meinen

Kindern zu, wie sie sich über den Kaufpreis der Villa unterhielten, wie man das Geld anlegen könnte, ohne einen Kapitalverlust zu riskieren. Hatten sie mich vergessen, oder weshalb redeten sie über meinen Kopf hinweg, wie sie in Freds Büro über meinen Kopf hinweggeredet hatten? Ich stand auf, räumte ab und trug das Geschirr in die Küche, ohne daß mir Hannes oder Susan halfen. Sie redeten und redeten, als wenn ich schon gestorben wäre und sie sich über mein Erbe stritten. Hannes äußerte, wie es seine Art war, keine persönliche Meinung, sondern schob die seines Vaters oder die eines Notars vor, den er mit der ganzen Sache betrauen wollte.

Als ich mich wieder zu ihnen setzte, hatte Hannes alle Unterlagen aus seinem Aktenkoffer hervorgeholt und auf dem Tisch ausgebreitet.

So, sagte er und drückte mir einen Stift in die Hand, hier mußt du unterschreiben.

Und was soll ich unterschreiben?

Eine Vollmacht, daß ich für dich alle Verhandlungen führen und im gegebenen Fall, wenn ich es für notwendig erachte, auch verkaufen kann.

Mich ergriff die Wut wie in Freds Büro, nur daß ich nicht weglief. Was dachten sich Hannes, Fred und auch Susan? Sie behandelten mich, als ob ich, auf eigene Beine gestellt, nicht bis drei zählen könnte. Sie schienen zu glauben, für mich sorgen und mein Leben in ihre Hände nehmen zu müssen. In den Augen meines Sohnes war ich zu nichts mehr nutze, nicht einmal zu meinem eigenen Wohl.

Ich strich über das Jackett meines schilffarbenen Hosenanzugs und atmete tief durch. Ich brauchte Zeit, ich mußte mich beruhigen und Kräfte sammeln. Ich glaube, ich las die Vollmacht mindestens viermal durch und konnte den Text auswendig, als ich den Kugelschreiber nahm und mit meiner etwas zu großen Schrift das Papier mit dem Satz vervollständigte: Mit Verhandlungen einverstanden, der Verkauf der Villa kann nur mit meiner persönlichen Zustimmung erfolgen. Nele Ungureit.

Du traust mir wohl nicht? fragte Hannes beleidigt.

Nein, sagte ich fast belustigt.

Jetzt betrachteten mich beide Kinder mit großer Verblüffung. Diese Reaktion hatten sie nicht erwartet. Vor allem Hannes, der sich doch meiner so annahm, schien nicht zu verstehen, warum ich seine Befugnis derart beschnitt. Seine Gedanken konnte ich nicht nur in seinem Gesicht, sondern auch an seiner abwehrenden Haltung ablesen. Kerzengerade und ohne sich anzulehnen saß er am Tisch, die Arme fest vor der Brust verschränkt, als erwarte er jeden Moment einen heftigen Stoß. Er fühlte sich nicht nur mißverstanden, er hielt mich obendrein für undankbar. Susan, die um die Stimmung des Abends fürchtete, wollte wissen, warum ich denn Hannes nicht machen lasse, was er für richtig halte, oder ob ich glaubte, daß er nicht in meinem Sinne handeln würde.

Weil es mein Haus ist, sagte ich kurz und bat darum, das Thema zu wechseln.

Und dann passierte etwas, womit ich nicht im entferntesten gerechnet hatte. Blässe schoß in das Gesicht meines Sohnes, und seine Stimme kiekste, was sie immer tat, wenn er sich aufregte.

Jetzt weiß ich, warum du dich so merkwürdig benimmst. So, wie du neuerdings aussiehst, hätte ich es mir gleich denken können, auch nach dieser Tanzerei bei Tante Nüßchen, und jetzt das Theater hier. Bei jedem Wort klopfte er mit dem Kugelschreiber auf die von mir ergänzte Vollmacht.

Und warum bin ich deiner Meinung nach so merkwürdig? wollte ich wissen, amüsiert und gespannt zugleich, was sich Hannes da ausgedacht hatte.

Ein Mann steckt dahinter.

Ich war so sprachlos, daß mir im ersten Augenblick keine Erwiderung einfiel. Langsam fühlte ich Wut in mir hochsteigen. Ich spürte, wie ich den Mund öffnete, ohne daß ein Wort herausgekommen wäre. Ich schluckte, und ich mußte mich räuspern.

Ein Mann, brüllte ich Hannes an, du glaubst also, ein Mann steckt dahinter? Deiner Meinung nach kann ich mich nur für einen Mann hübsch machen, ja?

Ich trieb Hannes, der aufgestanden war, vor mir her und fauchte wie eine alte Katze.

Ich kann in deinen Augen also nur tanzen, wenn ich an einen Kerl denke, und wenn ich deine Vollmacht nicht so unterschreibe, wie du es möchtest, dann hat mir das auch ein Mann eingeflüstert.

Ich ließ Hannes nicht zu Wort kommen, ich hatte ihn schon bis in den Flur gedrängt, wo er nach seinem Mantel griff, als ich noch einmal Luft holte.

Nach deiner Vorstellung kann ich offensichtlich nur als Anhängsel von einem Mann leben, atmen, essen und schlafen. Ich kann weder allein denken, noch kann ich allein Entschlüsse fassen, und schon gar nicht kann ich mich in deinen Augen ohne Mann selbst akzeptieren.

Die Tür knallte zu, ich hatte Hannes aus der Wohnung getrieben, lehnte jetzt mit dem Rücken an der Wand und hörte mich atmen.

So habe ich dich noch nie erlebt, Mom, sagte Susan.

Weil sie es schick fand, nannte sie mich lieber Mom statt Mama, und ich ließ es mir gefallen.

Man hat mich auch noch nie so gedemütigt.

Aber ich glaube, wandte Susan ein, Hannes hat dich mit seiner Bemerkung gar nicht kränken wollen.

Das kann ja sein, aber wenn er mir klarmachen will, daß ich mich nur über einen Mann definieren kann, dann ist das für mich eine Kränkung.

Ich brauchte Zeit, um mich zu beruhigen. Wenn ich nicht aufgepaßt hätte, wäre Susan auch gegangen, und das wollte ich nicht.

Komm, sagte ich liebevoll, komm, setz dich und erzähl mir von deinem Felix.

Wir lümmelten uns mit angezogenen Beinen, wie wir es früher oft getan hatten, jeder in eine Ecke meines Sofas, und Susan begann, erst stockend und langsam, dann immer schneller, in den höchsten Tönen von Felix zu schwärmen. Ihrer Meinung nach war alles an ihm wunderbar. Klug sei er, witzig, in der Redaktion von allen über die Maßen geachtet, und es gebe einfach kein Thema, zu dem er nicht etwas zu sagen hätte.

Ich habe noch nie einen Mann so geliebt.

Und was schätzt er an dir? unterbrach ich ihren Redefluß.

An mir?

Ja, an dir. Irgendwann wird er dir das doch gesagt haben.

Susan schwieg, und plötzlich tauchte in ihren Augen Mißtrauen auf.

Er liebt mich. Ist das nicht genug?

Nein, Susan, das ist nicht genug. Er muß dich als Mensch anerkennen, nicht nur als Frau, als Teilhaber seines Lebens. Hast du nicht verstanden, was Hannes mir unterstellt und was ich ihm geantwortet habe?

Wir schwiegen eine Weile, vielleicht auch zu lange, denn Susan streckte ihre Beine aus und schob ihre Füße zurück in die Schuhe.

Ich hätte mir eigentlich denken können, daß ich mit dir nicht über die Liebe und schon gar nicht über Felix reden kann.

Und warum nicht?

Susan angelte sich ihre Tasche vom Stuhl, ging zur Garderobe und zog sich an.

Na, sagte sie und verzog ihr Gesicht zu einem etwas gekünstelten Lächeln, weil du wegen Heike von Papa verlassen wurdest, und dann ist das Thema vielleicht auch eine Altersfrage.

Jetzt war sie es, die mich nicht zu einer Antwort kommen ließ, sondern mich umarmte, Tschüs sagte und so schnell wie möglich verschwand.

Als ich allein war und das Geschirr in die Spülmaschine räumte, hätte ich nicht behaupten können, daß es mir gutging. Der Abend war anders gelaufen, als ich es mir vorgestellt hatte. Irgendwie hatte ich das bedrückende Gefühl, nicht nur Hannes, sondern auch Susan vergrault zu haben. Alle Freude an meinen neuen Kleidern und meinem veränderten Aussehen war mir vergangen, als dürfe ich mir das alles nicht leisten. Wenn ich nicht meine nichtssagenden dunklen Klamotten weggeräumt hätte, wer weiß, vielleicht hätte ich sie wieder angezogen, nur um Hannes zu gefallen. Ähnlich ging es mir mit dem Telefon, dessen Hörer ich gern abgenommen hätte, um Susan anzurufen und ihr zu sagen, daß sie meinen Einwand nicht wörtlich nehmen solle; und ihr Felix sei ein Prachtkerl.

Nicht nur einsam, sondern von Gott verlassen kam ich mir vor. Eine Frau, die ihre Kinder nicht versteht und von ihnen nicht verstanden wird. Und weil das nicht in der Natur der Sache liegt, weil Kinder ihre Mutter zu lieben haben und umgekehrt, zweifelte ich an mir und meinem Verhalten. Ich hatte etwas falsch gemacht und wußte nicht, was. Am liebsten hätte ich meine Spiegel verhängt, um nicht in die Versuchung zu geraten, hineinzuschauen, denn ich schämte mich. Ich war zu weit gegangen. Ich hatte mich auf ein Pferd gesetzt, ohne reiten zu können, und nun war ich heruntergefallen. Ich mußte mit jemandem reden. Ich mußte nicht nur mein Gleichgewicht wiederfinden, sondern auch den richtigen Weg in mein drittes Leben, egal, wie steinig er war.

Wie früher schlief ich schlecht, und in den Stunden, in denen ich wach lag, dachte ich über Hannes und Susan nach. Ich verglich den kleinen Jungen mit dem erwachsenen Mann, das kleine Mädchen mit der jungen Frau. Bei Hannes fiel es mir schwer, in ihm den kleinen Jungen zu sehen. Er schien im Lauf der Zeit auf der Strecke geblieben zu sein, vom Gehorsam verschluckt und vom Wunsch, es allen recht zu machen. Ohne daß ich es gemerkt hatte, war ihm das Bedürfnis, sich anzupassen, als einzige Möglichkeit geblieben, anerkannt zu werden. So hatte er es schon als Vierzehnjähriger geschätzt, Pflichten zu übernehmen, zum Beispiel seine Schwester zu beschützen, was Susan haßte, oder Fred zu dessen Überraschung morgens die Schneeketten aufzuziehen, wenn es geschneit hatte, damit der Vater mit seinem Wagen sicher ins Geschäft fahren konnte. Für mich mähte er unaufgefordert den Rasen, half mir manchmal beim Kochen oder beim Abräumen des Tisches.

Was für ein liebes Kind, sagte dann Nüßchen, die damals noch unsere Nachbarin war, was für ein hinreißender Junge, wenn ich nur daran denke, wie andere in seinem Alter sind.

Ehrlich gestanden wäre es mir damals lieber gewesen, Hannes wäre so wie andere Jungen gewesen, hätte das eine oder andere ausgefressen, wäre wie Susan frech und aufsässig gewesen oder hätte in irgendeiner Weise auf sein Recht gepocht und ein eigenes Ziel vor Augen gehabt.

So viele Jahre später mußte ich zugeben, daß es bequemer war, Hannes in seiner Anpassungsfähigkeit und in seinem Bedürfnis, Pflichten zu übernehmen, zu belassen, als nach dem Grund seines Verhaltens zu forschen. Zum Beispiel habe ich ihn kaum je weinen sehen. Wenn er sich verletzt hatte, sagte er es nicht. War er krank, schämte er sich, nicht seine Aufgaben erfüllen zu können, und nie umarmte er mich von sich aus. Nahm ich ihn aber in den Arm, dann konnte es passieren, daß er mich nicht mehr loslassen wollte und sich wie ein Ertrinkender an mich klammerte, bis ich ungeduldig wurde und ihn abschüttelte.

Obwohl er längst selbständig im Geschäft arbeitete und in einer eigenen Wohnung lebte, hatte er keine Freundin. Dafür habe er keine Zeit, antwortete er, wenn ich ihn darauf ansprach, und wechselte so schnell wie möglich das Thema. Auch Susan behauptete, nicht zu wissen, ob ihr Bruder eine Freundin habe oder nicht. Der schwitzt sich wahrscheinlich alles durch die Rippen, war ihre Antwort, als ich sie einmal fragte. Der weiß nicht, was Liebe ist, und Sex kennt er auch nicht. In dem Punkt tickt Hannes nicht richtig.

Und schwul, hatte ich gefragt, meinst du, er ist schwul?

Um Gottes willen, Mom, wo denkst du hin. Hannes hat Angst vor Schwulen. Das sei eine Krankheit, hat er mir mal erklärt, mit der er nichts zu tun haben möchte.

Und Susan? Niemand brachte Fred und mich schneller zum Lachen als sie. Das Kind war die gute Laune in Person. Oft begriff ich erst hinterher, daß sie sich ihren Vorteil auf Kosten von Hannes verschafft hatte. Aber dann war es meist zu spät, und es fiel mir schwer, mich ihrem Charme zu entziehen, mit dem sie Fred und mich um den Finger wikkelte. Im Gegensatz zu ihrem Bruder zeigte sie nie das Bedürfnis, Verantwortung zu übernehmen, und fiel das Wort Pflicht, verzog sich ihr Gesichtchen zu einer Grimasse. Das macht Hannes, war einer ihrer Lieblingssätze. Und Hannes machte es.

Wenn es ihr gefiel, stürmte sie am Sonntagmorgen in unser Schlafzimmer und warf sich zwischen uns ins Bett. Sie küßte und umarmte Fred wie mich, wann es ihr einfiel, und sie empfand nie Scham, wenn sie glaubte, mit ihrer Zärtlichkeit bei uns den erwünschten Vorteil erreicht zu haben. Am wenigsten konnte ihr Fred widerstehen, und je älter sie wurde, um so öfter las er ihr die Wünsche von den Augen ab.

Ich hatte sogar den Verdacht, daß Susan sich aus reinem Egoismus mit Heike gutstellte, um sich auf diese Weise beim Vater noch beliebter zu machen. Schließlich hatte er ihr nicht nur das Sprachenstudium bezahlt, sondern er überwies ihr monatlich noch einen beachtlichen Betrag. Sie arbeitete nur halbtags oder gar nicht, dolmetschte für Firmen und auf Messen, wobei ihr genug Zeit für Heike blieb, mit der sie sich prächtig verstand.

Die Eifersucht auf Heike betraf nicht nur Fred, sondern auch Susan, das spürte ich genau, und ich fürchtete, nicht nur Hannes gegenüber ungerecht zu sein. Ich fühlte mich nicht mehr in der Lage, meine Kinder objektiv zu sehen, sondern witterte hinter allem, was sie sagten oder taten, Mißtrauen und Ablehnung.

Am folgenden Morgen rief ich Nüßchen an und fragte, ob sie Zeit für mich hätte, ich müßte mit ihr reden. Ich war der Meinung, Nüßchen sei der richtige Gesprächspartner, weil sie meine Kinder am besten kannte und, wie ich wußte, heute noch liebte.

Natürlich habe ich für dich Zeit, rief sie ins Telefon,

komm, wann du willst, wenn dich meine Enkelchen nicht stören. Du weißt ja, es gibt für mich nichts Schöneres, als sie alle um mich zu haben.

Ich schwieg und ahnte, daß ihr Geschrei unser Gespräch stören würde, ihr Wunsch, Pipi zu machen, was zu trinken oder zu essen, ihr Grapschen nach Nüssen in Nüßchens Kleidertaschen. Trotzdem fuhr ich in der Überzeugung hin, die Freundin könne mir in meiner Ratlosigkeit behilflich sein.

Als sie mir die Tür öffnete, sah sie mich mit dem gleichen fassungslosen Staunen an, wie Hannes mich am Abend zuvor betrachtet hatte. Sie war über mein verändertes Aussehen so verwundert, daß sie ihre Enkel nicht zur Ordnung rief, die hinter und unter ihren Röcken hervorkrochen, um mich zu betasten, an mir zu riechen und mit ihren kleinen Fingern an meiner langen Hose zu zerren.

Was hast du denn mit dir gemacht? fragte sie kopfschüttelnd, und ich antwortete etwas spitz, daß mir Hannes gestern die gleiche Frage gestellt habe.

Ist doch wahr, sagte Nüßchen, du bist ja nicht wiederzuerkennen.

Dann ermahnte sie die Enkel, verteilte ihre Nüsse und schob ein Kind nach dem anderen ins Wohnzimmer, das sie zu einem großen Spielzimmer umfunktioniert hatte. Mich bat sie in die Küche, weil wir ihrer Meinung nach dort am meisten Ruhe hätten. Überall roch es ein bißchen nach Windeln, Grießbrei und Fencheltee. Insgeheim fragte ich mich, ob Nüßchen wirklich die richtige Gesprächspartnerin für mich wäre.

Allein einige zusammenhängende Sätze zu sagen war schwierig genug. Die kleinen Monster wollten nicht im Wohnzimmer bleiben, schrien nach Oma Nüßchen, verlangten Nüsse, Küsse und weitere Zärtlichkeiten, mußten auf den Topf oder aufs Klo, hatten Durst, wollten eine Geschichte erzählt bekommen und krochen ungefragt auf Nüßchens Schoß.

Vielleicht sollte ich ein andermal kommen, schlug ich genervt vor, wie ich sehe, hast du keine Zeit für mich.

Was für ein Unsinn, natürlich habe ich Zeit für dich. Kümmere dich nicht um die Kinder, ich bin an den Krach gewöhnt, ich höre dir trotzdem zu.

Wie eine Glucke saß sie mir in ihrem wallenden Gewand gegenüber, auf ihrem Schoß, zwischen den Beinen und Armen die Enkel.

Wie viele hast du?

Sechs, sagte sie stolz, und sie sind fast alle tagsüber bei mir, bis die Eltern sie nach der Arbeit abholen.

So eine Art Kita, ja? Ich konnte mir den leisen Spott nicht verkneifen.

Es ist mir egal, wie du es nennst, antwortete Nüßchen freundlich, ich finde es schön, wenn sie alle bei mir sind.

Ich könnte das nicht, sagte ich leise, und Nüßchen sagte ebenso leise: Ich weiß.

Und weil weder in ihren Augen noch in ihrer Stimme auch nur ein Funken Ironie zu spüren war, konnte ich plötzlich reden. Nicht anders als die kleinen Monster, fühlte ich mich plötzlich von Nüßchens Wärme angezogen, und es fehlte nicht viel zu dem unerwarteten Wunsch, auch auf ihren Schoß zu klettern, mich an sie zu schmiegen und mit geschlossenen Augen zu erzählen, was mich bedrückte und weshalb ich gekommen war.

Nüßchen hörte geduldig zu, schenkte mir Kaffee ein und schob mir einen Teller Kinderkekse über den Tisch.

Die soll nicht unsere Kekse essen, rief sofort eins der kleinen Monster und wollte nach mir schlagen. Aber Nüßchen war schneller, hielt das Kind am Arm fest und schob es in Richtung Wohnzimmer.

Ruhe jetzt, sagte sie und streichelte über den Kinderkopf, sonst mach ich die Tür zu.

Und tatsächlich, es breitete sich eine staunenswerte Stille aus, mit der Nüßchen gerechnet zu haben schien. Ähnlich einem Dirigenten, gab sie mir, nach der eingetretenen Ruhe, das Zeichen zum Einsatz, und ich fuhr mit meinem Bericht fort.

Erst schilderte ich das Verhalten von Hannes, dann das von Susan, und ich endete mit der kläglichen Frage, was ich mit meinen Kindern falsch gemacht hätte.

Eigentlich komisch, daß du das nicht weißt, sagte Nüßchen mit einem Lächeln, das mich schon früher an ihr geärgert hatte. Ich antwortete nicht, ich sah sie nur an. Weiß der Himmel, was mich hierher getrieben hatte. Am liebsten wäre ich aufgestanden und gegangen. Schon griff ich nach meiner Tasche, stellte Tasse und Teller zusammen und war im Begriff aufzustehen, als Nüßchen mir recht energisch zu verstehen gab, ich solle bleiben. Nicht wieder weglaufen, Nele, sagte sie freundlich, du hast mich etwas gefragt, und ich möchte dir gern darauf antworten. Ihr breites, einstmals hübsches Gesicht zerfiel in winzige, glänzende Fettfältchen, und es war schwer, darin zu lesen. Plötzlich fragte sie wie aus der Pistole geschossen:

Wie alt war Hannes eigentlich, als er zuletzt bei dir im Bett kuscheln durfte?

Meine Güte, rief ich, wie soll ich das noch wissen?

Dann denk nach!

Ich brauchte nicht nachzudenken, ich wußte es auch so, ich hatte Hannes überhaupt nie zum Kuscheln in mein Bett geholt. Susan hingegen war unter unsere Decken geschlüpft, egal, ob es Fred oder mir paßte. Dann überfiel sie uns mit ihren knallenden Kinderküssen, die meist einen besonderen Wunsch zur Folge hatten, während Hannes verlegen im Türrahmen stand und mit halb zugekniffenen Augen dem wilden Treiben seiner kleinen Schwester zusah.

Und du? hatte ich ihn einmal gefragt, und er hatte geantwortet, daß er so etwas nie von allein machen würde.

Ich erinnerte mich jetzt genau, daß ich ihn nicht etwa aufforderte, auch ins Bett zu kommen, sondern daß mich sein Versuch, Susan eins auszuwischen oder sie zumindest in den Schatten zu stellen, ärgerte.

Zwingt dich ja auch keiner, hatte ich ihm geantwortet. Und Hannes, dessen Augen groß und dunkel geworden waren, hatte sich abgewendet und war in sein Zimmer gegangen.

Na? fragte Nüßchen, weißt du's jetzt?

Ich schüttelte den Kopf, schwieg und hörte Nüßchen zu, die mir an unzähligen Beispielen aufzählte, wann, wo und wie ich es hatte an Zärtlichkeiten Hannes gegenüber fehlen lassen, während Susan von mir und Fred nach Strich und Faden verwöhnt worden war.

Und woher willst du das wissen?

Von Hannes. Du glaubst ja nicht, wie oft er sich bei mir ausgeweint und Trost gesucht hat. Aber du, du hast weder auf ihn noch auf mich gehört. Für dich ging es immer nur um Fred. Die Kinder spielten in deinem Leben die zweite Rolle. Und Hannes spielte meistens gar keine. So wie ihr Susan emotional verwöhnt habt, so habt ihr Hannes vernachlässigt.

Jetzt holte Nüßchen tatsächlich Nüsse aus ihrenTaschen, bot sie mir zwischen ihren rundlichen rosa Fingern an und fügte hinzu: Wer Radieschen sät, kann keine Kürbisse erwarten. So ist das nun mal.

Ich weiß auch nicht, warum, aber ohne auch den Bruchteil einer Sekunde darüber nachzudenken, was ich tat, schlug ich von unten gegen Nüßchens Hände, so daß ihr

Kerne und Schalen ins Gesicht flogen und ihr Lächeln zerstörten.

Zu sagen hatte ich nichts, weder eine Entschuldigung noch eine Erklärung. Ich sprang auf, öffnete die Tür zu den kleinen Monstern, die gelauscht hatten und nun wie Mehlsäcke ins Zimmer plumpsten, sich aufrappelten und sofort nach Oma Nüßchen schrien, während ich grußlos davonlief.

Ich rannte, als sei der Teufel hinter mir her. Die Leute auf der Straße sahen sich nach mir um. Eine etwa gleichaltrige Frau wollte wissen, ob sie mir helfen könne. Und hätte mich nicht eine andere Frau am Ärmel festgehalten, ich wäre bei Rot über die Straße gelaufen. Ich beruhigte mich erst, als ich mich im Glas eines Schaufensters erkannte. Zerzaust, wie ich war, sah ich unmöglich aus. Das Halstuch hing aus der Jacke, die ich obendrein falsch zugeknöpft hatte. Die Frisur war nicht mehr zu erkennen, das Gesicht fleckig und verschwollen.

Da war plötzlich nichts mehr von der neuen Nele Ungureit zu sehen. Was ich da betrachtete, war eine total verunsicherte, ängstliche ältere Frau, die langsam begriff, daß sie alles verloren hatte, den Mann, den Sohn, die Tochter und jetzt auch noch die langjährige Freundin. Ich war allein, und nicht nur von der Familie verlassen, sondern auch von allen guten Geistern.

Als nächstes suchte ich ein Café auf, ordnete auf der Toilette meine Kleidung und bestellte mir anschließend einen doppelten Cognac, den ich in kleinen Schlucken trank, ohne mich um den verwunderten Blick der Kellnerin zu kümmern.

In meinem Kopf kreiste die Frage, ob ich nur allein oder hoffnungslos einsam sei. Die Frage war mit allerhand Bildern ausgestattet, zeigte Fred, Hannes und Susan, mal heute, mal früher. Mal waren wir eine glückliche Familie, mal ging jeder seiner Wege, ohne den anderen wahrzunehmen. Ich sah mich mit Fred im gemeinsamen Bett liegen, und gleich darauf umschlangen ihn Heikes Arme und Beine. Nahaufnahmen wechselten mit Totalen, in denen ich mich immer seltener fand. Ich schien immer kleiner zu werden, immer überflüssiger, ja, ich schien zu stören und paßte nicht mehr ins Bild.

Wollen Sie noch einen? fragte die Kellnerin und beugte sich in der Annahme zu mir herunter, ich sei nicht ganz bei mir.

Nein, danke.

Als ich aufstand, fühlte ich mich seltsam gewichtslos, und meine Stimme, mit der ich mich verabschiedete, hatte einen Klang, den ich nicht an mir kannte. Vielleicht war's ja der Cognac, ich wußte es nicht. Jedenfalls ging ich, ohne noch einen Gedanken an Nüßchen und ihre Vorwürfe zu verschwenden, nach Hause, legte mich ins Bett und schlief mitten am Tag, als müßte ich mich von einer Infektion erholen. Dabei träumte ich ohne Unterlaß.

Ich saß mit Hannes und Susan in Zügen, die nicht hielten, wir fuhren auf Schiffen, die nicht anlegten, und bestiegen Flugzeuge, die nicht landeten. Wir hielten uns an den Händen fest und sprachen uns Mut zu, ohne daß einer dem anderen glaubte. Wir versuchten zu lachen. Ich erzählte eine Geschichte nach der anderen, um Hannes und Susan die Angst zu nehmen, die in ihren Gesichtern stand. Als ich nach Stunden aufwachte, war das Kissen, auf dem ich lag, tränenüberströmt.

Die folgenden Tage verliefen für meine Verhältnisse geradezu eintönig. Weder telefonierte ich, noch nahm ich den Hörer ab, wenn es klingelte. Dafür hatte ich den Anrufbeantworter eingeschaltet. Unter den wenigen Anrufern war einmal Nüßchens Stimme zu hören, die sich über mein Verhalten beschwerte und mir die Freundschaft aufkündigte, wenn ich nicht postwendend zurückriefe. Hannes wollte wissen, ob ich wieder zurechnungsfähig sei. Ihm war keinerlei Erregung anzuhören. Er hatte seinen Geschäftston angeschlagen, und seinen kurzen Sätzen war zu entnehmen, daß sein Interesse in erster Linie der Stadtvilla meines Urgroßvaters galt, die er zu veräußern wünschte. Ich rief weder bei ihm noch bei Nüßchen an. Auf die Straße ging ich nur, um Lebensmittel zu kaufen, ansonsten hielt ich mich in der Wohnung auf, die ich sorgfältiger denn je putzte. Es gab keine Ecke, die ich ausließ, keinen Bilderrahmen, der nicht entstaubt wurde. Jede Schublade wischte ich aus, und schließlich begann ich auch noch, meinen Schreibtisch aufzuräumen.

Als erstes warf ich alte Briefe von Fred weg. Die Kinderbriefe zerriß ich nicht, bündelte sie nur und packte sie in einen Karton, den ich in den Keller trug. Ähnlich ging ich mit den Familienfotos um. Bisher hatte ich sie in der Wohnung verteilt, Säuglingsbilder, Kinderbilder, Fotos von den Konfirmationen. Dazwischen Bilder von Fred als Geliebtem, als Ehemann und als Vater. Ich räumte sie alle weg, und die Leere tat mir gut. Ständig durchmaß ich Zimmer für Zimmer, räumte und schob Dinge von einem Platz auf den anderen. Auf diese Weise veränderte ich meine Wohnung und gab ihr eine neue Ordnung. Sie wurde anonym, ohne Blickfang und ohne Vergangenheit, ein Gehäuse, in dem ich wie eine Fremde eingesperrt war, aß, schlief, putzte und zur Abwechslung fernsah.

Obwohl es sich nur um Tage handelte, in denen ich derart stumpfsinnig vor mich hin vegetierte, kam mir die Zeit doppelt und dreifach gedehnt vor. Und als eines Morgens die Sonne in mein Schlafzimmer schien und mich an den Frühling erinnerte, beschloß ich, in den Park zu gehen. Ich sah es sofort, das Grün, das Lila, das saftige Braun, das von den Knospen und Trieben ausging, die länger und voller geworden waren. Die Sonne wärmte mein Gesicht und vermittelte mir das Gefühl, noch zu leben, gesund zu sein, Erwartungen zu haben, vielleicht auch Wünsche, die ich nur nicht kannte, die jedenfalls nichts mehr mit Fred zu tun hatten. Ich setzte mich auf die Bank, auf der ich so gern saß, und dachte über mich nach. Plötzlich hatte ich Frau Grieses Stimme im Ohr, hörte ihr Entsetzen wegen der Tatsache, daß sie ihre Tochter nicht erkannt hatte und nun nicht nur die Abweisung des eigenen Kindes fürchten mußte, sondern auch die Möglichkeit, nicht mehr ganz bei Trost zu sein.

Ich stellte mir vor, wie es wäre, Susan zu begegnen und sie nicht zu erkennen. Der Gedanke war fürchterlich und trieb mir eine Gänsehaut über den Rücken. Typisch du, würde sie sagen, aus den Augen, aus dem Sinn, und was ich für eine Mutter sei, die ihr eigenes Kind nicht von anderen Frauen unterscheiden könne. Ein Zeichen dafür, würde sie sagen, daß ich sie nie geliebt habe und daß mir die natürliche Mutter-Kind-Beziehung fehle, wie sie bei jedem Tier zu finden sei, von der Hyäne bis zur Ratte, vom Krokodil bis zum Eichhörnchen.

Die Gänsehaut zog sich vom Rücken her über die Brust. Ich fing trotz der warmen Sonnenstrahlen an zu frieren und sprang von der Bank auf. Die Bäume schwankten, und vom blauen Himmel segelten kleine, weiße Wolken auf mich zu.

Ist Ihnen nicht gut? fragte ein junger Mann, der mit einem Fahrrad vorbeikam, abstieg und glaubte, mich festhalten zu müssen.

Vielen Dank, murmelte ich verlegen, es geht schon wieder.

Soll ich Sie nach Hause bringen?

Nein, sagte ich beinah unfreundlich und dachte daran, wie ich Frau Griese ins Heim gebracht hatte. Ich kann sehr gut allein nach Hause gehen.

Der junge Mann zuckte mit den Schultern, stieg auf sein Rad und fuhr mit einem kurzen Gruß davon. Ich war wieder allein mit mir und Frau Grieses Zwangsvorstellungen, die ich mir zu eigen gemacht hatte.

Ohne daß ich darüber nachdachte, ging ich den Weg, den ich mit ihr gegangen war, bis ich vor dem Seniorenheim stand, in dem sie untergebracht war.

Am Empfang saß dieselbe Frau wie damals vor dem Computer, und ich mußte mich mit einem Gruß deutlich bemerkbar machen, bis sie sich mir zuwandte.

Bitte?

Ich möchte Frau Griese besuchen. Ich hab sie vor ein paar Tagen zurückgebracht, weil sie sich verlaufen hatte.

Verlaufen ist gut, sagte die Frau gleichgültig und tippte schon wieder auf ihrer Tastatur herum. Weggelaufen ist sie.

Ich möchte sie besuchen, sagte ich.

Zimmer dreihundertvierzehn, sagte die Frau, da hinten den Gang entlang bis zum Ende, dann die Treppe rauf in den dritten Stock. Sie können auch den Fahrstuhl nehmen.

Damit wandte sie sich wieder ihrem Computer zu, so daß ich mein Danke in ihren Rücken sprach und eine weitere Unterhaltung unmöglich war.

Den Gang entlang, die Treppe rauf. Linoleum, Laufstangen an den Wänden, an denen sich in unterschiedlichen Abständen meist weibliche gekrümmte Gestalten langhangelten. Im ersten Augenblick wirkten sie wie überdimensionale Insekten auf mich, die langsam vorwärtskrochen, erschöpft stehenblieben und nach einer kleinen Pause wieder ein Bein vor das andere setzten. Manche lächelten, manche murmelten vor sich hin, wieder andere wirkten ausdruckslos, verbissen oder ängstlich. Zwischen ihnen bewegten sich die Schwestern in ihren rosa und weißen Uniformen wie Dompteusen. Ihren wachen Blicken entging nichts. Mit ihren leisen, energischen Schritten schoben sie mehrstöckige Wagen vor sich her, auf denen sie entweder Wäsche und Windeln transportierten oder Teller mit Essen und riesige Kannen mit Tee, Kaffee oder Saft. Hin und wieder hielten sie an, verteilten Wäsche, Windeln oder Suppe. Nebenbei gaben sie kleine Kommandos, die von den Alten ebenso willig wie ängstlich befolgt wurden.

Hier geht's lang, in den Eßsaal, Frau Müller, hieß es da, was die Angesprochene veranlaßte, sich umzudrehen, um wieder in die Richtung zu tippeln, aus der sie mühsam gekommen war. Oder: Jetzt gibt's Suppe, gehen Sie mal auf Ihr Zimmer, sonst wird sie kalt.

Nein, hieß es an anderer Stelle, Sie brauchen mir nicht zu helfen, setzen Sie sich mal schön hin. Und als sich zu Füßen einer der Alten ein Pfützchen bildete, war die Schärfe in der Dompteusenstimme unüberhörbar. Ich hab Ihnen doch gesagt, ich bring Sie gleich auf die Toilette, das muß doch nicht sein, oder?

Die Alte schüttelte den Kopf, und kleine Tränen versickerten in den Falten ihres Gesichts, das sie mir hilfesuchend zuwandte: Ich will keine Windeln, ich bin doch kein Säugling.

Ich antwortete nicht, ich lief weiter, so schnell ich konnte, schockiert von dem, was sich hier abspielte und was offensichtlich zum Alltag gehörte.

Am Ende des Ganges befand sich das Treppenhaus. Die gefliesten Stufen gaben meine Schritte wieder. Sonst war es hier still. Patienten und Dompteusen benutzten Fahrstühle. Die einen, weil sie keine Stufen erklimmen konnten, die anderen, weil die Wagen nicht anders zu transportieren waren. Ich setzte mich einen Augenblick auf den Absatz der Treppe. Vielleicht sollte ich wieder gehen und diesem Haus der Gebrechlichkeit, der Demenz und der Todgeweihten entfliehen. Aber dann sah ich Frau Grieses verzweifeltes Gesicht vor mir, in dem die Angst stand, verrückt zu sein. Kein Wunder, dachte ich, hier würde ich auch verrückt, nahm mich zusammen und stieg hinauf in den dritten Stock, Zimmer dreihundertvierzehn. Auf mein wiederholtes Klopfen bekam ich keine Antwort, und ich fürchtete schon, mich in der Tür geirrt zu haben, als eine rauhe Stimme neben mir sagte: Frau Griese sagt nie Herein.

Warum nicht?

Die Stimme gehörte einer klapperdürren Frau, die in einem Gehgestell hing, mit dem sie sich nahezu lautlos fortbewegen konnte. Nicht nur, daß ihr Haar wie bei einem Mann sehr kurz geschnitten war, sie trug auch Hosen, und in ihrem Mundwinkel hing eine Zigarette, von der jetzt Asche zu Boden fiel. Als die Frau meinem Blick folgte, lachte sie verschmitzt und fuhr mit einem der Gummiräder ihrer Gehhilfe über die Asche, bis sie kaum noch zu sehen war. Dann wies sie mit dem Kopf auf die Tür des Zimmers dreihundertvierzehn.

Die Griese sagt immer, wisperte sie mit ihrer zerborstenen Stimme, die kommen sowieso ins Zimmer, ob man Herein sagt oder nicht. Machen Sie ruhig die Tür auf.

Also drückte ich die Klinke herunter und rief ein Hallo in den schmalen Flur, der sich vor mir auftat. Links öffnete sich eine weitere Tür in ein geräumiges Badezimmer mit Chromstangen zum Festhalten neben Toilette und Waschbecken, während unter der wannenlosen Dusche ein breiter Plastikstuhl stand. Eigentlich praktisch, ging es mir durch den Kopf. Der schmale Flur endete in einem großen Zimmer, in dem Frau Griese mit dem Rücken zu mir in einem Sessel saß, aus dem Fenster starrte und rief: Ich will heute nichts essen. Vielleicht kommt meine Tochter, die bringt mir was mit.

Ich schwieg und sah mich um. An der Wand stand ein Pflegebett, oben und unten verstellbar, mit unzähligen kleinen Zierkissen belegt. Über dem Kopfende an der Wand und auf dem Nachttisch prangten Fotos, wahrscheinlich von ein und derselben Person, nur in unterschiedlichen Altersstufen. Nicht anders als bei mir, dachte ich. Da war ein Kleinkind zu sehen, ein Mädchen mit einer Schultüte, bei der Erstkommunion, als Teenager, als Braut und schließlich als eine Frau von Ende Vierzig, dick und lächelnd. Mit zunehmendem Alter der Abgebildeten schienen auch die Fotos an Höhe und Breite gewonnen zu haben und ließen keinen anderen Wandschmuck über dem Bett zu. Auf dem Tisch stand in einem Strohkränzchen ein Kerzenständer, dessen Kerze noch nie angesteckt worden war. Daneben Zeitschriften, die offensichtlich unberührt waren. Dem Sessel gegenüber befand sich ein Fernseher, auf dem auch wieder Bilder von dieser dicken Frau standen. Und an der Wand darüber ein großer Kalender, auf dem die vergangenen Tage mit einem schwarzen Filzstift durchkreuzt waren. Dann gab es noch einen Stuhl, einen Schrank und eine Kommode. Ein ungemütliches Zimmer, fand ich, das ganz und gar nicht zu der gutgekleideten und gepflegten Frau paßte. So wie sie da saß und aus dem Fenster starrte, wirkte sie auf mich, als habe man sie nur vorübergehend hier untergebracht. Außer dieser Menge von gerahmten und ungerahmten Fotos gab es nicht einen einzigen persönlichen Gegenstand, nichts, was darauf hinwies, daß dieses Zimmer von einem Individuum bewohnt wurde.

Guten Tag Frau Griese, sagte ich leise, ich bin's, Nele Ungureit.

Mein Gruß wurde nicht erwidert. Frau Griese wandte sich mir auch nicht zu. Sie blieb weiter in ihrer starren Haltung am Fenster sitzen, und ich konnte nur ihr schönes weißes Haar sehen und das Handgelenk mit dem Armband, das ich schon kannte; die Finger krampften sich jetzt in die Lehne, ähnlich wie im Park in mein Knie.

Hat meine Tochter Sie geschickt?

Nein, ich kenne Ihre Tochter nicht.

Frau Griese fuhr so schnell in ihrem Sessel herum, daß ich erschrak. Da war er wieder, dieser Blick, konzentriert und doch voller Unruhe.

Meine Tochter, fing Frau Griese an, war vorige Woche bei mir zu Besuch. Sie sah sehr schön aus, und sie hat mir Astern mitgebracht.

Ich weiß, sagte ich vorsichtig.

Frau Griese ließ sich nicht unterbrechen und berichtete die ganze Geschichte fast wortgetreu ein zweites Mal, wobei sie mir voller Spannung ins Gesicht sah, als müsse sie mich und meine Reaktion kontrollieren.

Ich setzte alles auf eine Karte. Als sie bei dem Punkt angekommen war, an dem sie mir mitteilte, daß sie glaube, verrückt zu sein, aber fürchte, es nicht zu bemerken, unterbrach ich sie, nahm allen Mut zusammen und sagte: Das haben Sie mir neulich im Park alles schon einmal erzählt. Erinnern Sie sich nicht?

Einen Augenblick lang dachte ich, sie würde aus dem Sessel fallen. Sie kippte zur Seite, als habe sie jemand geohrfeigt. Ihre Augen klappten zu und ihre Gesichtszüge erstarrten. Sie sah wie tot aus. Selbst das Atmen schien sie eingestellt zu haben.

Ich wußte nicht, ob ich Hilfe holen sollte. Andrerseits hatte ich das Gefühl, Frau Griese versuchte, mir eine Rolle in ihrer Geschichte zuzuweisen, die anzunehmen ich aber nicht bereit war. Nachdem sie sich eine Weile totgestellt hatte, legte ich meine Hand auf ihr weißes Haar und sagte: Ich finde nichts weiter dabei, wenn man eine Geschichte zweimal erzählt. Das passiert mir auch manchmal.

Frau Griese öffnete die Augen zu einem schmalen Schlitz und funkelte mich an.

Aber meine Tochter, begann sie mit klagender Stimme.

... ist in den Staaten, beendete ich den Satz, und sie war vorige Woche ebensowenig hier, wie es um diese Jahreszeit Astern gibt.

Mehr sagte ich nicht. Ich ließ Frau Griese Zeit, in Ruhe nachzudenken, zog meine Jacke aus, setzte mich auf den einzigen Stuhl, den es außer dem Sessel noch gab, und rückte ihn an den Tisch, so daß wir uns gegenüber saßen. Nach einer Pause sagte Frau Griese: Hier hat sich noch nie jemand zu mir gesetzt.

Ein winziges Lächeln huschte über ihr Gesicht und veränderte es von einer Sekunde auf die andere. Die Augen wurden groß und dunkel, und in jedes ihrer Fältchen um

Nase und Mund kam Bewegung. Ihre Stimme hatte den klagenden Ton verloren und drückte Wärme aus.

Sind Sie wirklich gekommen, um mich zu besuchen?

Ja, sagte ich, finden Sie das so ungewöhnlich?

Plötzlich erinnerte sie sich an mich, an den Park und wie ich sie zurück ins Heim begleitet hatte. Hin und wieder passiere ihr das, sagte sie etwas verlegen, dann verlasse sie das Haus und finde nicht mehr zurück.

Dann werden wir eben den nächsten Spaziergang zusammen machen, erwiderte ich freundlich und strich über ihre Hand, die inzwischen locker auf der Sessellehne lag. Sie zuckte zusammen, wie jemand, der zärtliche Gesten nicht gewohnt ist, dann betrachtete sie eine Weile ihre Hand und bat: Machen Sie das noch einmal.

Es war mir nicht gerade peinlich, aber ein bißchen verlegen machte mich ihre Bitte schon, sie noch einmal zu streicheln. Wie einsam mußte diese Frau sein. Ich hielt ihre Hand, die wie ein erschlafftes Vögelchen in der meinen lag und sich nicht rührte.

Bekommen Sie gar keinen Besuch? fragte ich.

Nein, sagte sie, und ihre Stimme zitterte, als schäme sie sich, die Wahrheit zugeben zu müssen.

Je länger ich blieb, um so mehr bedrückte mich die Situation, in die ich mich gebracht hatte. Ich fühlte, daß ich mich da auf etwas einließ, was ich vielleicht gar nicht wollte. Das Haus, die alten Menschen, der Geruch, die Dompteusen mit ihren Medikamenten-, Geschirr- und Windelwagen machten mir Angst und stellten mich mit jedem Atemzug vor die Frage, ob ich auch so willenlos enden würde, alleingelassen, nur versorgt, gefüttert und gesäubert wie ein betagtes Haustier.

Natürlich versprach ich Frau Griese wiederzukommen, aber ich war froh, als ich ihr Zimmer verließ. Draußen lungerte noch immer das Klappergestell herum, mit der ich weiß nicht wievielten Zigarette im Mundwinkel.

Sie haben es aber lange bei der Griese ausgehalten, rief sie mir mit ihrer Raucherstimme zu und wartete grinsend auf Antwort. Aber ich nickte nur, lief die Treppen hinunter, den Gang entlang und raus aus dem Heim.

So schnell ich konnte, durchquerte ich den Park, um nach Hause zu kommen. Mir war, als hätte ich alle Energie verloren, alle Kraft, vor allem aber den Willen, Frau Griese noch einmal zu besuchen. In der Wohnung wusch ich mir als erstes gründlich die Hände. Dabei hörte ich überall kleine, kaum wahrnehmbare Geräusche. Da war ein Seufzen, ein Wispern, ein Schlurfen und Schmatzen. Ich glaubte die Gestalten zu sehen, die mir im Heim über den Weg gelaufen waren. Sie hockten in meinem Sessel, tippelten über den Flur, schoben sich an der Wand entlang, krochen in mein Bett und waren wie Kakerlaken überall. Sie waren klein, dürr, groß und dick, konnten die Beine kaum bewegen oder ruderten hilflos mit den Armen. So unterschiedlich ihre Gebrechen zu sein schienen, so gleich waren ihre Gesichter, die sie mir zuwandten. Sie alle trugen meinen Kopf auf ihren Schultern und starrten mich an, bis ich schrie. Da endlich verschwanden sie und ließen mich mit der Angst allein, so zu werden wie sie. Der Schock ließ mein Herz rasen. Die Kopfhaut zog sich zusammen, und mein Rücken krümmte sich, als hätte man mir Gewichte auf die Schultern gelegt.

Lieber gleich sterben, als auf diese Weise alt zu werden.

Zum Glück tauchten die Alten, die mein Gesicht trugen, nicht wieder vor meinen Augen auf. Auch die Kopfhaut glättete sich, und mein Rücken richtete sich wieder auf. Nur schwindlig war mir noch, unendlich schwindlig. Ich begriff, daß ich mit der Tatsache, nicht nur älter, sondern auch alt zu werden, nicht fertig zu werden schien.

Meine von allen Familienbildern gesäuberte Wohnung ging mir auf die Nerven. Ich sah ständig die leeren Plätze und Flecken auf Regalen, Schreibtisch und Wänden. Wäre ich noch länger in der Wohnung geblieben, hätte nicht viel gefehlt, und ich hätte alles wieder umgeräumt..

So entschied ich mich, ins nächstbeste Kino zu gehen. Spätnachmittagsvorstellung. Ich sah einen Film mit dem Titel Das Glashaus, von dem mir nichts anderes im Gedächtnis geblieben ist als ein Mann und eine Frau, die sich entweder stritten oder in den Armen lagen und die in einem Haus wohnten, dessen Wände aus Glas waren. Ich muß eingeschlafen sein, denn ich wunderte mich über die Tränen, die sich einige Zuschauer am Ende aus den Augen wischten. Draußen war es inzwischen dunkel geworden, und weil ich Hunger hatte, setzte ich mich in ein Restaurant und aß eine Pizza. Jemand holte die beiden leeren Stühle von meinem Tisch, um sie an einen anderen zu rücken. Ich blieb wie ein Stein des Anstoßes für jeden sichtbar allein. Nachdem ich meine Pizza hinuntergewürgt hatte, zahlte ich und ging. Aber ich wählte nicht den Weg nach Hause, ich wartete auch nicht auf eine Straßenbahn, ich schlug überhaupt keine bestimmte Richtung ein, sondern lief nur geradeaus, die Augen auf das Pflaster gerichtet. War eine Ampel rot, bog ich nach links oder rechts ab, als sei es mir unmöglich, auch nur eine Sekunde stehenzubleiben. Ich kümmerte mich nicht darum, wo ich war, und machte auch nicht halt, als ich am großen Stadtpark angelangt war. Hier war die Beleuchtung spärlich und spendete nur auf dem Hauptweg Licht. Ich stürzte mich in die Finsternis wie in einen Fluß, den ich zu überqueren hatte, wenn ich am Leben bleiben wollte. Dabei fürchtete ich mich seit meiner Kindheit im Dunkeln, sah Gestalten, glaubte zu ersticken oder hinterrücks erschlagen zu werden. Die Angst sprang mir wie ein Tier in den Nacken und drückte mich fast zu Boden. Aber ich gab nicht nach, ich mußte die Dunkelheit besiegen, wenn ich nicht von ihr geschluckt werden wollte. Ich wußte plötzlich, hier ging es nicht um die nächtliche Finsternis, vor der ich mich ängstigte, hier ging es um mein Alter, um die Frage, wohin es mich führen würde, wohin ich mich führen ließe.

Die Zweige der Bäume über mir bildeten einen nachtschwarzen Tunnel. Kein Geräusch außer meinen Schritten, kein Käuzchen, kein Kätzchen, kein Hund. Meine Hände verkrampften sich zu Fäusten, mein Atem pfiff, mein Herz klopfte bis in den Hals, und ich schwitzte. Wenn ich umkehrte, hatte ich verloren, das stand fest, egal wie lange ich brauchte, um auf die andere Seite des Parks zu gelangen.

Plötzlich wußte ich, wo ich war, erkannte im Schwarzgrau die Wege, die hundertjährige Eiche, die fünf Birken, die wie verloren auf einer Wiese standen, die Findlinge, auf denen ich als Kind herumzuklettern versucht hatte, und dort, ein paar Schritte von mir entfernt, erkannte ich gegen den Nachthimmel hoch auf einem Sockel die bronzene Frauengestalt. Preußens schönste Landesmutter, pflegte mein Großvater uns Kindern zu sagen, und jedesmal erzählte er die Geschichte, wie sich Königin Luise, leider vergeblich, mit Napoleon angelegt habe, um Preußen die Kapitulation zu ersparen.

Ich merkte, daß ich vor Erleichterung weinte. Die Angst wich von Minute zu Minute und ich war von der Vorstellung geradezu beseelt, auf der anderen Seite angekommen zu sein. Ohne mir dessen bewußt zu werden, war ich quer durch die ganze Stadt gelaufen, durch den Stadtpark, und nun stand ich keine hundert Meter vom Haus meines Urgroßvaters entfernt, das jetzt laut Testament mir gehörte.

Die Fassade der mächtigen Villa aus dem neunzehnten

Jahrhundert leuchtete weiß und wirkte, wie sie es schon als Kind getan hatte, wie ein Schloß auf mich. Ich glaubte die Stimme des Großvaters zu hören, der nie ein Verbot aussprach, sondern immer nur sagte: Ich wünsche nicht, daß ... Und weil er sich sehr viel wünschte, blieb mir als Kind in seinem Haus nicht viel anderes übrig, als diese Wünsche gehorsam zu erfüllen. Nein, ich mochte meinen Großvater nicht, aber das riesengroße Haus, das er von seinem Vater geerbt hatte, mit den vielen Zimmern, die zum Teil unbewohnt waren, die Möbel von großen, weißen Tüchern verhüllt, das hatte mich bei jedem Besuch immer wieder beeindruckt. Während die Erwachsenen im Salon saßen, Tee tranken und sich über Politik unterhielten, huschte ich wie ein Mäuschen durch die Stockwerke, schlich von Zimmer zu Zimmer, begutachtete die Bilder an den Wänden, den Inhalt der Schränke, setzte mich in Sessel, starrte in Spiegel und suchte in den verschiedenen Schreibtischen nach Geheimfächern, ohne je eins zu finden. Es war mir unverständlich, warum Großvater, dessen Frau vor langer Zeit gestorben war, in dieser großen Villa ganz allein lebte, abgesehen von seinem Diener, der Köchin und einem Dienstmädchen.

Ich war über die Straße bis zum Haus gelaufen. Die alten Kastanien, die das Grundstück säumten, waren noch größer, noch mächtiger geworden, und ihre Zweige reichten bis über das Dach des Hauses. Alles war mir gleichermaßen vertraut und fremd. Seit dem Tod meines Großvaters hatte ich die Villa nicht mehr betreten, die mein Onkel, der zuletzt in den Staaten lebte, geerbt hatte. War ich an dem Haus vorbeigefahren, was selten genug vorkam, dann tauchte meine Kindheit aus der Erinnerung auf, und ich hörte Großvaters Stimme, die wünschte, daß ich bei Tisch nur redete, wenn ich von Erwachsenen etwas gefragt wurde.

Jetzt dachte ich nicht an meine Kindheit, jetzt dachte ich an das Haus, das mir gehörte. Der Eingang zum Park war abgeschlossen, die Fenster wirkten schwarz, ohne Jalousien oder Gardinen. Ein Totenhaus. Aus meiner Kinderzeit kannte ich einen von außen zu öffnenden Riegel an der Tür, durch die früher Koks in den Heizungskeller geschüttet wurde. Tatsächlich, es gab ihn noch. Ich kroch über einen kleinen Koksberg in den Heizungsraum. Hier war es warm. Also mußten Teile des Hauses bewohnt sein. Ich hockte mich auf einen kleinen Tritt, den es auch schon vor sechzig Jahren gegeben hatte, lehnte mich an eins der isolierten Rohre und schlief sofort ein, träumte wirres Zeug, war mal ein Kind, mal eine alte Frau, die plötzlich fliegen konnte und sich damit vor aller Welt Respekt verschaffte, mal eine am Boden liegende Person, die sich weder bewegen konnte noch ihren Namen wußte. Als ich aufwachte, war es immer noch stockdunkel. Im ersten Augenblick begriff ich nicht, wo ich war, und erschrak über die verrückte Idee, hier im Heizungskeller der Villa, die jetzt mir gehörte, einzuschlafen. Ich gab mir Mühe, mich so leise wie möglich davonzumachen, und war dankbar, von niemandem bemerkt worden zu sein.

Von der nächsten Telefonzelle aus rief ich mir ein Taxi und fuhr nach Hause.

Schon während der Fahrt spürte ich ungewohnte Ruhe, dazu ein Gefühl des Triumphes, Angst besiegt zu haben. Obwohl der Morgen fast graute, als ich meine Wohnung betrat, holte ich den Karton mit den Fotos meiner Kinder hervor, hängte und stellte sie alle wieder auf.

Als ich zwei Tage später Frau Griese anrief und meinen Besuch ankündigte, bat sie mich, im Aufenthaltsraum auf sie zu warten; sie wolle dort mit mir Kaffee trinken. Ich war pünktlich, mußte aber warten, denn Frau Griese war noch nicht da.

An den einzelnen Tischen mit jeweils vier Stühlen saßen, meist allein oder zu zweit, Heimbewohner, von denen keiner mit dem anderen sprach. Auch mein Gruß wurde, bis auf einiges Kopfnicken, nicht erwidert. Eine seltsame Stille umgab mich, in der nur hin und wieder ein paar mühsame Atemzüge zu hören waren, ein Schlucken, das Abstellen einer Kaffeetasse. Vor den bis zur Erde reichenden Fenstern hingen halbhohe Vorhänge, die, wenn man saß, den Blick auf den Garten freigaben. Von den Anwesenden schaute jedoch niemand auf das beginnende Grün des Rasens, auf die Knospen der Bäume, auf die Eichhörnchen, die über Stämme und Zweige tobten. Das einzige, was die Alten zu interessieren schien, war das Stück Kuchen, das sie langsam in sich hineinmümmelten, und der Kaffee in ihren Tassen, den sie in großen Abständen schlürften. Ihre Blicke waren ins Leere gerichtet, ihre Gesichtszüge ausdruckslos, und was auf mich am bedrückendsten wirkte – sie nahmen sich gegenseitig nicht wahr. Es schien ihnen egal zu sein, wer an ihrem Tisch oder am Nebentisch saß. Vielleicht wußten sie, daß eine Unterhaltung keinen Zweck hatte, daß der eine den Gedanken des anderen nicht folgen konnte oder wollte. Vielleicht kannten sie die Antworten, die sie bekommen würden, so wie sie das Stöhnen kannten, das Herumirren, die sich ständig wiederholenden Fragen, die Klagen oder das unverständliche Gemurmel des alten Herrn in der Ecke. Selbst wenn er lachte, drehte sich niemand nach ihm um. Wie in schalldichten Glashäusern saßen sie da, zur Besichtigung freigegeben und fern dessen, was um sie herum passierte. Hin und wieder kam eine der Dompteusen und fragte mit lauter Stimme, ob noch Kaffee gewünscht würde. Auch mir wurde eingeschenkt, denn Besucher, so hieß es, sollten sich im Seniorenheim wohl fühlen.

Ganz andere Gedanken schossen mir erst durch den Kopf, als ich die winzigkleine Frau entdeckte, die in der dunkelsten Ecke hinter einem Zimmerbäumchen saß. Ihre Augen waren geschlossen, ihr Gesichtsausdruck war völlig entrückt. Außerordentlich behende glitten ihre Finger auf dem Tisch hin und her, als spiele sie Klavier. Plötzlich hielt sie inne, hob die rechte Hand und fing leidenschaftlich an zu dirigieren. Der Anblick ging mir zu Herzen. Ob diese Alten hier in einer ganz anderen Welt lebten, einer Welt ohne Zeit und Ordnung, ohne Tabus, ohne Pflichten, Anpassungszwänge und ohne den Wunsch, anerkannt zu werden? Wenn sie nicht zum Essen, Trinken und Schlafen gezwungen wurden, schienen sie sich in ein anderes Leben davonzumachen, stellten sich wie Käfer in höchster Not tot und träumten sich weg von dieser Welt. Manche fanden vielleicht in ihre Kindheit zurück, in Farben und Landschaften, schwammen in gläsernen Booten über Meere oder schliefen in Nebelfeldern. Ich suchte in den Gesichtern nach irgendeiner Regung, die mir Aufschluß geben könnte, ohne etwas zu finden. Auch mich, die Fremde, hatten sie längst vergessen, dankbar für die gewohnte Stille, die sie umgab. Das änderte sich erst, als das Klappergestell mit seiner Gehhilfe den Raum betrat. Diesmal hing keine Zigarette zwischen ihren Lippen, die sich jetzt zu einem lauten Gruß öffneten, der alle Anwesenden, bis auf die Musikerin, zusammenfahren ließ. Sie bewegte sich mit auffallender Geschicklichkeit zwischen Tischen und Stühlen hindurch, bis sie vor mir halt machte.

Die Griese hat mir schon gesagt, daß Sie mit ihr Kaffee trinken wollen.

Ich nickte, während das Klappergestell offensichtlich auf

eine Aufforderung wartete, bei mir Platz zu nehmen. Da ich keine Einladung aussprach, blieb sie stehen, sah mich mit ihren kleinen Vogelaugen an und sagte, daß sie Frau Doll heiße. Darauf sagte auch ich meinen Namen und fügte höflich hinzu, daß ich in der Tat auf Frau Griese warte. Frau Doll nickte, fuhr an mir vorbei bis zum Nachbartisch, der nur wenig entfernt war, und ließ sich dort umständlich nieder. Sofort kam eine der rosa-weißen Dompteusen und fragte freundlich und viel zu laut: Kaffee, Frau Doll?

Ich bin doch nicht taub, fauchte Frau Doll und bat betont leise um Kaffee und zwei Stück Kuchen. Dann wandte sie sich mir zu. Die denken hier alle, jeder ist schwerhörig. Diese Schreierei geht mir furchtbar auf die Nerven.

Vielleicht gewöhnt man sich das hier im Lauf der Jahre an, verteidigte ich die Dompteusen. Frau Doll winkte ab, was hieß, daß sie keine Lust habe, das Thema weiter zu diskutieren. Plötzlich zeigte sie mit einer einzigen Bewegung ihres Armes auf die im Raum verteilten schweigenden Anwesenden und flüsterte: Die sind alle plemplem. Wenn ich noch lange hier bleibe, kriege ich auch einen Knall.

So was dürfen Sie nicht sagen, antwortete ich mehr hilflos als verlegen.

Meinen Sie, krähte Frau Doll und begann, sich in Windeseile eine Zigarette zu drehen.

Die da drüben, und sie zeigte auf die winzige Klavierspielerin, die brüllt wie am Spieß, wenn man sie gegen ihren Willen anspricht. Und der da, sie wies mit dem Kopf auf den alten Mann, der quatscht von morgens bis abends vor sich hin, ohne daß man ein Wort versteht. Wie die Griese spinnt, wissen Sie ja. Im Grunde genommen ist hier keiner normal.

Aber Sie wohnen doch hier, unterbrach ich sie lachend.

Ja, sagte Frau Doll mit plötzlich erschöpfter Stimme und steckte sich ihre Zigarette an, ich wohne hier, das ist es ja.

Die weiß-rosa Dompteuse kam mit Kaffee und den beiden Stück Kuchen und stellte alles vor Frau Doll auf den Tisch. Dann nahm sie ihr die Zigarette aus der Hand, drückte sie aus und warf sie auf ihr Tablett.

Hier wird nicht geraucht, Frau Doll, das wissen Sie doch.

Frau Doll antwortete nicht, sondern sah aus dem Fenster, während ihre Hände in ihrem Täschchen nach neuem Zigarettenpapier und Tabak kramten.

In diesem Augenblick kam Frau Griese. Sie war elegant gekleidet, trug Ringe, eine Perlenkette, Ohrringe und ihr schönes Armband. Die Lippen hatte sie sich ein bißchen angemalt, und ein Hauch von Parfum wehte zu mir herüber.

Der Auftritt hatte etwas Rührendes. Sie blieb einen Augenblick zu lange in der Tür stehen, und ihre Augen glitten schnell über jeden der Anwesenden, um zu prüfen, ob man sie auch wirklich beachte.

Großer Gott, murmelte Frau Doll neben mir und hatte tatsächlich schon wieder eine neue Zigarette im Mund.

Ich stand auf, um Frau Griese zu begrüßen, und die sagte, für alle hörbar, es sei schön, daß ich gekommen sei, und ob ich ihr Nachrichten von ihrer Tochter mitgebracht hätte. Bis auf Frau Doll war das Interesse der Alten an Frau Grieses Worten gleich Null. Frau Doll hingegen grinste mir durch ein Rauchwölkchen vielsagend zu. Da ich nicht gleich antwortete, zog mich Frau Griese an einen Tisch, der weit genug von Frau Doll entfernt war, bat mich, mit ihr Platz zu nehmen, und sagte: Ich will nicht, daß man uns zuhören kann.

Ihre schmalen, rotgeschminkten Lippen kräuselten sich zur Größe einer Walderdbeere zusammen, und ihre Augen flehten mich an, die ersehnten Grüße auszusprechen. Mir war sofort klar, daß ich verloren hätte, wenn ich jetzt Frau Grieses Spiel mitspielte. Vorsichtig nahm ich ihre Hände in die meinen, hielt sie sanft fest und sagte, nur für Frau Griese hörbar: Sie wissen so gut wie ich, daß Ihre Tochter in Amerika lebt und daß ich sie nicht kenne und nicht kennen kann.

Frau Griese senkte beschämt den Kopf, schwieg und versuchte, ihre Hände wegzuziehen. Aber ich ließ es nicht zu, hielt sie fest und beugte mich über den Tisch zu ihr.

Frau Griese, sagte ich so leise wie möglich, ich bin gekommen, um Sie zu besuchen. Mit Ihrer Tochter hat das nichts zu tun.

Frau Griese nickte. Ihr kleiner Erdbeermund fing an zu zittern und verzog sich schließlich zu einem winzigen Lächeln. Die zu den Dompteusen gehörende Schwester stellte Kaffee und Kuchen vor sie hin und brachte mir wortlos meine Tasse vom Tisch neben Frau Doll.

Vielen Dank.

Bitte.

Wir waren wieder für uns, und während Frau Griese langsam ihren Kuchen aß und ihren Kaffee trank, machte ich Vorschläge, was man gemeinsam unternehmen könne. Außer den Spaziergängen im Park, sagte ich, könnten wir auch einmal ins Kino gehen, in eine Ausstellung, oder wir könnten einen Einkaufsbummel machen.

Das wollen Sie wirklich tun? Frau Grieses Augen glitzerten, und in ihrer Stimme hörte ich verhaltenen Jubel. Plötzlich war sie es, die meine Hände festhielt. Ich kann's gar nicht glauben, flüsterte sie, und ich sah, daß das Glitzern in ihren Augen Tränen waren.

Inzwischen wurde das Kaffeegeschirr abgeräumt. Der große Teewagen stieß an die Tische, so daß Tassen und Teller schepperten, und Frau Doll wurde zum zweiten Mal die Zigarette weggenommen.

Plötzlich durchdrang ein herzzerreißender Schrei den

Raum. Außer mir schien sich niemand darum zu kümmern. Frau Griese drehte sich nicht einmal um, und Frau Doll machte sich auf, den Raum zu verlassen. Die übrigen Anwesenden starrten weiter vor sich hin oder in sich hinein. Nur ich sprang entsetzt von meinem Stuhl auf. Eine der Dompteusen hatte die kleine Frau hinter dem Zimmerbaum angesprochen und laut gefragt, ob sie ihren Kuchen nun essen wolle oder nicht.

Die mürrisch gestellte Frage hatte die alte Dame offensichtlich mitten aus ihrer Musik herausgerissen. Ihre Finger umklammerten das Tischtuch und drohten es herunterzureißen. Zwischen den Schreien stieß sie grobe Flüche aus, und ihre dürren Greisenfäuste richteten sich gegen die Schwester. Aber die hielt sie sich vom Leib, bis eine zweite Schwester dazukam. Sie hielten die immer lauter brüllende kleine Frau fest, schoben sie in ihrem Rollstuhl aus der Ecke, den Flur entlang bis zum Fahrstuhl.

Das ist ja furchtbar, sagte ich, die Hände vor dem Mund, als sei ich es, die hier geschrien habe.

Das ist Frau Neumann, sagte Frau Griese gleichgültig, die macht das immer, wenn sie sich gestört fühlt.

Und wie lange schreit sie dann so?

Das kann bis zu einer Stunde dauern. Man hört's im ganzen Stockwerk.

Und Frau Doll, die jetzt an uns vorbeifuhr, fügte hinzu: Ich hab's Ihnen doch gesagt, hier sind alle plemplem.

Ich blieb nicht mehr lange. Frau Griese schien außer ihrer Tochter, von der ich nichts hören wollte, kein Gesprächsthema einzufallen, und mir gingen die Schreie und Flüche der Frau Neumann nicht aus den Ohren. Sie verfolgten mich nicht nur im Heim, sondern auch auf dem Weg nach Hause, wo sie weiterhallten und mich zur Verzweiflung brachten.

Was, um Gottes willen, hatte ich mir mit meinen Besuchen im Seniorenheim nur eingebrockt. Warum suchte ich nicht andere Aufgaben oder Abwechslungen, die mir Spaß machten. Ich könnte mir zum Beispiel einen Internet-Anschluß besorgen, eine Literaturgruppe suchen, Bildungsreisen machen, in einen Bridge-Club eintreten, mir ein Konzertabonnement kaufen und über die Vorschläge nachdenken, die sich Hannes für mich ausgedacht hatte und die alle nichts, aber auch gar nichts mit dem Verfall und der Einsamkeit alter Menschen zu tun hatten.

Ich konnte zwar nicht sagen, warum, aber ich wußte, daß ich wieder hingehen würde.

Um nicht Frau Neumanns Schreien ausgesetzt zu sein, nicht Frau Doll begegnen zu müssen oder mit diesen abwesenden, vor sich hin brabbelnden Gestalten im Aufenthaltsraum Kaffee trinken zu müssen, rief ich Frau Griese an und schlug vor, mit ihr einen Stadtbummel zu machen.

Im Seniorenheim angekommen, hastete ich, so schnell ich konnte, den Flur entlang und die Treppen hinauf, grüßte die vorbeieilenden Schwestern und die dahinschleichenden Bewohner. Durch die Glaswand zum Aufenthaltsraum sah ich Frau Neumann hinter ihrem Bäumchen sitzen. Diesmal schien sie nicht Klavier zu spielen. Diesmal lagen ihre Hände zwischen denen eines älteren Herrn, der liebevoll lächelnd auf sie einredete. Frau Neumanns Gesichtsausdruck war ähnlich verzückt wie bei ihrem eingebildeten Klavierspiel oder dem Dirigieren von Musikstücken, die nur sie hörte. Zunächst wollte ich stehenbleiben, denn ich war neugierig, wer dieser ältere Herr war, der so beruhigend auf Frau Neumann wirkte. Als er mich sah, nickte er mir kurz zu, und ich nickte ebenso kurz zurück.

Auf Frau Grieses Stockwerk war keine der Dompteusen zugange. Bis auf ein Zimmer, aus dem ein jämmerliches

Rufen drang, waren alle geschlossen. Ich war hin und her gerissen, ob ich hineingehen sollte oder nicht. Wie auf dem Schild zu lesen war, wohnte hier ein Dr. Wingert. Der Titel kam mir in Verbindung mit diesen kläglichen Lauten besonders lächerlich vor. Aber ich brachte es nicht fertig, vorbeizugehen, und betrat ohne anzuklopfen Dr. Wingerts Zimmer. Auch hier kam man, wie bei Frau Griese, erst in einen schmalen Gang, von dem aus es ins Bad ging; am Ende öffnete er sich in den eigentlichen Wohn- und Schlafraum. Weil ich leise Stimmen hörte, wollte ich schon umkehren, als ich merkte, daß der Fernseher lief. Irgendeine Gameshow. Fragen, Antworten, Gelächter, Musik. Ich blickte um die Ecke und sah Dr. Wingert im Bett an der Wand liegen, von wo er unmöglich hätte sehen können, was sich auf dem Bildschirm abspielte.

Mir ist so kalt, jammerte er, kalt, kalt.

Er lag, ordentlich angezogen, auf dem Rücken in seinem Bett, das zur offenen Seite hin mit zwei Stangen versehen war, damit er nicht herausfallen konnte. Seine Augen waren trübe und starrten wie blind ins Leere. Ich nahm die Decke, die am Fußende lag, und breitete sie über ihn. Sofort griff er nach mir.

Bleib hier, sagte er, und gib mir was zu trinken.

Ich setzte ihm die Schnabeltasse mit Tee, die auf seinem Nachttisch stand, an die Lippen und hörte seinen gierigen Schlucken zu.

Kaum war sein Durst gelöscht, hielt er mich schon wieder fest, dämmerte aber dabei weg. Sobald ich mich bewegte, öffnete er jedoch sofort seine trüben Augen.

Wer sind Sie? fragte er plötzlich mit einer Stimme, aus der alles Klagen und Jammern verschwunden war.

Nele Ungureit, antwortete ich höflich, ich besuche Frau Griese. Sie wohnt im Zimmer gegenüber.

Vielen Dank, daß Sie gekommen sind, sagte Dr. Wingert fast förmlich und teilte mir dann mit, daß man ihm sein Vermögen weggenommen und ihn hier eingesperrt habe.

Aber Sie sind hier nicht eingesperrt, sagte ich und streichelte seine Hände, Sie sind hier in einem Seniorenheim.

Dr. Wingert schüttelte den Kopf. Ich glaubte schon, er sei wieder eingeschlafen, als er mir in zusammenhängenden langen Sätzen erzählte, daß er sich als junger Mann eine Erfindung für Zahnarztstühle habe patentieren lassen, und er sei zu großem Reichtum gekommen. Aber jetzt sei alles weg, und er läge hier auf dem Rücken in einem Bett, aus dem er nicht herauskönne, und habe einen Katheter.

Ich schwieg, weil ich nicht wußte, was ich dazu sagen sollte. Offensichtlich wurde Dr. Wingert die Pause zu lang, denn er wandte mir sein fahles Gesicht zu und fragte höflich, sozusagen im Smalltalkton, ob ich auch einen Katheter trage.

Ich? fragte ich mehr verblüfft als irritiert zurück und antwortete dann ebenso höflich wie Herr Dr. Wingert: Nein, ich fahre Fahrrad, wissen Sie, und das geht nicht mit einem Katheter.

Da haben Sie recht, sagte Dr. Wingert, das geht nicht.

Und schon dämmerte er wieder weg und schreckte erst hoch, als eine der weiß-rosa Dompteusen das Zimmer betrat.

Da wollen wir mal, Herr Doktor, sagte sie, verriet aber nicht, was wir mal wollten.

Ich erklärte etwas verlegen meine Anwesenheit.

Ja, ja, sagte die Schwester, mal friert er, mal schwitzt er, mal hat er Durst. Sie machte sich am Bett zu schaffen und prüfte dabei, wie voll der Urinbeutel war.

Dr. Wingert bekam einen ängstlichen Gesichtsausdruck und sah mich flehentlich an. Ich will nicht aufstehen, jammerte er, hilf mir bitte.

Ich war ratlos und kam mit der Tatsache nicht zurecht, daß dieser Mann derartig hohen geistigen Schwankungen unterworfen war. Das größte Problem schien seine Einsamkeit zu sein. Als ich die Schwester darauf hinwies, winkte sie ab und teilte mir mit, daß Herr Dr. Wingert jeden Tag Besuch von seiner Schwägerin bekomme.

Und das weiß er nicht?

Nein, das weiß er schon nicht mehr, wenn seine Schwägerin das Zimmer verlassen hat.

Und warum läuft der Fernseher, wenn er doch gar nichts sehen kann?

Er kann hören, sagt die Schwester, und so glaubt er, nicht allein zu sein.

Zu weiteren Erklärungen war sie nicht bereit und bat mich jetzt, aus dem Zimmer zu gehen. Sie machte eine vage Bewegung Richtung Toilette.

Frau Griese war schon ausgehbereit und hatte einen Hut auf dem Kopf. An ihrem Arm baumelte ein Täschchen, und ihre Augen strahlten mich an. Auf dem Weg nach unten erzählte sie jedem, den wir trafen, daß sie jetzt mit mir in die Stadt einkaufen ginge.

Und, fragte ich, was wollen Sie einkaufen?

Irgend etwas, antwortete sie und drückte meinen Arm, an dem ich sie über die Straße führte.

Es wurde ein schöner Nachmittag, auch für mich. Frau Griese erwähnte kein einziges Mal ihre Tochter. Sie probierte mit großer Ausdauer in einem Kaufhaus Blusen und Röcke an, kaufte sich dann aber ein Kleid, wählte in der Parfümerieabteilung einen für sie passenden Duft und gab den Rest ihres Geldes für einen Regenschirm aus, da sie, wie sie sagte, die Dinger immer überall stehenlasse.

Ich auch, sagte ich. Wir gingen in ein Café, wo wir beide viel Kuchen aßen und uns erzählten, wie unsere Kindheit war, wo wir aufgewachsen waren und was wir für einen Beruf gelernt hatten. Über unsere Jahre als Mütter sprachen wir nicht, auch erwähnten wir weder die Tochter in den Staaten noch meine Kinder. Frau Griese war nicht wiederzuerkennen.

Nach und nach gewöhnte ich mich nicht nur an sie, sondern auch an die übrigen Bewohner des Seniorenheims. Wenn ich zu Besuch kam, rannte ich nicht mehr den Gang entlang, um nur ja nicht auf einen Zuruf oder eine Bitte reagieren zu müssen. Ich grüßte, blieb stehen, wenn ich angesprochen wurde, und setzte mich immer öfter in den Aufenthaltsraum, wo ich hin und wieder mit Frau Griese und Frau Doll Mensch ärgere dich nicht spielte. Auch Dr. Wingert besuchte ich manchmal, hielt seine Hand, gab ihm zu trinken und hörte mir an, was er über die Zeit zu erzählen hatte, als er noch Fabrikbesitzer war.

Meistens hielt er mich für eine der Schwestern, manchmal auch für seine Schwägerin, und wenn er ganz und gar in die Vergangenheit versunken war, sprach er mich mit dem Namen seiner verstorbenen Frau an. Dann machte er Pläne, wollte mit mir verreisen, am Abend ins Theater gehen, aber auf keinen Fall in die Oper.

Nur – so selbstverständlich wie das alles klingt, war es damals nicht für mich. Nie werde ich das Bedürfnis vergessen, mir minutenlang die Hände zu waschen, wenn ich aus dem Seniorenheim nach Hause kam, als sei Alter ansteckend. Mit der Zeit wurde mir meine Angst vor dem eigenen Alter bewußt, die ich bisher nie zugegeben hatte.

War es nicht viel leichter, das Alter zu verleugnen? Anders ausgedrückt schien mir die Verleugnung des Alters eine Art Abwehrmechanismus zu sein, um der negativen Seniorenrolle zu entgehen. Eine positive Seniorenrolle war weit und breit nicht zu sehen. Alte Menschen haben nun mal in unserer Gesellschaft keinen Platz. Niemand mag sich mit ihnen identifizieren. Jede Frau, die sich nicht aufgibt, setzt alles daran, jünger auszusehen, als sie ist. Ich hatte den Gedanken noch nicht zu Ende gedacht, da stand ich schon vor dem Spiegel. Gehörte ich auch zu denen, die ihre Lebensjahre versteckten, die, wie in jeder Werbung, ihr Alter nur so lange zugeben, wie es als jugendlich durchging? Ich wurde immer unsicherer, was meine neue Garderobe, meine Kosmetik und meine Frisur betraf. Ich mußte an die farblosen Flatterkleider von Nüßchen denken, an ihre unförmige Figur, an ihre stets etwas glänzende Gesichtshaut, und ich fragte mich tagelang, was mir zustünde und was nicht. Endlich begriff ich, daß es nicht darum ging, wie ich auf andere wirkte, sondern darum, auf welche Weise ich mich wohl fühlte und was mir gefiel. Ich sagte mir, wenn ich das Altern nur als einen Verlust der Jugend sehe, mache ich es zum Problem. Ich mußte endlich damit aufhören, das Alter als negative Abweichung zu sehen, dann würde es mir bessergehen.

Aber das war in einer Gesellschaft, in der die Vorstellung von Alter Reduzierung und Verfall bedeutete, leichter gesagt als getan. Und wenn ich an die Bewohner des Seniorenheims dachte, schien ich mich im Kreis zu drehen. Der Wunsch zu verdrängen, wie zuvor den Alten aus dem Weg zu gehen, zumindest sie nicht zu beachten, überfiel mich erneut.

Ich rief Frau Griese an und sagte, ich sei krank. Die Enttäuschung in ihrer Stimme war nicht zu überhören. Mein schlechtes Gewissen machte mich wütend. Ich fertigte sie kurz ab, worauf sie wortlos auflegte.

Mein Zustand der Rat- und Hilflosigkeit änderte sich erst, als ich zufällig auf der Straße Herrn Feigel traf, den langjährigen Verkäufer aus Freds Möbelhaus. Nach der wie immer herzlichen Begrüßung erzählte er mir, daß er nun in Rente gehe und sich davor fürchte.

Sie wissen ja, wie das ist, meinte er und sah mich vielsagend an. Ich aber log ihn lächelnd an und behauptete, daß das alles nicht so schlimm sei, man dürfe sich nur nicht zum alten Eisen zählen lassen.

Und wie machen Sie das? fragte Herr Feigel freundlich.

Ich? So schnell wußte ich keine Antwort und sagte schließlich, ich hielte mich eben nur für so alt, wie ich mich fühlte.

Und das hilft? Herr Feigel wiegte zweifelnd den Kopf.

Verzeihen Sie, sagte er, und es war ihm anzusehen, daß er mich nicht kränken wollte, verzeihen Sie, aber wenn ich mich recht erinnere, werden Sie nächstes Jahr siebzig. Da wüßte ich schon gern, wie alt Sie sich denn nun fühlen? Vielleicht kann ich ja von Ihnen lernen.

Es war das erste Mal, daß mich eine fremde Person mit so großer Selbstverständlichkeit auf mein Alter ansprach. Im ersten Augenblick wollte ich ihm über den Mund fahren und ihm zu verstehen geben, daß seine Frage sehr unhöflich sei. Aber dann wurde mir bewußt, daß ich es ja selbst war, die ihn dazu provoziert hatte. Auf meine Antwort hatte er ein Recht.

Was haben Sie davon, wenn ich Ihnen erzähle, wie alt ich mich fühle, sagte ich, wichtig ist doch nur, daß man aktiv bleibt, daß man sich nicht aufgibt, Herr Feigel, denn nur die Angst vor dem Alter macht senil.

Damit verabschiedete ich mich von ihm, gab ihm die Hand und wünschte ihm alles Gute.

Was ich mir auch vornahm, das Gespräch mit Herrn Feigel ging mir nicht aus dem Kopf. Es war nicht einmal die Tatsache, daß Herr Feigel mich auf meinen nahenden siebzigsten Geburtstag angesprochen hatte. Das war zwar ungewöhnlich, aber von einem bestimmten Alter an mußte man damit rechnen.

Nein, meine Antworten waren es, die mir nicht aus dem Kopf gingen. Sinnvoll altern, hatte ich gesagt, und Herr Feigel möge nicht aufgeben, denn Angst mache senil. Letzteres glaubte ich im Seniorenheim erkannt zu haben. Ich war überzeugt davon, daß sich viele der Bewohner aus Angst vor Senilität aufgegeben hatten – und ihr deshalb mehr und mehr verfielen. Aber warum hatte ich gelogen und behauptet, daß das alles nicht so schlimm sei, wenn man sich nur nicht zum alten Eisen zählen lasse? Es war doch schlimm. Ich litt ja nicht nur unter der Scheidung, der Aufgabe meines beruflichen Lebens, der Distanz zu den Kindern, sondern unter der Tatsache, daß ich mich nirgends mehr zugehörig fühlte. Ältere Menschen, das heißt alte Menschen, haben weder Pflichten noch Verantwortung. Es wird ihnen nichts anderes zugestanden, als ihren Feierabend zu genießen, nichts zu tun und dabei so gesund zu leben, bis sie, möglichst ohne große Kosten zu verursachen, sterben.

Ich aber hatte Herrn Feigel geraten, aktiv zu bleiben, ohne darüber nachzudenken, wie ich diesen Rat für mich selbst anwenden könnte.

Endlich wußte ich, daß ich mein Alter zu akzeptieren hatte, und, was noch viel wichtiger war, ich durfte nicht mehr über die alten Menschen reden, als gehörten sie einer Gruppe unserer Gesellschaft an, die versorgt werden wollte, sondern ich mußte über uns reden, über uns Alte, zu denen ich auch zählte.

Da war es nicht weiter verwunderlich, daß ich wieder ins Seniorenheim ging und nicht nur Frau Griese, sondern auch Herrn Dr. Wingert besuchte. Ich ekelte mich nicht mehr vor ihm und wusch mir auch nicht zu Hause minutenlang die Hände, wenn ich bei ihm gesessen und ihn gestreichelt hatte. Ich spielte mit Frau Doll und Frau Griese im Aufenthaltsraum Mensch ärgere dich nicht und beobachtete dabei aus den Augenwinkeln, wie die anwesenden Bewohner unter unserem Gelächter zusammenzuckten, als führen ihnen fremde Geräusche in die Ohren. Schließlich kam ich auf die Idee, ein Scrabble mitzubringen, und im Gegensatz zu den Schwestern, die bezweifelten, daß ein solches Spiel mit den Heimbewohnern sinnvoll sei, staunte ich über Frau Grieses und Frau Dolls Einfallsreichtum, Wörter zu bilden.

Mit der Zeit kamen andere Bewohner, stellten sich hinter uns, sahen zu und versuchten, sich einzumischen. Meiner Aufforderung, mitzuspielen, wurde nur selten entsprochen. Das mochte an Frau Doll und Frau Griese liegen, die eifersüchtig darüber wachten, daß ich meine Zeit nur ihnen widmete. Setzte ich mich aber durch, und es kam eine neue Spielerin oder ein neuer Spieler hinzu, lagen sie sofort unter Beschuß von Frau Dolls bissigen Bemerkungen. Das seien weder Verben, schimpfte sie über die vorgestellten Wörter, noch Substantive oder Begriffe, das sei reines Plemplem. Sie hielt erst ihren Mund, wenn ich sie etwa darauf hinwies, daß es nicht Saukirsche heiße, wie sie buchstabiert hatte, sondern Sauerkirsche, und somit stimmte ihr angegebenes Wort ebenfalls nicht.

Wenn wir spielten, lachten oder miteinander schimpften, fühlte ich mich immer öfter beobachtet. Und zwar von Herrn Neumann, dem Bruder von Frau Neumann, der seine Schwester besuchte. Meist saß er stumm neben der kleinen Musikerin, verfolgte ihre über den Tisch gleitenden Hände, und es kam sogar vor, daß er leise klatschte, wenn sie innehielt. Obwohl ich ihr Gesicht hinter dem Bäumchen nicht sehen konnte, wußte ich von Frau Griese, daß sie dann lächelte und eine Verbeugung andeutete, indem sie den Kopf nach vorn neigte. Dirigierte sie, hatte sie die Augen geschlossen, und der Bruder nutzte die Zeit, in einem Buch zu lesen, das er stets bei sich trug. Er kam wohl dreimal in der Woche und hielt es ein bis zwei Stunden aus. In der Zeit wagte es keine der Schwestern, die kleine Musikerin anzusprechen, und so gab es auch keine Schreierei. Wollte Herr Neumann gehen, paßte er eine Pause in dem imaginären Konzert seiner Schwester ab, sagte, daß nun ihr Vortrag beendet sei und er sie in ihre Garderobe bringen wolle. Wie erschöpft, aber befriedigt, nickte sie dann und ließ sich in ihrem Rollstuhl in ihr Zimmer fahren.

Herr Neumann, dem Aussehen nach kaum älter als ich, war ein eleganter Mann und, wie Frau Doll zu berichten wußte, Bankdirektor im Ruhestand. Sein Gang war aufrecht und zielstrebig und paßte eigentlich nicht zu einem Mann seines Alters. Als erstes fielen seine blauen Augen auf, die einen aus einem Kranz tiefer Lachfältchen anblitzten. Seine weißen, vollen, aber meines Erachtens viel zu langen Haare reichten bis zum Kragenrand und hatten mich vermuten lassen, daß er Architekt sei. Auch seine saloppe Kleidung ließ darauf schließen, und ich glaubte Frau Doll nicht recht. Immer war er es, der zuerst grüßte, wenn ich den Aufenthaltsraum betrat, und sein Lächeln, das dem seiner Schwester ähnelte, wenn sie zu musizieren glaubte, war so warmherzig, daß man gar nicht anders konnte, als zurückzulächeln.

Meistens saß ich mit dem Rücken zu ihm. Aber ich spürte seinen Blick im Nacken. Drehte ich mich um, was ich möglichst vermied, traf mich sein Lächeln wie ein unverhoffter Sonnenstrahl, der eigentlich nicht hierher gehörte. Irgendwie verunsicherte mich Herr Neumann, und als er seine Schwester eines Tages nach ihrem Geisterkonzert nicht in ihr Zimmer fuhr, sondern mit ihr an unseren Tisch kam, merkte ich, daß ich verlegen wurde.

Können Rike und ich mitspielen? fragte Herr Neumann und lächelte sein entwaffnendes Lächeln, das nicht nur mir galt, sondern auch Frau Doll und Frau Griese, die Herrn Neumann und seiner Schwester kommentarlos einen Platz einräumten. Zuerst sah Rike teilnahmslos zu und ließ sich in keiner Weise von ihrem Bruder ermuntern, auch nur das geringste Interesse zu zeigen. Aber dann geschah eines Nachmittags das Unglaubliche, daß sie gleich am Anfang, wenn auch sehr langsam, nach den Buchstaben griff und mit zusammengepreßten Lippen und schwerem Atem das Wort Musik zusammenstellte. Noch nie hatte ich ihre Stimme gehört. Bisher kannte ich nur ihr Schreien. Jetzt war ich von dem zarten Ton berührt.

Da hin Rupert, sagte sie und zeigte auf die kleine Leiste vor sich, auf die die fertigen Worte gelegt werden mußten. Bruder und Schwester lächelten stolz, als habe Rike eine Meisterleistung vollbracht, während Frau Doll, Frau Griese und ich begeistert Beifall klatschten.

Seit dem Tag spielten Herr Neumann und seine Schwester Rike jedesmal mit, wenn auch nicht die ganze Zeit. Aber ein halbes Stündchen setzten sie sich immer zu uns, und weder Frau Doll noch Frau Griese hatten etwas dagegen. Im Grunde genommen waren sie stolz darauf, daß nicht nur ich, sondern auch Herr Neumann mit von der Partie war. Insbesondere ließ Frau Doll keine Gelegenheit aus, die Dompteusen, die Putzfrauen und Zivis darauf hinzuweisen, daß jetzt der Herr Bankdirektor Neumann mit ihnen am Spieltisch saß.

Einmal ergab es sich, daß Herr Neumann und ich das Seniorenheim gleichzeitig verließen. Ob er mich nach Hause fahren dürfe, wollte er wissen und sah enttäuscht aus, als ich höflich mit der Begründung ablehnte, daß ich mit dem Fahrrad gekommen sei.

Ich hätte mich so gern noch ein wenig mit Ihnen unterhalten, sagte er, und als ich nur mit den Schultern zuckte, statt seinem Wunsch nachzugeben, hielt er mich vorsichtig am Arm fest und fragte: Warum machen Sie das?

Was?

Sich um die Alten kümmern.

Seine Frage verblüffte mich, aber noch mehr meine Antwort. Ich sagte nämlich: Weil ich selbst alt bin.

Bisher hatte ich das, außer Herrn Feigel gegenüber, noch nie zugegeben, geschweige denn ausgesprochen. Herr Neumann lachte herzlich und meinte, bisher davon noch nicht viel bemerkt zu haben.

Das muß ja auch nicht sein, antwortete ich trotzig, aber es ändert nichts an der Tatsache.

Seine Hand lag noch immer auf meinem Arm, und ich fühlte ihre Wärme. Die Berührung war mir nicht unangenehm, trotzdem schüttelte ich ihn sanft ab, um zu meinem Fahrrad zu gehen.

Wissen Sie, sagte Herr Neumann, als spüre er meine Abwehr nicht, Sie sollten mal mit der Heimleitung reden, vielleicht könnte man noch mehr Bewohner einbeziehen. Zum Beispiel ihnen etwas vorlesen oder Ähnliches.

Und warum machen Sie das nicht?

Weil ich genug zu tun habe, wenn ich mich um meine Schwester kümmere. Aber wenn Sie wollen, gehen wir zusammen hin.

Mal sehen, sagte ich, nickte ihm zu und setzte mich auf mein Fahrrad. Noch zu Hause fühlte ich die Berührung seiner Hand auf meinem Arm, was mich mehr störte, als daß es mir angenehm gewesen wäre. Seit meiner Trennung von Fred mochte ich es nicht, wenn man mich anfaßte, schon gar nicht, wenn es ein Mann war. Aber Herrn Neumanns Vorschlag, die Heimleitung aufzusuchen, um eventuelle Aktivitäten im Haus anzubieten, ging mir nicht aus dem Kopf.

Als ich Tage später dem Heimleiter, Herrn Senger, gegenüber saß, stellte ich auf den ersten Blick fest, daß dieser Mann ganz anders aussah, als ich ihn mir vorgestellt hatte. Kein graues Männlein in einem schlechtsitzenden Anzug, humor- und farblos, wortkarg und bigott. Ein aufgeräumter fülliger Herr mit lauter Stimme und jovialem Lächeln begrüßte mich. Er trug einen auffallend großen Siegelring, und der Duft seines Aftershave erfüllte das Büro. An den Wänden hingen hübsche Drucke, auf der Fensterbank standen blühende Pflanzen.

Frau Ungureit, sagte er und schüttelte mir etwas zu lange die Hand, wie schön, daß Sie mich besuchen.

Da ich mit diesem Entgegenkommen nicht gerechnet hatte, wußte ich nicht gleich, wie ich mein Anliegen vorbringen sollte, und setzte mich erst einmal auf den angebotenen Stuhl.

Soll ich raten, warum Sie hier sind, Frau Ungureit? fragte Herr Senger und schlug die Beine übereinander, als stelle er sich auf ein umfassendes Gespräch mit mir ein. Ich sah ihn erstaunt an und hatte einen Augenblick Herrn Neumann im Verdacht, meine Pläne bereits ausgeplaudert zu haben.

Ich denke, fuhr Herr Senger fort, ohne meine Antwort abzuwarten, ich denke, Sie überlegen, ob Sie zu uns ziehen wollen, und möchten jetzt Auskünfte von mir. Immerhin sind Sie ja schon längere Zeit Gast in unserem Haus und haben sich mit Frau Doll und Frau Griese angefreundet.

Es fiel mir nicht leicht, meine Fassungslosigkeit zu verbergen. Die Vorstellung, ich wolle mich um einen Platz im Seniorenheim bewerben, amüsierte mich derart, daß mir das Vortragen meines Anliegens noch schwerer fiel.

Woher wissen Sie das denn? fragte ich, um Zeit zu gewinnen.

Man hat es mir berichtet, antwortete Herr Senger freundlich und bestellte, ohne mich zu fragen, per Telefon Kaffee für mich und für sich. Als ich ihm mitteilte, daß ich nicht an einem Heimplatz interessiert sei, sondern etwas ganz anderes auf dem Herzen habe, verschwand die Leutseligkeit aus seinem Gesicht, und ein völlig anderer Herr Senger saß mir gegenüber. Plötzlich hatte er etwas Lauerndes an sich. Seine Augen wurden enger, sein Kinn hob sich, und seine Frage, was mich in diesem Zusammenhang zu ihm führe, klang kühl und ein wenig abweisend.

Ohne seine Distanz zur Kenntnis zu nehmen, trug ich ihm meinen Wunsch vor, mit einigen Bewohnern eine Gruppe zu bilden, um ihnen vorzulesen und später über das, was man gehört habe, zu diskutieren.

Und Sie glauben im Ernst, das bringt was? Herrn Sengers Stimme klang eindeutig spöttisch.

Wenn man es regelmäßig macht, sagte ich, bin ich davon überzeugt.

Herr Senger sah eine Weile schweigend aus dem Fenster, und als der Kaffee kam, schenkte er weder mir noch sich selbst ein.

Mich würde interessieren, wie Sie auf diese Idee gekommen sind, fragte er schließlich.

Weil ich gemerkt habe, daß die Alten sich in der Weise aufgeben, in der man nichts von ihnen erwartet. Alter heißt doch nicht Abstieg zum Tod.

Sondern? fragte Herr Senger, immer noch mit Spott in der Stimme.

Altwerden kann doch auch eine neue Entwicklungsphase sein. Man muß den Betroffenen doch nur die Furcht nehmen und ihnen klarmachen, daß Alter nicht nur der Verlust von Jugend ist.

Und das wollen Sie ausgerechnet hier ausprobieren, in meinem Seniorenheim, wo jeder zweite an Demenz leidet?

Eben jeder zweite, sagte ich spitz, ich denke an jeden ersten. Man muß sie doch nur aus ihrer Lethargie holen, ihnen Mut machen, sie anerkennen und fordern. Ich sehe es doch an Frau Griese, an Frau Doll und hin und wieder auch an Frau Neumann.

Herrn Sengers Gesicht wurde immer undurchdringlicher. Er habe Therapeuten im Haus, die sich mit den Bewohnern beschäftigten, sagte er. Ich wüßte vielleicht nicht, daß gesungen und gebastelt würde, daß man Lichtbildervorträge biete und auf Wunsch auch Einzelgespräche. An neue Einrichtungen in der Art meines Vorschlags denke er nicht, denn das würde den täglichen Zeitablauf stören, der genau auf die Kapazität seines Personals zugeschnitten sei.

Eben, sagte ich zornig, deshalb wundere ich mich auch nicht, wenn Ihren Bewohnern von Tag zu Tag mehr der Verstand eintrocknet, der hier offensichtlich nicht gefragt und somit zu nichts mehr nutze ist.

Kaum hatte ich das gesagt, war mir klar, daß ich alles verpatzt hatte, daß die Chance, mit Herrn Neumann eine Gruppe zu bilden, verspielt war.

Für Herrn Senger drohte ich im Seniorenheim mit meinen Ansichten ein Störfaktor zu werden, der unter den Bewohnern Unruhe schaffen konnte und womöglich Ärger unter dem Personal hervorriefe.

Ich werde über alles nachdenken, sagte Herr Senger, stand auf, gab mir die Hand und öffnete, höflich, aber unmißverständlich, die Tür. Ich hatte nichts erreicht.

Das ärgerte mich und warf mich zurück in den Zustand der Resignation. Ich dachte darüber nach, daß es viel schwieriger wäre, mit Verstand zu altern, als nach Kindheit und Jugend erwachsen zu werden. Denn das zu erreichen war in meiner Erinnerung schon eine alle Kräfte fordernde Leistung.

Am Abend war ich versucht, Herrn Neumann anzurufen, fand ihn aber nicht im Telefonbuch, weil er nicht unter seinem Vornamen eingetragen war, hingegen fand ich an die zehn R. Neumann, die abzutelefonieren ich keine Lust verspürte. Ich hätte natürlich im Seniorenheim anrufen können, glaubte aber nicht, daß man mir dort die Nummer geben würde. Vielleicht, dachte ich zum wiederholten Mal, sollte ich alle Pläne aufgeben und lieber nach den Bequemlichkeiten trachten, die mein Sohn für so erstrebenswert für mich hielt. Aber je mehr ich über dieses Alte-Damen-Programm nachdachte, um so nutzloser erschien mir meine Existenz. Wie so oft in solchen Situationen, verkroch ich mich ohne Licht zu machen in meinen Lesesessel, als es an der Haustür klingelte. Über die Sprechanlage war Freds Stimme zu hören.

Ob er für einen Sprung heraufkommen könne, wollte er wissen. Noch bevor ich antwortete, blickte ich in den Garderobenspiegel, atmete tief durch und drückte auf den Summer. Bis Fred vor meiner Wohnungstür stand, hatte ich die Lippen nachgezogen, die Nase gepudert, die Haare gekämmt und ein wenig Parfum hinter die Ohren gerieben.

Ist etwas passiert, daß du mich besuchst? fragte ich, nachdem wir uns begrüßt hatten. Nein, sagte er, es sei der reine Zufall.

Ich wußte sofort, daß er log. Ich sah es nicht nur seinem Gesicht an, sondern merkte es auch an der Art, wie er an mir vorbei durch den kleinen Flur ins Wohnzimmer ging und sich dort mit großer Selbstverständlichkeit und ohne Aufforderung in den Sessel setzte, auf dem ich bei Besuch zu sitzen pflegte.

Hübsch hast du's hier.

Und schon stand er wieder auf, ging hin und her, sah sich überall um, nahm das eine oder andere Foto in die Hand, stellte oder hängte es wieder auf, öffnete die Tür zum Nebenzimmer, fragte kurz: Darf ich? Und ging auch hier umher, als sei alles sein Eigentum. Erst als er auch die Tür zu meinem Schlafzimmer öffnete, war ich in der Lage, Halt zu sagen.

Ist ja gut.

Er lachte, schüttelte über meinen energischen Ausruf nachsichtig den Kopf, ging wieder zurück und ließ sich in der mir vertrauten Art in den Sessel fallen, daß die Sprungfedern ächzten. Ich war die ganze Zeit hinter ihm hergelaufen, als fürchtete ich, er könne mir etwas wegnehmen, und stand jetzt, noch immer ratlos wegen seines Besuchs, vor ihm.

Willst du was trinken? fragte ich schließlich.

Gern, einen Schluck Rotwein, wenn du hast.

Er öffnete die Flasche, betrachtete amüsiert das Etikett und sagte: Na, wenigstens trinkst du noch den gleichen Wein wie ich.

Die Bemerkung ärgerte mich. Um selbst wählen zu können, verstand ich von Weinen zu wenig und hatte mich demzufolge auf die Sorten verlassen, die ich aus unserer gemeinsamen Zeit kannte.

Also, fragte ich ein zweites Mal, warum bist du gekommen?

Ich horchte in mich hinein, ob mich seine Anwesenheit irritierte, ob mir meine Phantasie Streiche spielte und ich sofort Heike in den verschiedensten Situationen an seiner Seite sähe und ob mich die Erinnerungen in den Sumpf der Kränkungen und Verletzungen stürzen würden. Nichts von alledem, ich blieb ruhig. Das einzige, was ich fühlte, war, daß mir Freds Gegenwart nicht angenehm war. Er bewegte sich in meiner Wohnung mit einer Selbstverständlichkeit, als gehöre er hierher. Mit seiner Art, mit mir wie eh und je zu reden, in meinem Sessel zu sitzen und Rotwein zu trinken, schien er bewußt oder unbewußt in meine Welt einzubrechen, in der er nichts mehr zu suchen hatte.

Als habe er meine Gedanken gelesen, sagte er plötzlich, eine Spur beleidigt, daß er auch wieder gehen könne, wenn mir sein Besuch nicht passe.

Du brauchst nicht zu gehen, antwortete ich höflich, du sollst nur sagen, warum du gekommen bist.

Es geht um Hannes, sagte Fred, er behauptet, du habest ihn rausgeschmissen, und damit wird er nicht fertig.

Ach Gott, der Arme, entfuhr es mir.

Fred runzelte nicht nur die Stirn, sondern er meinte, daß er mich so gar nicht kenne. Ob ich denn nicht wisse, daß Hannes nur mein Bestes wolle.

Indem er mich eine Vollmacht zum Verkauf der Villa meines Urgroßvaters unterschreiben läßt?

Zum Beispiel, sagte Fred freundlich, was ist denn dagegen einzuwenden?

Daß ich weder verkalkt bin, sagte ich, noch unter Altersdemenz leide oder Alzheimer habe. Ich kann sehr gut Entscheidungen, die mein Vermögen betreffen, allein treffen. Er kann ja Verhandlungen führen, wenn er unbedingt will, Verkaufen aber geht nur mit meiner Genehmigung.

Fred trank einen großen Schluck und drehte das Glas langsam hin und her.

Du hast dich in den Jahren unserer Ehe nie mit solchen Angelegenheiten befaßt ...

Dann wird es jetzt Zeit, unterbrach ich ihn.

Als habe er meinen Einwand nicht gehört, fuhr er fort: Dir fehlt die Erfahrung, vor allem aber der finanzielle

Durchblick, Vor- und Nachteile bei so einem Verkauf zu erkennen. Dadurch, daß du Hannes die Vollmacht nicht so unterschrieben hast, wie er sie für dich formulierte, komplizierst du das Ganze, begreif das doch mal.

War da plötzlich Ungeduld zu hören? War er wegen meiner Erbschaft gekommen oder wegen Hannes, der angeblich meinen Rausschmiß nicht verkraftet hatte? Ich wurde hellhörig und nahm mir fest vor, nicht aus der Haut zu fahren.

So gelassen wie möglich antwortete ich, daß das auch die Meinung von Hannes sei. Nur ginge der noch einen Schritt weiter und behaupte, daß hinter meiner Weigerung, die Vollmacht nach seinem Wunsch zu unterschreiben, ein Mann stecke, der mich beeinflusse.

Fred nickte, sagte aber höflich, daß Hannes Bemerkungen dieser Art nicht zustünden. Was er, Fred, wolle, sei nur mein und der Kinder Wohl, das möge ich ihm bitte glauben.

Und was hat mein Wohl und das unserer Kinder mit dem Verkauf der Villa zu tun?

Mein Gott Nele, denk doch mal realistisch. Keiner von euch kann mit diesem Riesenkasten etwas anfangen. Er muß also verkauft werden. Hannes hat, wie ich weiß, schon seine Fühler ausgestreckt und interessante Angebote. Du kannst den Erlös mit oder ohne meine Hilfe anlegen und damit Hannes und Susan ihr späteres Erbe sichern.

Also es geht ums Geld?

Fred lächelte mich an, trank seinen letzten Schluck und sagte: Es geht immer ums Geld.

Jetzt war es für mich klar: Hannes hatte den Vater vorgeschickt, und Fred war, seinem Wesen entsprechend, schneller zur Sache gekommen, als er ursprünglich geplant hatte. Jedenfalls brachte er die Sprache nicht mehr darauf, daß

Hannes nicht damit fertig geworden war, von mir aus der Wohnung gedrängt worden zu sein. Das war wohl von den beiden nur als Vorwand gedacht, mich weich zu stimmen, um dann nachzuhaken. Hier ging es um Geld und um das zu erwartende Erbe nach meinem Tod. Weiß der Himmel, ob sich Hannes nicht obendrein noch eine Provision für das Vermakeln meines Hauses versprach. Auf Grund seiner Vollmacht wäre das für mich nicht zu kontrollieren gewesen.

Ich habe mir vorgenommen, sagte ich so sachlich wie möglich, das Haus erst einmal anzusehen. Dann können wir weiter überlegen.

Ich kannte Fred gut genug, um das Alarmzeichen in seinem Gesicht wahrzunehmen.

Wenn er sich ärgerte, zogen sich für Bruchteile von Sekunden seine Augenwinkel zusammen und gaben ihm einen feindlichen Ausdruck, egal, wie freundlich seine Worte waren: Du kennst doch das Haus, Nele, was willst du dir da noch groß ansehen.

Ich war zuletzt als Kind da, das ist sechzig Jahre her.

Fred strich sich mit beiden Händen über die Haare. Auch eine Geste, die ich kannte und die mir sagte, daß er sich beherrschen mußte, um nicht scharf zu werden.

Ich weiß nicht, erwiderte er, ohne mich anzusehen, ich weiß wirklich nicht, warum du Hannes nicht zutraust, deine Rechte wahrzunehmen. Schließlich handelt er nur in deinem Interesse.

Vielleicht, sagte ich und sah Fred auch nicht an. Es entstand eine Pause, in der wir beide nicht wußten, wer als nächstes noch etwas hinzuzufügen hätte. Und weil die Pause kein Ende nahm, sagte ich endlich: Vielleicht will ich mich genau davon überzeugen.

Mein Gott, bist du stur, entfuhr es ihm, während er aufstand, in den Flur ging und nach seinem Mantel griff. Er schien keine Lust mehr zu haben, mit mir über die Angelegenheit zu diskutieren. Er sagte nur noch, daß ihn das alles ja im Grunde genommen nichts mehr angehe und daß er nur hergekommen sei, weil er sowohl für mich als auch für die Kinder das Beste wolle. Dann gab er mir förmlich und, wie ich fand, etwas linkisch die Hand und verließ meine Wohnung.

Ich räumte den Rotwein und die Gläser weg. Immer mehr wurde mir bewußt, daß hinter Freds Besuch Hannes' Absichten steckten. Wahrscheinlich hatte Fred zu Hannes im Geschäft gesagt, er möge sich nicht aufregen, er, der Vater, würde mit der Mutter reden und alles in Ordnung bringen, wie er immer alles in Ordnung gebracht habe.

Nur, ich hatte nicht nachgegeben, hatte einen Strich durch die Rechnung von Vater und Sohn gemacht und mich stur gezeigt, wie Fred sagte. Zu alledem hatte ich auch noch den Wunsch geäußert, wissen zu wollen, ob Hannes tatsächlich in meinem Interesse handele. Das Mißtrauen, das mich schon in der Gegenwart von Hannes gepackt hatte, ließ mich nicht los. Ich sehnte mich nach Tageslicht und den Zeichen des Frühlings. Statt dessen Dunkelheit, die nur durch die Straßenlaterne vor meinem Fenster gemildert wurde. Der Himmel war schwarz, sternen- und trostlos. Tränen wären jetzt gut. Ob ich wollte oder nicht, durch das Erbe war ich von einer Ehefrau und Mutter zu einer Art Wertobjekt mutiert, auf das alle gleichermaßen scharf waren. Die Kinder auf ihr späteres Kapital, und Fred glaubte vielleicht, durch einen günstigen Verkauf der Villa weniger an mich zahlen zu müssen, zumal er mir monatlich mehr überwies, als er auf Grund meiner langjährigen Tätigkeit in der Firma zu zahlen verpflichtet war.

Erst später fiel mir auf, daß ich mich bei meinem nächsten Besuch im Seniorenheim erstmals rundum wohl fühlte. Länger als gewöhnlich saß ich bei Dr. Wingert am Bett und hielt seine kalten Hände, bis sie warm wurden. Zuvor hatte ich die Sesamstraße im Fernseher ausgeschaltet, die ihm mit ihren Geräuschen das Gefühl der Einsamkeit vertreiben sollte. Meine Gegenwart und die plötzliche Stille im Zimmer ermunterten ihn zu der Bitte, ich möge nicht weggehen. Dabei hielt er meine Hände mit einer Kraft fest, die ich ihm nicht zugetraut hätte. Seine blicklosen Augen suchten mein Gesicht.

Bist du es? fragte er ängstlich, und ich sagte: Ja, ich bin's.

Darauf wurde Dr. Wingert ganz ruhig, drehte den Kopf zur Seite und schlief so fest ein, daß ich wieder gehen konnte.

Als nächstes holte ich Frau Doll ab, um mit uns Scrabble zu spielen. Ihre wimpernlosen Vogeläuglein blinkerten mich besorgt an, als ich ihr Zimmer betrat. Wie immer nahm mir der Zigarettenrauch den Atem, denn Frau Doll lüftete nicht gern. Trotz ihres Protestes riß ich das Fenster auf und ließ die Frühlingsluft herein.

Ist das mein Zimmer oder nicht? wetterte sie los und schlug mit ihrem Stock wütend auf den Boden.

Natürlich ist es Ihr Zimmer, sagte ich lachend, aber es stinkt wie in einer Räucherkammer.

Da Frau Doll etwas auf dem Herzen hatte, schob sie ihren Zorn über das geöffnete Fenster beiseite und winkte mich zu sich heran.

Die Griese, brummte sie, die Griese ist heute mal wieder plemplem.

Und warum?

Ich weiß es nicht, aber der Heimleiter war bei ihr. Kaum war der weg, kam sie mit einem Kopf, rot wie eine Tomate, zu mir und behauptete, morgen käme ihre Tochter aus Amerika, um sie für immer mitzunehmen.

Na und? kann doch sein, sagte ich.

Eben nicht.

Frau Doll schien sich über meinen Einwand zu ärgern und klopfte schon wieder mit ihrem Stock auf dem Fußboden herum. Die Griese sagt das immer, wenn sie irgend etwas in Angst versetzt. Weiß der Himmel, was ihr Herr Senger erzählt hat. Der kommt unsereins nie zum Vergnügen besuchen. Wenn der antanzt, ist immer was im Busch, das können Sie mir glauben.

Mein erster Gedanke war, Herrn Senger aufzusuchen. Aber die Hoffnung, daß er ausgerechnet mir über Frau Griese Auskunft geben würde, war gering. Ich mußte es bei Frau Griese selbst versuchen. Das war auch die Ansicht von Frau Doll, der ich jetzt in ihre Latschen half, damit sie sich auf den Weg in den Aufenthaltsraum machen konnte. Dort würde sie auf mich warten.

Frau Griese saß in der äußersten Ecke ihres Zimmers, die Knie angezogen und die Hände gefaltet, als warte sie darauf, daß man sie wegtrüge. Als erstes fiel mir die Unordnung auf. Die Bilder der Tochter waren nicht am gewohnten Platz, eine Schranktür stand offen, und alle Schubladen der Kommode waren zur Hälfte herausgezogen.

Frau Grieses Gesicht hatte wieder diesen verwirrten Ausdruck, den ich schon kannte, wenn sie sich in ihren Phantasien verlor. Sie erwiderte weder meinen Gruß, noch wollte sie aus ihrer Ecke hervorkommen. Also schloß ich den Schrank, dann schob ich die Schubladen zurück. Als ich das Bild der Tochter wieder auf den Fernseher stellte, sagte Frau Griese leise: Sie kommt, morgen oder übermorgen, und will mich mit nach Amerika nehmen.

Und warum? fragte ich so gleichgültig wie möglich, obwohl mir trotz der sichtlichen Verwirrung die Mitteilung im Gegensatz zu Frau Doll glaubwürdig schien. Deshalb also die aufgerissenen Schubladen und der offene Schrank.

Ich überlegte nicht lange, quetschte mich dicht neben Frau Griese, zog sie fest an mich und streichelte ihr Gesicht und Hände.

Grieschen, sagte ich, weil mir kein anderer Kosename einfiel und weil ich ihren Vornamen nicht kannte, was hat denn der Herr Senger gewollt?

Frau Griese begann wieder zu zittern, ihre Lider flatterten, und sie drückte sich so fest an mich, daß ich beinah vom Stuhl rutschte. Nach mehreren hörbaren Atemstößen begann sie zu reden. Meine Tochter, flüsterte sie, meine Tochter kann das Heim nicht mehr bezahlen, und deshalb muß ich nach Amerika.

Wollen Sie denn zu Ihrer Tochter?

Frau Griese brachte nicht einmal ein Nein heraus. Sie schüttelte nur wild den Kopf, und ich sah winzige Tränen in ihren Augenwinkeln, die nicht heruntertropften, sondern in den Fältchen ihres Gesichts versickerten. Ich hörte nicht auf, sie zu streicheln, fragte aber immer weiter, wollte wissen, wo die Tochter wohne, ob sie Familie habe, die Mutter mit ins Haus nehmen könne, oder was sie vorgeschlagen habe.

Auf keine meiner Fragen bekam ich eine Antwort. Statt dessen richtete sich Frau Griese auf, sah mich an und sagte: Wenn ich sie doch nicht erkenne, wie soll ich sie da finden.

Da wußte ich, daß Frau Doll recht hatte, Grieschen war mal wieder plemplem. Herr Senger mußte sie mit irgend etwas nicht nur in helle Aufregung versetzt, sondern auch schwere Ängste in ihr ausgelöst haben. So gut es ging stellte ich wieder die alte Ordnung im Zimmer her, bat Frau Griese, sich ihre Schuhe anzuziehen, und nahm sie mit in den Aufenthaltsraum. Dort saßen schon Herr Neumann mit seiner Schwester Rike, Frau Doll und ein paar neugierige Hausbewohner rund um unseren Spieltisch. Kaum war das Scrabble aufgebaut, suchte Rike nach ihren Buchstaben, um das Wort Musik zu legen. Aber das k fehlte, und Herr Neumann brauchte seinen ganzen Einfluß, damit sie nicht zu schreien begann. Frau Griese, oder Grieschen, wie ich sie jetzt nannte, weil es ihr zu gefallen schien, war so unkonzentriert, daß ihr überhaupt nichts gelang. Sie faselte ständig von ihrer Tochter, was Frau Doll dazu veranlaßte, mit den Augen zu rollen und zu sagen, sie wolle von dem Ammenmärchen nichts mehr hören.

Darauf rief Grieschen, sie könne ja gehen, sie müsse sowieso packen.

Immer packen Sie nur, gab Frau Doll bissig zurück.

Herr Neumann und ich sahen uns an. Wenn wir jetzt nicht Rikes Gereiztheit, Grieschens Ängste und Frau Dolls Aggressivität auffingen, würde es zu einer Szene kommen, die den drei alten Frauen schadete.

Dann spielen wir heute nicht, schlug ich vor, dafür erzähl ich eine Geschichte. Und während Herr Neumann das Scrabble zusammenräumte, begann ich, aus dem Leben meiner Mutter zu berichten, wie sie den Ersten Weltkrieg, den Zweiten Weltkrieg und die Flucht aus den ehemaligen Ostgebieten überstanden und ihr Leben, diesmal als Witwe, zum dritten Mal aufzubauen versucht habe. Als erstes glätteten sich Frau Dolls Gesichtszüge. Sie nickte und lächelte, unterbrach oder verbesserte mich, wenn ich ein Datum ihrer Meinung nach falsch zitierte. Grieschen mochte anfangs nicht recht zuhören und war mit ihren Gedanken weit mehr bei der Reise nach Amerika. Aber ich ließ sie nicht aus den Augen, fragte hin und wieder, woran sie sich noch aus dem Leben ihrer Mutter erinnere, und plötzlich fiel ihr das eine oder andere ein, sie vergaß auf diese Weise den Schrecken, den ihr Herr Senger versetzt hatte, den wir aber alle nicht kannten. Nur Rike gelang es nicht, meinen Worten zu folgen. Aber sie war still, hielt die Hand ihres Bruders und ließ sich von meiner Stimme einlullen.

Als ich Grieschen später in ihr Zimmer begleitete, war sie fast wieder die alte und setzte sich zufrieden vor ihren Fernseher, als hätte Herr Senger nie mit ihr gesprochen.

Herr Neumann hatte Rike ebenfalls in ihr Zimmer gebracht, während Frau Doll dank ihrer Gehhilfe auf die Terrasse geschlurft war, um dort ungestört zu rauchen.

Ich war sehr erleichtert, daß Herr Neumann nicht nach Hause gefahren war, sondern noch im Aufenthaltsraum saß, als seien wir dort verabredet. Ohne Aufforderung berichtete ich von meinem erfolglosen Besuch bei Herrn Senger und schloß damit, daß der Heimleiter an einer Gruppenarbeit von uns nicht interessiert sei.

Dann müssen wir es eben ohne seine Zustimmung versuchen, sagte Herr Neumann. Sie sehen doch, wie wichtig das für die Bewohner hier ist.

Frau Doll hatte ihm von Grieschen und deren Behauptung, zu ihrer Tochter nach Amerika zu ziehen, erzählt.

Kommen Sie mit mir in Herrn Sengers Büro? fragte ich, vielleicht kriegen wir raus, worum es sich wirklich handelt.

Zu förmlich, sagte Herr Neumann, zu direkt. Herr Senger würde unsere Fragen abermals als Einmischung abtun. Er schlug vielmehr vor, sich in die Empfangshalle zu setzen und zu warten, bis er vorbeikäme, um ihn dann en passant anzusprechen. Das, so sagte Herr Neumann, wirke weniger aufdringlich.

In der Empfangshalle nahmen wir auf den einzigen Sitzgelegenheiten Platz, die es gab, zwei altmodischen Sesseln, zwischen denen Gummibäume, eine Palme und andere

Grünpflanzen standen. Wir konnten uns kaum sehen oder miteinander reden. Jedes Wort, das wir wechselten, wäre von der jungen Frau, die den Empfang betreute, zu hören gewesen. Also schwiegen wir. Ich konnte Herrn Neumanns Gesicht nur sehen, wenn ich mich weit vorbeugte. Dagegen konnte ich seine ausgestreckten Füße und seine Hände betrachten, die gefaltet in seinem Schoß lagen. Es waren große, sehr weiße Hände mit runden, gepflegten Nägeln, Hände denen man ansah, daß sie selten körperliche Arbeit verrichteten. Ein wenig geniert dachte ich daran, wie er, als wir uns neulich vor dem Seniorenheim voneinander verabschiedet hatten, meinen Arm gedrückt hatte. Andrerseits war ich froh, daß Herr Neumann neben mir saß. In seiner Gegenwart würde ich mich Herrn Senger gegenüber sicherer fühlen und mutiger sein. Ein zweites Mal wollte ich mir nicht eine Abfuhr holen. Durch die Glastür fiel ein Frühlingssonnenstrahl auf Herrn Neumanns Schuhe, und ich hatte plötzlich das Bedürfnis, ihm ins Gesicht zu sehen. Ich beugte mich vor und bemerkte, daß er die Augen geschlossen hatte. Normalerweise wurde sein schmales Gesicht von den blauen Augen beherrscht. Erst jetzt stellte ich fest, daß seine Nase für einen Mann sehr klein war, dadurch wirkte er, zumindest im Schlaf, ein bißchen feminin. Auch Herrn Neumanns Lippen waren nicht, wie es seinem Alter entspräche, dünn und nach innen gezogen. Sie waren voll, rot und viel zu groß. Sympathisch, dachte ich, und auf ungewöhnliche Weise gutaussehend.

Als hätte ich meine Gedanken laut geäußert, öffnete er plötzlich die Augen, lächelte mich an und fragte: zufrieden?

Womit?

Na, mit mir.

Ich wurde bis an die Haarwurzeln rot. Jedenfalls bildete ich es mir ein und zog mich hinter Gummibaum und Palme zurück. Die junge Frau drehte sich von ihrem Computer zu uns zu und wollte wissen, auf wen wir eigentlich warteten.

Auf Herrn Senger, sagte ich. Kaum hatte ich seinen Namen ausgesprochen, kam er auch schon aus seinem Büro, und wir sprangen aus unseren Sesseln.

Herr Neumann, sagte Herr Senger und streckte die Hand aus, während er mich nur mit einem Nicken begrüßte. Was kann ich für Sie tun?

Es geht um Frau Griese, sagte Herr Neumann, Frau Ungureit und ich machen uns Sorgen um sie. Sie wissen ja, wir haben da so einen kleinen Spielnachmittag mit den Damen eingeführt.

Ich weiß, sagte Herr Senger und würdigte mich keines Blickes, auch nicht, als ich mich bemühte, an dem Gespräch teilzunehmen. Ich wartete eine Gesprächslücke ab, fuhr dazwischen und erklärte, warum Frau Griese mehr oder weniger außer sich sei. Endlich sah mich Herr Senger an.

Sie behauptet, sagte ich, daß ihr Aufenthalt hier im Heim auf die Dauer zu kostspielig sei und daß deshalb morgen oder übermorgen ihre Tochter komme, um sie mit in die Staaten zu nehmen.

Schön wär's, unterbrach mich Herr Senger mit heruntergezogenen Mundwinkeln, die wohl ein Lächeln andeuten sollten. Dann wandte er sich wieder Herrn Neumann zu, als sei ich gar nicht vorhanden.

In Wahrheit, sagte er, in Wahrheit hat die Tochter von Frau Griese schon seit zwei Monaten keinen Pfennig mehr gezahlt, und sie reagiert auch nicht auf Brief oder Fax.

Und was heißt das? mischte ich mich abermals ein.

Wiederum bekam Herr Neumann die Antwort.

Frau Griese muß unser Haus verlassen und in eines der städtischen Heime umziehen, die in unserer Stadt für mittellose ältere Personen vorgesehen sind. Wir sind hier ein privates Unternehmen. Ich kann mir nur zahlungsfähige Bewohner leisten. Nichts anderes habe ich heute Frau Griese mitgeteilt.

Das ist schrecklich für sie, rief ich, hier weg in ein städtisches Heim zu müssen, wo sie niemanden kennt. Vor Angst dreht sie völlig durch und flieht in ihrer Phantasie zu der Tochter, von der sie nicht einmal mehr weiß, wie sie aussieht. Verstehen Sie das denn nicht?

Es geht nicht darum, ob ich das verstehe, es geht darum, daß mein Finanzhaushalt stimmt.

Es sah so aus, als wolle sich Herr Senger verabschieden. Er sah auf die Uhr und suchte nach einer passenden Ausrede, als Herr Neumann ihm energisch in den Weg trat, wobei er mich etwas zur Seite schob.

Herr Senger, sagte er, Sie wissen, daß ich den Sozialfonds der Bank verwalte, der ich jahrelang vorgestanden habe.

Natürlich weiß ich das. Schließlich haben wir Ihnen für mehrere Spenden zu danken.

Herrn Sengers Zeitplan schien sich von einer Minute zur anderen zu ändern. Er nickte, lächelte, hatte es plötzlich nicht mehr eilig und stand jetzt mehr oder weniger mit dem Rücken zu mir. Auch Herrn Neumann schien diese Unhöflichkeit nicht weiter zu kümmern. Ich hatte das Gefühl, völlig überflüssig zu sein. Ich hörte zwar, was die Männer sagten, aber ich sah ihre Gesichter nicht mehr, außer hin und wieder ein bißchen Profil von dem einen oder anderen.

Der Sozialfonds, sagte Herr Neumann, könne den fehlenden Betrag, den die Tochter bisher nicht geleistet habe, übernehmen, bis Klarheit geschaffen sei. Herr Senger möge so freundlich sein und eine Aufstellung machen, um welchen Betrag es sich handle, abzüglich Frau Grieses Rente und der Pflegeversicherung. Auch ein vernünftiges Taschengeld sei mit einzubeziehen.

Das letzte, was ich hörte, war Herrn Sengers staunende Frage, warum Herr Neumann sich derart für Frau Griese einsetze. Ohne daß es einer der Männer merkte, machte ich mich davon. Wieder einmal hatte ich selbst nichts erreicht. Vor dem Gespräch hatte ich mich zwar gefürchtet und deshalb Herrn Neumanns Anwesenheit begrüßt, aber dann hatte nicht ich es geführt, sondern er. Und die Hilfe, die Frau Griese jetzt brauchte, kam nicht von mir, sondern von ihm. Wieder einmal hatten Männer über meinen Kopf hinweg entschieden und mich lediglich als Stichwortgeberin benutzt.

Zu Hause angekommen, verwandelte sich meine Enttäuschung in Wut. Sollte sich doch dieser Neumann als Grieschens Mäzen aufspielen, aber dann konnte er auch mit Frau Griese spazierengehen, mit den Alten Scrabble und Domino spielen, Frau Doll in die Latschen helfen und Dr. Wingert die kalten Hände streicheln. Herr Neumann hatte mir die so langsam gewachsene Freude genommen, im Seniorenheim nicht nur eine Aufgabe zu haben, sondern auch eine Position zu finden. Ich dachte wieder einmal daran, nicht mehr hinzugehen und mich angenehmeren Dingen zuzuwenden, als es an der Wohnungstür klingelte.

In der Tür stand Herr Neumann mit einem Frühlingsstrauß in der Hand.

Ich weiß, daß Sie sich übergangen fühlten, sagte er statt einer Begrüßung, aber als ich Herrn Senger so bestimmt davon reden hörte, Frau Griese rauszuschmeißen, fiel mir nichts anderes ein, als mit unserem Sozialfonds einzuspringen.

Ich rührte mich nicht von der Stelle, nahm weder die Blumen in Empfang, noch ließ ich Herrn Neumann in meine Wohnung.

Selbst in dem dämmrigen Flurlicht blitzten seine blauen

Augen, als er lächelnd fortfuhr, daß er meine Empörung respektiere, seinen Vorschlag jedoch nicht geplant habe – sein Angebot sei spontan gewesen. Schließlich gehe es doch in erster Linie um Frau Griese.

Da haben Sie recht, sagte ich langsam und nahm ihm endlich die Blumen ab.

Es ging auf den Abend zu, und ich hatte mich bereits dreimal umgezogen. Im Schlafzimmer lagen Kleider, Jacken und Hosen herum, während ich vor dem Spiegel stand und mich anstarrte. Als wäre ich dreißig Jahre jünger, prüfte ich meine Figur und fand mich zu dick. Seit Wochen hatte ich nicht mehr auf mein Gewicht geachtet und die Meinung vertreten, solange die Sachen paßten, so lange konnte ich essen, was ich wollte. Sie paßten ja auch noch. Nur drückten die Röcke und Hosen in der Taille, spannten über dem Bauch und machten mich unzufrieden. Du bist verrückt, sagte ich mir und ging in die Küche, um einen Schluck Kaffee zu trinken. Dabei wußte ich genau, daß ich, wenn ich um diese Zeit Kaffee trank, die halbe Nacht nicht schlafen konnte. Aber ehrlich gestanden war mir das egal, auch wenn gegen Morgen, wie nach allen schlaflosen Nächten, die Knochen schmerzen würden und ich Baldriantropfen nehmen müßte.

Als Herr Neumann am Nachmittag mit den Blumen vor meiner Tür stand und sagte, daß es bei dem Gespräch mit Herrn Senger nicht um mich, sondern in erster Linie um Grieschen gegangen sei, hatte ich ihn hereingebeten. Ähnlich wie Fred war er durch meine Wohnung gegangen, nur nicht mit dieser Selbstverständlichkeit.

Neugierig hatte er sich umgesehen und behauptet, daß man sich hier wohl fühlen könne. Er setzte sich auch erst, nachdem ich ihn dazu aufgefordert hatte, war aber nicht bereit, Kaffee oder ein anderes Getränk anzunehmen. Er habe ganz etwas anderes vor, sagte er, und seine Augen blitzten mich wieder fröhlich an. Er wolle mich in das beste Restaurant der Stadt einladen, denn das habe ich verdient.

Und bevor ich ablehnen oder auch nur darüber nachdenken konnte, fügte er hinzu: Keine Widerrede, das ist eine Wiedergutmachung.

Dabei hatte er meine Hand genommen und sie leicht geküßt, und als ich ansetzen wollte, daß ich mir das überlegen müsse, küßte er sie noch einmal.

Um zwanzig Uhr, sagte er, um zwanzig Uhr hole ich Sie ab.

Mit einer Geschwindigkeit, die ich ihm nicht zugetraut hätte, war er aufgesprungen und weg. Mein Ausruf, daß mir der Termin nicht passe und daß ich etwas anderes vorhabe, ging ins Leere. Herr Neumann hörte ihn nicht mehr, und meine Worte prallten an der Tür ab, die er hinter sich zugezogen hatte. Da gab es nur zwei Möglichkeiten, entweder die Einladung anzunehmen oder die Tür nicht zu öffnen, wenn er klingelte. Ich entschied mich dafür, die Einladung anzunehmen.

Als ich endlich, eine halbe Stunde vor der verabredeten Zeit, fertig angezogen war, hatte ich Herzklopfen. Und das mit neunundsechzig Jahren, dachte ich etwas beschämt. Bis Herr Neumann kam, hatte ich mich Gott sei Dank wieder beruhigt und die Einladung für das Normalste auf der Welt erklärt. Er küßte mir zur Begrüßung zwar nicht wieder die Hand, aber er öffnete mir die Tür seines Autos, bevor er selbst einstieg.

Seit der Trennung von Fred war ich nicht mehr in dem Restaurant gewesen, in das mich Herr Neumann führte. Ich wußte gleich, wo ich sitzen wollte. Einer der Kellner erkannte mich und begrüßte nicht nur Herrn Neumann, sondern auch mich mit Namen.

Herr Neumann bestellte Champagner, prostete mir zu, schlug vor, daß wir uns beim Vornamen anredeten, und teilte mir mit, daß er Rupert heiße. Er sagte das mit einer Sachlichkeit, als ginge es um seine Telefonnummer. Mir gelang kein Widerspruch. Ich murmelte meinerseits meinen Vornamen, den er schweigend zur Kenntnis nahm. Kein Blick, kein Lächeln, auch kein erneutes Zuprosten. Statt dessen vertiefte er sich in die Speisekarte und bat mich, meine Lieblingsspeisen auszuwählen. Ich wurde aus Herrn Neumann nicht klug. Auf der einen Seite schien er Nähe zu suchen, auf der anderen Seite hielt er eine Distanz, die zu dem Wunsch nach Annäherung nicht passen wollte. Das machte mich unsicher. Ich wußte nicht, was ich sagen sollte, und kam mir in meiner Schweigsamkeit linkisch vor wie ein junges Mädchen. Über das Seniorenheim wollte ich mich nicht unterhalten, und von mir etwas zu erzählen sah ich keine Veranlassung. Blieben also Kino, Theater, Politik oder das Essen, das man uns hoffentlich in absehbarer Zeit servieren würde. Weder war ich in letzter Zeit im Kino gewesen noch im Theater, und in der Politik kannte ich die Zusammenhänge zu wenig, um darüber diskutieren zu können. Der Erfolg dieser Situation war, daß ich zu schnell und zuviel Champagner trank.

Endlich brach Rupert, wie ich ihn nun nennen sollte, das Schweigen und fragte mich völlig ungeniert, ob ich allein lebe oder verheiratet sei, was ich für einen Beruf ausgeübt hätte und ob ich Kinder habe. Ich antwortete wortkarg, beschränkte mich auf Fakten und Tatsachen und gab das alles derart unpersönlich von mir, daß Rupert meinte, wenn ich ihm das nicht erzählen wolle, dann solle ich es lassen. Der Erfolg war eine abermalige Gesprächspause, die Rupert weitaus besser aushielt als ich und die ihm auch nicht peinlich zu sein schien, denn er sagte nach einer Weile, daß man, wenn man sich einig sei, nicht unbedingt miteinander reden müsse.

War das Ironie? War das eins seiner Signale, die Nähe bekundeten?

Ich wußte es nicht und kehrte in meiner Hilflosigkeit den Spieß um und fragte: Warum kümmern Sie sich eigentlich so ausgiebig um Ihre Schwester? Ich meine, die Häufigkeit der Besuche ist ungewöhnlich.

Für mich nicht, antwortete Rupert Neumann und begann, mir eine lange Geschichte zu erzählen. Im Gegensatz zu mir zeigte er keine Schwierigkeiten, von sich etwas preiszugeben. Vielleicht hatte er sogar auf meine Frage gewartet.

Im Jahr 1943 war ich fünfzehn Jahre alt und Rike achtzehn. Wir lebten mit den Eltern in Hamburg. Rike besuchte das Konservatorium und hatte die ersten erfolgreichen Klavierkonzerte hinter sich. Furtwängler, der sie einmal gehört hatte, behauptete, sie könne eines Tages zu den ganz großen Pianistinnen zählen. Sie lebte nur für die Musik, übte Stunde um Stunde, egal, ob es nachts Fliegeralarm gegeben hatte oder nicht.

Ihre Hände, so sagte sie immer, wenn es darum ging, eine Hausarbeit zu verrichten, ihre Hände seien ihr Kapital, und deshalb müsse sie sie schonen. Das gab ständig Streit zwischen uns. Denn die Arbeit, die zu tun sie sich weigerte, mußte ich machen. Und während der Bombennächte war ihr einziger Gedanke, daß ihr Flügel Schaden nehmen könnte. Am 30. Juli warfen die Engländer 2277 Tonnen Bomben auf die Stadt. Später zählte man allein in dieser Nacht 30 482 Tote, und 277 330 Wohnhäuser wurden zerstört, darunter auch unseres. Das wäre nicht weiter erwähnenswert, wenn nicht meine Mutter dabei umgekommen wäre. Ich wurde verschüttet.

Rupert unterbrach seinen Bericht, da die Vorspeisen serviert wurden und er, wie er sagte, großen Hunger habe. Ohne daß er es zu merken schien, sah ich ihm zu, wie er aß, mit welcher Ruhe er Bissen für Bissen in den Mund schob, kaute und schluckte, bis sein Appetit so weit gestillt war, daß er weitererzählen konnte.

Mutter und ich waren zu spät in den Keller gekommen, als eine Bombe das Nachbarhaus traf. Durch den Druck fiel unser Haus mehr oder weniger in sich zusammen. Rike war bei ihrem alten Musikprofessor, der nicht weit entfernt von uns wohnte, was ihr vielleicht das Leben gerettet hat. Bei der Detonation war ich, ich weiß nicht, wie, unter den großen Eichentisch im Wohnzimmer geflogen, wo ich liegenblieb. Dank seiner Stabilität schützte er mich vor Steinen, Schutt, Balken und damit vor dem sicheren Tod. Bis auf ein paar Schürfwunden war ich nicht verletzt, aber der Schock oder der Sturz hatten mich in eine bis in den Tag dauernde Bewußtlosigkeit versetzt. Da keine Klopfzeichen von mir zu hören waren und man die Mutter bereits tot aus den Trümmern gezogen hatte, ging man davon aus, daß ich nicht mehr lebte. Man suchte nicht weiter nach mir und wandte sich den Trümmerbergen zu, unter denen Lebenszeichen zu hören waren.

Rupert berichtete sachlich, und auch den Tod seiner Mutter kommentierte er mit keinem weiteren Wort. Eine gewisse Erschütterung war aus seiner Stimme erst herauszuhören, als er von Rike zu sprechen begann. Wahrscheinlich hatte er diese Geschichte noch nicht oft erzählt.

Während ich also immer noch ohnmächtig unter unserm Eichentisch lag und erst aufwachte, als in den kleinen Freiraum, in dem ich mich befand, langsam Wasser sickerte, hatte Rike ohne Hilfe, ohne zu wissen, wo sie beginnen sollte, angefangen, unter den Trümmern nach mir zu suchen, auch ohne auf die Worte der Bewohner in der Straße zu hören, die mich alle für tot hielten.

Ganz aus der Ferne hörte ich die Geräusche. Ich versuchte zu rufen, aber aus meinem Mund kamen nur gurgelnde Laute. Er war voller Dreck und Staub, und ich hatte nicht die Kraft, auszuspucken oder zu husten. Das Wasser wurde langsam, aber stetig mehr. Irgendwo mußte ein Rohr geborsten sein. Inzwischen war meine Hose schon naß, und ich merkte auch, daß die Füße in den Schuhen feucht wurden. Ich hatte eine wahnsinnige Angst zu ertrinken, bevor man mich fand. Ich begann, mit einem Stein gegen den Eichentisch zu klopfen, obwohl das wegen der beschränkten Bewegungsfreiheit sehr anstrengend war. Endlich konnte ich auch rufen, aber meine Stimme war kläglich und drang kaum durch den Trümmerberg nach draußen. Ich begann durchzudrehen, strampelte, schrie und machte mir in die Hose.

Wie Rike später erzählte, habe sie einen Stein nach dem anderen zur Seite geschleudert und sich immer wieder mit dem Ohr auf die Trümmer gelegt, um nach einem Lebenszeichen von mir zu hören. Erst als ihre Hände schon blutig waren und sie immer wieder an einer anderen Stelle gesucht hatte, habe sie plötzlich meine Stimme und das Klopfen vernommen. Warum sie dann nicht Hilfe geholt hatte, weiß ich auch nicht. Jedenfalls hat sie, so schnell sie konnte, Stein für Stein weggeräumt, und plötzlich, ich habe das Bild noch heute wie eine Fotografie vor Augen, war durch eine Öffnung, nicht größer als ein Kinderball, ihr Gesicht zu sehen. Inzwischen lag mein ganzes Hinterteil im Wasser, und ich merkte an meinem Körper, wie es zentimeterweise stieg. Beim Anblick von Rikes Gesicht, mit der frischen Luft, die zu mir drang, und dem Licht, packte mich erst recht die Panik, nicht mit dem Leben davonzukommen. Ich begann fürchterlich zu schreien.

Ich glaube, so ähnlich wie Rike heute schreit, wenn man sie in ihren Musikphantasien stört. Rupert sah mich an. Bevor er in der Lage war weiterzureden, trank er einen großen Schluck Wein. Dann fuhr er fort.

Meine Schreie waren Rike so in die Ohren gefahren, daß sie schrie, wie ich schrie, und damit die Nachbarn auf uns aufmerksam machte. Aber bis die mit Werkzeug, Seilen und einer zusammengebauten Bahre zu Hilfe kamen, war es zu spät.

Es kam mir vor, als könne Rupert Neumann nicht weiterreden. Seine Hände umklammerten den leeren Teller, und seine Zunge fuhr ständig über Unter- und Oberlippe. Einen Augenblick war ich versucht, ihn zu streicheln. Ich wartete ab, bis er sich gefaßt hatte und weiterreden konnte.

Ich versuchte, so weit unter dem Tisch hervorzukriechen, daß ich nach ihrer Hand greifen konnte, die sie mir entgegengestreckt hatte. Und damit sie nicht weglief, sondern bei mir blieb und weiterbuddelte, plätscherte ich mit den Füßen im Wasser, um ihr zu signalisieren, daß ich jeden Moment ertrinken könnte.

Entsetzt versuchte Rike, das Loch, das sie zu mir gegraben hatte, selbständig und mit aller Kraft zu vergrößern. Durch das heftige Wegziehen von Steinen, Holz und anderen Trümmern löste sich ein Balken über Rike, rollte herab und schlug auf ihre Hände.

Jetzt war nur noch sie es, die mörderisch schrie. Geröll verstopfte das Loch in die Freiheit. Ich saß abermals in der Dunkelheit, sah nichts mehr, hatte nur Rikes Schmerzensschreie in den Ohren. Aber es dauerte nicht mehr sehr lange, bis ich befreit wurde, und nicht ich kam ins Krankenhaus, sondern Rike. Während meine Schürfwunden mit Jod und Pflaster behandelt werden konnten, hatte Rike einen zertrümmerten Handwurzelknochen. Da nach Bombenangriffen kein Operateur Zeit für eine kunstvolle Handchirugie hatte und Rike, so sagte man ihr, froh sein solle, wenn sie ihre Hände überhaupt wieder normal gebrauchen könne, war ihre Karriere als Pianistin beendet.

Rupert sah mich nicht an, blickte an mir vorbei ins Lokal, und seine Augen waren so leer, wie ich das nur von Dr. Wingert kannte. Ohne daß ich darüber nachdachte, streichelte ich nun doch seine Hände.

So ausführlich habe ich das, außer meiner verstorbenen Frau, noch niemandem erzählt, sagte er jetzt.

Und seit wann ist Rike so verstört und so krank, daß sie im Rollstuhl sitzen muß? fragte ich.

Das fing langsam, sehr langsam an. Nach Monaten konnte sie auch wieder ihre geliebten Schumannschen Klaviersonaten spielen. Aber es reichte nie wieder für etwas anderes als für den Hausgebrauch. Mit jedem Lebensjahr verlor sie mehr ihre Fröhlichkeit, lebte nur auf, wenn sie Musik hörte, zog sich immer tiefer in sich zurück, kränkelte vor sich hin und bekam einen Schlaganfall. Später zog sie zu uns. Als meine Frau starb, mit der sie sich sehr gut verstanden hatte, schien sie endgültig den Verstand zu verlieren. Ich konnte sie, neben meinem Job in der Bank, nicht allein betreuen. Und die Pflegerinnen, die ich anstellte, graulte sie eine nach der anderen schon nach kurzer Zeit mit ihrem Geschrei aus dem Haus. So blieb mir nichts anderes übrig, als sie im Seniorenheim unterzubringen, wo ich sie, wie Sie wissen, so oft wie möglich besuche.

Rupert Neumann machte einen erschöpften Eindruck. Erst jetzt schien er zu bemerken, daß ich seine Hände hielt, und zog sie zurück.

So hat mein Leben Rike die Karriere und später den Verstand gekostet. Hätte ich damals nicht aus Angst vorgegeben, ich würde ertrinken, und Rike die Zeit gelassen, auf die Hilfe der Helfer zu warten, wäre sie eine ebenso berühmte wie glückliche Frau geworden.

Mir fielen keine tröstenden Worte ein, und ich sah Rupert an, daß er sie auch nicht erwartete. Langsam fand er in die Gegenwart zurück, und als er sagte, daß er mir gegenüber weit aufgeschlossener sei als ich ihm gegenüber, blitzten seine blauen Augen schon wieder.

Ich fürchte, ich langweile Sie, antwortete ich verlegen, meine Geschichte ist unspektakulär, ein Schicksal, das unendlich viele Frauen mit mir teilen.

Ich höre, sagte Rupert Neumann und prostete mir zu.

Also fing ich an zu reden, erzählte von Fred, von Hannes und Susan, ging ins Detail, beschrieb sogar meinen Tanz an Nüßchens siebzigstem Geburtstag, erwähnte die Villa meines Großvaters und meinen nächtlichen Ausflug dorthin. Später wurde mir bewußt, daß ich nichts ausgelassen hatte, nicht einmal meine Besuche bei Dr. Wingert und die Tatsache, daß ich mich anfangs vor ihm geekelt hatte.

Jaja, sagte Rupert Neumann, Alter ist ansteckend. Aber wenn man es einmal als Krankheit überwunden hat, ist man dagegen immun. Mehr fiel ihm zu dem, was ich erzählt hatte, nicht ein.

Nachdem ich alles gesagt hatte, was es von mir zu berichten gab, fühlte ich mich derart angestrengt, daß mir kein weiteres Wort über die Lippen kam, und ich fragte mich, warum ich ausgerechnet Herrn Neumann Einblick in mein Leben gegeben hatte. Am liebsten wäre ich aufgestanden und gegangen. Etwas verlegen sah ich ihn an und glaubte seinen Augen abzulesen, daß er sich Ähnliches wünschte. Auch er sah müde aus, obwohl er lächelte.

Wollen wir gehen? fragte ich gerade heraus.

Er nickte erleichtert und winkte dem Kellner, um zu zahlen. Auch im Auto kam kein rechtes Gespräch mehr auf. Als ich vor meiner Haustür ausstieg, hielt Rupert meine Hand einen Augenblick zu lange fest.

Ich danke Ihnen, Nele, sagte er.

Wofür?

Daß Sie mir zugehört haben. Mir hat das sehr gutgetan.

Aber Sie haben mir doch auch zugehört, erwiderte ich leise, bedankte mich meinerseits für die Einladung und verschwand hinter der Haustür. In der Wohnung angekommen, ließ ich mich in meinen Sessel fallen. Ich hatte den Dimmer ganz runtergedreht. Noch immer fühlte ich eine mir fremde Unruhe, und ganz leise stieg Ärger über meine Redseligkeit in mir hoch. Ich hatte Rupert Neumann Sachen erzählt, die ihn weiß Gott nichts angingen, und ich war irgendwie froh, daß er meinem Bericht keine persönlichen Anmerkungen hinzugefügt hatte. Vielleicht, tröstete ich mich, vielleicht vergißt er ja auch alles gleich wieder.

Eine Weile versuchte ich, mich in sein Schicksal zu versetzen. Die Vorstellung, einem anderen, auch wenn es die Schwester ist, ein Leben lang verpflichtet zu sein, weil man in einer schrecklichen Situation, fast noch als Kind, die Nerven verloren hat, erschien mir als eine unerträgliche Last. Ich fragte mich, woher Rupert Neumann seine Heiterkeit nahm, seine Gelassenheit und seine scheinbar nie versagende Geduld.

Mit der Zeit verdrängte seine Geschichte meine Irritation über die eigene Geschwätzigkeit, und ich wurde erst aus meinen Gedanken gerissen, als ich sah, daß der Anrufbeantworter blinkte. Drei Gespräche waren verzeichnet, und alle drei waren von Hannes. Dringend sei es, sagte er in seinem Büroton, der noch nie etwas Gutes bedeutet hatte, und ich möchte, egal zu welcher Nachtzeit, sofort zurückrufen.

Alles andere hätte ich jetzt lieber getan, als mit Hannes zu telefonieren. Aber es konnte ja etwas passiert sein. Er war nicht verschlafen, sondern schien neben dem Telefon gesessen zu haben, obwohl es schon nach Mitternacht war. Er fragte nicht, wie es mir ginge oder wo ich gewesen sei, sondern kam gleich zur Sache. Er habe für die Villa einen Käufer, der bereit sei, für Grundstück und Haus zwei Millionen zu zahlen. Alles sei eilig, und der Käufer, ein Hotelier, wolle lieber heute als morgen den Kaufvertrag unterschreiben.

Und warum hat der Mann es so eilig?

Was weiß ich, sagte Hannes, er will aus der Villa ein Golfhotel mit Clubräumen machen. An dem zum Haus gehörenden Park lägen Wiesen, die der Stadt gehörten und die er dazukaufen könne. Er müsse sich allerdings beeilen, da die Gefahr, daß die Wiesen zur Bebauung zugelassen würden, groß sei.

Und ich soll mich mitten in der Nacht entscheiden?

Ich mach doch alles für dich, Mutter. Ich brauche vorerst nichts weiter als dein Okay, unterschreiben kannst du dann später.

Ich versuchte, ruhig durchzuatmen. Keinesfalls wollte ich mich jetzt aufregen oder mit Hannes in einen Streit geraten. Andrerseits hatte ich zum wiederholten Mal das Gefühl, daß der Verkauf der Villa über meinen Kopf hinweg und ohne meine Mitsprache über die Bühne gebracht werden sollte.

Ich weiß nicht, sagte ich langsam, und Hannes fragte ungeduldig zurück: Was weißt du nicht?

Ob ich einem Millionengeschäft telefonisch, noch dazu nach Mitternacht, so einfach zustimmen kann.

Ich bitte dich, Mutter, fauchte Hannes ins Telefon, mach doch nicht schon wieder Schwierigkeiten.

Der Streit war absehbar, ich mußte mich zusammennehmen und ließ mir mit der Antwort Zeit.

Paß auf, Hannes, morgen werde ich hinfahren und mir

das Haus von innen und außen ansehen, dann ruf ich dich an.

Ich hörte gerade noch seine Worte, daß ich das Haus doch kenne und eine Besichtigung …

Den Rest des Satzes schnitt ich ab, indem ich den Hörer auflegte. An Schlaf war nicht zu denken. Zwei Millionen? Die Summe überstieg meine Vorstellungskraft. Am liebsten hätte ich Rupert Neumann angerufen. Aber der schlief wahrscheinlich schon. Anlegen, hatte Fred gesagt, und daß er das für mich machen würde. Ich wälzte mich hin und her, stand auf, trank Wasser, legte mich wieder hin und schlief erst gegen Morgen traumlos ein.

Nach dem Frühstück wählte ich Ruperts Nummer und wunderte mich, daß ich sie nach unserem gemeinsamen Essen auswendig wußte. Seine Stimme klang heiser. Schlecht geschlafen habe er, die Erinnerung an die Bombennacht habe ihm zu schaffen gemacht.

Ich konnte auch nicht schlafen, erwiderte ich, aber zudem hätte ich ein Problem, und ich hoffte, daß er mir helfen würde. Ich erzählte von dem Telefonat mit Hannes und von meinem Entschluß, mir die Villa noch einmal in Ruhe anzusehen.

Und wie kann ich Ihnen helfen?

Indem Sie mitkommen und mir mit Ihrem Rat zur Seite stehen.

Ein paar Stunden später stand er mit seinem Wagen vor meiner Haustür, um mich abzuholen. Als ich einsteigen wollte, sah ich auf dem Rücksitz ein weißes Wölkchen, nicht größer als ein Sofakissen, aus dem mich zwei kohlrabenschwarze Murmelaugen ansahen.

Wer ist das denn, rief ich verblüfft, da Rupert Neumann bisher keinen Hund erwähnt hatte.

Das ist Schumann, sagte Rupert, mit vollem Namen heißt er Robert Schumann. Wir rufen ihn natürlich nur Schumann. Eigentlich gehört er Rike. Aber sie ging mit ihm, ihrer

Krankheit entsprechend, nicht mehr richtig um, drückte ihn permanent an sich und ließ ihn nicht los, wenn er runter wollte. Er verkroch sich ständig und floh, wenn er nur ihre Stimme hörte. Seit sie im Seniorenheim wohnt, lebt er bei mir, und langsam ist er wieder zutraulich geworden. Sie müssen wissen, Robert Schumann ist Rikes Lieblingskomponist.

Ich beugte mich zu Schumann hinunter, um ihn zu streicheln. Aber er zog seinen Kopf weg, und plötzlich war in seinem linken Auge das Weiße zu sehen.

Er schielt ja, rief ich belustigt und zog meine Hand wieder zurück.

Das tut er nur, wenn er aufgeregt ist. Sie sind für ihn nicht nur fremd, sondern Sie steigen auch noch zu uns ins Auto. Das ist er nicht gewohnt.

Also entschuldigte ich mich bei Schumann, worauf sein linkes Auge wieder in die richtige Position rutschte, und nannte Rupert die Adresse.

Noch bevor wir losfuhren, sagte Rupert, wie gern er mir behilflich sein wolle. Dabei fuhr seine Hand leicht über meinen Arm, was ich als unnötig empfand. Ich suchte nach einem Thema und kam schließlich auf Hannes und sein Auftreten mir gegenüber zu sprechen.

Sehen Sie, sagte ich, das ist auch etwas, was man im Alter lernen muß. Das Rollenverhältnis zwischen Kindern und Müttern ändert sich. Je weniger ich etwas in ihrem Leben zu sagen habe, um so mehr reden sie mir in meins hinein. Mit jedem Jahr, das ich älter werde, bilden sie sich ein, mich mehr über das belehren zu müssen, was ihrer Meinung nach richtig ist und was falsch.

Liegt das nicht an Ihnen, wenn das so ist, beziehungsweise wenn Sie sich darüber ärgern? wollte Rupert wissen. Das könne doch auch ein Zeichen der Zuneigung sein. Zumindest sehe er im Verhalten meines Sohnes nichts Negatives.

Seine Reaktion gefiel mir nicht. Unfreundlich gab ich zur Antwort, daß er mich, wahrscheinlich mangels eigener Kinder, nicht verstehe.

Vielleicht, sagte er, und ich glaubte aus diesem einzigen Wort eine gewisse Resignation herauszuhören.

Die kleine Mißstimmung wurde durch Schumann unterbrochen, der einen anderen Hund gehört hatte. Seine rosinengroße Nase klebte jetzt an der Fensterscheibe, während er sich mit seinen winzigen Pfoten gegen die Türfüllung stemmte.

Schumann, rief Rupert, halt den Mund, sonst mußt du laufen.

Schumann, der sofort still wurde, sah ausgerechnet mich vorwurfsvoll an, und ich stellte befriedigt fest, daß er dabei nicht schielte.

Fahren wir nachher noch ins Heim? fragte ich, nur um etwas zu sagen und die Stimmung zu glätten.

Das habe er eigentlich nicht vor, antwortete Rupert, vielmehr wolle er den Tag mit mir verbringen und denke an einen kleinen Ausflug, denn aus diesem Grund sei ja auch Schumann mit von der Partie. Mein Einwand, daß Rike und Grieschen dann vergeblich auf uns warteten, ließ er nicht gelten. Ein bißchen Spontaneität, erklärte er, müssen wir uns schon gestatten.

Das Wir blieb bei mir hängen. Rupert hatte Wir gesagt und von unserer Spontaneität gesprochen, was schon wieder der Versuch der Nähe war. Diesmal schwieg ich und sah, ebenso wie hinter mir Schumann, stumm aus dem Fenster auf die Straße.

Die Menschen hatten ihre Mäntel zu Hause gelassen, trugen helle Jacken, bunte Schals und hatten Sonnenbrillen auf der Nase. An den Armen der Frauen sah man die ersten weißen Handtaschen baumeln. Frühling in der

Stadt, wo von einem Tag auf den anderen auf den Bürgersteigen zwischen Stühlen und Tischen Primeln und Tausendschönchen in Kübeln zu sehen waren. Wer den richtigen Platz erwischte, trank seinen Kaffee oder sein Bier in der Sonne. Kein Wölkchen am Himmel. Dafür strichen die Tauben um so lebhafter von einem Dach zum anderen, und an der Ampel hielt neben uns das erste geöffnete Cabriolet.

Als wir vor der Villa meines Urgroßvaters hielten, ausstiegen und Schumann angeleint hatten, mußten wir feststellen, daß das Haus verschlossen war. Eine Klingel gab es nicht. Auf meinen Vorschlag suchten wir den Dienstboteneingang auf, wo zwar ein Namensschild hing, aber auf unser Klopfen auch nicht geöffnet wurde.

Was nun? Rupert schlug einen Spaziergang durch den gegenüber liegenden Stadtpark vor. Vielleicht würde später jemand im Haus sein.

Er hatte sich wie selbstverständlich bei mir untergehakt und ging so dicht neben mir, daß ich ihn riechen konnte. Der Frühling zeigte sich in weißen und blauen Blütenteppichen von Anemonen und Scillas. Die Amseln lärmten mit den Krähen um die Wette, während sich Schumann ständig über die Eichhörnchen aufregte, die vor seiner Nase an den Bäumen hochsprangen und auf den Ästen über ihm hin und her turnten.

Ich dachte an meinen seltsamen Nachtlauf, an meine Angst und an die Erleichterung, als ich es geschafft hatte, auf der anderen Seite des Parks angekommen zu sein. Rupert hatte jetzt eine Bank ausgemacht, auf die er sich setzte. Er bat mich, neben ihm Platz zu nehmen, während Schumann es vorzog, im Unterholz herumzuschnüffeln.

Nele, sagte Rupert unerwartet und griff nach meiner Hand, ich bin froh, daß wir uns begegnet sind.

Ich glaube, ich zuckte zusammen, und mein erster Gedanke war, wieder aufzustehen. Aber ich blieb sitzen, und plötzlich benutzte ich die üblichen Klischees des Alters, um mich gegen Ruperts Annäherung zu schützen. Ich stellte mir seine Umarmung vor, und mein Rücken bog sich nach vorn, mein Kopf zog sich zwischen die Schultern, während ich meine Ellenbogen leicht vom Körper abspreizte. Ich fing an zu reden, laut, gehetzt, ohne Pause.

Ich werde nächstes Jahr siebzig, begann ich, da ist der Prozeß des körperlichen Verfalls nicht mehr zu übersehen. Wie aktiv ich auch bin, es vergeht kein Tag, an dem ich nicht an das Nachlassen meiner Kräfte erinnert werde. Die Knochen tun mir weh, die Zähne gehen kaputt, die Augen verlieren an Sehkraft, und das Hörvermögen läßt nach. Die Realität ist, daß die letzten Erinnerungen an die Jugend, deren Gefühle und Wünsche immer schneller schwinden. Was bleibt, ist das Alter.

Je länger ich sprach, um so spöttischer sah mich Rupert an, und als ich eine Atempause machte, setzte er, um meinen Tonfall bemüht, mit einer Art Fortsetzung ein: ... in dem man an Anerkennung, Autorität und Macht verliert. Im Berufsleben kommt man schon ab sechzig zu ernsten Schwierigkeiten, selbst wenn man über große Energie und viel Einfluß verfügt. Im Klartext bedeutet das nichts anderes, als daß es gilt, die richtige Einstellung zum Sterben zu finden, um sich auf den Tod vorzubereiten. Das meinen Sie doch?

Natürlich hörte ich die Ironie in seinen Worten, nickte aber, nicht fähig zum Nachgeben.

Und deshalb, fuhr Rupert jetzt sachlicher fort, haben sich ganze Berufsstände und Organisationen entwickelt, die angeblich die Interessen älterer Menschen vertreten, sie als Opfer deklarieren und ständig nur ihre Probleme in den

Vordergrund stellen, um die notwendige Unterstützung zu finden. Der alte Mensch wird in unserer Gesellschaft als krank, senil, unglücklich und vereinsamt eingestuft und damit derart diskriminiert, daß schon Menschen mittleren Alters sich schämen und beginnen, sich von der Realität des eigenen Älterwerdens zu distanzieren.

Ich brauchte gar nicht mehr von Rupert Neumann abzurücken. Er hatte seinen Arm von der Lehne hinter mir zurückgenommen und streichelte jetzt Schumann, der voller Wohlbehagen seinen Rücken wie ein Kätzchen krümmte und sich an Ruperts Bein schmiegte, als wolle er mir zeigen, was Zärtlichkeit sein kann.

Ein leichter Wind wehte mir einen Hauch von Erde und Frühlingsduft ins Gesicht. Mir war zum Weinen, und ich haßte das Mißtrauen, das seit der Trennung von Fred alle meine Gefühle mit einer dicken Schicht Grünspan belegt hatte.

Sie verstehen mich nicht, sagte ich mehr aus Selbstmitleid als aus dem Bedürfnis heraus, etwas zu klären.

Ich denke doch, erwiderte Rupert, ich will Ihnen gern sagen, warum ich Ihnen das alles erzähle.

Jetzt sah er mich an, so traurig und resigniert, daß ich seinen Blick nicht aushielt und lieber Schumann betrachtete, der es immer noch genoß, gestreichelt zu werden.

Ich hatte irgendwie gehofft, fuhr er in einem Ton fort, der eher seinen früheren Angestellten in der Bank gegolten haben könnte als mir, die so hilflos neben ihm saß.

Wirklich, ich hatte gehofft, Sie wären ein Mensch, mit dem ich den Sinn des dritten Lebens herausfinden könnte. Ich glaubte, ich könnte mit Ihrer Hilfe das Alter als etwas Positives entdecken und mich mit Ihnen gegen die in unserer Zeit für Senioren vorgesehene Trivialbeschäftigung wehren. Mir ist nichts mehr zuwider als dieser Alterswahn. Junge wie alte Menschen sind ihm aus unterschiedlichen Gründen nicht nur verfallen, sondern sie fördern ihn auch noch.

Noch nie hatte mir jemand zu diesem Thema so aus dem Herzen gesprochen. Ich bereute, was ich gesagt hatte, um Nähe abzuwenden. Ich schämte mich und wußte nicht, wie ich die alte Vertrautheit zwischen uns wiederherstellen sollte. In meiner Verlegenheit war ich es jetzt, die Schumann kraulte, wobei ich mir Mühe gab, den kleinen Hunderücken nicht das ganze Gewicht meiner Hand spüren zu lassen, sondern meine Finger mehr schwebend in dem flauschigen Fell hin und her zu bewegen.

Haben Sie bitte Geduld mit mir, murmelte ich so leise, daß ich damit rechnen mußte, nicht verstanden zu werden. Vielleicht bin ich ja der Mensch, den Sie suchen.

Rupert Neumann reagierte nicht auf mein Angebot. Er stand auf und meinte, wir sollten noch einmal zu der Villa gehen, die, wenn wir Glück hatten, jetzt möglicherweise offen war. Als ich mich erhob, sagte er noch einen Satz, dem ich nicht entnehmen konnte, ob er damit an seine Ausführungen anknüpfte oder ob es eine Antwort auf meine Bitte war, mit mir Geduld zu haben. Er sagte: Im Alter muß man begreifen lernen, daß zum Überleben die Gemeinschaft wichtiger sein kann als eine funktionierende Beziehung. Zumindest genauso wichtig, fügte er verbessernd hinzu.

Auf dem Rückweg hakte er sich nicht bei mir unter, sondern ließ Schumann, den er an die Leine genommen hatte, zwischen uns laufen. Da war es naheliegend, daß wir nun über den Hund sprachen. Ich erfuhr, daß Schumann schon zehn Jahre alt war, daß ihm drei Vorderzähne fehlten und daß er täglich Tabletten für sein Herz nehmen mußte, das im Lauf der Jahre zu groß geworden war.

Er wirkt aber viel jünger, sagte ich, und Rupert antwortete lächelnd: Das liegt nur daran, daß ihm der Unterschied zwischen alt und jung nicht bewußt ist.

Als wir vor der Villa standen, sahen wir, daß die Haustür angelehnt war. Wir gingen hinein, riefen Hallo, ob da jemand sei, und versuchten, uns durch Klopfen bemerkbar zu machen. Aber es blieb bei dieser Friedhofsruhe, und wir beschlossen, uns allein ein Bild über den Zustand des Hauses zu machen.

Die Aufteilung der unteren Räume war noch wie zu Großvaters Zeiten. Man konnte im Rechteck durch große Flügeltüren von einem Zimmer in das nächste gehen, bis man wieder im Entree angelangt war. Der Stuck an den Decken war fast unbeschädigt. Hingegen zeigten die Fensterrahmen Risse, die Türen hingen zum Teil schief in den Angeln. Die offenen Kamine waren beschädigt, und von den Wänden, die zum Teil feucht waren, hingen große Fetzen von mir unbekannten Tapeten. Das Parkett war gequollen, überall roch es muffig, und ich fand nirgends einen Hinweis auf frühere Zeiten. Ich hörte auch nicht, wie bei meinem ersten Besuch im Heizungskeller, die Worte meines Großvaters: Ich wünsche nicht, daß ...

Alles war mir fremd, und als Schumann, obwohl er an der Leine war, an einem in einer Ecke liegenden Ziegelstein das Bein hob, protestierte ich nicht. Mehr oder weniger emotionslos zählte ich Rupert die Verwendung der einzelnen Räume auf.

Das Arbeitszimmer des Großvaters, der rote und der grüne Salon, das Zimmer der Großmutter, das nach ihrem Tod unberührt blieb, der Saal für Festlichkeiten und Diners mit dem großen Tisch, an dem über dreißig Personen essen konnten, das Frühstückszimmer, das Jagdzimmer mit den großen Schränken, in denen alle möglichen Gewehre aufbewahrt wurden, und schließlich, direkt neben der Eingangshalle, der von Großvater Mantelzimmer genannte kleinste Raum – nichts anderes als die Garderobe.

Waren Sie als Kind gern hier?

Ich weiß es nicht mehr, sagte ich, die Villa war mir vertraut, weil ich mir, wenn ich in den Ferien hier war, immer wie eine verwunschene Prinzessin vorkam. Am liebsten schlich ich durch die unbewohnten Salons und Zimmer, forschte in Kommoden und Schreibtischen nach Geheimfächern, stets auf der Suche nach einem Schatz. Nur vor Großvater hatte ich Angst, ich mochte ihn nicht, und ich glaube, er mochte mich auch nicht.

Während ich das sagte, stocherte ich im Kamin des ehemaligen Damenzimmers herum. Der Rost war noch vorhanden, wenn auch völlig zugedeckt mit Müll, Teilen von zerbrochenen Möbeln, Mörtel und Steinen. Der Rost, daran erinnerte ich mich noch, stand auf kleinen gedrehten Eisenfüßen, die oberhalb des Eisengitters mindestens zwanzig Zentimeter emporragten und im vorderen Teil ihren Abschluß jeweils in einer tischtennisballgroßen Messingkugel fanden. Eine dieser Kugeln war noch da und ließ sich sogar abschrauben. Sehen Sie, sagte ich und hielt ihm die völlig verdreckte Kugel auf meiner Hand entgegen, das scheint alles zu sein, was aus meiner Kinderzeit übriggeblieben ist. Ich mußte mich räuspern, um Rupert meine Rührung nicht merken zu lassen.

Und warum ist das Anwesen so verkommen?

Mein Onkel, der seit seinem achtzehnten Lebensjahr im Ausland lebte, hat sich nie darum gekümmert. Es wurde an alle möglichen Unternehmen vermietet. Erst haben hier reiche Nazis gewohnt, später wurde es ein Kindererholungsheim, im Krieg wurde die Villa als Lazarett genutzt. Danach war hier viele Jahre eine Modewerkstatt untergebracht, und der letzte Mieter war ein Tanz- und Ballettschulenbesitzer.

Wie lange es jetzt bis auf die Gärtnerwohnung unbenutzt ist, weiß ich nicht. Wir werden es herausfinden.

Ich steckte die Messingkugel, schmutzig, wie sie war, in meine Jackentasche und schlug vor, nach oben zu gehen. Die Treppe war in Ordnung, selbst das handgeschnitzte Geländer war nicht beschädigt. Von der Galerie führten Türen in die einzelnen Zimmer, die, wie ich wußte, fast alle die gleiche Größe hatten und im Rechteck zum Entree lagen. Hier waren früher die Schlafzimmer, die Kinder- und Gastzimmer, die Wäsche- und Rumpelkammern. Nach Norden hin lagen die Dienstbotenzimmer, und genau gegenüber war das Vogelzimmer, wo der Großvater eine Voliere hatte bauen lassen, die fast das ganze Zimmer einnahm und in der er jede Menge exotischer Prachtfinken und Webervögel in allen Farben hielt.

Wenn überhaupt, sagte ich zu Rupert, habe ich meinen Großvater nur lächeln sehen, wenn er seine Vögel beobachtete.

Wir standen also im damaligen Vogelzimmer, als plötzlich eine Tür zuschlug und Stimmen zu hören waren. Als wir auf die Galerie traten, kam uns eine elegante Dame in meinem Alter entgegen, gefolgt von zwei jungen, ebenfalls gutgekleideten Herren. In einigem Abstand folgte ein Mann, offensichtlich der Gärtner oder Hausmeister, an dessen Tür wir zuvor erfolglos geklopft hatten.

So, wie wir uns gegenseitig anstarrten, hielten wir uns für unerwünschte Eindringlinge. Die ersten, die sich dazu äußerten, waren Schumann und der Gärtner. Letzterer stellte sich wie zum Schutz vor die elegante ältere Dame und herrschte uns an, was wir hier zu suchen hätten und wie wir hereingekommen wären. Schumann hingegen stellte sich auf die Hinterbeine und begann zu bellen, was eher dem Lachen eines Asthmatikers glich als dem Protest eines Hundes. Dabei zog er nur eine Lefze hoch, was ihm einen außerordentlich verächtlichen Ausdruck verlieh.

Das gleiche könnte ich Sie fragen, fauchte ich zurück, erklärte, wer ich sei und daß das Haus, in dem man sich hier befinde, mein Eigentum sei.

Das ist nicht möglich, sagte einer der Herren kühl und mit einem ähnlichen Ausdruck der Verachtung im Gesicht wie Schumann, immerhin habe ich mit dem Besitzer, Herrn Hannes Ungureit, verhandelt und eine mündliche Zusage erhalten, das Anwesen zu erwerben.

Mein Sohn, sagte ich, ist nicht der Besitzer und kann Ihnen demzufolge auch keine Zusage geben.

Der Zorn über die Eigenmächtigkeit meines Sohnes raubte mir die Stimme, und ich muß wohl so wütend ausgesehen haben, daß sich jetzt die elegante Dame auf äußerst liebenswürdige Weise einmischte. Sie wolle sich und die Herren erst einmal vorstellen, sagte sie und nannte die Namen: den ihres Neffen und den des Architekten. Sie selbst sei Fina Suska. Wir gaben uns die Hand, und ich stellte nun meinerseits Rupert Neumann vor.

Der Architekt zeigte an dem Gespräch wenig Interesse und wandte sich wieder seiner Aufgabe zu. Er begutachtete die Räume, die Wände und Balken, Fenster und Türen, wobei er ständig Polaroidfotos schoß. Das Klicken der Kamera klang in meinen Ohren provozierend und stachelte meine Erregung an.

Was macht er denn da? fragte ich so irritiert, daß mir Rupert beruhigend die Hand auf die Schulter legte. Frau Suska schien meine Gereiztheit nicht zur Kenntnis zu nehmen und gab freundlich Auskunft: Der Architekt habe von ihr den Auftrag für den Entwurf eines Golfclubhauses erhalten, das gleichzeitig ein Hotel werden solle. Ihr Neffe Paul ergänzte die Worte seiner Tante und berichtete, daß er die an den Park grenzenden Wiesen von der Stadt kaufen wolle, um dort den Golfplatz anzulegen.

Und ich, sagte Frau Suska, habe meinem Neffen versprochen, die Villa zu renovieren und umzubauen.

Ich glaube nicht, daß Sie in die Verlegenheit kommen werden, dieses Haus in ein Clubhotel zu verwandeln, sagte ich spitz und kaum noch fähig, mich zu beherrschen. Ich spürte die Messingkugel in meiner Tasche, spürte den Schmutz ihrer Oberfläche in meiner Hand und verstummte.

Der Neffe, der meinen Widerstand zu fürchten schien, glaubte jetzt, mich einschüchtern zu müssen. Ob ich meinem Sohn schaden wolle, fragte er mich mit heruntergezogenen Mundwinkeln. Der Mann gefiel mir nicht. Er hatte kleine, eng zusammenstehende Augen, mit denen er mich fixierte; zudem trat er so dicht an mich heran, daß Schumann schon wieder seine rechte Lefze hochzog und knurrte.

Ob ich Ihnen die Villa verkaufe oder nicht, das hat nichts mit meinem Sohn zu tun, gab ich zurück, drehte mich um und signalisierte Rupert, daß es Zeit wäre zu gehen. Aber bevor ich auch nur einen Schritt machen konnte, zupfte mich Frau Suskas Neffe am Ärmel, und sein Gesicht schob sich noch dichter vor meins.

Da irren Sie sich, zischte er und hielt mich regelrecht fest. Ihr Sohn ist in diesem Projekt mein stiller Teilhaber. Sein Anteil besteht darin, daß er die Möblierung des gesamten Hauses stellt, angefangen bei der Küche über die Clubräume, das Restaurant bis hin zu den Gastzimmern.

Das haben Sie schon ausgemacht?

So ist es, antwortete Paul Suska, und zwar vertraglich.

Ich muß blaß geworden sein, vielleicht wankte ich auch, denn plötzlich fühlte ich Ruperts Hand unter meinem Ellenbogen. Die Gedanken überschlugen sich und setzten sich schließlich zu der Erkenntnis zusammen, daß es Hannes keineswegs nur um mein Wohl ging, sondern ebenso um das seine. Über meinen Kopf hinweg glaubte er, sich da mit meinen Mitteln eine goldene Nase verdienen zu können. Am meisten schmerzte mich die Tatsache, daß er es vorgezogen hatte, mir seinen Vorteil am Verkauf des Hauses zu verschweigen.

Mein Blick traf, am Neffen vorbei, Frau Suska, und ich sagte fast hilfesuchend: Davon habe ich nichts gewußt.

Frau Suska hob die Schultern zum Zeichen, daß sie mir nicht helfen könne, als der Neffe zwischen uns trat und mehr oder weniger flapsig sagte, daß ich es ja nun wisse.

Der Architekt kam von seiner Hausbegehung zurück und reichte Frau Suska einen Zettel mit den Worten, daß sie ungefähr mit der hier angegebenen Summe für Renovierung und Umbau zu rechnen habe.

War es der Zettel? War es die Messingkugel in meiner Hand? War es Rupert Neumann, den ich hinter mir spürte und der sich mit keinem Wort in die Diskussion eingemischt hatte? Ich wußte es auch später nicht.

Ich richtete mich plötzlich kerzengerade auf, sah erst Frau Suska an, dann ihren mich mit Blicken belauernden Neffen, und sagte so beherrscht und so höflich, wie ich konnte: Es tut mir leid, aber ich werde nicht an Sie verkaufen.

Wenn Ihnen zwei Millionen zu wenig sind – der Neffe hatte inzwischen einen hochroten Kopf –, können wir noch einmal über den Preis reden, Frau Ungureit.

Ich schüttelte den Kopf, sagte mit einem Nicken und ohne Handschlag Aufwiedersehn, gab Rupert ein Zeichen und ging an allen vorbei zur Treppe, die von der Galerie in die Eingangshalle führte. Unter der linken Hand fühlte ich das Geländer, auf dem ich als Kind, wenn Großvater es nicht sah, hinuntergerutscht war, und in der rechten die Messingkugel, die durch das ständige Reiben in meiner Tasche inzwischen sauber geworden war. Zu meinem Erstaunen hörte ich Rupert hinter mir sagen, daß man noch von uns hören werde, dann war ich draußen.

Als wir im Auto saßen, wollte ich von Rupert wissen, warum er kein Wort gesagt habe.

Weil ich das Gefühl hatte, daß Sie jede Form von Einmischung gestört hätte.

Das gefiel mir. Endlich war da mal ein Mensch an meiner Seite, der nicht das Bedürfnis hatte, mir dreinzureden und alles besser zu wissen.

Und, fragte ich, akzeptieren Sie meinen Entschluß, nicht an diese Leute zu verkaufen.

Nein, sagte Rupert, ließ den Motor an und fuhr langsam los, obwohl er noch nicht wußte, wohin. Ich solle den Ausflug mitbestimmen und sagen, ob wir laufen oder zum See fahren sollten, um uns dort ein Boot zu mieten. Er machte noch den Vorschlag, eine nahe gelegene Burg zu besuchen, in der es ein gutes Restaurant gäbe.

Ich ging auf keinen seiner Vorschläge ein. Ich hatte nur dieses Nein von ihm im Ohr, das die noch eben empfundene Befriedigung von einer Sekunde zur anderen auslöschte. Und warum, wollte ich wissen, warum sind Sie dafür, daß ich diesem dubiosen jungen Mann mein Haus verkaufe?

Weil es ein guter Preis ist, der meiner Meinung nach noch nicht ausgereizt ist. Ob der Käufer sympathisch ist oder nicht, sollte keine Rolle spielen, und wenn sich Ihr Sohn noch dazu an diesem Golfclub beteiligen will, was spricht dann dagegen?

Daß er mir vorher nichts davon gesagt hat.

Muß er doch nicht, immerhin ist er erwachsen und wird seine Gründe dafür haben. Zum Beispiel eine Art Schweigepflicht, um die ihn dieser Paul Suska gebeten hat. Wer redet schon gern bei Geschäften dieser Art über ungelegte Eier?

Sie haben keine Kinder, erwiderte ich, Sie wissen nicht, wovon ich rede, Sie verstehen meine Situation nicht.

Jetzt war es Rupert, dem unser Gespräch nicht paßte.

Hören Sie zu, Nele, sagte er seltsam förmlich, Sie haben mich gebeten mitzukommen, um Sie bei dem Verkauf Ihrer Villa zu beraten. Ich habe mich während Ihrer Unterhaltung mit Frau Suska und deren Neffen herausgehalten und meine Meinung erst gesagt, als Sie mich danach gefragt haben. Jetzt habe ich sie geäußert, und nun paßt sie Ihnen nicht. Was erwarten Sie eigentlich von mir?

Nichts, antwortete ich schroff und blickte geradeaus auf die Straße. Auf Ruperts Frage, wohin wir denn nun fahren wollten, gab ich zur Antwort, daß mir das egal sei.

In Gedanken war ich noch in Großvaters Villa, aus der nun, ohne daß Hannes es mir gesagt hatte, ein Golfclub werden sollte. Ich wurde das Gefühl nicht los, daß mein Sohn mir mit der ganzen Angelegenheit eins auswischen wollte. Ich wußte genau, daß es mir mit der Ablehnung des Geschäfts nicht um das Haus meiner Kindheit ging. Dazu hatte mir der Großvater nicht nahe genug gestanden. Zudem hatte ich dieses Haus sechzig Jahre lang nicht betreten, obwohl ich in derselben Stadt lebte. Mir ging es auch nicht ums Geld, wie es Rupert Neumann voraussetzte. Mir ging es um die Tatsache, daß nicht nur an meiner Eigenständigkeit gezweifelt wurde, sondern daß Hannes, vielleicht sogar auf Vorschlag des Vaters, hinter meinem Rücken, aber auf meine Kosten, an seinem eigenen Vorteil interessiert war.

Meine Schweigsamkeit drückte die Stimmung. Der Zorn,

der mich in der Villa und beim anschließenden Gespräch mit Rupert beherrscht hatte, schlug langsam in Müdigkeit um. Wie so oft, wenn ich fürchtete, mit einer Situation nicht fertig zu werden, spürte ich mein Alter. Ich merkte, daß ich Schuhe trug, die zwar hübsch waren, in denen mich aber die Füße schmerzten und in denen an eine Wanderung nicht zu denken war. Würde ich einer Bootsfahrt zustimmen, konnte ich damit rechnen, daß mir in der ungewohnten Haltung und auf einem harten Holzbänkchen nach zwanzig Minuten der Rücken weh tat. Ehrlich gestanden war mir im Moment dieser ganze Ausflug an der Seite von Rupert Neumann zuviel. Ich sehnte mich danach, allein zu sein, egal, wo. Ich starrte auf meine Hände, deren Altersflecken in der Frühlingssonne noch mehr auffielen, und steckte sie schließlich in die Taschen, wo sich die eine um die Messingkugel legte und die andere zur Faust verkrampfte; dann nahm ich allen Mut zusammen und sagte, daß ich nach Hause wolle.

Schon bei der nächsten Gelegenheit wendete Rupert den Wagen und fuhr ohne ein Zeichen der Enttäuschung zurück in die Stadt. Bis er vor meiner Haustür hielt, fiel zwischen uns kein Wort. Erst dann gelang es mir, ihm für seine Begleitung zu danken, und ich bat ihn, mir meinen Wunsch, allein zu sein, nicht zu verübeln.

Ich weiß zwar nicht, was in Ihnen vorgeht, sagte er darauf, aber sehr glücklich sehen Sie nicht aus.

Er hielt meine Hand fest und fügte hinzu, daß er immer für mich da sei, egal, um welche Tages- oder Nachtzeit es sich handle.

Danke, antwortete ich, stieg aus und lief, soweit das meine hübschen, aber unbequemen Schuhe zuließen, zu meiner Haustür, hinter der ich, ohne mich umzudrehen, verschwand.

In meiner Wohnung angekommen, knöpfte ich mir den Hosenbund auf, zog die Schuhe aus und warf mich wie immer in meinen Sessel. Wieder einmal war ich an meinen Ausgangspunkt zurückkatapultiert worden. Was ich auch versuchte, um mich dem Einfluß anderer zu entziehen, um selbständig zu handeln, es führte zu keinem Ziel. Diesmal zeigte sich der Mißerfolg gleich doppelt. Ich hatte mich nicht nur den Käufern der Villa und damit auch Hannes gegenüber falsch verhalten, ich hatte auch Rupert Neumann vor den Kopf gestoßen.

Egal, was ich mir vornahm, was ich machte oder nicht machte, ich landete stets, unzufrieden mit mir, deprimiert in diesem Sessel, schaltete weder das Licht noch den Fernseher oder das Radio an, ging nicht ans Telefon und starrte vor mich hin. Mir war klar, daß es so nicht weitergehen durfte, und ich mußte wieder an den Satz denken, daß es leichter ist, erwachsen zu werden als alt. Vielleicht war ich ja auch nie erwachsen geworden, hatte nie meine Selbständigkeit erprobt, sondern hatte es vorgezogen, mich anzupassen und unterzuordnen. Erst waren es die Eltern, später die Lehrer, die Chefs, und schließlich Fred. Die Füße, auf denen ich stand, waren im Lauf meiner Lebensjahre durch die ständige Stütze derer, von denen ich mich abhängig gemacht hatte, wackelig geworden. Ich brauchte nur ein paar Schritte zu gehen, und schon knickte ich um, verlor an Halt und fiel, wie aus allen Wolken, zurück in meinen Sessel. Da saß ich, entweder mit Tränen in den Augen oder mit Flüchen auf den Lippen, aber immer weniger in der Lage, einen Ausweg für mich zu finden.

Diesmal war es anders. Diesmal ging ich mit mir ins Gericht. Diesmal suchte ich, erstmals in meinen neunundsechzig Lebensjahren, nach einer Situation, in der ich mich unbeeinflußt von Umwelt und Personen für eine selbständige Handlung entschieden hatte, der eine Veränderung gefolgt war. Ich mußte jede Lebensphase durchforschen und dabei ein paar Jahrzehnte zurückgehen, bis ich eine Situation vor mir sah, die ich bisher als eine Art Jugendsünde verdrängt hatte und die mir jetzt als beherzt, entschlossen und selbstsicher erschien.

Meine Mutter war eine altmodische Frau, der mein Vater meine Erziehung allein überlassen hatte. Keine Zeit, sagte er stets, wenn sich zwischen Mutter und mir ein Problem ergab, und verschanzte sich in seinem Büro, das er als Versicherungskaufmann unterhielt, oder er besuchte Kunden. In meiner Erinnerung redete er selten von etwas anderem als von Policen, egal ob es dabei um die Versicherung von Krankheit, Unfall, Feuer, Wasser, Hunden oder Autos ging. Erst als erwachsene Frau erfuhr ich, daß er einen Teil des beträchtlichen Vermögens seines Vaters an der Börse verspielt hatte und demzufolge nach dessen Tod kaum etwas erbte, während sein Bruder, der gleich nach dem Krieg nach Amerika gegangen war, die Villa bekam. Wir waren nicht arm, aber auch keineswegs reich, und Mutter war es, die das Geld zusammenhielt, nachdem mein Vater das ihm überlassene Vermögen durchgebracht hatte, wie sie sagte. Als ich mit der Schule fertig war, sollte ich ein Haushaltsjahr absolvieren, so wie es früher üblich war. Als Vater gefallen war, bestimmte Mutter, daß ich eine Hauswirtschaftsschule besuchte. Dann könne ich auf dem Gebiet etwas werden, sagte sie, und sollte ich heiraten, wäre ich wenigstens in der Lage, meinen Haushalt vernünftig zu führen. Mein Widerspruch wurde mit der Frage erstickt, was ich denn sonst werden wolle. Aber genau das konnte ich nicht beantworten. Mein vorsichtiger Vorschlag, als Au-pair-Mädchen ins Ausland zu gehen, wurde mit der Begründung abgelehnt, putzen könne ich auch zu Hause lernen. Ich war nicht in der Lage, mich durchzusetzen, und da mir kein anderer Beruf einfiel, wurde ich von Mutter kurzerhand in einen Gutshaushalt gesteckt, der nicht weit von uns entfernt war. Die Hausherrin dort kannte meine Mutter noch aus der Frauenschaft in der Nazizeit.

Vom ersten Tag an fühlte ich mich auf dem Land nicht wohl. Weder gefiel mir die Arbeit in der Küche noch die im Garten oder bei den Hühnern, Enten, Gänsen und Karnickeln. Der Geruch in den Ställen widerte mich an, noch mehr der überall klebende Kot, den man beim Ausmisten aus den Ecken und von den Stangen kratzen mußte. Jedesmal, wenn mir diese Aufgabe zufiel, glaubte ich zu ersticken, und nachts träumte ich, bis zum Hals im Hühnermist zu stecken. Einzig und allein die Küken zu füttern, das machte mir Spaß. Dann nahm ich die winzigen, flaumweichen Körper in meine Hand und ließ die Tierchen das hartgekochte Ei, gemischt mit zerhackten Brennesseln, von meinen Fingern picken. Im Gegensatz zu dem krächzenden Gegacker der Hühner glich ihr Schilpen unwirklichen Flöten- und Geigentönen. Am schlimmsten war es, den eben geschlachteten und noch warmen Körpern der Hühner, Gänse und Enten die Federn auszureißen. Stets stellte ich mir den Schmerz dabei vor, verlor das Gefühl in den Fingern und mochte später das Fleisch nicht essen. Die Gartenarbeit langweilte mich. Das ewige Hacken, Unkrautjäten, das Gießen, vor allem aber das Pflücken der Beeren stellte mich auf eine große Geduldsprobe. Ich pflücke die Johannisbeersträucher nicht sauber ab, hieß es, ich ließe zu viele Erdbeeren unter den Blättern liegen, bei der Himbeerernte sei ich zu langsam, und überhaupt stelle ich mich, wo auch immer, nicht als brauchbare Hilfe an. In der Küche ließ man mich, eingedenk meiner Ungeschicklichkeit, den Abwasch erledigen, Gemüse putzen und Kartoffeln schälen, denn, so sagte die Mamsell, bei ihr würde jeder nur nach seinen Fähigkeiten eingesetzt. Mit der Zeit quollen mir die Finger auf, wurden rot, rissig und bis unters Nagelbett schmutzig, wenn ich Gartenarbeit oder das Ausmisten der Ställe zu verrichten hatte.

Nach einigen Monaten war ich soweit: ich wollte abhauen. Nach Hause zu fahren hatte keinen Zweck, Mutter hätte mich wieder zurückgeschickt. Ich mußte den Sprung ins Ungewisse wagen und mein Glück in der Stadt versuchen. Der Entschluß wurde durch die Tatsache gefördert, daß mir eines Tages ein Beil in die Hand gedrückt wurde, mit dem ich drei Hühnern den Kopf vom Rumpf trennen sollte. Denn auch das, wurde mir gesagt, gehöre zu den Aufgaben einer Landfrau.

Nicht nur, daß ich mich weigerte und behauptete, alles andere als eine Landfrau werden zu wollen, ich lehnte auch jede weitere Arbeit in Stall, Garten und Küche ab, ging in mein Zimmer und packte meinen Koffer. Die Hausfrau war empört und wollte sofort meine Mutter benachrichtigen, was ich kommentarlos zur Kenntnis nahm. Ich gab jedem der Bewohner des Gutshaushaltes die Hand, wünschte alles Gute und verließ ohne einen Dank für das, was ich gelernt hatte, meine erste Arbeitsstelle.

Erst auf dem Bahnhof, wo ich eine Fahrkarte in die einzige Stadt löste, die ich kannte und in der das Haus meines Großvaters stand, wurde mir mein Handeln bewußt. Ganz auf mich selbst gestellt, mußte ich mir überlegen, was ich wollte. Bisher waren es nur der Widerstand gegen die von der Mutter aufgezwungene Haushaltslehre, der dabei erfahrene Ekel und die Langweile gewesen, die mich zur Flucht getrieben hatten.

Lange Zeit hatte ich dieses Gefühl der Freiheit und Abenteuerlust, das mich im Zug überfallen hatte, nicht vergessen. Später kam mir dieses Gefühl abhanden. Nie mehr hatte ich das Bedürfnis nach Freiheit oder Abenteuerlust verspürt.

Merkwürdig, daß es mir ausgerechnet jetzt wieder einfiel. Ich sah mich im Zug sitzen und vor mich hin singen, obwohl ich nicht wußte, wohin ich in der Stadt wollte, wo ich schlafen konnte und was aus meinem Leben werden sollte.

Hier, in meinem Sessel, glaubte ich plötzlich das Geräusch der Eisenbahnräder zu hören, die den Takt zu meiner Melodie geliefert hatten. Ich sah die Bäume und Felder, Dörfer und Kirchtürme vorbeifliegen und spürte, wie als junges Mädchen, den unbändigen Drang, ans Ende der Welt zu fahren. Ich sprang auf, wie ich vor fünfzig Jahren im Zug aufgesprungen war, glücklich und voller Energie, meinem Leben eine neue Richtung zu geben. Ich warf die Arme hoch, verschränkte sie im Nacken und hielt die Augen geschlossen. Jede Minute wollte ich von dieser Zugfahrt nachempfinden und jede Sekunde ins Gedächtnis zurückrufen.

Nur war es vor über fünf Jahrzehnten nicht bei diesem Glücksgefühl geblieben. So dramatisch mein Start in die Freiheit begonnen hatte, so unspektakulär war das Ende gekommen. Nachdem ich zwei Nächte in einer kleinen Pension geschlafen und an Imbißbuden gegessen hatte, fühlte ich mich schon vom Unglück verfolgt. Ein Ausbildungsvertrag, gleich welcher Art, war mir, noch nicht volljährig, ohne Unterschrift der Mutter verwehrt. Was mir blieb, war eine Arbeit in der Fabrik, in einer Gaststätte, oder ich mußte eine Putzstelle annehmen. Das jedoch war unter meiner Würde. In wachsender Verzweiflung rannte ich durch die Stadt und verlor nicht nur meine Energie, sondern auch die Phantasie zu weiteren Abenteuern. Um so erleichterter war ich, als mir die Cousine meiner Mutter einfiel, die meine Patentante war. Das einzige, was ich wußte, war, daß sie hier in der Stadt wohnte. Ein familiäres Zerwürfnis, an das ich mich nicht mehr erinnerte, hatte sie und meine Mutter auseinandergebracht, so daß ein Kontakt zwischen meiner Patin und mir nie zustande gekommen war. Ich fand ihren Namen im Telefonbuch, rief sie an und fühlte mich wie erlöst, als sie mich einlud, zu ihr zu kommen.

Von da an lief alles wieder im gewohnten Gleis und war kaum der Erinnerung wert. Ich mußte zwar nicht mehr zurück in den Gutshaushalt, sondern blieb bei der Patentante, einer resoluten, humorlosen Frau mit dem Herzen auf dem rechten Fleck. Sie besorgte mir eine Lehrstelle in einem Möbelgeschäft als Bürokraft, und diese Lehre beendete ich mit einem guten Abschluß. Ich blieb bei meinem Lehrherrn, bis ich Fred kennenlernte und heiratete. Von meinem Freiheitsbedürfnis in dem Sinne, wie ich ihn im Zug gespürt hatte, war längst keine Rede mehr.

Noch immer stand ich mitten im Zimmer, die Augen geschlossen und die Hände im Nacken. Diesmal würde ich es anders machen.

Niemand, so nahm ich mir vor, niemand sollte von meinen Plänen erfahren. Nicht Hannes und Susan, nicht Fred, nicht Rupert und auch nicht Grieschen oder Frau Doll. Ich würde von der Bildfläche verschwinden und so lange wegbleiben, bis ich wußte, welchen Weg ich einschlagen mußte. Ich fing an zu packen, ich mietete mir ein Auto, da ich seit der Trennung von Fred keinen eigenen Wagen mehr hatte, ich bat meine Nachbarin, sich um Blumen und Post zu kümmern, räumte den Kühlschrank aus und stellte den Telefonanrufbeantworter ab. Alle meine Handlungen führte ich mit großer Umsicht aus, und als ich am nächsten Tag meine

Reise ins Blaue antrat, hätte ich nicht sagen können, ob ich acht Tage oder ein Jahr wegbleiben würde.

Meine Fahrt begann ohne ein geographisches Ziel. Zunächst begab ich mich nach Süden, später nach Westen, nach Norden, nach Osten. Tagelang fuhr ich in alle Richtungen, kreuzte den einen oder anderen Ort zum zweiten Mal, fuhr im Dreieck, im Quadrat, im Rechteck, und schließlich im Kreis. Ich wohnte mal in ländlichen Gasthäusern, mal in Vier-Sterne-Hotels, nahm mit niemandem Kontakt auf, immer darauf aus, zu finden, was ich suchte: mich selbst und das Gefühl, frei zu sein. Ich saß auf Bergen, an Felshängen, auf Wiesen, mal im Osten, mal im Norden, am Meer, an Waldrändern und Flüssen. Ich stieg ebenso bei Regen aus dem Auto wie bei Sonne und Nebel. Es gab keine Ausnahmen, und wo auch immer ich mich aufhielt und in die Landschaft starrte, horchte ich in mich hinein. Aber das Gefühl der Freiheit und Selbstbestimmung wollte sich nicht einstellen. Hingegen sah ich mich wie ein Hündchen an der Leine, erst von der Mutter geführt, später von der Patin, dann von Fred, Hannes und Susan. Selbst Nüßchen hatte mit der Leine gewinkt, und jetzt glaubte ich die Leine auch schon in Ruperts Händen gesehen zu haben. Also setzte ich mich wieder ins Auto und fuhr in eine neue Richtung. Solange mir das Bild mit dieser Leine, an der ich geführt wurde, vor den Augen war, so lange würde ich die Freiheit nicht finden, nach der ich suchte und der ich nur einmal in meinem Leben in einem Eisenbahnwagen begegnet war.

Mit der Zeit merkte ich, daß mir Berge den Blick verstellten und daß mir das Flachland lieber war. Auch das Meer bedrängte mich. Die Regelmäßigkeit einer noch so sanften Brandung übte Druck auf mich aus, gemahnte mich nicht nur an eine alles beherrschende Ordnung, sondern auch an die Zwecklosigkeit, sich widersetzen zu wollen.

Ich wußte nicht mehr, wie lange ich schon unterwegs war, als ich wieder einmal zwischen Bergen und Meeren an einem Fluß Platz nahm. Das stetig nach Norden fließende Wasser gab mir Ruhe. Hier zwang mich kein Atmen der Wellen, an Gehorsam zu denken, hier war alles still und doch in Bewegung, nur hin und wieder ein Plätschern. Ich lag so dicht am Ufer des Wassers, daß ich die Hand hineinlegen konnte. Die Strömung glitt mir am Puls entlang durch die Finger, und mir war, als würde der Fluß meine Ängste mitnehmen. Ich glaubte zu fühlen, wie das Wasser mich langsam von all meinen Abhängigkeiten befreite. Kälte strömte in meine Fingerspitzen, und ich war drauf und dran, die Hand herauszuziehen. Aber ich wußte, daß ich durchhalten mußte, auch wenn mir die Finger abstarben und weiß wie Kalk wurden. Ich schloß die Augen. Wenn meine Hand nicht nach und nach gefühllos geworden wäre, hätte ich vielleicht die Vision, die mich jetzt überkam, einem Traum zugeschrieben. Aber ich schlief nicht, ich war hellwach und hatte plötzlich die Villa meines Großvaters vor Augen. Die Fenster waren geöffnet, und heraus schauten auf der einen Seite Grieschen, Frau Doll und Rike, auf der anderen Seite Rupert, ich und eine Frau, deren Gesicht nicht zu erkennen war. Auch im oberen Stock sahen Menschen aus dem Fenster, aber ihre Gesichter erkannte ich nicht. Eine Wohngemeinschaft alter Leute? Sie lachten und winkten mir zu. Da nahm ich meine Hand aus dem Wasser und winkte zurück. Und endlich war es da, das Gefühl, das ich bisher Freiheit genannt hatte und das nichts anderes war als die Kunst, auf eigenen Füßen zu stehen. Die Vision verschwand so schnell, wie sie gekommen war. Was ich jetzt wußte, war die Tatsache, daß ich das Haus des Großvaters an niemanden verkaufen würde. Alles andere, was ich da gesehen hatte, war derart absurd, daß ich versuchte, keinen Gedanken daran zu verschwenden. Aber die bekannten wie unbekannten Figuren tauchten immer wieder vor meinem geistigen Auge auf, erschienen mir während der Autofahrt und auch im Traum.

Zu Hause angekommen, war ich erschöpft, als hätte ich die lange Reise zu Fuß gemacht. Ich teilte niemandem meine Rückkehr mit, sagte nur der Nachbarin Bescheid, holte meine Post, legte mich ins Bett und schlief ohne aufzuwachen bis in den nächsten Morgen hinein. Seit vielen Nächten hatte ich endlich einmal nicht geträumt. Kaum hatte ich die Augen aufgeschlagen, fiel mir auch schon ein, was ich mir vorgenommen hatte. Nur spürte ich weder etwas von meinem Engagement für die geplante Wohngemeinschaft alter Leute, noch glaubte ich an meine gerade erworbene Eigenständigkeit. Vielmehr hatte ich das Gefühl, bei dieser Fahrt quer durchs Land nicht bei Trost gewesen zu sein. Die Erinnerung an meinen Aufenthalt am Fluß machte mich geradezu verlegen. Diese Vision von den alten Leuten, mit denen ich zusammenleben wollte, machte mich alles andere als glücklich. Nicht auszudenken, stets Grieschen um sich zu haben, die rauchende und alles ins Negative ziehende Frau Doll, die schreiende Rike. Da nützte auch Ruperts Gegenwart nichts. Ich hatte plötzlich Grieschens sich ständig wiederholende Geschichte von der Tochter im Ohr und Frau Dolls Geruch nach kaltem Zigarettenrauch in der Nase. Ich sah sie mit verkehrt angezogenen Latschen in ihrem Gehgestell hängen, die Zigarette im Mundwinkel, ununterbrochen hinter mir her schleichend. Wo immer ich mich in meinem Haus aufhielt, ich würde dem Alter begegnen. Und das erinnerte mich nicht nur an den Tod, sondern auch an körperlichen Verfall, an Leid, an Schmerz, an Einschränkung und geistige Begrenzung. War ich verrückt geworden? Hatte ich nicht eine schöne und bequeme Wohnung, in der ich, ohne Rücksicht auf andere, tun und lassen konnte, was ich wollte? Lebte es sich nicht im Alter allein und ohne Verantwortung angenehmer? Und war es nicht viel vernünftiger, Großvaters Villa mit dem dazugehörenden Park für zwei Millionen zu verkaufen, das Geld gut anzulegen und sich von den Zinsen ein wenig Luxus zu gönnen? In keiner Sekunde war ich mir der Klischees bewußt, die mein Denken beherrschten, als hätte ich nie mit Rupert über das Alter gesprochen, nie Herrn Senger Vorhaltungen über die Verwahrung alter Menschen gemacht, nie Herrn Feigel produktives Altern vorgeschlagen. Ohne es zu merken, war ich dabei, mich wie in früheren Zeiten anzupassen, unterzuordnen und mich nach Abhängigkeiten umzusehen. Alt werden, dachte ich, kann ich auch allein, dazu brauche ich keine Weggenossen, auf die auch noch aufzupassen ist.

Warum sollte Hannes denn nicht das Haus verkaufen und dabei seinen eigenen Profit machen? Wenn es mir nicht zum Schaden gereichte, war es schließlich sein gutes Recht. Wenn ich mich weiterhin den Wünschen meines Sohnes widersetzte, würde Nüßchen mal wieder behaupten, ich sei eine Rabenmutter und verdiene es nicht anders, wenn meine Kinder sich von mir distanzierten.

Ich ging nicht, wie ursprünglich geplant, ins Seniorenheim, ich rief auch Rupert nicht an. Statt dessen lungerte ich in meiner Wohnung herum, wusch Wäsche und bepflanzte die Balkonkästen. Erst als ich mit aller Hausarbeit fertig war, Koffer und Taschen weggeräumt hatte und auch den Kühlschrank wieder aufgefüllt hatte, setzte ich mich an meinen Schreibtisch und sah die Post durch, die sich im Laufe meiner Reise angesammelt hatte. Zwischen Rechnungen, Bankbriefen und Reklame fischte ich einen Brief hervor, dessen Adresse mit einer Handschrift geschrieben war, die ich nicht kannte. Es waren steile, ein wenig zittrige Buchstaben, die mit großen Abständen meinen Namen und meine Adresse zusammensetzten. Das Couvert, am Rand bereits vergilbt, war offensichtlich genausoalt wie das Briefpapier, das, während ich es entfaltete, einen kleinen Riß bekam. Dem Datum nach wurde der Brief vier Tage nach meiner Abreise geschrieben. Er begann mit dem Satz:

Wo sind Sie, Frau Ungureit?

Jeden Nachmittag, wenn die Tür aufgeht, denke ich immer, Sie sind es. Haben Sie mich vergessen, oder warum kommen Sie mich nicht mehr besuchen? Frau Doll hat gesagt, Sie hätten die Nase von uns Alten voll. Ich kann das nicht glauben.

Seit Sie nicht mehr kommen, will ich auch nicht mehr ›Mensch ärgere dich nicht‹ spielen. Geben Sie mir bitte Bescheid, ob ich noch mit Ihnen rechnen kann.

Hochachtungsvoll *Gerda Griese*

Ich las den Brief immer wieder. Die Mischung von Sehnsucht, Einsamkeit und Distanz rührte und beschämte mich. Der Schrift nach zu urteilen hatte Grieschen schon sehr lange keinen Brief mehr geschrieben, und mir wurde klar, was für eine Überwindung sie diese Zeilen gekostet haben mußten. Ich sah sie vor mir, wie sie an ihrem kleinen Tisch am Fenster mit gekrümmtem Rücken Buchstabe für Buchstabe malte, jedes Wort abwog, den Kugelschreiber hinlegte, aufgab, wieder Mut faßte und weiterschrieb.

Allein sich meine Adresse zu beschaffen mußte für sie eine Aktion gewesen sein, die ich ihr so ohne weiteres nicht zugetraut hätte. Gegen alle vorherigen Überlegungen entschloß ich mich, Grieschen noch heute aufzusuchen. Im Gegensatz zu sonst mied ich den Aufenthaltsraum, sah nur durch das große Glasfenster, daß Rupert mit Rike und Frau

Doll am Spieltisch saß. Es geht also auch ohne mich, sagte ich mir.

Grieschen rief kein Herein, als ich klopfte. Sie saß mit dem Rücken zur Tür und blickte, wie immer, wenn sie depressiv war, aus dem Fenster in den Himmel.

Grieschen, sagte ich leise, da bin ich wieder.

Nicht zu glauben, wie schnell sie sich umdrehte und auf den Beinen war. Sie flog auf mich zu. Ich fürchtete schon, sie würde stürzen, als sie im letzten Moment ihre muskellosen und knochendürren Arme um meinen Hals warf, mich ohne loszulassen an sich drückte und anfing zu weinen.

Aber Grieschen, flüsterte ich verlegen, warum weinen Sie denn?

Ich dachte, schluchzte sie mit kleiner Stimme, ich dachte schon, Sie kommen nie wieder.

So sanft wie möglich befreite ich mich aus ihrer Umarmung und führte sie zurück zum Sessel. Ich wußte nicht recht, was ich ihr sagen sollte, welche Lüge auftischen, was erklären, was verschweigen. Ihre großen, ein wenig trüben Augen bohrten sich in meinen Blick, und sie fragte mich, was sie mir schon in ihrem Brief geschrieben hatte, als Meinung von Frau Doll wiedergegeben.

Stimmt es, haben Sie von uns Alten die Nase voll?

Fast fröhlich hörte ich mich antworten, daß ich doch genausoalt sei und schließlich nicht vor mir selbst weglaufen könne.

Grieschen nickte zufrieden. Sie hielt jetzt nur noch meine Hand. Auf die Idee zu fragen, wo ich war, kam sie nicht, und ich hatte auch nicht das Bedürfnis, es ihr zu erzählen.

Kommen Sie, schlug sie mit einem unwiderstehlichen Lächeln vor, wir gehen jetzt zusammen runter, um mit den anderen zu spielen. Solange Sie fort waren, so lange habe ich mich geweigert. Aber jetzt sind Sie wieder da.

Und schon war sie an der Tür und zerrte mich hinter sich her zum Fahrstuhl.

Hätt ich nicht gedacht, daß Sie noch mal kommen, sagte Frau Doll, ohne meinen Gruß zu erwidern. Rike lachte mich an, und Rupert stand auf, um mich zu begrüßen.

Wie schön, daß Sie da sind, sagte er und rückte zwei Stühle für Grieschen und mich an den Tisch. Auch er stellte keine Fragen. Nur hin und wieder traf mich sein Blick, während er sorgfältig die Dominosteine für jeden austeilte. Als wir uns später voneinander verabschiedeten, schien er immer noch nicht wissen zu wollen, wo ich so lange gewesen war. Vielmehr kam es mir vor, als habe er mich längst durchschaut. Als ich glaubte, ihm irgendeine Erklärung geben zu müssen, legte er nur den Finger auf seinen Mund und küßte mir dann zum dritten Mal, seit wir uns kannten, die Hand.

Daß Rupert keine Fragen an mich stellte, brachte mich noch mehr durcheinander, und einen Augenblick schämte ich mich sogar, daß ich ohne Abschied und ohne ein Wort der Erklärung davongefahren war. Zu Hause angekommen, las ich noch einmal Grieschens Brief und spürte dabei, neben der Wärme ihrer Umarmung, die Angst des Verlassenwerdens, in die ich sie durch mein unerwartetes Fernbleiben gestürzt hatte. Zum ersten Mal fühlte ich, daß ich mich mit meinen Besuchen im Seniorenheim weit mehr gebunden hatte, als ich zugeben wollte.

Ich saß wie in einem Boot, das mit der Strömung einen Fluß hinunterfährt, ohne daß ich es hätte anhalten können.

Am folgenden Tag stand ich wieder vor der Villa meines Großvaters. Diesmal versuchte ich gar nicht erst, die mächtige Eingangstür zu öffnen, sondern begab mich gleich zur Wohnung des Gärtners, der mir nicht nur mürrisch öffnete, sondern ebenso mürrisch wissen wollte, wem denn nun die Villa gehöre.

Mir, sagte ich und nannte Namen, Adresse und Todestag meines Onkels, der sein früherer Arbeitgeber war. Das schien ihn zu beruhigen. Er ließ mich eintreten, und ich begrüßte seine Frau und seine drei Kinder, die mir alle ohne Aufforderung die Hand gaben. Als ich der Höflichkeit halber fragte, wie lange die Familie hier schon wohne, plärrte das älteste Kind, ein blasses Mädchen, plötzlich los, daß sie von hier nicht wegwolle. Und obwohl ich nicht annahm, daß ihre kleineren Geschwister verstanden, was sie sagte, brüllten sie ebenfalls los. Weder der Gärtner noch seine Frau machten Anstalten, die Kinder zum Schweigen zu bringen. Sie nickten zustimmend, und der Vater, an die Lautstärke seiner Familie gewöhnt, erhob jetzt auch seine Stimme.

Sie sind hier geboren, das ist unser Zuhause, wenn wir hier rausmüssen, weiß ich nicht, wo ich Arbeit und Wohnung finden soll.

Es sagt doch keiner, daß Sie hier rausmüssen, brüllte ich zurück, und wie auf ein heimliches Zeichen brach Stille aus, in die der Gärtner hineinseufzte: Dann ist es ja gut.

Wir sind nämlich nicht von hier, sagte die Frau jetzt mit schwerem Akzent, wir sind aus Polen.

Und seit wann sind Sie hier?

Seit acht Jahren, erwiderte der Mann, offensichtlich von meinem Interesse angetan, denn jetzt war er nicht mehr zu bremsen, erzählte, wie schwer er es in Polen gehabt habe. Auf Grund seiner deutschen Abstammung sei er hierher gekommen und dankbar, mit seiner Familie ein Zuhause gefunden zu haben. Er habe leider keine fertige Ausbildung als Gärtner und sei hier auch mehr Hausmeister, wofür er zwar kein großes Gehalt erwarten könne, aber die Frau ginge putzen, und deshalb hätten sie ihr Auskommen.

Er schob seine kleine Schiebermütze nach hinten und sah mich treuherzig an.

Ich weiß ja nicht, was wird, sagte er, aber einer der Herren ist schon wieder da. Diesmal mit einem anderen.

Welcher Herr?

Na, der von neulich, erklärte der Gärtner und wies auf die Hintertreppe, die nach oben in die ehemaligen Salons führte. Ich dankte für die Auskunft, strich dem ältesten Kind über die Haare und sagte: Du brauchst nicht zu weinen, ihr bleibt alle hier, du, deine Geschwister, Papa und Mama.

Dann nickte ich allen zu und stieg leise, denn ich wollte nicht gehört werden, die Treppe hoch. Oben angekommen, erkannte ich als erstes die Stimme von Hannes. Er stand mit dem Rücken zu mir und diskutierte mit Paul Suska im früheren Eßzimmer. Vorsichtig schlich ich mich voran, bis ich direkt hinter der Tür stand, die vom Eßzimmer in den Flur führte und von wo aus ich jedes Wort, das die beiden sprachen, gut hören konnte.

Lange warten kann ich nicht mehr, Hannes, sagte Paul Suska, der Bürgermeister will die Wiesen hinter dem Park verkaufen. Die wiederum sind ohne die Villa mit dem dazugehörigen Grundstück für mich uninteressant. Verkauft jetzt deine Mutter oder nicht?

Wenn ich das wüßte, sie geht nicht ans Telefon.

Du solltest mal nachsehen, vielleicht hat sie das Zeitliche gesegnet. Die Jüngste ist sie ja nicht mehr. Und für unser Geschäft …

Ich zuckte hinter der Tür zusammen. Daß die beiden sich duzten, hätte ich nicht gedacht. Während ich durch einen Spalt linste, gespannt, was Hannes auf die Hoffnung, mich tot in der Wohnung vorzufinden, antworten würde, spürte ich einen üblen Geschmack auf der Zunge. Wie immer fuhr sich mein Sohn, ähnlich der Geste seines Vaters, über Stirn und Schläfen, schüttelte den Kopf und sagte, ohne im geringsten über Paul Suskas Bemerkung schockiert zu sein: Ich war bei der Nachbarin, meine Mutter ist verreist.

Wie lange?

Weiß ich nicht.

Siehst du denn keine Möglichkeit, sie unter Druck zu setzen?

Keine Antwort. Hannes schien den Kopf geschüttelt zu haben, denn Paul Suska, der jetzt ungeduldig wurde, klopfte ihm mehrmals auf die Schulter. Ich mußte mich zusammennehmen, um nicht hinter der Tür hervorzukommen und diesem Schauspiel ein Ende zu machen. Aber noch nahm ich mich zusammen, noch war die Neugier größer als die Wut über die Beleidigungen dieses jungen Mannes.

Hör zu, sagte der jetzt, alle alten Leute kann man unter Druck setzen. Klemm dich hinter deinen Vater. Der braucht ihr nur den Geldhahn zuzudrehn, dann sieht alles ganz anders aus. Du hast mir doch erzählt, er zahlt ihr mehr als nötig ist.

Ja, schon, antwortete Hannes gedehnt, aber erstens weiß ich nicht, ob mein Vater da mitspielt, und zweitens kann es sein, daß sie nicht darauf eingeht. Schließlich hat sie ja dann das Haus hier.

Hannes, du mußt ihr klarmachen, daß die Bruchbude niemand so schnell kauft, schon gar nicht für den Preis, den ich biete. Und dann hat sie gar nichts. Vergiß nicht, alte Leute wollen in der letzten Phase ihres Lebens so versorgt sein, wie sie sich das denken. Ob arm oder reich, da sind sie alle gleich. Ich weiß, wovon ich spreche, ich habe alle Kraft gebraucht, um meiner Tante das Geld für die Renovierung hier aus dem Kreuz zu leiern.

Deine Tante hat doch genug Geld, wie kannst du sie denn da unter Druck setzen?

Ich bin der einzige Verwandte, den sie noch hat. Alte Frauen neigen zu Sentimentalität, haben oft ein schlechtes Gewissen und wollen, wenigstens bevor sie auf den Friedhof kommen, alles richtig machen. Und genau das muß man ausnützen.

Ich weiß nicht, sagte Hannes zum dritten oder vierten Mal, so kann ich nicht denken und handeln.

Wenn du es in deinem Leben zu etwas bringen willst, mußt du das lernen, mein Lieber. Das ist eine Frage der Intelligenz und des Mutes.

Obwohl ich nicht wußte, was ich sagen sollte, hielt mich nichts mehr hinter der Tür. Ich glaube, ich hatte einen hochroten Kopf, fuchtelte mit den Händen und schrie nur: Raus.

Das Wort fuhr wie ein Schuß aus meinem Mund und ließ die beiden Männer gleichzeitig zusammenfahren. Hannes wich leichenblaß zurück, als sei ich der Teufel persönlich, während sich Paul Suska schnell fing, mich mit Gnädige Frau anredete und behauptete, sich zu freuen, mich zu sehen. Ich schrie ein zweites Mal Raus und war erstaunt, daß ich für mein Alter noch so gut brüllen konnte. Nach einer kurzen Atempause legte ich los und jagte die beiden aus dem Eßzimmer über den Flur zur Haustür, wo sie die Stufen der Einfahrt hinunterstolperten und in ihre Autos sprangen. Wie eine Furie war ich hinter ihnen hergelaufen. Zeigen würde ich es ihnen, wer hier intelligent war und Mut hatte. Und von wegen ausnützen, hatte ich Paul Suska ins Gesicht geschrien. Ob er vielleicht glaube, daß ich mich von so einem Charakterschwein, wie er es sei, über den Tisch ziehen lasse. Dazwischen bekam in kurzen Abständen auch Hannes sein Fett ab. Wenn er seine Mutter übers Ohr hauen wolle, mittlerweile überschlug sich meine Stimme, dann müsse er schon früher aufstehen.

Jetzt stand ich in der offenen Tür, fluchte und drohte, bis beide Männer verschwunden waren. In meiner Aufregung hatte ich den Gärtner nicht bemerkt, der sich, von seinen Kindern umringt, vor Verwunderung über meinen Auftritt die Mütze abnahm und den Kopf kratzte. Er sagte etwas auf Polnisch, und seine Kinder verschwanden augenblicklich, als könnten sie durch mich in höchste Gefahr geraten. Erschöpft setzte ich mich auf die Stufen meines Hauses und konnte es nicht verhindern, daß ich weinte. Mein Auftritt hatte den Gärtner nicht nur in tiefe Verwunderung gestürzt, sondern ihn auch entsprechende Maßnahmen ergreifen lassen. Eines seiner Kinder, die er weggeschickt hatte, war jetzt mit einer Flasche Wodka und einem Wasserglas wiedergekommen.

Trinken Sie, sagte der Gärtner und goß das Glas halb voll, trinken Sie, das ist gut gegen Wut.

Ich trank den Wodka, als sei es Quellwasser, und mit jedem Schluck, der mir die Kehle hinunter in den Magen rann, wurde ich ruhiger. Schließlich war ich zwar etwas benebelt, aber vernünftig und klar im Kopf. Ich dankte und fragte nach seinem Namen. Er heiße Bogdan Poliwko, sagte der Gärtner und bot mir abermals Wodka an.

Ich lehnte dankend ab und sagte: Herr Poliwko, ab heute lassen Sie niemanden mehr außer mir in dieses Haus. Ist das klar?

Jawohl, sagte Bogdan Poliwko und nahm wie zur Bestätigung meiner Order seinerseits einen kräftigen Schluck aus der Flasche, knallte den Stöpsel drauf und steckte sie in die Tasche, ich werd niemanden reinlassen.

Dann half er mir auf die Beine und begleitete mich ohne Aufforderung durch das ganze Haus. Wir stiegen vom Keller bis zum Dachboden und ließen kein Zimmer und keine Nische aus. Die Heizung, berichtete mir Herr Poliwko, sei vom letzten Mieter instandgesetzt worden und in Ordnung. Auch die Fenster müßten nicht alle erneuert werden, am Dach sei auch nichts zu beanstanden, das habe der Architekt neulich schon gesagt, nur die Räume seien verwahrlost, auch die eine oder andere Tür, sei morsch, und über das Parkett, er winkte ab, über das Parkett brauche man nicht zu reden.

Auch Bogdan Poliwko erfuhr jetzt von den Salons, dem Eß- und Arbeitszimmer meines Großvaters, dem Saal und dem nie wieder genutzten Boudoir meiner Großmutter. Er hörte mir schweigend zu. Seinem Gesicht war nicht anzusehen, ob er mir glaubte oder der Meinung war, daß meine Beschreibung eher dem Wodka zu verdanken war. Und als ich ihm von dem Vogelzimmer erzählte, von den Prachtfinken und Webervögeln, die mein Großvater hier untergebracht hatte, setzte er seine Mütze wieder auf, lächelte und schüttelte höflich, aber ungläubig den Kopf. Ein ganzes Zimmer nur für Vögel, das schien ihm nicht der Wahrheit zu entsprechen. Ich sah ihm an, daß er mich mittlerweile tatsächlich für betrunken hielt. Er müsse jetzt gehen, sagte er, nach einer Ausrede suchend, im Park warte Arbeit auf ihn. Ich gab ihm die Hand und hielt ihn nicht auf. Aber als ich wieder allein war, nichts zu reden und zu erzählen hatte, spürte ich wieder Tränen. Hannes hatte den Gemeinheiten von Paul Suska zwar nicht zugestimmt, aber auch mit keinem Wort widersprochen. Und vielleicht war es nur eine Frage der Zeit, bis er mit seinem neuen Freund gemeinsame Sache zu machen versuchte, vielleicht gar mit Freds Hilfe. Was hatte dieser Kerl gesagt? Alte Leute fürchten nichts mehr, als in der letzten Phase ihres Lebens nicht versorgt zu sein.

Alte Leute, dachte ich, sollten sich lieber vor Menschen wie Paul Suska, Herrn Senger und Konsorten fürchten. Alte Leute sollten lernen zu widersprechen. Statt ihr Leben in die Obhut anderer zu geben, sollten sie es selbst in die Hand nehmen. Vielleicht hatte mir ja Paul Suska mit seinen Sprüchen die Augen geöffnet. Vielleicht begann ich ganz langsam mein Alter als ein Abenteuer zu betrachten, als eine Reise in eine Zeit, die ich zu entdecken hatte und die niemandem vertraut war.

Endlich konnte ich wieder lächeln, und als ich das Haus verließ, winkte ich den drei Kindern des Gärtners zu, die sich sicherheitshalber hinter den Büschen der Einfahrt versteckt hatten.

Im Telefonbuch tauchte der Name Suska genau zweimal auf, Paul Suska und Fina Suska. Also war es für mich kein Problem, die Adressen herauszufinden. Ohne mich anzumelden, klingelte ich am Nachmittag bei Frau Suska. Sie wohnte nicht in einem eigenen Haus, wie ich angenommen hatte, sondern in einer der Gegend entsprechenden komfortablen Etagenwohnung.

Ihr Erstaunen, mich vor der Tür stehen zu sehen, war so groß, daß sie vergaß, mich hereinzubitten.

Sie? fragte sie ungläubig und auch ein wenig reserviert, wollen Sie etwa Ihren Entschluß, die Villa nicht zu verkaufen, rückgängig machen?

Obwohl ich es mir hätte denken können, war ich auf diese Frage nicht gefaßt. Wollte ich nicht lügen, mußte ich mir überlegen, was ich zu antworten hatte, um von Frau Suska nicht verabschiedet zu werden, bevor ich überhaupt Guten Tag gesagt hatte.

Wenn ich Sie nicht sehr störe, würde ich gern hereinkommen, sagte ich mutig. Nach kurzem Zögern trat Frau

Suska zurück, sagte Bitte und ließ mich an sich vorbei in die Wohnung. Das erste, was mir auffiel, waren die vielen Blumen, die überall standen. Erst dann nahm ich die schönen alten Möbel zur Kenntnis, die Bilder an den Wänden und die aufeinander abgestimmten Farben von Teppichen, Vorhängen und Polstern. Alles zeigte nicht nur erlesenen Geschmack, sondern drückte auch Frau Suskas Persönlichkeit aus.

Wie schön, sagte ich bewundernd und fuhr aus alter Gewohnheit mit der Hand über das Holz einer mit Intarsien versehenen Biedermeierkommode, während mir Frau Suska einen Platz anbot.

Also, sagte sie höflich, aber zurückhaltend, was führt Sie zu mir?

Noch immer gab ich keine Antwort, sondern sah mich weiter um. Eine Wohnung, in die man sofort einziehen könnte, dachte ich. Da wäre nichts auszutauschen oder auszusortieren, alles stimmte und war von unauffälliger Eleganz, ähnlich wie Frau Suska selbst. Sie hatte volles schwarzgraues Haar, das locker auf dem Kopf mit einem altmodischen Schildpattkamm zusammengehalten wurde. Ihre Augen waren grau und wirkten durch den leicht aufgetragenen Lidschatten größer, als sie waren. Die Brauen waren nachgezogen, und auf den Lippen lag ein helles Rot. Alles in allem derart unauffällig, daß man zweimal hinsehen mußte, um das Make-up zu bemerken. Ebenso war es mit ihrem Schmuck, den ich erst mit dem zweiten Blick als sehr wertvoll einschätzte. Schöner kann man als alte Frau nicht sein, ging es mir durch den Kopf, und ich fühlte mich allein durch ihren Anblick zu ihr hingezogen.

Um so mehr erschrak ich, als ich jetzt nicht nur Ungeduld, sondern auch eine gewisse Strenge in ihrer Stimme hörte.

Wenn Sie für Ihr Haus mehr Geld haben wollen, müssen Sie sich mit meinem Neffen auseinandersetzen. Ich habe nur die Renovierung übernommen.

Aber es geht mir nicht um Geld, Frau Suska, auch nicht um den Verkauf der Villa, antwortete ich leise.

Worum dann?

Ihre grauen Augen blickten durch mich hindurch, als wäre ich aus Glas, und ich überlegte, ob ich nicht besser wieder verschwinden sollte. Was gingen mich diese Frau und ihr unsympathischer Neffe an? Schließlich war es ihre Sache, wenn sie mit oder ohne ihr Wissen über den Tisch gezogen wurde.

Mein hilfloses Schweigen schien Frau Suska milde zu stimmen. Vielleicht sah sie mir auch an, daß ich lieber gehen als sprechen wollte, was sie anscheinend neugierig machte.

Reden Sie schon, sagte sie jetzt freundlicher als zuvor und strich zu meinem Erstaunen für einen winzigen Augenblick über meine Hand. Ich spürte ihre Haut ungewöhnlich zart und fest auf meinem Handrücken. Am liebsten hätte ich zugegriffen.

Ich war noch mal im Haus, begann ich stockend, den Blick auf den Teppich zu meinen Füßen gerichtet. Der Gärtner teilte mir mit, daß Ihr Neffe mit einem anderen Herrn da sei. Ich schlich über die Hintertreppe in den ersten Stock. Ich stellte mich unbemerkt hinter eine Tür. Der andere Herr war übrigens mein Sohn.

Sie haben gelauscht? fragte Frau Suska mit leichtem Spott.

Ja, ich habe gelauscht, und ich bin froh, daß ich es getan habe.

Und dann erzählte ich ihr Wort für Wort, was die beiden gesagt hatten. Ich ließ nichts aus, beschönigte nichts und widerstand dem Bedürfnis zu übertreiben. Aber auch so war die Wirkung auf Frau Suska verheerend. Ihr Gesicht versteinerte mit jedem Satz, den ich sagte. Und als ich an der Stelle ankam, an der Paul Suska behauptet hatte, daß er alle Kraft gebraucht habe, bis er seiner Tante das Geld für die Renovierung aus dem Kreuz geleiert habe, hob sie die Hand, zum Zeichen, ich möge schweigen. Aber ich schwieg nicht, ich fuhr fort, bis alles gesagt war. Nur daß ich später heulend auf der Treppe saß und Bogdan Poliwko mir ein halbes Wasserglas voll Wodka eingeflößt hatte, das erzählte ich nicht.

Frau Suska war nicht nur in sich zusammengesunken, sondern auch leichenblaß geworden.

Ist Ihnen nicht gut? fragte ich besorgt.

Sie zeigte auf ein Fläschchen, das in meiner Reichweite auf einem silbernen Tablett stand.

Meine Tropfen, keuchte sie mühsam, und mein Spray im Schlafzimmer. Dann konnte sie nicht mehr sprechen. Ich sprang auf, holte das Fläschchen, öffnete es und gab es ihr in die Hand. Anschließend lief ich durch die Wohnung bis ins Schlafzimmer, wo auf dem Nachttisch das Spray stand. Wieder zurück, setzte ich es ihr an den Mund. Langsam kehrte die Farbe in ihr Gesicht zurück, und nach einer Weile konnte sie auch wieder sprechen. Sie sei herzkrank, sagte sie, und wenn sie sich aufrege, bekäme sie leicht einen solchen Anfall.

Wenn ich das gewußt hätte, sagte ich, hätte ich Ihnen das alles nicht erzählt, es tut mir leid, daß ich Sie mit meinem Bericht in diesen bedrohlichen Zustand versetzt habe.

Im Gegenteil, sagte Frau Suska mit noch schwacher Stimme, ich bin Ihnen dankbar, daß Sie mir die Wahrheit über meinen Neffen gesagt haben.

Sie schloß die Augen, ihr Atem ging ruhiger, und plötzlich zog ein winziges Lächeln über ihr Gesicht.

In einem Punkt hat der Junge ja recht, flüsterte sie, wenn

man alt ist, bildet man sich ein, etwas Gutes tun zu müssen. Ich wollte ihm helfen, weil er der Sohn meiner längst verstorbenen Schwester ist. Ich dachte, in ihrem Sinn handeln zu müssen.

Sie schwieg, und ich glaubte schon, sie sei eingeschlafen. Als ich so leise wie möglich aufstand, um die Wohnung zu verlassen, öffnete sie die Augen wieder und bat mich, zu bleiben. Wenn es mir nichts ausmache, sagte sie, solle ich in der Küche Tee für uns zubereiten. Es sei alles leicht zu finden, die Teedose stehe neben dem elektrischen Wasserkocher, und das Geschirr sei im Schrank darüber.

Wird es Ihnen nicht zuviel, wenn ich bleibe?

Langsam begann Frau Suska in zunächst nicht sehr zusammenhängenden Worten von Paul zu berichten. Mit zehn Jahren habe er seine Eltern durch einen Autounfall verloren. Ihr Mann und sie hätten den Jungen zu sich genommen. Er war, sagte sie, ein schwieriges, aber liebes Kind. Der Verlust der Eltern hatte zur Folge, daß ihm von mir und meinem Mann viel nachgesehen wurde. Paul war ein hervorragender Schüler, immer Klassenbester. Als ich meinen Mann verlor, schickte ich Paul in ein Internat.

Frau Suska machte eine Pause und schien zu überlegen, was sie noch Gutes über ihren Neffen erzählen könne. Und weil ihr nichts einfiel, fing ich an, von Hannes zu berichten. Und nicht anders als Frau Suska, hatte auch ich nur Lobendes über meinen Sohn zu sagen. Wie hilfsbereit er gewesen sei, immer bemüht, keinen Ärger zu machen, still, leise und unauffällig.

Wir nickten uns zu, befriedigt über die netten Jungen, die Paul und Hannes als Kinder gewesen waren. Und dann erzählten wir uns, was wir für die Jungen alles getan hatten, wie wir für sie gesorgt und was für eine gute Erziehung wir ihnen hatten zukommen lassen. Als auch das gesagt war, begannen wir uns in kleinen, klagenden Sätzen zu fragen, womit wir den Verrat der nun erwachsenen Männer eigentlich verdient hätten.

Vielleicht haben wir irgend etwas falsch gemacht, sagte ich schließlich.

Vielleicht, antwortete Frau Suska müde und beendete damit das Gespräch über ihren Neffen und meinen Sohn. Ich glaubte, daß jetzt der Zeitpunkt zum Gehen gekommen sei. Noch einmal, aber mehr der Höflichkeit halber, sagte ich, wie leid es mir tue, Frau Suskas Gesundheit gefährdet zu haben.

Reden Sie keinen Unsinn, sagte Frau Suska, ich bin froh, daß Sie gekommen sind und daß ich nun Bescheid weiß.

Werden Sie mit Ihrem Neffen reden? fragte ich.

Nein, sagte sie, das werde ich nicht. Aber ich werde ihm nicht mehr blindlings vertrauen. Und jetzt, sagte sie, jetzt müssen Sie mir, bevor Sie gehen, sagen, was Sie mit Ihrer Villa vorhaben, wenn Sie sie nicht verkaufen.

Ich überlegte nicht lange, erzählte von dem Seniorenheim, von Grieschen, Frau Doll und der verrückten Rike. Ich erzählte von den Regeln des Hauses, von den Schwestern und von Herrn Senger, dem es mehr um Ordnung, Hygiene und Pünktlichkeit ging als um das Seelenheil der alten Menschen. Für ihn sind die Menschen ein Material, mit dem er Geld verdient. Und ich schilderte, was Grieschen passiert wäre, wenn Rupert Neumann nicht eingegriffen hätte. Ich erzählte auch von ihm, den Frau Suska ja von der Hausbesichtigung her kannte und der mir ein guter Freund geworden war.

Und was hat das alles mit Ihrer Villa zu tun?

Viel, sagte ich, sehr viel. Umständlich kam ich auf meine Reise zu sprechen, wie ich ständig hin und her gefahren sei, um mich selbst, besser gesagt meine Eigenständigkeit, zu finden, meinen Platz im Alter, meinen Weg ins sogenannte dritte Leben.

Was meinen Sie denn damit? Wieder war dieser leise Spott in ihrer Stimme.

Aber ich ließ mich nicht beirren. Ich meine damit, das Alter anzunehmen, fuhr ich fort, auf Abhängigkeit verzichten, etwas Neues anfangen.

Etwa mit der Villa?

Ich nickte. Frau Suska machte es mir nicht leicht, und ich brauchte Mut, um ihr von meiner Vision am Fluß zu erzählen. Ich denke an ein Haus, in dem ältere und alte Menschen wohnen, die sich selbst versorgen, ihren Alltag selbst bestimmen und damit beweisen, daß sie in der Gemeinschaft noch sehr wohl in der Lage sind, Verantwortung zu tragen.

Und wie soll das funktionieren?

Das weiß ich noch nicht. Das herauszufinden ist ja ein Teil der Aufgabe, die ich mir gestellt habe. Was ich jetzt brauche, sind Mitstreiter. Die Villa läuft mir nicht weg, den Gärtner kann ich zur Not selbst bezahlen, und wenn sich alles, was ich mir denke, als ein Hirngespinst herausstellt, dann kann ich die Villa immer noch verkaufen.

Ich wartete die Meinung von Frau Suska nicht ab. Es hatte Kraft und Überwindung gekostet, meine Idee in Worte zu fassen und sie jemand anderem anzuvertrauen. Zweifel, Spott oder gar für verrückt gehalten zu werden, das hätte ich jetzt nicht ertragen können. Ich sah kurz auf die Uhr, stand auf und verabschiedete mich, ohne Frau Suska Gelegenheit zu geben, auf das einzugehen, was ich ihr so ausführlich geschildert hatte.

In den folgenden zwei Tagen war ich nervös und fahrig. Beim Spiel im Seniorenheim blieb ich nicht bei der Sache, so daß sich Frau Doll lauthals beschwerte und Grieschen schüchtern fragte, ob ich vielleicht Kummer hätte. Plötzlich gingen mir alle auf die Nerven, auch Rupert Neumann. Zwar fragte er mich nichts, aber sein forschender Blick genügte, um mich in Abwehrstimmung zu bringen.

Vielleicht lag es daran, daß ich nunmehr offiziell als Besitzerin der Villa auch im Grundbuch eingetragen war. Ich hatte, wie man so schön sagt, einen gewaltigen Klotz am Bein, und ich mußte sehen, wie ich ihn wieder los wurde. Mich mit Hannes oder Fred ins Benehmen zu setzen kam nicht in Frage, dazu war ich zu stolz. Und von meinen Visionen, die ich Frau Suska noch vor ein paar Tagen mit so viel Begeisterung beschrieben hatte, war wenig geblieben. Ich hatte schon wieder vor meiner eigenen Courage Angst. Was da in meinem Kopf vorging, war offensichtlich nichts weiter als das Hirngespinst einer fast siebzigjährigen Frau, die nicht alt werden konnte.

Ich war drauf und dran, Hannes anzurufen, meinen Entschluß rückgängig zu machen und ihm alle gewünschten Vollmachten zu geben. Ich war müde, ich spürte des Morgens meine Knochen, ich schlief schlecht, und ich verlor den Spaß daran, mich hübsch anzuziehen. Ich lief nicht Gefahr, schlampig zu werden, aber das neu gewonnene Gefühl, wieder auf mein Äußeres zu achten, schien mir abhanden zu kommen. Ich merkte es erst, als mich Rupert Neumann eines Tages halb scherzend, halb ernsthaft fragte, ob ich denn alle meine Kleider, Hosen und Jacken verkauft hätte.

Wieso?

Weil Sie sich nicht mehr so gut anziehen wie früher.

Mehr sagte Rupert nicht, sondern er drehte sich um, winkte mir mit zugewandtem Rücken zu und stieg in sein Auto.

Auch das noch, dachte ich, sah an mir herunter und stellte fest, daß ich wohl den dritten Tag diese graue Hose und den dunklen Pulli trug. Kein Tuch um den Hals, kein langer Schal, wie ich es mir angewöhnt hatte, kein Schmuck. So, wie ich aussah, war ich kaum noch von Grieschen, Frau Doll und den anderen Heimbewohnern zu unterscheiden. Und das im Frühling, wo alles blühte, die Luft duftete, die Vögel sangen und die Tage bereits länger waren als die Nächte.

Das änderte sich mit einem Telefonat. Frau Suska rief an und sagte mir, sie habe lange über meine Pläne nachgedacht und sie gefielen ihr derart, daß sie gerne mitmachen wolle.

Und wie meinen Sie das? fragte ich schüchtern.

Wie ich es sage, war die Antwort. Da es den Golfclub mit Hoteletage nicht geben wird, könnte ich doch in Ihr Projekt einsteigen, vorausgesetzt, es fällt auch eine Wohnung für mich ab.

Ich war sprachlos. Während ich resignierte, alles hinschmeißen wollte und nahe daran war, mich mal wieder selbst aufzugeben, hatte Frau Suska meine Idee aufgenommen, weitergedacht und weitergeplant.

Ich weiß nicht, was ich sagen soll, hauchte ich ins Telefon.

Das ist auch im Augenblick nicht nötig, sagte Frau Suska. Überlegen Sie sich meinen Vorschlag, und wenn er Ihnen gefällt, dann kommen Sie her, damit wir alles in Ruhe besprechen können. Wenn Sie wollen, bringen Sie Ihren Freund mit, den Herrn mit dem kleinen weißen Hund. Sie sagten doch, er sei Ihr Berater.

Ohne meine Zustimmung abzuwarten, verabschiedete sie sich höflich und legte auf.

Am Abend lud ich Rupert zum Essen ein.

Es gab Hähnchen à l'orange mit Lauch, Senf und Ingwer, dazu Reis und Salat, zum Nachtisch Käse und Trauben. Das alles ging schnell und bedeutete keinen großen Aufwand, denn ich war aufgeregt und überlegte hin und her, wie ich Rupert die Nutzung meiner Villa vorstellen sollte. Außer dem Haus und Frau Suskas Angebot, den Ausbau zu übernehmen, hatte ich keine reellen Vorstellungen, geschweige denn eine Konzeption. Von Fred wußte ich, daß Männer solche ins Blaue hineingeplanten Ideen für Luftnummern hielten, für Seifenblasen und Utopien. Ich hörte ihn im Geiste sagen, daß ich mal wieder übergeschnappt sei und doch auf dem Teppich bleiben möge. Es sei nicht ratsam für mich, etwas in Angriff zu nehmen, von dem ich nichts verstünde.

Je weniger ich um das Gelingen meines Hähnchens à l'orange bangen mußte, um so mehr verließ mich die Zuversicht, Rupert meine Idee entsprechend gelungen zu vermitteln. Die Vorstellung, auch er könnte sagen, ich solle auf dem Teppich bleiben, um mich nicht lächerlich zu machen, trieb mir den Schweiß auf die Stirn. Als er pünktlich mit Schumann vor der Tür stand, waren meine Haare noch feucht, mein Gesicht war gerötet, und ich spürte mein Herz klopfen.

Schumann begrüßte mich mit distanzierter Zurückhaltung, schnüffelte mit erhobener Nase und nahm schließlich in der Mitte des Teppichs Platz, wo er wie ein winziges Daunenkissen den ganzen Abend liegen blieb. Rupert hatte Blumen mitgebracht. Auch er schnüffelte mit erhobenem Kopf, bat raten zu dürfen und sagte dann: Hähnchen à l'orange, stimmt's?

Ich nickte verwundert, während mir Rupert erklärte, daß er seinen feinen Geruchssinn mit ins Alter gerettet habe.

Wieso gerettet?

Weil man mit den Jahren einer Menge von Fähigkeiten verlustig geht, sagte er, da wird man für alles dankbar, was einem erhalten bleibt.

Und Sie mögen Hähnchen à l'orange?

Es gehört zu meinen Leibgerichten.

Als Rupert auch noch mein Kleid lobte und behauptete, grün stehe mir besonders gut, merkte ich, wie mich sein Besuch freute.

Er aß hingebungsvoll und langsam, was mir die Sache erleichterte, mein Anliegen vorzutragen. Ich wußte nicht recht, ob es Gleichgültigkeit oder Takt war, daß er mich dabei nicht ansah. Kein Satz wollte mir richtig gelingen. Einmal fing ich bei Grieschen, Frau Doll und Rike an, einmal bei der Villa, dann wieder bei Hannes und Paul Suska.

Nele, unterbrach mich Rupert vorsichtig, erzählen Sie doch einfach der Reihe nach, dann ist es für Sie und für mich einfacher.

Er sagte zwar nicht, was dann für ihn einfacher sei, aber er zeigte zumindest Geduld und Interesse. Ich fand endlich den Anfang meiner Geschichte, meine Reise. Ich berichtete, warum ich weggefahren sei und warum ich mich nicht verabschiedet hatte. Die Autobahnen sei ich von Nord nach Süd und von West nach Ost gefahren, immer auf der Suche nach mir selbst und meiner Eigenständigkeit, bis ich an den Fluß gekommen sei. Hier stockte ich, und es dauerte eine Weile, bis ich Rupert meine Vision von der Villa so schildern konnte, wie ich sie Frau Suska geschildert hatte. Wenn er jetzt lachte oder auch nur den Kopf schüttelte, würde ich kein Wort mehr herausbringen. Aber er lachte nicht. Er hörte zu, ernst und ohne eine Regung im Gesicht, bis ich alles gesagt hatte, auch das Angebot von Frau Suska, mit von der Partie zu sein, erwähnt hatte.

Als ich am Ende war, schwieg er und betrachtete seine Hände. Jetzt wird er mich fragen, ob ich verrückt geworden sei, ging es mir durch den Kopf. Er wird mir in aller Höflichkeit mitteilen, daß er von solchen absurden Ideen nichts halte und bei Gott nicht wisse, was ich bei der ganzen Angelegenheit eigentlich von ihm wolle. Ich wartete und starrte auf Schumann, der inzwischen mit angewinkelten Vorderpfötchen auf dem Rücken schlief, die lang behaarten Ohren rechts und links auf dem Teppich ausgebreitet.

Wenn Sie meinen Plan, aus der Villa eine Alten-Wohngemeinschaft zu machen, für verrückt halten, dann sagen Sie es ruhig.

Endlich sah er mich mit seinen blauen Augen blitzend an und sagte: Ich bewundere Sie, Nele. Ihr Vorhaben ist alles andere als verrückt, es ist großartig.

Ich war derart erleichtert, daß ich von meinem Stuhl aufsprang, auf Rupert zuging und ihn, ohne auch nur eine Sekunde darüber nachzudenken, auf die Wange küßte. Am liebsten hätte ich mit ihm getanzt.

Statt dessen lief ich in die Küche und machte die Käseplatte zurecht. Als ich zurückkam, saß Schumann auf Ruperts Schoß, und die beiden schienen sich zu unterhalten.

Und, fragte ich, was sagt Schumann zu meinem Plan?

Er findet ihn wundervoll, vorausgesetzt, in der Villa würde auch eine Wohnung für ihn und für mich eingeplant.

Ist das wirklich Ihre Meinung?

Vorerst ist es die Meinung von Schumann, sagte Rupert und setzte das Hündchen wieder zurück auf den Teppich, ich benötige noch ein paar Informationen. Aber der Gedanke, eine Hausgemeinschaft zu finden, in der Rike, Schumann und ich willkommen sind, scheint mir überlegenswert.

Also kommen Sie mit mir zu Frau Suska?

Warum nicht, sagte Rupert und prostete mir zu.

Zwei Tage später saßen Rupert, Schumann und ich in Fina Suskas elegantem Wohnzimmer und tranken Tee. Es dauerte eine Weile, bis unser Gespräch in Gang kam. Keiner wußte so recht, wie er beginnen sollte, und so mußte erst einmal Schumann als Thema herhalten. Schumann, der eigentlich Rike gehört, erklärte ich, die ihn aber im Seniorenheim nicht bei sich haben kann.

Und wer ist Rike? fragte Frau Suska.

Meine Schwester, antwortete Rupert und erzählte so knapp wie möglich von ihrer Pflegebedürftigkeit. Ich wurde nervös. Die Beschreibung von Rikes geistiger Hilflosigkeit schien mir nicht gerade der richtige Einstieg für unsere Projektbesprechung zu sein. Die Erwähnung von Rikes Zustand hätte doch warten können, bis wir eine gemeinsame Basis gefunden hätten. Ich verstand Ruperts Vorgehen nicht. Ängstlich forschte ich in Frau Suskas Gesicht, wie sie die Schilderung von Ruperts Schwester aufnahm. Aber sie verzog keine Miene.

Schließlich beugte sie sich zu Schumann hinunter, streichelte vorsichtig seinen kleinen Kopf und fragte: Soll denn Ihre Schwester auch mit in das weiße Haus?

Ja, sagte Rupert, das ist für mich die Voraussetzung, daß ich mitmache. Es trat eine Pause ein, in der ich seltsamerweise nicht auf Frau Suskas Reaktion achtete, sondern daran dachte, daß Frau Suska der Villa meines Großvaters einen Namen gegeben hatte. Das weiße Haus.

Elegant, selbstbewußt, wie sie war, schien es mir so gar nicht vorstellbar, daß sie mit Rike und Grieschen unter einem Dach leben sollte. Um so mehr verblüffte ihre Antwort. Mit einem Lächeln in den Augen sagte sie: Das ist gut, das ist sogar sehr gut. In einer Gemeinschaft wird es Ihrer Schwester sicher bessergehen als in diesem Heim, von dem mir Frau Ungureit so viel erzählt hat.

Der Bann war gebrochen. Wir fingen alle drei zur gleichen Zeit an zu reden, als hätte jeder von uns nur darauf gewartet, zu erzählen, warum das Projekt so wünschenswert sei. Rupert sprach von der Gemeinschaft der Alten in unserer Gesellschaft, Frau Suska erwähnte Verläßlichkeit, Vertrauen und die Hoffnung, das Altwerden nicht allein lernen zu müssen. Mir, sagte ich, mir sei die Unabhängigkeit am wichtigsten, die Erkundung des dritten Lebens und wozu man noch fähig sei.

Spontan entschlossen wir uns, in das weiße Haus zu fahren, um vor Ort weiter zu reden und zu planen. Bogdan Poliwko war nicht wenig erstaunt, als er uns dreien die Tür öffnete, zumal er Frau Suska ja den Herren zugeordnet hatte, die ich aus dem Haus geworfen hatte. Nach kurzem Zögern schloß er uns die Tür zur Hintertreppe auf, über die wir in die oberen Räume gelangten. Wir gingen von Zimmer zu Zimmer, maßen sie aus, rechneten, wie viele Menschen in der Villa wohnen könnten, wie viele Quadratmeter jeder von uns benötigte, und kamen auf acht bis zehn Personen, wenn man nicht zu große Ansprüche stellte und Platz für die notwendigen Gemeinschaftsräume einrechnete.

Wenn Sie so wohnen wollen wie bisher, sagte ich zu Frau Suska, werden die Wohnungen hier zu klein für Sie sein. Es sei denn, Sie nehmen sich mehr Quadratmeter als die anderen.

Liebe Frau Ungureit, sagte sie darauf ebenso höflich wie kühl, wenn wir so anfangen zu denken, können wir's gleich lassen. Ich meine, wir wollen davon ausgehen, daß hier jeder Bewohner vergleichbare Räumlichkeiten bekommt, um sich wohl zu fühlen.

Aber die Wohnungen im Dachgeschoß werden in jedem Fall kleiner, wandte Rupert ein.

Dann werden sie auch billiger sein, sagte Frau Suska und bestand darauf, daß es zwischen Parterre und erster Etage keine Ausnahmen geben dürfe.

Mit der Zeit tat mir vom vielen Herumlaufen das Kreuz weh, und sobald wir eine Treppe herauf- oder herunterliefen, war plötzlich Frau Suskas Atem zu hören. Schumann, der das Auf und Ab schon lange leid war, hatte sich im Entree ein Plätzchen ausgesucht, von wo aus er uns auch in den Räumen der Galerie sehen beziehungsweise hören konnte.

Es war Rupert, der auf die Idee kam, in einer nahe gelegenen Weinstube einen Dämmerschoppen zu trinken, um alles weitere zu besprechen. Wir verabschiedeten uns von Bogdan Poliwko und seiner Frau mit dem Versprechen, daß er sich keine Sorgen zu machen brauche, Wohnung und Hausmeisterstelle zu verlieren, und verließen das weiße Haus.

Jetzt taten mir auch noch die Füße weh, während sich Frau Suska auf dem Weg zum Auto bei Rupert einhakte. Die Fahrt war nicht weit, und nach dem ersten Schluck Wein wurden wir wieder munter.

Schneller als gedacht waren wir uns einig, wer wofür verantwortlich sein sollte. Frau Suska, das war klar, wollte sich nach einem Architekten umsehen, der sich für altersgerechtes Wohnen interessierte, denn der ihres Neffen Paul kam für dieses Projekt nicht mehr in Frage. Rupert schlug vor, den gesamten Finanzplan zu übernehmen und sich gleichzeitig um eine Vereinsgründung zu kümmern, die aus steuerlichen Gründen notwendig war. Ich erklärte mich für ein Wohnkonzept zuständig, das den zukünftigen Hausbewohnern vorzutragen sei.

Und wie finden wir die? wollte Frau Suska wissen.

Außer uns dreien sollten in jedem Fall Grieschen und Rike mit in das weiße Haus ziehen. Also fehlten uns noch vier Personen. Frau Suska schlug vor, daß jeder von uns alle Bekannten ab sechzig zu einem Informationsabend einladen sollte, bei dem ich einen Vortrag über unser Projekt halten würde. Dann könnte man sehen, meinte sie, wer sich für uns interessierte und Lust hatte, mit uns im weißen Haus zu leben. Rupert fand den Vorschlag gut. Er wollte drei Herren ansprechen, die früher in seiner Bank gearbeitet hatten. Die meisten Bekannten in unserem Alter und darunter hatte Frau Suska. Mir fielen nur Nüßchen und ihre Freundinnen ein. Es wurde ein kurzer Brief entworfen, den sich jeder notierte, um ihn an seine Leute zu schicken. Zusammengezählt kamen wir auf knapp zwanzig Personen, also genug Frauen und Männer, um vier davon auswählen zu können. Als Veranstaltungsort schlugen wir das Nebenzimmer der Weinstube vor, in der wir saßen, und bestimmten einen Termin, der älteren Menschen genug Zeit ließ, um sich vorher mit unserem Anliegen zu beschäftigen.

Der Wein hatte uns angeregt und unsere Gesichter gerötet. Wir redeten und planten, wetteiferten mit Vorschlägen, wie zu wohnen, zu leben und Gemeinsamkeit zu üben sei. Als wir nach Hause fuhren und uns trennten, nannten wir uns alle drei beim Vornamen, und ich glaubte das wohltuende Gefühl der Zusammengehörigkeit zu spüren.

Am nächsten Tag las ich mir unseren Einladungsbrief noch einmal durch und fand ihn zu unpersönlich, änderte den einen oder anderen Satz und zeigte den Brief Rupert. Aber der wollte beim ersten Entwurf bleiben, weil der im Ton für die Herren, an die er dachte, gerade richtig war.

Schreiben Sie an Ihre Freunde, wie Sie es für richtig halten, Nele. Die Hauptsache ist, daß wir Interessenten finden, die auf unsere Einladung hin auch kommen.

Also schrieb ich meinen Brief ein wenig herzlicher und persönlicher und schickte ihn ab. Meinen Streit mit Nüßchen überging ich.

Komm bitte, schrieb ich, Deine Meinung ist mir wichtig. Ich denke, Du hast etwas zum Thema zu sagen.

Der Nachmittag und der Abend mit Fina Suska und Rupert Neumann in der Weinstube hatten mich völlig verändert. Die ganze Grübelei über mich, meine Situation und mein Alter war wie weggeblasen. Ich suchte in Buchläden und Bibliotheken nach Literatur über Alter, Altwerden und die Situation älterer Menschen in der Gesellschaft und den Medien. Bis auf einige Ausnahmen war wenig Positives über den letzten Lebensabschnitt eines Menschen in unserem Land zu finden. Seltsamerweise hielten die Autoren, die über das Altern schrieben, Statistiken, Interviews und Forschungen auswerteten, sich selbst aus dieser Situation heraus, obwohl einige in meinem Alter und älter waren. Sie schrieben nur über andere, als seien sie selbst nicht vom Alter gezeichnet und gehörten der Gruppe, über die sie so gründlich referierten, nicht an. Die Lektüre, mit der ich mich Tag und Nacht beschäftigte, wenn ich nicht im Seniorenheim war, regte mich ebenso auf wie an.

Wenn ich mit Grieschen, Frau Doll, Rike und Rupert Domino, Mensch ärgere dich nicht oder Scrabble spielte, war ich unkonzentriert und mit meinen Gedanken bei dem Vortrag, den ich halten sollte.

Was ist los, Nele, fragte Rupert eines Nachmittags, Sie passen ja überhaupt nicht mehr auf.

Dabei fuhr er mir über den Arm, als müsse er mich aus dem Schlaf wecken. Ich gab zu, im Augenblick lieber zu Hause zu sein, um an meinem Vortrag zu arbeiten, zu lesen und mir Notizen zu machen, als hier zu sitzen und zu spielen. Sofort mischte sich Frau Doll ein und sagte, ich solle nicht flüstern, das sei unhöflich. Wenn wir Geheimnisse vor ihr hätten, könnten wir jederzeit rausgehen, aber wir mögen sie bitte nicht wie ein Kleinkind behandeln.

Ich bat um Entschuldigung. Wissen Sie, erklärte ich ihr, ich arbeite an einem Projekt, von dem ich Ihnen erzählen werde, wenn es soweit ist.

Soso, antwortete Frau Doll und lachte ihr kleines, spöttisches Lachen, da bin ich aber gespannt.

Am Abend unserer Informationsveranstaltung war der Nebenraum der Weinstube, den wir reserviert hatten, voll besetzt. Von meinen Leuten waren Nüßchen und drei der Frauen gekommen, die auch an ihrer Geburtstagsfeier teilgenommen hatten. Von den Personen, die Fina eingeladen hatte, waren fast alle da, saßen elegant gekleidet und gut frisiert auf ihren Stühlen, wißbegierig, was hier zu erleben sei. Auch Ruperts Pensionäre waren erschienen und hatten ihren Platz nebeneinander im hinteren Teil des Raumes gewählt. Zu meiner Überraschung hatte Rupert Frau Doll mitgebracht. Sie fiel ebenso durch ihre Gehhilfe auf wie durch die Zigarette, die in ihrem Mundwinkel hing.

Über knallroten Leggins trug sie ein schwarzes, bis zu den Knien reichendes Baumwollkleid, und zu allem Überfluß hatte sie sich auch noch eine ebenfalls knallrote Baskenmütze auf ihre herrenmäßig geschnittenen Haare gesetzt. Eigentlich sah sie aus wie das Model einer französischen Zigarettenmarke, nur daß sie ein Greisinnengesicht hatte und damit Staunen und Aufmerksamkeit auslöste.

Ich sagte Nüßchen und den Frauen, die ich kannte, Guten Tag. Nüßchen verhielt sich mir gegenüber distanzierter als sonst, wirkte aber nicht beleidigt.

Die reine Neugier hat mich hergetrieben, sagte sie und gab mir ohne Umarmung die Hand, ich will einfach wissen, was du jetzt wieder ausgeheckt hast.

Ich lächelte als Antwort und setzte mich auf meinen Platz, neben Fina.

Rupert sollte die Veranstaltung eröffnen. Ich beneidete ihn, wie er da lässig an dem schmalen Pult stand, die Anwesenden begrüßte und kurz unser Wohnprojekt erwähnte, eine selbstorganisierte Altenwohngemeinschaft, wie er es nannte. Diese Wohngemeinschaft, fuhr er fort, solle kein Heim werden. Es gebe keine Leitung, keine Versorgung, keine Betreuung. Alle das Haus betreffenden Angelegenheiten hätten die Bewohner selbst zu bestimmen. Es gelte, einen gemeinnützigen Verein zu gründen, dessen Mitglieder die Bewohner seien, die alle von dem gleichen Grundgedanken ausgehen müßten: Selbstbestimmung, Solidarität, Sozialverträglichkeit und Toleranz. Das ganze Projekt, fügte Rupert noch hinzu, stünde unter einem Motto, das sich ein ähnliches Modell in einer anderen Stadt zueigen gemacht habe: Frei sein und doch nicht allein sein. Wie das Ganze funktionieren würde, sagte er zum Schluß, das zähle zu den Aufgaben derer, die sich unserer Idee anschließen und in das Haus einziehen wollten.

Nach dieser meiner Meinung nach zu kurzen Einführungsrede bat er Fina ans Rednerpult.

Ich blickte mich vorsichtig um und sah in meist ratlose bis zweifelnde Gesichter. Offensichtlich konnte man sich unter dem, was Rupert da thematisch angerissen hatte, zu wenig vorstellen. Nun kam es auf Fina und mich an, die Lücken auszufüllen und unser Publikum zu begeistern. Auch Fina wirkte sehr selbstsicher. Als erstes nannte sie Haus und Straße, damit jeder wüßte, um welche Immobilie es sich handelte. Das Haus gehöre einer der Initiatoren, erklärte sie, eine weitere Person übernähme den Innenausbau, wobei geplant sei, daß das Haus sowie das dazugehörige Grundstück Eigentum des Vereins würde. Wie viele Wohnungen ausgebaut werden könnten, sei noch nicht abzusehen, mindestens acht, höchstens zehn. Die Wohneinheit bestünde jeweils aus zwei Zimmern, kleiner Küche oder Kochnische, Flur und Dusche. Im Parterre seien Gemeinschaftsräume geplant, eine Gemeinschaftsküche, die nach Bedarf genutzt werden könne, ein Mehrzwecksaal, eine Bibliothek und der parkähnliche Garten stünden allen zur Verfügung. Dann erwähnte Fina, daß die Miete, die noch festgelegt werden müsse, in jedem Fall weit unter den üblichen Preisen der bekannten Altersheime liege.

Fina sprach auch das Alter der Bewohner an. Von sechzig aufwärts, sagte sie, und nach oben keine Grenzen, egal ob die Interessenten unter einer Behinderung zu leiden hätten oder nicht. Das erste Mal ging ein kleines Raunen durch den Saal, von dem ich nicht wußte, ob es Zustimmung bedeutete oder Ablehnung. Warum wir das alles initiieren, sagte Fina jetzt, wird Ihnen Nele Ungureit sagen, denn das ganze Projekt ist ihre Idee. Und wenn Sie wollen, können wir im Anschluß an Frau Ungureits Ausführungen über das diskutieren, was wir drei Ihnen hier heute abend vorgetragen haben.

Als ich aufstand, um mich hinter das Pult zu stellen, wurden mir die Knie weich. Noch nie im Leben hatte ich eine Rede oder einen Vortrag gehalten. Die Notizen auf meinem Zettel verschwammen mir vor den Augen. Das Innere meines Mundes war wie mit Seidenpapier ausgeschlagen, und die ersten Worte, die ich sagte, die Begrüßung der Damen und Herren, quälten sich mühsam über meine pelzig gewordene Zunge. Trotz Brille konnte ich kein einziges Stichwort auf meinem Zettel lesen. Jeder Satz, den ich mir überlegt und eingeübt hatte, war mir entfallen. Mein Kopf schien mit Luft gefüllt zu sein, und ich mußte mich zusammennehmen, um nicht aufzugeben. Wie die Fliege im Netz der Spinne hing ich in den Blicken der alten Menschen vor mir, die mich ausdruckslos anstarrten. Nirgendwo fand ich Neugierde oder ein wenig Interesse. Sie saßen aufrecht auf ihren Plätzen, verschlossen, manche gelangweilt, und waren weder durch Ruperts noch durch Finas Worte fasziniert oder begeistert. Sie ähnelten einander in der Weise, wie sie glaubten zuhören zu müssen, höflich und wohlerzogen, aber dem Anschein nach mit ihren Gedanken ganz woanders. Wenn mir jetzt nicht der Versuch gelang, ihnen ihre Altersergebenheit, ihren Versorgungswahn oder ihren Rückzug aus der Gesellschaft, der sie bisher angehört hatten, bewußt zu machen, war alles umsonst.

So sehr ich auch in den Gesichtern forschte, Wißbegierde war nicht zu finden. Im Gegenteil, ich bildete mir vielmehr ein, daß man sich lustig über mich mache. Nüßchen saß mit zuckenden Mundwinkeln auf ihrem Stuhl und schüttelte sanft den Kopf. Ihre Freundinnen stießen sich leise an und warfen sich vielsagende Blicke zu.

Letztlich war es Ruperts Lächeln, das mir Mut machte. Neben ihm nickte mir jetzt auch Frau Doll zu, und Fina schien mit so viel Spannung auf das zu warten, was ich zu sagen hatte, daß sie sich weit vorbeugte. Ich suchte mir einen Blickpunkt und wählte eine Dame, die mit geschlossenen Augen in der hinteren Reihe saß.

Ich bin neunundsechzig Jahre alt, begann ich etwas zu laut. Das brachte mich auf den naheliegenden Gedanken, mich mit meinem ganz persönlichen Altwerden zu beschäftigen. Bisher war ich immer der Überzeugung, daß mir der mühselige Prozeß des Alterns, der Verlust der Geistesfähigkeit, Kranksein und Hinfälligkeit erspart bleiben, obwohl es in der Realität keine Begründung dafür gibt. Es kann jeden von uns erwischen, egal wie gesund oder ungesund wir gelebt haben. Ohne darüber nachzudenken, habe ich, wie es uns die Gesellschaft lehrt, in der wir leben, die ersten Anzeichen des Alterns verdrängt. Altsein, fuhr ich jetzt sicherer fort, ist im allgemeinen mit Diskriminierung verbunden, mit Nichtmehrkönnen, mit Nichtmehrdazugehören, mit Zurückstecken und mit dem Verlust der Jugendlichkeit. Ob wir wollen oder nicht, wir werden bis zum Tod einer Randgruppe zugeordnet, die, je mehr es dem Ende zugeht, desto eindeutiger anderen zur Last fällt. Ich behaupte, daß der vielzitierte Satz von der Würde des Alters ebenso heuchlerisch wie nichtssagend ist. Heutzutage wird die sogenannte Würde dem alten Menschen von der Umgebung, in der er sich befindet, zu- oder abgesprochen.

Die Dame in meinem Blickpunkt hatte noch immer die Augen geschlossen, und Nüßchens Mundwinkel zuckten heftiger als zuvor.

Ich fuhr fort, von meinen Erfahrungen im Seniorenheim zu berichten und davon, daß ich diese Art der Versorgung beziehungsweise Verwahrung für meine Person nicht zu akzeptieren gewillt sei.

Ich will beweisen, sagte ich, daß ich mein Leben als alter Mensch nicht zum Problem mache. Ich will beweisen, daß ich kein Mitleid brauche, sondern daß ich mich, wenn ich will, auch im Alter weiterentwickeln kann. Aber das kann ich nicht allein. Dazu brauche ich Mitstreiter.

Wichtig sind nicht nur die Fachkräfte in der Altenpflege, wichtig sind vor allem gelernte und geschulte Alte, um unseren unsäglichen Status zu ändern. Ich meine, wir sind, denken wir nur an die ständig erwähnte Überalterung, genug, um das zu schaffen. Was wir als erstes brauchen, ist Solidarität untereinander.

Der Zuruf, ob ich etwa eine von den Grauen Panthern sei, schreckte mich nicht nur auf, sondern verwirrte mich auch. Ich verlor für einen Moment den Faden. Ich sah mein Publikum an und spürte Ablehnung. Alle, wie sie da saßen, waren hergekommen, um unterhalten zu werden, zu konsumieren, um Tips für ihre Bequemlichkeit zu erhalten, aber nicht, um über ihre gesellschaftliche Verantwortung nachzudenken. Nicht ein Mal hatte ich auf meinen Spickzettel geschaut. Ich hatte bisher nur das gesagt, was mir einfiel. Meine Hand fuhr in die Tasche, in der die kleine Messingkugel vom Kamin aus dem Haus meines Urgroßvaters steckte. Ich hielt sie so lange fest, bis meine Unsicherheit verflog und ich in aller Ruhe auf meine Notizen blicken konnte.

Unser Projekt, las ich ab, will unter Beweis stellen, daß alte und ältere Menschen nicht, wie stets behauptet wird, in der Vergangenheit leben, sondern, wenn sie gefordert werden und Verantwortung tragen, wie jeder jüngere Mensch die Gegenwart brauchen. Das selbstorganisierte Wohnen von Alten soll das bestätigen. Es geht mir darum, daß unser Wohnprojekt nicht von anderen für alte Leute, sondern von alten Leuten für alte Leute konzipiert wird. Bei uns soll man das Alter als Wandel sehen, als Entdeckung, als einen neuen Ort, den man mag.

Was für ein Unsinn, sagte jemand in eine kleine Atempause hinein. Die Unruhe, die sich darauf ausbreitete, war nicht einzudämmen. Mir war klar, daß ich zum Abschluß kommen mußte. Jeden Augenblick konnte einer aufstehen und gehen. Und wenn einer ginge, gingen alle. Ich umklammerte abermals meine Messingkugel, nahm allen Mut zusammen, bat um Ruhe, dankte für Kommen und Aufmerksamkeit und forderte die Anwesenden, die Interesse an unserem Projekt hätten, zum Bleiben auf, um mit uns zu diskutieren. Aber niemand schien ein Interesse zu haben. Es wurde nach der Bedienung gerufen, um zu zahlen. Einer nach dem anderen verließ das Lokal. Nüßchen kam immerhin auf mich zu, um sich zu verabschieden.

Ich weiß nicht, sagte sie, ich halte das Ganze für eine Schnapsidee. Und was du da über das Alter erzählt hast, finde ich für meine Person, gelinde gesagt, ziemlich absurd. Schließlich habe ich doch meine Familie.

Dann gab sie mir die Hand und fügte noch hinzu, ich solle weiß Gott lieber auf Hannes hören, meine Villa verkaufen und mir ein schönes Leben machen.

Ich antwortete nicht auf ihren Vorschlag, schüttelte nur den Kopf und wünschte ihr alles Gute.

Bis auf die drei Herren, die Rupert eingeladen hatte, waren alle gegangen, offensichtlich enttäuscht von dem, was sie gehört hatten. Verantwortung, hatte eine Dame zu Fina gesagt, Verantwortung habe sie ihr ganzes Leben getragen, jetzt wolle sie nur noch ihr Leben genießen, und weiterzuentwickeln brauche sie sich auch nicht mehr.

Die Diskussion mit den Herren war schnell beendet, nachdem sie erfuhren, daß es bei unserem Wohnprojekt weder um Versorgung noch um Bedienung ginge und daß ein jeder, egal ob Mann oder Frau, für sich selbst verantwortlich wäre. Dann hätten sie kein Interesse, sagten sie, wären wohl in einer ihren Verhältnissen entsprechenden

Seniorenresidenz besser aufgehoben. Sie verabschiedeten sich höflich.

Die einzige, die Interesse zeigte, war Frau Doll.

Wenn ihr auch Krüppel nehmt, sagte sie und klopfte auf ihre Gehhilfe, und wenn ich bei euch rauchen darf, bin ich mit von der Partie.

Als sie die Enttäuschung über die anderen in meinem Gesicht sah, legte sie eine ihrer knochendürren kleinen Hände auf meinen Arm, wohl um mich zu trösten.

Alles Schnepfen, brummte sie mit ihrer Raucherstimme, alles Schnepfen, die nichts verstehen und nichts als Angst vor dem eigenen Alter haben.

Ich versuchte zu lächeln, aber es gelang mir nicht, und ich glaubte, mich bei Rupert und Fina entschuldigen zu müssen.

Es tut mir so leid, sagte ich, aber ich habe mit meinen Worten kein Interesse wecken können und alles verdorben.

Wie kommen Sie denn darauf? Auch Fina legte ihren Arm um mich. Dieser Abend war nichts als ein Probelauf. Frau Doll hat ganz recht, wir haben uns an die falschen Personen gewandt. So schnell werfe ich die Flinte nicht ins Korn. Und Rupert fuhr fort, daß wir im Grunde dankbar sein müßten.

Dankbar, wofür dankbar?

Daß wir jetzt wissen, daß nicht alle Alten unsere Partner werden können.

Schnepfen, brummte Frau Doll und mühte sich aufzustehen, um sich mit ihrer Gehhilfe in Bewegung zu setzen, ich sag's doch, Schnepfen.

Auch wenn wir es nicht zugaben, wir waren enttäuscht. Wir hatten etwas falsch gemacht, aber wir wußten nicht, was. Wir brauchten ein paar Tage, bis wir uns wiedertrafen. Fina berichtete später, sie habe zwei Tage lang nicht geschlafen, und wenn sie von ihrem Neffen nicht so enttäuscht worden wäre, hätte sie vielleicht alle unsere Pläne aufgegeben und mich zu überreden versucht, dem Verkauf zuzustimmen. Rupert gestand, mehrere Tage geglaubt zu haben, in eine typische Frauenfalle geraten zu sein.

Wieso Frauenfalle?

Weil das ganze Projekt eine Idee ist, auf die nur Frauen kommen können.

Und jetzt, wollte ich wissen, was ist jetzt Ihre Meinung?

Daß die Idee gut ist, daß wir aber anders herangehen müssen.

Ich bin nur wütend, sagte ich, aber aufgeben will ich nicht mehr. Gedanken dieser Art habe ich hinter mir.

Natürlich mußte auch ich die Enttäuschung über unseren Abend erst verdauen. Inzwischen war ich auch Ruperts Meinung, daß wir irgend etwas falsch gemacht hatten.

Als wir uns das gegenseitig gestanden, saßen wir hinter dem weißen Haus im Park. Bogdan Poliwko hatte uns Tisch, Stuhl und eine Bank hingestellt, seine Frau hatte Kaffee für uns gekocht, und ich hatte Kuchen mitgebracht. Hier, so sagten wir, wollten wir uns jetzt einmal in der Woche treffen, um unser weiteres Vorgehen zu besprechen. Zu Ruperts und meinem Erstaunen hatte Fina eine Überraschung für uns. Sie habe, sagte sie, einen Architekten gefunden, der nicht nur großes Interesse daran zeige, unser Projekt zu realisieren, er wolle später auch mit einziehen. Das weiße Haus umzubauen solle, so hatte er zu Fina gesagt, seine letzte Arbeit sein. Danach würde er sich zurückziehen, um nur noch seinem Hobby nachzugehen, dem Malen. Fina konnte gar nicht so schnell antworten, wie wir fragten. Was er gebaut habe, wollte Rupert wissen, wie alt er sei, fragte ich. Ob er verheiratet sei, ein Typ, der sich selbst versorgen könne.

Fina lachte und winkte ab.

Das könnt ihr ihn alles selber fragen, denn er wird nachher hierherkommen.

Und wie heißt er? fragte ich.

Ulrich Windeck, sagte eine Stimme hinter mir.

Ich fuhr herum und sah in ein wild zerfurchtes lachendes Männergesicht. Keiner von uns hatte ihn gehört. Da käme er ja gerade recht, sagte er, denn wenn man über ihn spräche, wäre er gern dabei. Dann begrüßte er uns der Reihe nach, nahm sich einen Stuhl, den Bogdan Poliwko zur Reserve an einen Baum gelehnt hatte, und setzte sich an unseren Tisch. Die Selbstverständlichkeit, mit der er sich unserer Runde anschloß, gefiel mir, und ich sah ihn mir genauer an. Klein war er, kleiner als Rupert. Nur seine Füße waren auffällig groß. Seine gekräuselten grauen Haare ragten weit über den Hinterkopf hinaus, was mich an einen Wiedehopf erinnerte. Die Brauen hingen dick und buschig über braunen, in Falten gebettete, äußerst neugierig blickenden Augen. Er zündete sich augenblicks eine Zigarette an, und als er Fina jetzt um Entschuldigung bat, daß er etwas zu zeitig gekommen sei, sah ich, daß seine Zähne, wie die von Frau Doll, vom Rauch braun und unansehnlich waren. Sein großer Kopf paßte nicht ganz zu seinem zarten Oberkörper, der in einer weiten und abgetragenen, aber edlen Lederjacke steckte. Irgendwie sieht er aus, als hätte ihn der liebe Gott aus Resten zusammengestückelt, dachte ich amüsiert, vergaß dieses Bild allerdings, als Herr Windeck anfing zu reden.

Er habe sich Gedanken gemacht, sagte er mit einer für seine Größe unerwartet tiefen Stimme. Fina habe ihm die vorhandenen, von seinem Vorgänger erstellten Pläne gegeben, auf Grund derer er uns Vorschläge machen könnte. Am besten, sagte er, gehen wir gemeinsam durch das Haus.

Und ohne unsere Zustimmung abzuwarten, stand er auf, winkte mit erhobenem Arm wie ein Ulanengeneral zum Frontangriff und ging mit kleinen, energischen Schritten auf das Haus zu. Wir folgten etwas sprachlos, aber doch neugierig genug auf das, was Herr Windeck sich ausgedacht hatte. Jeder von uns bekam eine Skizze in die Hand gedrückt, auf der abzulesen war, wie das Innere des Hauses aussehen könnte. Er schickte uns von einem Raum in den anderen, beschrieb und erklärte seinen Entwurf mit einer solchen Begeisterung, als handle es sich um eine schöne Frau. Jedes von ihm geplante Zimmer schilderte er bis ins Detail, wo Wände eingezogen würden, wo Türen hinkämen, wo Fenster, wo die Kochnische ihren Platz fände, das Bad, die Schlaf- und Wohnzimmer. Die Gemeinschaftsräume sollten ineinander übergehen und nur durch Glastüren getrennt werden. In der Mitte des Entrees plane er den notwendigen Fahrstuhl. Oben im Dachgeschoß sei für vier Personen Platz. Eine größere Wohnung mit einem Bad und einer Küche für ein Ehepaar und zwei Wohnungen, die sich eine Küche teilen müßten. Jetzt sah er uns an. Bisher waren wir ihm schweigend und ein wenig überwältigt von seiner Überzeugungskraft gefolgt.

Mit entwaffnendem Lächeln sagte er: Wenn Sie mich akzeptieren, würde ich gern die Zimmer nach Norden nehmen. Ich brauche keine Sonne, was ich brauche, ist das richtige Licht zum Malen. Und Kochen ist sowieso nicht mein Ding, deshalb kann ich mir ohne weiteres die Küche mit jemand anderem teilen.

Lieber Herr Windeck, sagte Rupert jetzt etwas reserviert, über Sie als Mitbewohner haben wir bisher noch gar nicht gesprochen.

Ich weiß, meinte Herr Windeck, deswegen sagte ich ja, wenn Sie mich akzeptieren.

Als wir wieder im Garten saßen, war es Fina, die freundlich, aber bestimmt das Thema darauf brachte, ob Ulrich Windeck tatsächlich mit uns im weißen Haus wohnen sollte oder nicht. Sie faßte zusammen, was sie, Rupert und ich an unserem Informationsabend vorgetragen hatten.

Das weiß ich doch schon alles, sagte Herr Windeck ungeduldig, das gefällt mir auch.

Aber Sie wissen nicht, wer außer uns dreien noch einziehen wird, fuhr Fina freundlich fort und beschrieb nacheinander, voller Respekt, aber ohne Beschönigung, sowohl Rikes geistige, als auch Frau Dolls körperliche Behinderung und bat mich dann, von Grieschen und deren Angstattacken zu erzählen, mit denen jederzeit zu rechnen sei.

Ulrich Windeck hörte aufmerksam zu und reagierte auf unseren Bericht mit einem einzigen Satz: Ehrlich gestanden, das stört mich alles nicht. Die Hauptsache ist, ich kann in Ruhe malen.

Und was ist der Grund, weshalb Sie hier einziehen wollen? fragte ich.

Mein Alter, antwortete Herr Windeck und sah uns unter seinen buschigen Brauen nacheinander an.

Wenn Sie dabei an eine Art Versorgung denken, antwortete ich, muß ich Sie enttäuschen. Wir streben zwar eine Gemeinschaft an, aber versorgen muß sich jeder selbst.

Herr Windeck lachte, zeigte seine verrauchten Zähne und sagte, daß er auch nichts anderes wünsche.

Und was ist dann der Grund?

Weil ich nicht gern allein alt werden möchte, weil ich unter Menschen sein will, mit denen ich meine Probleme teilen kann, deren Gesichter mir vertraut sind und vor denen ich mich später meines Alters nicht schämen muß.

Schämen? fragte ich angriffslustig, glauben Sie, daß das Altern etwas Beschämendes ist?

Ich nicht, Herr Windeck lächelte, worauf seine Augen noch tiefer in den Falten verschwanden und kaum noch zu sehen waren, aber die anderen.

Und dann erzählte er uns, ebenso knapp wie selbstironisch, seinen Lebenslauf. Zum angesehenen Maler habe sein Talent nicht gereicht. Also sei er Architekt geworden und habe sich recht und schlecht durchs Leben geschlagen. Reich sei er nicht geworden, aber für den Lebensabend habe er genug zurücklegen können. Hauptsächlich habe er Einfamilienhäuser gebaut, aber auch ein Bürohaus und zu seiner Freude auch eine Kirche, obwohl er keiner Religion angehöre. Verheiratet sei er nie gewesen, dazu habe er sich nie berufen gefühlt. Zu eigenbrötlerisch, fügte er hinzu, auch dickköpfig, und als Partner total ungeeignet. Außerdem schnarche er, male gern bei Vollmond, rauche, wie man sähe, und betrinke sich hin und wieder, denn er brauche in gewissen Abständen eine seelische Durchspülung.

Und wie oft? fragte Rupert.

Unterschiedlich, sagte Herr Windeck, als hätte ihn Rupert gefragt, in welchen Abständen er von einem Schnupfen befallen würde, sagen wir zwei- oder dreimal im Jahr.

Wir sahen uns an. Ich weiß nicht mehr, wer zuerst lachte, aber plötzlich prusteten wir los, und als ich Bogdan Poliwko vor seiner Haustür stehen sah, ging ich zu ihm und bat höflich, ihm eine Flasche seines polnischen Wodkas abkaufen zu dürfen und uns vier Gläser zu borgen, wozu er gern bereit war.

Als ich zum Tisch zurückkam, nahm mir Herr Windeck Flasche und Gläser aus der Hand und goß randvoll ein. Dann hob er sein Glas so hoch, daß ich schon glaubte, er wolle es auf seinen Kopf stellen, prostete uns zu und sagte: Ich heiße Ulrich.

Nach diesem Nachmittag wußten wir, daß uns niemand mehr von unserem Plan, eine Altenwohngemeinschaft zu gründen, abbringen konnte. Fina und Ulrich waren tagelang mit den Plänen für den Umbau und dessen Finanzierung beschäftigt. Rupert arbeitete an einer Satzung für unseren Verein und nahm Verbindung mit einem Notar auf, bei dem später die Eintragung vorgenommen werden sollte. Mir fiel vorerst die Aufgabe zu, Grieschen von unserem Vorhaben zu erzählen, ihr das Haus zu zeigen, sie zu fragen, ob sie mit einziehen wolle, um später gegebenenfalls an die Tochter zu schreiben.

Wegen ihrer Gehbehinderung konnte Frau Doll das Haus nicht von innen gezeigt werden. So mußte sie sich mit der Außenansicht und den Bauplänen begnügen. Erst wenn der Fahrstuhl eingebaut wäre, könnte auch sie die Räume besichtigen.

Als ich mir vornahm, Grieschen einzuweihen, hatte ich aus zwei Gründen Bedenken. Zum einen rechnete ich damit, daß sie eine ganz neue Umgebung ablehnte. Zum zweiten befürchtete ich, daß sie aufgrund ihrer Vergeßlichkeit meine Bitte, niemandem im Haus etwas von unserem Vorhaben zu erzählen, mißachten würde. Im Zustand des Aufbaus können wir keine Feinde gebrauchen, hatte Rupert gesagt. Drei privat zahlende Bewohner bedeuteten für Herrn Senger einen Verlust, der bei der wachsenden Konkurrenz nicht so schnell auszugleichen wäre. Im Laufe der Jahre war eine Altersresidenz – wie heutzutage die Heime genannt wurden – nach der anderen entstanden. Zu allem Überfluß, nach Meinung von Herrn Senger, hatte die Stadt auch noch ein modern ausgestattetes eigenes Altersheim gebaut, das neu zu belegen war.

Ich nahm mir einen ganzen Nachmittag Zeit. Wenn Grieschen wollte, würde ich mit ihr noch am gleichen Tag ins weiße Haus fahren.

Als ich klopfte, saß sie wie immer in ihrem Sessel und schaute aus dem Fenster in den Himmel. Kein Herein, keine Frage, wer da sei. Sie drehte sich auch nicht um. Erst als sie meine Stimme erkannte, wandte sie sich mir zu.

So früh? fragte sie freudig überrascht, sonst kommen Sie doch später. Oder haben Sie keine Zeit, um mit uns zu spielen?

Immer geht sie von einem negativen Beweggrund aus, dachte ich. Ständig erwartet sie eine Enttäuschung, eine mißliche Wendung oder eine Niederlage. Ich zog mir einen Stuhl in die Nähe ihres Sessels, nahm ihre Hand und sagte, daß ich etwas mit ihr besprechen wolle.

Sofort zuckte sie zusammen, und Angst kroch in ihre Augen. Muß ich doch hier weg, flüsterte sie, ist etwa meine Tochter gekommen, um mich nach Amerika zu holen?

Nein, Grieschen, Ihre Tochter ist nicht gekommen. Das wissen Sie, und Sie müssen hier auch nicht weg, wenn Sie nicht wollen.

Grieschen lehnte sich zurück und schloß erleichtert die Augen. Aber einen Moment später riß sie die Lider wieder hoch und starrte mich an.

Sie haben keine Zeit mehr, mich zu besuchen, sagte sie, ist es das?

Nein, das ist es auch nicht.

Was dann?

Ich habe ein großes Haus geerbt, begann ich vorsichtig, das in der nächsten Zeit umgebaut wird und in dem mehrere einzelne Wohnungen für ältere Menschen entstehen werden, dazu Gemeinschaftsräume und ein Fahrstuhl. Ich werde dort wohnen, Herr Neumann und seine Schwester, Frau Doll und zwei weitere Personen, die Sie noch nicht kennen. Ich wollte Sie nun fragen, ob Sie vielleicht Lust haben, mit uns in das Haus zu ziehen.

Eine ganze Weile antwortete Grieschen nicht, blickte nur aus dem Fenster in den Himmel und kaute ständig mit leerem Mund, als müsse sie irgend etwas herunterschlucken.

Endlich preßte sie ein paar Worte hervor. Sie wollen mich wirklich mitnehmen?

Nein, sagte ich und sah schon wieder die Angst in ihren Augen. Es geht nicht darum, Sie irgendwohin mitzunehmen. Sie müssen sich entscheiden, umzuziehen. Finanziell wird es keine größere Belastung für Sie geben, aber Sie würden dort nicht so versorgt sein wie hier. Sie müßten zwar nicht einkaufen gehen, aber für sich selbst kochen, auch ein bißchen allein saubermachen und die eine oder andere Aufgabe für die Gemeinschaft übernehmen. Nur wer wirklich krank und pflegebedürftig ist, für den wird gesorgt. Und das sind Sie ja nicht.

Grieschen schüttelte den Kopf. Langsam und geduldig erklärte ich, wie sich das Leben für die Bewohner im weißen Haus gestalten sollte.

Und wenn mich meine Tochter besuchen kommt? fuhr Grieschen nervös geworden dazwischen, als könne sie sich mit dieser Frage in eine Welt zurückziehen, in der es keine Verantwortung gab und in der keine Entscheidungen zu treffen waren.

Sie müssen nicht in das weiße Haus ziehen, sagte ich knapp. Sie können genausogut hierbleiben, das liegt ganz bei Ihnen. Ich habe Ihnen nur einen Vorschlag gemacht.

Grieschen stand auf und lief in kleinen, kurzen Schritten hinter meinem Rücken hin und her. Dabei wisperte sie vor sich hin, zählte die Namen derer auf, die ins weiße Haus ziehen wollten, und wiederholte zum Teil wortgetreu, was ich über die Altenwohngemeinschaft gesagt hatte. Als sie beim Selbstkochen angelangt war, beim Saubermachen und eventuellen Aufgaben, die zu übernehmen waren, hielt sie inne.

Kann ich das denn? fragte sie mich mit der alten Ängstlichkeit in den Augen.

Das müssen Sie wissen, gab ich zur Antwort und mußte mich zusammennehmen, sie nicht zu ermuntern, ihr Mut zu machen und ihr die Entscheidung abzunehmen. Abermals fing sie an, im Zimmer hin und her zu laufen, und abermals blieb sie nach einer Weile vor mir stehen.

Glauben Sie denn, daß ich es kann?

Sonst hätte ich Ihnen nicht den Vorschlag gemacht, antwortete ich sachlich. Ich wollte sie nicht beeinflussen, um ihr keinen Grund zu geben, später die Schuld für ihre Probleme bei mir zu suchen.

Der für Grieschen ungewohnte Umstand, eigenständig einen Entschluß zu fassen, machte ihr zu schaffen. Ich sah, daß sie schwitzte, und ich glaubte, sie würde jeden Moment behaupten, sie könne ihrer Tochter wegen nicht mitkommen. Ich sah, wie sich ihre Lippen lautlos bewegten und ihre Lider zu flattern begannen. Wenn ich jetzt nichts sagte, würde sie zu weinen beginnen, alle Gedanken an eine Selbständigkeit aufgeben und zurück in die Welt ihrer Abhängigkeit schlüpfen.

Grieschen, sagte ich leise, Sie müssen nicht jetzt in dieser Minute zusagen. Ich will nur wissen, ob Sie sich ein Leben mit uns, im weißen Haus, vorstellen können.

Sie hatte sich wieder neben mich in ihren Sessel gesetzt und griff nach meiner Hand. Jeden ihrer Finger spürte ich, so fest packte sie zu, als sie einen Satz sagte, mit dem ich nicht gerechnet hatte: Ich will das Haus sehen. Ich will wissen, wo ich wohnen werde. Ich will, daß Sie mir alles zeigen, damit ich es mir vorstellen kann.

Sie hatte dreimal Ich will gesagt, eine Wendung, die, seit sie im Seniorenheim wohnte, aus ihrem Sprachschatz verschwunden war. Sie war es gewohnt, allenfalls Vorschläge anzunehmen oder abzulehnen, aber nicht, eigene Absichten zu formulieren, geschweige denn durchzusetzen.

Wann? fragte ich, und Grieschen antwortete: Jetzt.

Dann zog sie sich, ohne meine Gegenwart als störend zu empfinden, schnell um, sah noch einmal prüfend in den Spiegel und sagte: fertig.

An der Anmeldung ließen wir uns ein Taxi bestellen und fuhren ins weiße Haus.

Das ist Frau Griese, sagte ich zu Bogdan Poliwko, nachdem ich ihn als Hausmeister und Gärtner vorgestellt hatte, sie wird eventuell mit uns hier wohnen.

Da haben Sie den richtigen Entschluß gefaßt, sagte Herr Poliwko höflich, nahm seine Mütze vom Kopf und gab Grieschen die Hand.

Danach besichtigten wir das Haus. Grieschen wollte alles wissen. Wie es früher hier ausgesehen habe interessierte sie genauso wie der geplante Umbau. Sie war nicht wiederzuerkennen, fragte zwar das eine oder andere zweimal, verlief sich auch im oberen Stock und wollte, als wir durch alle Räume gegangen waren, wieder von vorne anfangen.

Warum? fragte ich, ohne große Lust, schon wieder die Treppen rauf und runter zu laufen. Doch Grieschen bestand darauf und sagte mit einem Anflug von Ungeduld, ich hätte schließlich gesagt, sie sei es, die entscheiden solle, und dazu brauche sie Zeit.

Dann wollte sie wissen, wo meine Zimmer liegen würden.

Ich weiß es noch nicht, antwortete ich, das wird sich später ergeben.

Als wir zum zweiten Mal im Vogelzimmer meines Großvaters standen und Grieschen zum Fenster hinaus in den Park sah, sagte sie ebenso leise wie bestimmt: Hier möchte ich wohnen, hier und nirgendwo anders.

Wir standen ein paar Atemzüge lang ganz still nebeneinander. Plötzlich fragte sie: Warum nennen Sie mich eigentlich immer Grieschen?

Weil das wärmer klingt als Frau Griese, näher und vor allem liebevoller.

Wieder im Taxi, bat ich Grieschen, mit niemandem im Seniorenheim, außer mit Frau Doll, über das weiße Haus und eine eventuelle Umsiedlung dorthin zu sprechen.

Grieschen legte einen Finger auf ihren Mund und lachte mich kumpelhaft an. Als ich mich später von ihr verabschiedete, umarmte sie mich, was sie noch nie getan hatte, und ich spürte für den Bruchteil einer Sekunde ihre schmalen, kaum sichtbaren Lippen auf meiner Wange.

Nachdem ich ihr Zimmer verlassen hatte, kam mir die Idee, Herrn Wingert zu besuchen. Ich hatte ihn durch die Wirren der letzten Zeit vernachlässigt und mußte mir eingestehen, daß ich ihn mindestens vierzehn Tage lang nicht besucht hatte. Zu meinem großen Erstaunen war sein Zimmer verschlossen. Ich klopfte, ich horchte, aber nichts rührte sich. Eine Schwester, die über den Flur lief, winkte mir zu, ich möge das Klopfen lassen.

Warum? Ich will Herrn Doktor Wingert besuchen.

Da kommen Sie zu spät, er ist heute morgen gestorben.

Allein?

Ja sicher, allein. Als ich in sein Zimmer kam, um ihn zu waschen und zu windeln, war er schon tot.

Und er liegt noch in seinem Bett?

Die Schwester überlegte, ob sie mir antworten solle. Wir holen die Verstorbenen immer erst abends aus ihren Zimmern, damit die Heiminsassen nichts mitkriegen.

Aber wieso denn, nirgendwo ist der Tod näher als hier. Warum soll man nicht darüber sprechen? Ich war irritiert, und meine Stimme hatte ärgerlich geklungen.

Liebe Frau, sagte die Schwester mit einem Anflug von

Arroganz, das überlassen Sie mal uns, was wir sagen und nicht sagen. Unruhe und Panik haben wir hier genug. Todesnachrichten sind bei uns, weiß Gott, nicht gefragt.

Ich fuhr nach Hause, bedrückt, daß ich Herrn Wingert über Tage vergessen hatte und er nun allein, vielleicht in Angst und Schrecken, gestorben war. Niemand hatte ihm die Hand gehalten, niemand seine letzten Atemzüge begleitet, und das einzige Geräusch, das er mit in den Tod genommen hatte, war vielleicht der Fernseher gewesen, der ständig lief, um ihm Gesellschaft vorzutäuschen.

Zu Hause empfing mich das Blinken meines Anrufbeantworters. Ich war deprimiert und mit meinen Gedanken noch bei Herrn Wingerts Tod, als ich den Knopf zur Wiedergabe der Gespräche drückte. Susan war zu hören. Sie wolle wissen, wie es mir gehe, sagte, sie habe eine Frage auf dem Herzen, die ihr wichtig sei.

Wortwörtlich hieß es: Mom, Felix und ich haben uns verlobt. Ich weiß, das klingt altmodisch, aber ich habe mir das gewünscht, von wegen Zugehörigkeitsgefühl, verstehst du? Es war die Idee von Vater und Heike, zu diesem Anlaß ein Familienessen zu machen. Und jetzt wollte ich dich fragen, ob du kommst. Ich würde mich mit Felix sehr darüber freuen. Vater und Heike haben auch gesagt, daß du kommen sollst. Vielleicht kannst du ja bei der Gelegenheit wieder Frieden mit Hannes schließen. Sonst kommt bloß noch Nüßchen. Die Eltern von Felix leben in München. Das ist zu weit weg, und Geschwister hat er nicht. Also Mom, gib uns Bescheid, ich zähl auf dich. Tschüs.

Ich fiel in meinen Sessel und zog die Beine an, während das Bild dieses geschniegelten Fernsehheinis in seinem senffarbenen Jackett über dem schwarzen T-Shirt vor mir auftauchte. Ich hörte sein eitles Lachen, mit dem er sich von Nüßchens Freundinnen bewundern ließ. Seine weißen

Zähne fielen mir ein, die er ununterbrochen gezeigt hatte, als würde er von einem Zahnpastahersteller gesponsert. Und dieser Kerl wollte meine Susan heiraten? Umgekehrt, dachte ich, Susan ist es, die diesen Kerl heiraten will. Mein erster Gedanke war, zum Telefon zu greifen und Susans Nummer zu wählen. Der Zeitangabe auf dem Anrufbeantworter nach hatte sie vor einer Viertelstunde angerufen. Aber dann beherrschte ich mich, dachte an Fred und an die Worte, mit denen meine Mutter mir die Ehe mit ihm hatte ausreden wollen. Ich wußte, daß Susan nicht zu helfen war, am wenigsten von mir. Also brauchte ich auch nicht an dieser Verlobungsfeier in meinem ehemaligen Zuhause teilzunehmen und Fred an der Seite von Heike gegenüber zu sitzen. Eine Weile überlegte ich sogar, ob ich die Einladung zu diesem Essen für taktlos erklären sollte. Ich war noch hin und her gerissen, wie ich mich verhalten sollte, um Susan nicht zu kränken und eine akzeptable Ausrede zu finden, als das Telefon abermals klingelte. Wieder war es Susan, wieder lud sie mich herzlich ein.

Du kommst doch, Mom, sagte sie, ich bin so glücklich. Ich will, daß du dabei bist.

Und warum?

Die Frage war mir herausgerutscht. Im Grunde genommen wollte ich nur hören, daß Susan mich brauchte, daß sie mich an ihrer Seite haben wollte, um meine Meinung zu erfahren, meine Nähe zu spüren oder, wie man früher sagte, meinen Segen zu erhalten.

Warum? trällerte sie ins Telefon, schließlich bist du meine Mutter.

Sie hätte auch sagen können, letztendlich bist du meine Mutter, es hätte dasselbe ausgedrückt. Sie brauchte nicht mich, sondern meine Anwesenheit, um das Bild der Familienharmonie, wie es bei solchen Festlichkeiten erwünscht ist, zu vervollständigen. Käme ich nicht, würden vielleicht Susans Kinder später beim Betrachten der Fotos fragen, wo denn die Großmutter gewesen sei. Und der Schwiegersohn würde wahrheitsgemäß antworten, die Großmutter habe es nicht über sich gebracht, die Verlobung ihrer Tochter im Haus ihres geschiedenen Mannes zu feiern.

Das alles ging mir in Windeseile durch den Kopf. Ich sah Bilder und hörte Sätze, die mir Intoleranz und Egozentrik vorwarfen. Niemand käme auf den Gedanken, meine Absage mit dem Bräutigam in Verbindung zu bringen. Noch weniger sah ich mich in der Lage, meine Vorahnung preiszugeben, daß meine Tochter dabei war, in ihr Unglück zu rennen. Mir wurde klar, daß ich Deutungen dieser Art nicht hinnehmen wollte. Und als Susan noch einmal fragte: Kommst du nun oder nicht, sagte ich: Ich komme.

Ich hab's gewußt, Mom, vielen Dank. Am Samstag um zwanzig Uhr bei Daddy und Heike, okay?

Okay.

Am liebsten hätte ich das Telefon an die Wand geknallt, so außer mir war ich. Abermals hatte ich mich in eine Ecke schieben lassen, in der ich nichts mehr zu suchen hatte. Und ich wußte nicht, ob ich wieder herausfinden würde.

Das Taxi hatte ich hundert Meter von Freds Haus entfernt halten lassen. Die letzten Schritte wollte ich zu Fuß gehen, um die nötige Ruhe zu finden, die ich für das Verlobungsfest meiner Tochter brauchte.

Schon von weitem sah ich über den Zaun hinweg, daß nichts im Garten gemacht worden war. Zwischen den Rosen wucherte Unkraut, die ersten Knöterichtriebe machten sich im Jasminstrauch breit und würden ihn ersticken, wenn Heike nicht darauf achtete. Der Rhododendron hatte wahrscheinlich keinen Dünger bekommen, und die Erde um ihn herum war nicht aufgelockert. Der ganze Garten sah ungepflegt aus. Ich mußte daran denken, wie ich bei den ersten warmen Sonnenstrahlen um ihn bemüht gewesen war und die Rabatten bepflanzt hatte, die jetzt wie leere Ackerfurchen links und rechts der Gehplatten zum Eingang führten. Da stand ich nun vor dem Haus, das jahrzehntelang zu mir gehört hatte, mein Heim gewesen war, mein ganzer Stolz und auch mein Nest. Als ich auf die Klingel drückte, wurde mir bewußt, daß ich erstmals um Einlaß bitten mußte und daß mir nichts mehr von dem gehörte, was früher mein Besitz war. Ich schloß die Augen, atmete tief durch und redete mir ein, daß mich das alles nichts mehr anging.

Heike öffnete die Tür, und einen Augenblick starrten wir uns verlegen an, bis sie mir die Hand reichte und sagte: Schön, daß du gekommen bist.

Das Haus roch anders. Ich merkte es sofort. Es war nicht der Duft des Essens, der aus der Küche kam, es war etwas anderes. Ich hob den Kopf und schnüffelte, wie Schumann in der Villa meines Urgroßvaters geschnüffelt hatte. Und dann wußte ich es. Zum einen war es Heikes Parfum, dessen Duft ich noch vom Geschäft her kannte, zum anderen war es der leicht scharfe Geruch nach Katzen und Katzenstreu. Und da waren sie auch schon, zwei dicke, schwarze, knurrende Tiere, die drauf und dran waren, mich anzufauchen.

Ich mag keine Katzen, sagte ich, und Heike erwiderte, das beruhe wohl auf Gegenseitigkeit.

Sie klatschte in die Hände und scheuchte die Tiere die Treppe hinauf, wo auf dem ersten Absatz ihre Körbchen standen.

Und Fred? fragte ich, mag er sie?

Er liebt sie.

Ich hielt den Mund, obwohl ich wußte, daß Fred sich

weder aus Hunden noch aus Katzen etwas machte. Im Wohnzimmer saß das Brautpaar, eingerahmt von Fred und Nüßchen, auf dem Sofa. Hannes goß Champagner ein. Ich gab jedem die Hand und umarmte nur Susan.

Mein kleines Mädchen, sagte ich, laß dir und deinem Felix gratulieren.

Mehr Worte fand ich nicht.

Zu meinem Erstaunen war zu der alten Einrichtung nichts hinzugekommen, kein Möbelstück war umgestellt worden. Alles stand noch am alten Platz. Heike hatte lediglich das Nest gewechselt. Nur Fotos ausgetauscht: auf der Kommode waren die Bilder von ihr, nicht mehr von mir. Ich fragte mich, wie Heike auf die Dauer meine Atmosphäre und meinen Geschmack annehmen konnte, beziehungsweise für ihren eigenen erklären wollte. Aber das machte ihr nicht im geringsten etwas aus. Sie strahlte über das ganze Gesicht, prostete erst dem Brautpaar und dann Nüßchen, Hannes und mir zu, während Fred einen Kuß bekam, der durchs ganze Zimmer zu hören war. Das Gespräch drehte sich hauptsächlich um Felix, der von seiner Game-Show erzählte und unter dem Siegel der Verschwiegenheit verkündete, daß der Sender ihm für den Spätnachmittag einen eigenen Talk angeboten habe.

Und, fragte ich, weil ich das wortlose Zuhören der anderen schlecht aushalten konnte, wie soll Ihre Talk-Show heißen?

Ihre? fragte Susan und sah mich an.

Ich meine natürlich deine, verbesserte ich mich schnell.

Von Haus zu Haus, sagte Felix, sozusagen ein Nachbarschafts-Talk zur besseren Kommunikation in den Hochhäusern unserer Städte. Die Menschen wohnen zwar neben-, über- und untereinander, aber sie wissen nichts voneinander. Nach meiner weiteren Frage, wie Felix sich denn die

Unterhaltungsshow vorstelle, sagte er, das sei noch nicht spruchreif und werde in der Redaktion erarbeitet.

Susan fand alles toll, was Felix von sich gab.

Mein Blick wanderte zu Heike und Fred. Auch die beiden saßen dicht nebeneinander. Heike himmelte Fred auf ähnliche Weise an wie Susan Felix, egal ob der darauf reagierte oder nicht. Der Unterschied zu dem Brautpaar lag darin, daß Fred Heikes Blick mit der gleichen Zärtlichkeit zurückgab und sie obendrein fragte, ob er ihr in der Küche helfen könne.

Ich glaubte nicht richtig zu hören. Soweit ich zurückdenken konnte, hatte Fred mir nie seine Hilfe in der Küche angeboten. Und wie sie jetzt gemeinsam hinausgingen, begriff ich, daß Fred mit Heike glücklich war. Es störten ihn weder die Katzen noch der ungepflegte Garten und schon gar nicht, daß Heike keinen eigenen Geschmack für die Einrichtung eines Hauses zu haben schien. Ihr Lachen, das jetzt aus der Küche zu hören war, bestätigte mir, daß einer den anderen so nahm, wie er war, nichts forderte, nichts erwartete und glücklich mit dem war, was er oder sie bekam.

Der Tisch war mit einem Geschirr gedeckt, das Fred und ich von meiner Mutter zur Hochzeit bekommen hatten. Ich hatte es nach der Trennung nicht mitnehmen wollen, und so war es im Haus geblieben und wurde von Heike benutzt, ohne daß ihr das etwas auszumachen schien. Sie saß auf meinem früheren Platz, während ich an das untere Ende des Tisches gebeten wurde.

Das Essen war vorzüglich, die Stimmung bedrückt. Ich wußte nicht, ob das an meiner Anwesenheit lag oder an der Tatsache, daß Hannes sich weigerte, mit mir zu sprechen. Außer ja und nein fand er kein Wort für mich, und so schleppte sich das Gespräch an der Oberfläche dahin, ohne daß ich ein Bedürfnis verspürte, mich einzumischen. Da auch niemand das Wort an mich richtete, wuchs in mir das Gefühl, nicht mehr hierherzugehören.

Später hätte ich nicht sagen können, ob Nüßchen mich aus Gemeinheit nach dem Stand unserer Alters-WG fragte oder ob sie Mitleid mit mir hatte und das Thema auf mich lenken wollte. Wir waren bereits beim Dessert, als sie in eine Pause hinein das Wort an mich richtete und wissen wollte, ob wir denn nun die passenden Bewohner für das weiße Haus gefunden hätten.

Hannes fiel beinah der Löffel aus der Hand, zumindest kleckerte er das Tischtuch voll.

Was bedeutet das denn nun wieder? fragte er mit gepreßter Stimme.

Alle sahen mich an, und Nüßchen wurde klar, daß keiner der Familie meine Pläne kannte. Nun war es zu spät, und die einsetzende Stille war zumindest für mich bedrohlich.

Bewohner? unterbrach Fred das staunende Schweigen, was für Bewohner? Soviel ich von Hannes weiß, ist die Villa deines Urgroßvaters, die du ja leider unter keinen Umständen verkaufen willst, gar nicht bewohnbar.

Ich hatte das Gefühl, mich in einem herabstürzenden Fahrstuhl zu befinden. Gleich würde er aufschlagen und mich unter dem Hohn und Spott meiner Familie begraben. Dem mußte ich zuvorkommen, ich mußte mich wappnen und mit Tatsachen aufwarten, die Exmann und Kindern den Mund stopften. Was Heike zu sagen hatte, war mir egal, und Nüßchen schien durch ihre vorlaute Bemerkung ein schlechtes Gewissen zu haben.

Für einen Augenblick schloß ich die Augen und holte mir Fina, Rupert, Grieschen, Frau Doll und Ulrich zur Seite, stellte sie im Geiste hinter meinen Stuhl und sagte: Du hast recht, noch ist die Villa nicht bewohnbar. Aber wir planen zur Zeit den Ausbau.

Wer ist wir, fragte Fred neugierig, und was heißt Ausbau?

Wir, antwortete ich ruhig, das ist eine Gruppe älterer Menschen, die sich entschlossen haben, zusammen zu wohnen und zu leben. Und zwar nicht, wie es in Heimen und Residenzen heute üblich ist, sich für teures Geld versorgen, betreuen, pflegen und im gesellschaftspolitischen Sinn entsorgen zu lassen, sondern um ihr Leben im Alter selbst in die Hand zu nehmen.

Ein Altersheim? Heike riß ihre dunkel geschminkten Augen weit auf.

Nein, sagte ich höflich, kein Altersheim, sondern eine altersgerechte Wohngemeinschaft.

Hannes war drauf und dran, seinen Löffel, den er immer noch in der Hand hielt, auf den Teller zu knallen.

So ein Schwachsinn, zischte er, so ein gottverdammter Schwachsinn. Kann ihr den denn keiner ausreden?

Ich glaube nicht, mischte sich jetzt Nüßchen ein, sie hat neulich schon einen Vortrag über das Projekt gehalten und um Bewohner geworben. Ich war auch da.

Und? fragte Felix.

Nüßchens knappe Antwort war, daß sich niemand dafür interessiert habe. Danach redeten alle durcheinander, als wäre ich gar nicht vorhanden, bis ich auf den Tisch schlug und ungewöhnlich laut Ruhe rief.

Ich weiß, daß ich Hannes enttäusche, wenn ich nicht auf seinen Wunsch eingehe und die Villa an Paul Suska verkaufe.

Eine Sekunde überlegte ich, ob ich das Gespräch zwischen Hannes und Finas Neffen wiedergeben sollte, verzichtete aber darauf und fuhr fort: Ich denke, ich bin mit meinen fast siebzig Jahren alt genug, um mich für das zu entscheiden, was mir persönlich wichtig und angenehm ist. Es ist der letzte Teil meines Lebens, und der, so habe ich es beschlossen, soll mir gehören. Und um die Frage von Fred zu beantworten: Wir sind bereits sieben Personen, die sich für die WG entschieden haben. Darunter die Geldgeberin für den Umbau und der Architekt, der ihn verantworten wird. Im übrigen ist es mir egal, für wie verrückt ihr mich haltet. Ihr habt euer Leben, und ihr verlangt, daß ich es akzeptiere, also wünsche ich, daß ihr auch mein Leben respektiert.

Ich sah ihren Gesichtern an, daß sie nach Widerspruch suchten. Und weil ich so gut in Fahrt war, setzte ich noch eins drauf und sagte zu Fred: Ich wäre dir dankbar, wenn du uns für unsere Gemeinschaftsräume Tische, Stühle, Regale, vielleicht auch den einen oder anderen Aktenschrank von den Möbeln überlassen könntest, die auf den Transporten beschädigt wurden und zu regulären Preisen nicht mehr zu verkaufen sind. Wenn du großzügig bist, schenkst du sie uns, wenn nicht, laß sie mir entsprechend billiger.

Das ist die Höhe, zischte Hannes, ohne mich anzusehen.

Fred lachte der Spott aus den Augen. Er ging auf meine Frage nicht ein, sondern sagte, indem er sich mühsam ein Grinsen verkniff: Wenn du noch Kumpel zum Wohnen suchst, frag mal Herrn Feigel, der hat mir erzählt, daß ihm, seit er aufgehört hat zu arbeiten, nicht nur die Decke auf den Kopf fällt, sondern daß ihm seine jetzige Wohnung mit der Zeit zu groß und zu teuer ist.

Susan fing an zu jammern, daß ich ihr mit meinem Altersheim das Verlobungsfest verderbe, schließlich seien doch Felix und sie hier die Hauptpersonen.

Du hast recht, Susan, sagte ich, und weil ihr die Hauptpersonen seid, ist es sicher angebracht, wenn ich nach Hause gehe.

Ohne irgendeinen Einwand abzuwarten, stand ich auf, lief um den Tisch zu Susan und umarmte sie, was sie sich halb verlegen, halb ärgerlich gefallen ließ.

Viel Glück, meine Tochter, sagte ich leise, viel Glück.

Den anderen winkte ich nur kurz zu, ehe ich verschwand, warf noch einen letzten Blick auf meine ehemaligen Möbel, Teppiche, Bilder und das Hochzeitsgeschirr und verließ das Haus mit dem Wissen, daß ich es nie wieder betreten würde.

Was für ein armseliger Abschied, dachte ich und ging zu Fuß durch die Stadt. Ich hatte nicht nur das Elternhaus der Kinder verlassen, ich war auch aus ihren Erwartungen geschlüpft und spielte die mir zugedachte Rolle nicht mit. Als eine sich für die Kinder aufopfernde Mutter war mit mir nicht zu rechnen. Ich sehnte mich weder nach Enkelkindern, noch sah ich mich als tolerante Exfrau.

Jeder Schritt, der mich nach Hause führte und mich weiter von meiner Familie entfernte, machte mir mehr und mehr bewußt, daß mich meine Kinder, Fred, Heike und Nüßchen ab jetzt für eine egozentrische Alte hielten, der nicht mehr zu helfen war.

Ein paar Tage später. Wir saßen im Schatten der Bäume im Park hinter der Villa meines Urgroßvaters, die inzwischen von allen das weiße Haus genannt wurde. Unser Kreis hatte sich vergrößert, und nach Ulrich Windecks Ansicht waren wir jetzt komplett. Auf Finas Wunsch saß auch Bogdan Poliwko mit am Tisch, denn alles, was jetzt besprochen werden mußte, ging auch ihn als Gärtner und Hausmeister etwas an. Frau Poliwko wollte sich nicht zu uns setzen. Mit den Worten, sie mache sowieso, was man ihr sage, lehnte sie unsere Einladung ab, sorgte aber für Kaffee und Kuchen, den sie in Finas Auftrag gebacken hatte.

Das neue Mitglied, das von mir vorgestellt wurde, war Herr Feigel. Freds flapsige Bemerkung, seinen ehemaligen Mitarbeiter als Kumpel in unsere Wohngemeinschaft aufzunehmen, hatte mich, nachdem mein Ärger darüber verraucht war, nachdenklich gestimmt. Warum eigentlich nicht, dachte ich und rief ihn an. Ich brauchte alle meine Überredungskunst, um ihn von seinem Einwand abzubringen, daß er, wie er sich ausdrückte, niveaumäßig nicht passe. Er sei ein einfacher Mann und könne sich nicht vorstellen, in einer Gemeinschaft mit mir und einem Bankdirektor und Frau Suska zu wohnen, die ihm aus früheren Zeiten als Kundin bekannt war. Es sei zwar verlockend, gab er zu, im weißen Haus zu wohnen, sei vielleicht auch billiger, aber ehrlich gestanden fürchte er, sich auf Grund seiner Bildung in dieser Gemeinschaft nicht wohl zu fühlen.

Kommen Sie doch erst einmal zu uns, trinken Sie mit uns im Garten Kaffee, und lernen Sie die anderen Mitbewohner kennen, dann können Sie sich immer noch entscheiden.

Nun saß er in seinem Sonntagsanzug auf der Kante seines Stuhls und kam aus dem Staunen nicht mehr heraus, weil seine Meinung ebenso gefragt war wie die der anderen. Fina hatte ihn herzlich begrüßt und gesagt, daß sie sich über sein Kommen freue. Ulrich hatte Herrn Feigel in seiner lebhaften Art nach kurzer Zeit auf die Schulter geschlagen und gefragt, ob er bereit sei, sich mit ihm die Küche zu teilen.

Da Herr Feigel bei der Hausbesichtigung nur stumme Begeisterung zeigte und mit der von Ulrich vorgetragenen Planung einverstanden schien, gingen alle davon aus, daß sein Entschluß, ins weiße Haus zu ziehen, längst feststehe. Stimmen gegen ihn gab es nicht. Frau Doll fand es gut, daß noch ein Mann zu uns kam, war aber enttäuscht, daß Herr Feigel nicht rauchte.

Nicht einmal Pfeife? fragte sie skeptisch, und Herr Feigel antwortete entschuldigend: Tut mir leid, gnädige Frau, auch nicht Pfeife.

Die gnädige Frau lassen Sie mal weg, Herr Feigel, sagte Frau Doll und sah unter ihrer roten Baskenmütze pfiffig in die Runde, wer will, kann mich Dolli nennen.

Herr Feigel senkte verlegen den Blick, während ich wissen wollte, wer sie so rufe.

Ich nenne mich so, sagte sie ernst. Meinen Vornamen kann ich nicht leiden, und mit Frau Doll kann ich mich ja schließlich nicht anreden.

Das gefällt mir, das gefällt mir sogar sehr, sagte Ulrich, bot Dolli eine Zigarette an und gab ihr Feuer.

Die anderen beiden Neuen brachte Fina mit. Es sind Lesben, hatte sie mir vorher am Telefon gesagt. Haben Sie etwas dagegen? Ich denke nicht, antwortete ich, und nach einer Pause, ehrlich gestanden, ich habe bisher keine lesbischen Frauen kennengelernt.

Dann wird's Zeit, sagte Fina und bat mich, mit Rupert zu sprechen. Also rief ich Rupert an, der ebenfalls nichts dagegen hatte.

Lotte Lutze und Elli Gamsdorf hatten von unserem Informationsabend gehört, Fina angerufen, deren Telefonnummer sie über eine der Frauen bekamen, die Fina eingeladen hatte, und waren, wie Herr Feigel, heute das erste Mal in unserer Runde.

Lotte Lutze war von Beruf Lehrerin, fünfundsechzig und pensioniert. Sie lebte, wie sie sagte, seit vielen Jahren mit der seit einem Autounfall an beiden Beinen gelähmten Elli Gamsdorf zusammen. Beide machten aus der Tatsache, daß sie zusammengehörten, keinen Hehl.

Für meine Frau, sagte Lotte Lutze und hielt Elli Gamsdorf, die neben ihr im Rollstuhl saß, die Hand, gibt es keine Hoffnung mehr, jemals wieder laufen zu können.

Was hatte Lotte Lutze gesagt: meine Frau? Wir rissen alle die Augen auf. Daß Lotte Lutze ihre Freundin als ihre Frau bezeichnete, verwirrte uns im ersten Augenblick weit mehr als der Umstand, daß Elli Gamsdorf nie mehr würde laufen können.

Ich dachte, wie wohl alle anderen auch, über diese eigenartige Besitzanzeige nach und mußte gestehen, daß diese Worte aus dem Mund einer Frau unendlich viel mehr Liebe und Zärtlichkeit ausdrückten, als wenn sie gewohnheitsgemäß ein Mann sagte.

Was für ein Paar, dachte ich und bewunderte die beiden, die derart offen zu ihrer Beziehung standen. Merkwürdigerweise hatte ich mir Lesben immer ganz anders vorgestellt. Diese zwei waren jedenfalls ausgesprochen gutaussehende Frauen. Sie trugen weder Leinen noch handgewebte Röcke. Ihre Gesichter waren auch nicht gerötet und glänzend, sondern sorgfältig geschminkt. Eher fielen sie mit ihren gutgeschnittenen Blazern auf. Elli Gamsdorf hatte ihre rötlichen Haare ähnlich wie Fina hochgesteckt, während Lotte Lutze ihr graues Haar kurz und gut geschnitten trug.

Fina, Rupert und ich nickten uns heimlich zu, Dolli und Ulrich verzogen keine Miene, Grieschen lächelte, weil sie ganz offensichtlich das, was uns bewegte, nicht mitgekriegt hatte, und nur Bogdan Poliwko blieb noch eine ganze Zeitlang der Mund offenstehen.

Da der Unfall selbstverschuldet war, erklärte Lotte Lutze, und aufgrund der Tatsache, daß Elli als ehemalige Buchhändlerin mit erst fünfzig Jahren eine Rente bekommt, die kaum der Rede wert ist, haben wir ihre Wohnung aufgelöst, und sie ist zu mir gezogen, was der Pflege wegen sowieso notwendig war.

Ich sah zu Elli Gamsdorf hinüber, die verlegen nickte und jetzt den Bericht ihrer Lebensgefährtin mit den Worten ergänzte, daß zwei Zimmer für sie und ihre Frau auf die Dauer zu eng wären.

Da waren sie schon wieder, diese beiden Worte, meine Frau, die aus Elli Gamsdorfs Mund genauso liebevoll klangen.

Laut Ulrichs Konzept gab es im weißen Haus jedoch nur Zweizimmerwohnungen. Auch im sogenannten Dachgeschoß, wo er gegebenenfalls mit Herrn Feigel wohnen und eine gemeinsame Küche benutzen würde, war keine größere Wohnung vorgesehen, während der erste Stock von

Grieschen, Dolli, Rike, Rupert und mir belegt werden sollte. Fina würde als einzige Person im Parterre wohnen.

Dann hat es wohl keinen Zweck mehr, daß wir Sie aufhalten, sagte Lotte Lutze. Die Enttäuschung war ihr anzusehen. Gemeinsam mit Elli hatte sie begeistert zugehört, wie wir uns unsere Gemeinschaft dachten, füreinander und miteinander leben wollten, um bis ins hohe Alter, wie Fina es ausdrückte, unabhängig zu bleiben.

Zwei Frauen, die jünger sind als wir, wären genau richtig, fügte Fina nachdenklich hinzu und bat Ulrich, noch einmal die Baupläne auf dem Tisch auszubreiten.

Mir wär's recht, nicht die einzige Behinderte zu sein, brummte Dolli und gab damit ihr Einverständnis zum Zuzug der Frauen.

Ulrich malte in dem Plan herum, versetzte Wände und Türen, erweiterte den Fahrstuhl bis unters Dach, was nicht vorgesehen war, und sagte schließlich: Ich hab's, wandte sich an Lotte Lutze und sagte mit der größten Selbstverständlichkeit: Wenn Sie und Ihre Frau – und zu Elli Gamsdorf, und Sie und Ihre Frau – damit einverstanden sind, unterm Dach zu wohnen und zusammen nur ein Bad und eine Küche zu bekommen, einen zwar großen Raum zu bewohnen, der aber schräge Wände haben wird, dann könnte ich Ihnen hier, Ulrich zeigte auf die Westseite des Hauses, drei Zimmer ausbauen. Nur, er sah Fina an, es wird teurer. Die Wände müssen isoliert werden, die Statik muß neu berechnet und die Dachkonstruktion muß verändert werden, vom Fahrstuhl ganz zu schweigen.

Alles wegen eines Zimmers?

Alles wegen eines Zimmers und wegen des Fahrstuhls, erwiderte Ulrich und rollte den Plan wieder zusammen, das kann nur Fina entscheiden.

Es war ihr anzusehen, daß sie nicht gerade begeistert war.

Frau Poliwko kam mit neuem Kaffee und goß die Tassen voll. In den Bäumen schwatzten die Amseln, und Eichhörnchen turnten zwischen den Zweigen herum. Die Nachmittagssonne schien auf das weiße Haus und ließ es heller und prächtiger aussehen, als es war. Die sich ausbreitende Stille war gut auszuhalten.

Wir müssen den Umbau noch einmal kalkulieren, sagte Rupert und wiegte zweifelnd den Kopf, ehrlich gestanden gefällt mir das nicht.

Lotte Lutze und Elli Gamsdorf, die sich bisher an den Händen gehalten hatten, ließen sich los.

Ich meine, sagte Lotte Lutze, unseretwegen sollten Sie sich keine weiteren Gedanken über zusätzliche Unkosten machen. Es war sehr nett bei Ihnen, wir bedanken uns herzlich und möchten uns von Ihnen verabschieden.

Lotte Lutze stand auf, Elli Gamsdorf löste die Bremsen an ihrem Rollstuhl, und beide machten Anstalten, uns zu verlassen.

Warten Sie, sagte Fina, geben Sie mir Ihre Telefonnummer. Es ist noch nicht aller Tage Abend, und vielleicht ist der Ausbau der Dreizimmerwohnung ja doch zu finanzieren. Ich für meine Person sähe Sie gern in unserer Gemeinschaft.

Bis auf Rupert stimmten wir dem alle zu. Rupert behauptete später, bei seinem Einwand habe er nur an die Finanzierung gedacht.

Zwei Tage später hatte Ulrich Fina die neue Kalkulation vorgelegt, und beide waren zu dem Entschluß gekommen, für die Mädels, wie Ulrich sagte, die Dreizimmerwohnung und den erweiterten Fahrstuhl einzuplanen. Lotte Lutze und Elli Gamsdorf wurden benachrichtigt, was bei beiden große Freude auslöste. Zur gleichen Zeit hatte sich auch Herr Feigel entschieden, ins weiße Haus zu ziehen und sich mit Ulrich die Küche zu teilen.

Damit war die Besetzung des weißen Hauses komplett, der Umbau konnte beginnen.

Obwohl alles gut anzulaufen schien, breitete sich ein leichter Schatten aus. Und der ging von Rupert Neumann aus. Zu meiner Verwunderung ließ er sich mit der Vereinsgründung Zeit, hatte diese und jene Ausrede und behauptete, noch nicht den richtigen Notar gefunden zu haben. Das entsprach nicht seinem bisherigen Engagement, schon gar nicht seiner Zuverlässigkeit. Einmal war er sogar, ohne einen von uns zu informieren, einer Besprechung ferngeblieben. Und wenn wir uns im Seniorenheim zum Spiel mit Rike, Grieschen und Frau Doll trafen, war er wortkarg, lustlos und mürrisch bis niedergeschlagen. Er reagierte nicht wie sonst auf Rikes kleine Wünsche, und wenn sie ihre Hand auf die seine legte, konnte es passieren, daß er sie wegzog. Das ging so weit, daß Rike eines Nachmittags in unser aller Gegenwart zu schreien begann, die Scrabblebuchstaben vom Tisch fegte und nach Rupert schlug. Statt seine Schwester zu beruhigen, stand er auf und ging wortlos weg.

Im ersten Augenblick wußte ich nicht, ob ich ihm nachlaufen oder mich um Rike kümmern sollte, entschied mich aber für die in ihrem Rollstuhl randalierende Rike. Schon standen zwei Schwestern in der Tür, um für Ruhe zu sorgen. Das bedeutete, Rike in ihr Zimmer zu bringen, wo sie dann vor sich hin brüllen würde, bis ihr die Stimme versagte.

Warten Sie bitte noch, sagte ich zu den Schwestern, die mir in diesem Augenblick mehr denn je wie Dompteusen vorkamen. Es fehlte nur noch, daß sie sich die rosa Ärmel ihrer Schwesternkleidung hochkrempelten, um zuzupacken.

Grieschen saß mit ängstlich geöffneten Augen am Tisch, die Hände um den Sitz ihres Stuhls verkrampft, als wäre sie es, die man gleich abholen würde. Dolli räumte mit unbewegter Miene das Scrabble-Spiel weg und murmelte nur, daß das ja im weißen Haus heiter werden würde. Der Zorn über Rike war ihr anzusehen. Sie tippte sogar mit ihrem hageren Zeigefinger an ihre Stirn und sagte ihr Lieblingswort: plemplem, was Rike, so kam es mir jedenfalls vor, noch mehr erregte. Ich konnte sie kaum noch halten und bekam ein paar Schläge ab, die weh taten.

Lassen Sie mal, wir bringen sie weg, Frau Ungureit, sagten die Dompteusen und griffen nach dem Rollstuhl. Aber da passierte es, daß sich Rike erstmals und für mich völlig unvorbereitet an mich drückte. Mit einer Kraft, die ich ihren beschädigten Händen nicht zugetraut hätte, hangelte sie sich an mir hoch bis zum Hals, den sie jetzt mit ihren Armen umklammerte. Mir blieb gar nichts anderes übrig, als sie zu streicheln. Ich spürte ihren flachen Atem im Gesicht und murmelte in ihr Ohr: Ich bin ja bei dir, Rike, sei ruhig, hör auf zu weinen, du bist nicht allein, ich geh nicht weg.

Alles Sätze, die ich von Rupert her kannte, wenn er seine Schwester beruhigte. Die Dompteusen sahen ebenso skeptisch wie ungeduldig zu. Sie könnten nicht ewig hier stehen und warten, sagten sie, schließlich hätten sie anderes zu tun.

Dann gehen Sie, antwortete ich höflich, Sie sehen doch, daß es mir gelingt, Frau Neumann zu besänftigen.

Als Rike aufhörte zu schreien und nur noch leise wimmerte, entspannte sich Grieschens Gesichtsausdruck, und Dolli nickte mir respektvoll zu.

Hätt ich nicht gedacht, daß Sie das schaffen, sagte sie, ohne Rike aus den Augen zu lassen, aber ich möchte wissen, warum Herr Neumann plötzlich weggelaufen ist.

Ich auch, antwortete ich und schob langsam Rikes Rollstuhl aus dem Aufenthaltsraum. In ihrem Zimmer half ich ihr, sich in ihren Sessel zu setzen, deckte ihre Beine zu und blieb so lange bei ihr, bis sie eingenickt war.

Endlich fand ich die Ruhe, um über Rupert nachzudenken. Sein seltsames Benehmen konnte ich mir nicht erklären. So sehr ich mich auch bemühte, ich kam mit der Enttäuschung über ihn nicht zurecht, und ich mußte mich beherrschen, um ihn nicht anzurufen und zur Rede zu stellen. Aber das würde er in dem Zustand, in dem er sich befand, als Belästigung empfinden. Da war es klüger, mit Fina zu telefonieren, um ihren Rat einzuholen oder sie aufzufordern, mit Rupert zu reden. Das alles war mir auf dem Weg durch den Park vom Seniorenheim bis zu meiner Wohnung durch den Kopf gegangen, ohne daß ich zu einem Ergebnis gekommen wäre.

Um so mehr erschrak ich, als im Hausflur Rupert vor meiner Wohnungstür saß. Wie lächerlich, dachte ich im ersten Moment, ein Mann über siebzig setzt sich vor die Wohnung einer Frau, um auf ihre Heimkehr zu warten, und ich fragte ihn spöttisch und wenig freundlich, was er sich dabei dächte.

Er ging auf meine Frage nicht ein, überhörte auch den Spott in meiner Stimme, nickte nur, als habe er nichts anderes von mir erwartet.

Ich muß mit Ihnen reden, Nele.

Ich schloß die Wohnung auf und ließ ihn herein. Sofort entstand eine Spannung zwischen uns, die mich nervös machte. Obwohl ich ihn ins Wohnzimmer gebeten hatte, lief ich ständig hin und her. Ruperts Gegenwart beunruhigte mich auf eine Weise, die ich nicht kannte. Ich brauchte eine Weile, bis ich begriff, daß ich mich vor einer Enttäuschung fürchtete. In meiner Phantasie hörte ich ihn sagen, daß er zu dem Entschluß gekommen sei, nicht ins weiße Haus zu ziehen. Zu viele Umstände, zuviel Verantwortung, zu groß das Risiko. Das Eis, auf das ich mich begeben hatte, begann zu knistern und zeigte Risse. Wenn Rupert ausstieg, blieb es fraglich, ob Fina und ich das Projekt alleine schafften. Im Vorbeigehen blickte ich zu Rupert, der geduldig auf seinem Stuhl saß und wartete, bis ich mich zu ihm setzte. Seine Haltung war nicht ganz so aufrecht, wie sie mir an ihm vertraut war. Er wirkte älter als sonst, und seine sonst so positive Ausstrahlung war verschwunden. Statt dessen drückte er Resignation und Hilflosigkeit aus. Wahrscheinlich wußte er nicht, wie er mir sein Verhalten begründen sollte. Ich hatte das bedrückende Gefühl, auf einer Brücke zu stehen, die nicht bis zum anderen Ende reichte. Ich aber stand in der Mitte, mit Blick in den Abgrund.

Warum setzen Sie sich nicht? fragte Rupert. Ich nahm mich zusammen und setzte mich endlich ihm gegenüber in meinen Sessel.

Er räusperte sich mehrmals, schob seine Hände ineinander, als fände er dadurch Halt, und sagte dann leise und mit gesenktem Blick: Ich fürchte, ich schaffe es nicht.

Na also, dachte ich, jetzt springt er ab, mein Gefühl hat mich nicht getäuscht, und ich mußte mich beherrschen, um höflich zu bleiben.

Was glauben Sie, nicht zu schaffen?

Meine Stimme klang hart, fast schrill, aber Rupert sah nicht hoch. Er blickte auf seine gefalteten Hände, an denen die Knöchel langsam weiß wurden.

Mit Rike wieder in einem Haus zu leben.

Ich reagierte mit keinem Wort. Ich wollte, daß er mir erklärte, warum ihm das plötzlich einfiel, zumal er am Anfang den Einzug seiner Schwester ins weiße Haus zur Bedingung für die eigene Teilnahme gemacht hatte.

Sie kennen die Verkettung von Rikes und meinem Schicksal, fuhr er fort, Sie wissen auch, daß ich ihr mein Leben lang zu Dank verpflichtet bin. Als meine Frau noch lebte, konnten wir uns in die Aufgabe teilen, Rike das Leben zu erleichtern. Aber es war schwer und schränkte die Zeit bis an die Grenze des Erträglichen ein, die wir als Lebenspartner für uns brauchten. Unsere Ehe hat das ausgehalten, und ich bin und bleibe meiner Frau sehr dankbar dafür. Nach ihrem Tod wurde Rike immer verwirrter, und ich mußte sie schließlich in das Seniorenheim geben.

Ich weiß, sagte ich zum Beweis, daß ich zuhörte.

Wenn ich nun wieder mit Rike in ein Haus ziehe, sagte Rupert, es fiel ihm schwer weiterzusprechen, dann kommt diese Situation, um einiges verschärft, erneut auf mich zu. Rike kann und wird mich von morgens bis abends beanspruchen. Wenn ich aber ihrem Wunsch nicht folge, wird sie schreien und dadurch den anderen Bewohnern auf die Nerven gehen. Sie werden jetzt sagen, daß ich das schließlich vorher gewußt habe. Das stimmt auch. Nur hatte ich vergessen, besser gesagt, verdrängt, daß ich im Gegensatz zu früher niemanden mehr habe, der mir hilft, meine Aufgabe zu tragen. Rikes Anspruch wird mich emotional auslaugen. Nach einer Weile werde ich nicht mehr wissen, woher ich meine Kräfte nehmen soll, wo ich auftanken kann, wo ich die Zeit finde, die ich für mich selbst brauche, um mein Leben zu leben. Es fällt mir schwer, Ihnen das zu sagen, aber die Angst, dieses Problem nicht lösen zu können, stürzt mich in Zweifel, daß ich mir zuviel vorgenommen habe.

Rupert tat mir jetzt nicht nur leid, sondern ich konnte ihn auch verstehen. Wer weiß, wie ich mich an seiner Stelle verhalten hätte. So, wie er vornübergebeugt auf seinem Stuhl saß, schien er nicht einmal eine Antwort von mir zu erwarten. Er wirkte hilflos und niedergeschlagen, und plötzlich hörte ich mich einen Satz sagen, der mich Sekunden später zutiefst verlegen machte.

Aber ich bin doch da.

Bevor Rupert reagieren konnte, sprang ich aus meinem

Sessel, stellte mich ans Fenster und wandte ihm den Rücken zu, nur um ihn nicht ansehen zu müssen.

Und Fina ist da, fuhr ich hastig fort, Dolli und ...

Nicht die anderen, sagte Rupert, der hinter mich getreten war, machen Sie Ihr schönes Angebot nicht wieder zunichte. Sie brauche ich, und das wissen Sie, sonst hätten Sie nicht gesagt, daß Sie doch da sind.

Während er sprach, legte er seine Hände auf meine Schultern, und ich war versucht, mich an ihn zu lehnen. Aber ich blieb kerzengerade stehen, stumm, nur mein Herz klopfte, daß ich glaubte, er müßte es hören.

Langsam drehte er mich zu sich herum. Als ich ihn ansah, lächelte er und sagte: Es ist ein gutes Gefühl, Sie an meiner Seite zu wissen.

Ohne mein Gesicht zu berühren, strich er mir über das Haar und fügte langsam hinzu, daß er jetzt Hoffnung habe, mit meiner Hilfe Rikes Nähe im weißen Haus bewältigen zu können.

Ich nickte. Zu mehr war ich nicht fähig. Aber ich rührte mich auch nicht von der Stelle. Und so standen wir eine Weile dicht nebeneinander am Fenster und sahen in den Himmel, der sich bilderbuchblau über die Dächer wölbte.

Ich brauche aber eine kleine Bestätigung, daß Sie es mit Ihrem Angebot ernst meinen, sagte Rupert, immer noch dicht vor mir, ohne mich noch einmal zu berühren.

Und die wäre?

Daß wir uns duzen. Sonst könnten wir unser Versprechen vergessen, und das wäre nicht gut. Nicht für mich, nicht gut für Rike, und auch nicht für dich.

Rupert ging zurück zum Tisch und setzte sich. Die selbstverständliche Art und Weise, mit der er mir, fern von jeder Zudringlichkeit, seine Zuneigung zeigte, gefiel mir so gut, daß ich ohne Überlegung zustimmte, obwohl ich mir im stillen Gedanken darüber machte, was wohl Fina, Dolli und Grieschen dazu sagen würden.

Aber die drei sagten später nicht viel. Fina ließ nur ein unverständliches Aha verlauten, und Dolli sowie Grieschen glaubten sich beim ersten Du zwischen Rupert und mir verhört zu haben. Erst als sie es zum zweiten Mal wahrnahmen, reagierten sie, sahen sich an und kicherten vor sich hin. Später flüsterten sie miteinander und schienen enttäuscht, daß sie weder von Rupert noch von mir eine Erklärung bekamen.

Was das weiße Haus betraf, gab es zwei Neuigkeiten, die das Projekt schneller vorantrieben, als wir dachten. Zum einen war es Rupert gelungen, bei der Stadtverwaltung Fördermittel zu bekommen. Das weiße Haus, so sagte er, würde er als Modellprojekt für betreutes Wohnen beantragen. Damit gelte unser Verein als gemeinnützig, und Finas Geld für den Umbau könne beim Finanzamt als Spende anerkannt werden. Es gab zwar die eine oder andere Auflage, was den Umbau betraf, aber Ulrich meinte, das dürfe man nicht so eng sehen, und er bekäme das schon hin. Als Betreuerin, die es den Vorschriften nach geben mußte, hatte Rupert mich angegeben.

Aber ich habe keine entsprechende Ausbildung, wandte ich erschrocken ein. Wie soll das gehen?

Steht alles nur auf dem Papier, tröstete er mich, bei einem Modellprojekt wird sowieso das meiste ein bißchen anders formuliert, vergiß das nicht. Und was die notwendigen Berichte betrifft, die machen wir sowieso zusammen.

Ganz geheuer war mir bei der Sache nicht, aber Rupert war von der Durchführung seiner Ziele derart überzeugt, daß ich mit der Zeit meine Zweifel vergaß.

Die andere positive Nachricht war Ulrichs Einfallsreichtum zu verdanken. Er vergab seine Aufträge nicht an ortsansässige Handwerker, sondern er engagierte eine Rentnertruppe aus dem Ruhrgebiet, von der er über Kollegen gehört hatte. Wie es hieß, würde die Truppe akkurat, zuverlässig und schnell arbeiten. Sie setzte sich aus allen Berufsgruppen zusammen, alle Mitglieder waren über Sechzig, verlangten fünfzig Mark pro Tag, Verpflegung und Schlafgelegenheit. Letzteres schien am schwierigsten zu sein. Aber auch das hatte Ulrich schnell ausgehandelt. Sie brächten sich Campingbetten mit und könnten zur Not auf der Baustelle schlafen, hieß es. Natürlich brauchten sie eine Duschgelegenheit und eine Toilette. Einen anderen Komfort beanspruchten sie nicht. Zwei der unteren Räume wurden daraufhin von Frau Poliwko gesäubert. Der eine diente als Schlafraum, in dem anderen wurden zwei Tische und Stühle, ein Fernseher und ein paar Spinde aufgestellt. Für alles andere, hatte der Bauführer wissen lassen, würden sie selbst sorgen. Frau Poliwko erklärte sich bereit, einmal am Tag für die Männer zu kochen, während sich die Truppe morgens und abends selbst verpflegen wollte. So seien sie es gewohnt, und so wollten sie es auch bei uns handhaben. In Windeseile zimmerten sie sich noch ein paar Regale und Bänke zusammen und schafften es, ihrem Aufenthaltsraum eine wohnliche Atmosphäre zu geben. Später, so sagten sie, wenn es an die Renovierung dieser Räume ginge, würden sie oben, in den bereits fertigen Appartements schlafen, da brauche sich niemand Sorgen zu machen.

Was sind das für Männer, hatte Fina gefragt, daß sie für so wenig Geld und mit derart geringen Ansprüchen arbeiten?

Es sind Rentner, berichtete Ulrich, noch zu jung und zu rüstig, um den ganzen Tag zu Hause rumzusitzen, und sie haben Spaß daran, noch gebraucht zu werden.

Er hatte vorsorglich die Arbeiten der Rentnertruppe auf einem Bau in Bochum kontrolliert und war von der fachlichen Leistung begeistert. Das sind unsere Leute, hatte er am Telefon zu Fina gesagt und den Vertrag mit dem Bauführer abgesprochen.

Wenig später kamen sie in einem Bus an und brachten nicht nur ihr Werkzeug mit, sondern auch Schlafsäcke, Campingbetten und eine Kaffeemaschine. Als ich am nächsten Tag auf die Baustelle kam, begrüßte ich einen Maurer, einen Polier, einen Schreiner, einen Tischler, einen Klempner, wie er sich selbst nannte, einen Fliesenleger, einen Elektriker und einen Malermeister. Das Erstaunliche war, wie die Männer arbeiteten. Da jeder auch die Arbeit des Kollegen leisten konnte, arbeiteten sie von Anfang an Hand in Hand, während der Chef der Truppe mit jeder Handwerksarbeit wechselte. Der Umbau ging dadurch mit einer kaum zu glaubenden Geschwindigkeit voran. Nur der Fahrstuhl wurde nicht von den Männern eingebaut.

Ein paar Wochen später saßen wir, bis auf Rike, alle im Garten, um über die Konzeption unseres Hauses zu sprechen und zu überlegen, wer welche Aufgaben übernehmen wollte und sollte. Vom Haus her klang Klopfen und Hämmern zu uns herüber, eine Betonmischmaschine lief, und ständig hörten wir die Zurufe der Rentner, auch mal einen Fluch oder das Pfeifen einer Melodie.

Herr Poliwko berichtete, daß er noch nie fleißigere Arbeiter auf einem Bau erlebt habe, und Frau Poliwko erzählte, daß jeder der Männer Appetit für zwei habe. Am zufriedensten war Ulrich, der das benötigte Material gar nicht so schnell beschaffen konnte, wie es verarbeitet wurde. Wenn der Einbau des Fahrstuhls auch so schnell vorangehe, könne das Haus Anfang nächsten Jahres bezogen werden.

So spät? sagte Dolli enttäuscht, die eigentlich schon Weihnachten im weißen Haus feiern wollte. Aber Ulrich winkte ab. Erst wenn alles komplett eingerichtet sei, erlaube er den Umzug. Bisher fehle es noch an der gesamten Technik, an Küchen, Waschmaschinen, Telefonen. Möbel für unseren Aufenthaltsraum und die Bibliothek hätten wir auch noch nicht. Dabei sah er mich fragend an, und ich gab den Blick an Herrn Feigel weiter.

Wir können ja zusammen ins Möbelhaus Ungureit gehen, schlug ich ihm vor, vielleicht haben wir zu zweit beim Chef mehr Glück.

Herr Feigel verzog das Gesicht. Ich weiß nicht, sagte er zaghaft, ob ich da der richtige Mann bin. Vielleicht sollte lieber Herr Windeck mit.

Ich hab genug zu tun, wehrte der ab und brummte, Herr Feigel solle sich gefälligst den Herrn Windeck abgewöhnen.

Wie für alle anderen, bin ich auch für Sie der Ulrich. Wie heißen Sie denn mit Vornamen?

Karl, wisperte Herr Feigel und verbeugte sich etwas, Karl Feigel.

Also gut, Karl, Sie gehen mit Nele zu Ihrem früheren Chef. Es wäre doch gelacht, wenn Ihr nicht mit ein paar Möbeln zurückkommt.

Gut, Karl, sagte ich und nannte Herrn Feigel seit über zwei Jahrzehnten zum ersten Mal beim Vornamen, ich mach den Termin, okay?

Karl nickte, und die Röte stieg ihm bis in den Nacken, ohne daß jemand Notiz davon nahm. Vielmehr begann Fina Vorschläge zu machen, wer in unserer Gemeinschaft welche Aufgaben übernehmen könne. Sie selbst wolle sich um Außenkontakte kümmern, um Medienbetreuung und eventuelle Besichtigungstermine. Niemand widersprach, auch nicht als Rupert meine Bereiche vorschlug. In erster Linie sollte ich den Kontakt mit dem Pflegedienst halten, mit Rupert die Korrespondenzen führen und für alle so eine Art Beschwerdeinstanz sein. Bei einem von uns, so meinte Rupert, müßten schwierige Situationen und Mißstände zusammenlaufen, und da mein Name bei den Anträgen für die Stadt als Betreuerin angegeben worden sei, müßte ich auch eine entsprechende Position ausüben. Er selbst fühle sich für Finanzen und Buchführung zuständig und für weitere Anträge, soweit sie notwendig seien. Auch damit waren wir einverstanden. Eigentlich erwartete ich jetzt Ideen der übrigen zukünftigen Bewohner, was sie für die Gemeinschaft zu tun gedachten. Aber sie schwiegen, stopften sich Kuchen in den Mund, tranken Kaffee, räkelten sich in der Sonne und beobachteten die drei Poliwko-Kinder, die auf den Stufen des weißen Hauses herumturnten. Nur Karl Feigel rutschte nervös auf seinem Stuhl hin und her, blinzelte zu mir, zu Fina und zu Rupert.

Und was ist mit uns? fragte er schließlich.

Ja, sagte ich, das würde ich auch gern wissen.

Ich gebe zu, eine kleine Schärfe lag schon in meiner Stimme, denn außer Fina und Rupert guckten mich alle mehr oder weniger betreten an.

Was soll ich schon machen, knurrte Dolli, ein Krüppel ist ein Krüppel.

Fina hielt das für eine Ausrede und meinte, man müsse sich erst mal im klaren darüber sein, was es überhaupt für Aufgaben gäbe.

Wenn man jahrelang allein gelebt hat, sagte sie versöhnlich, fallen einem so schnell keine Pflichten ein, die in eine Gemeinschaft gehören. Unsere Blicke umfaßten das weiße Haus, das bald unser Zuhause sein würde. Wir hörten die Männer arbeiten, und jedem am Tisch war anzusehen, daß er darüber nachdachte, wo sein Beitrag liegen könnte. Und dann war es Karl Feigel, der den ersten Vorschlag machte.

Ich könnte, sagte er, vorsichtig in die Runde blickend, für alle den Einkauf übernehmen, wenn wir ein Auto haben.

Das werden wir haben, sagte Fina.

Zweimal in der Woche würde ich die Besorgungen machen. Ich müßte natürlich von jedem eine Liste bekommen. Die Post und die Zeitungen könnte ich auch verteilen, wenn alle das wollen.

Karl Feigels Angebot war wie ein kleiner Startschuß. Plötzlich fiel jedem etwas ein, was er machen könnte. Lotte wollte sich unter Herrn Poliwkos Leitung des Gartens annehmen. Elli schlug vor, vom Tag des Einzugs an ein Tagebuch über das weiße Haus und seine Bewohner zu führen und später die Bibliothek einzurichten. Ulrich verpflichtete sich, mit Herrn Poliwko für Reparaturen und Schäden im Haus aufzukommen. Sogar Grieschen fiel etwas ein. Sie wolle, sagte sie, für die Wäsche verantwortlich sein. Das mache ihr Spaß, und für Dolli und Rike könne sie auch mal was bügeln.

Plötzlich war die Stimmung angeregt, und es kam so etwas wie ein Familiengefühl auf. Anders ausgedrückt, wir fühlten uns miteinander wohl. Einsamkeit schien in der Zukunft keinen Platz mehr zu haben.

Ich sah, wie einer der Männer vom Rentner-Trupp mit den Kindern sprach, die daraufhin langsam näherrückten. Sie flüsterten und stießen sich gegenseitig an, verharrten hinter Gestrüpp, als warteten sie darauf, gerufen zu werden.

Na kommt schon her, sagte Fina schließlich und gab jedem ein Stück Kuchen. Sie bedankten sich alle drei und nannten auf meine Frage schüchtern ihre Namen. Die Älteste hieß Danka, ihre Schwester Alicja, und der kleine Bruder, nicht älter als fünf, hieß Witold. Sein Interesse galt mehr Dollis Gehhilfe als dem Kuchen, den ihm Danka in die Hand gedrückt hatte.

Was ist das? fragte er, weit weniger schüchtern als seine Schwestern, und rüttelte an dem Gestell. Danka riß den Kleinen zur Seite, um ihm auf die Finger zu klopfen.

Das ist mein Schubkarren, sagte Dolli, ohne den kann ich nicht laufen. Witold betrachtete skeptisch Dollis Schubkarren und schob ihn dann vorsichtig hin und her.

Und was tust du da rein?

Mich, sagte Dolli, stand auf und machte Witold vor, wie sie sich fortbewegte.

Toll, sagte Witold bewundernd, so etwas möchte ich auch haben.

Besser nicht, sagte Ulrich und wurde dafür von Witold mit einem bösen Blick bedacht.

Endlich setzte sich Danka durch und zerrte ihren Bruder weg, blieb aber mit den Geschwistern am Tisch stehen. Es war ihr anzusehen, daß sie etwas loswerden wollte.

Sie zupfte mich am Rock und wisperte mir ins Ohr, daß der Mann vom Bautrupp ausrichten lasse, wir sollten alle ins Haus kommen und uns die Wohnungen ansehen. Das ließ sich keiner von uns zweimal sagen, denn bisher hatte uns Ulrich verboten, auf der Baustelle herumzulaufen.

Nur Elli und Dolli blieben wegen ihrer Behinderung zurück und sahen uns schweigend nach.

Im Parterre hatte sich, außer daß die Männer hier wohnten und schliefen, nichts verändert. Aber als wir in unterschiedlichem Tempo die Galerie erreicht hatten und uns umsahen, erkannten wir die Räumlichkeiten nicht wieder. Wände und Türen waren versetzt, und jede Wohneinheit war im Rohzustand zu erkennen. Grieschen, die ihr Vogelzimmer nicht so schnell fand, fing an zu jammern und wurde erst ruhig, als einer der Männer, es war der Elektriker, ihr das zukünftige Heim zeigte. Auch Rupert und ich begutachteten unsere Appartements, während Herr Feigel, wie ich ihn insgeheim immer noch nannte, und Lotte eine Treppe höher zu ihren Wohnungen stiegen.

Da fehlen doch noch zwei, sagte der Schreiner und schüttelte den Kopf, als ich ihm mitteilte, daß die beiden Frauen allein nicht gehen könnten.

Und deswegen sollen sie sich nicht ansehen dürfen, wie sie später wohnen werden?

Er winkte dem Tischler, der wiederum winkte dem Maler und Klempner, worauf die vier Männer wortlos die Treppe hinunter in den Garten liefen. Bald hörten wir Ellis Lachen und Dollis tiefe Stimme. Ich verstand nur, daß ihr so was schon lange nicht mehr passiert sei.

Ich traute meinen Augen nicht, als ich Dolli mit zappelnden Beinen in den Armen des Schreiners hängen sah, während der Tischler ihre Gehhilfe beförderte, der Klempner vorsichtig Elli trug und der Maler den Rollstuhl hinterherschleppte.

Dolli schlich mit ihrem Gestell von einer Ecke in die andere, und ich glaubte Tränen in ihren Augen zu sehen. Lotte erzählte später, Elli habe vor Glück gar nicht sprechen können und die ganze Zeit die Hand des Klempners gehalten, der ihr genau erklärt habe, wie das Bad aussehen würde, wo später Herd, Kühlschrank und Spüle stünden.

Ich möchte, sagte Rupert leise zu mir, neben dir wohnen.

Aber das Appartement ist für Rike vorgesehen, erwiderte ich, ohne daß es die anderen hörten.

Ich tausche mit ihr, ich will nicht, daß sie zwischen uns wohnt.

Ich hob die Schultern, als könne ich dazu nichts sagen, aber ich lächelte ihn an.

Ich stand an der Stelle, wo sich das Boudoir meiner Großmutter befunden hatte und wo ich jetzt leben wollte. Die kleine Messingkugel in meiner Tasche schmiegte sich vertraut in meine Hand. Ich spürte die Wärme, die von ihr ausging, sich im ganzen Haus ausbreitete und in den Gesichtern der Bauarbeiter ebenso zu finden war wie in unseren, denen der zukünftigen Bewohner. Es hätte nicht viel gefehlt, und einer hätte nach der Hand des anderen getastet. Wir waren alle unter einem Dach, das uns gehörte und unter dem wir leben würden, fern aller Zugriffe, die alte Menschen in unserer Gesellschaft bedrohten.

Witold, der seiner älteren Schwester ausgebüxt war, kam jetzt die Treppe heraufgeklettert, sah sich um und lief auf Dolli zu.

Bist du eine Oma? fragte er. Dolli verneinte.

Was dann?

Eine alte Frau, antwortete Dolli fröhlich.

Am folgenden Tag rief ich Fred an und bat, ohne Herrn Feigel zu erwähnen, um einen Termin. Möglichst ohne die Anwesenheit von Hannes, fügte ich hinzu.

Herr Feigel hatte sich fein gemacht, ich sah es sofort. Und als er neben mir, nach allen Seiten grüßend, durch das Möbelhaus ging, leuchtete ihm der Stolz aus den Augen. Erst als wir vor Freds Bürotür standen, dachte er an Rückzug.

Soll ich nicht vielleicht doch lieber draußen warten? fragte er kleinlaut, und seine Finger fuhren die Innenseite seines Hemdkragens entlang.

Kommt nicht in Frage.

Ich packte ihn am Arm und schob ihn vor mir ins Büro, wo Fred, wie immer ohne aufzusehen, am Schreibtisch stand.

Setz dich schon mal hin, sagte er, ich bin gleich soweit.

Wie bekannt mir diese gleichgültige Begrüßung war. Im Gegensatz zu früher ärgerte ich mich aber nicht darüber, sondern setzte mich schweigend mit Herrn Feigel in die Besucherecke.

Fred las, unterschrieb, blätterte um und las wieder. Dazwischen sagte er, ich möge entschuldigen, er sei gleich bereit. Das hielt Herr Feigel nicht aus. Er räusperte sich derart laut, daß Fred erschrocken hochfuhr.

Herr Feigel? fragte er stirnrunzelnd, haben Sie einen Termin bei mir?

Nein, sagte ich und hielt Herrn Feigel davon ab zu fliehen, ich habe Karl mitgebracht.

Karl? wiederholte Fred, und der Kugelschreiber glitt ihm aus der Hand. Sagtest du Karl?

Du hast richtig gehört, ich sagte Karl. Er ist einer der künftigen Bewohner im weißen Haus. Wir nennen uns alle beim Vornamen.

Fred schüttelte seufzend den Kopf, kam hinter seinem Schreibtisch hervor und sagte mit unverschämtem Grinsen: Was kann ich denn für euch tun?

Ich ignorierte Freds Häme, lächelte sogar und brachte, soweit es mir möglich war, sachlich mein Anliegen vor.

Ich sagte dir ja bei Susans Verlobung schon, daß wir für unser Büro und die Gemeinschaftsräume Möbel brauchen.

Und wo soll ich die hernehmen?

Jetzt faßte sich Herr Feigel ein Herz. Er mußte sich zwar mehrmals räuspern, ehe er ein Wort herausbekam, aber dann sagte er: Entschuldigen Sie, Herr Ungureit, aber wir haben im Lager II seit Jahr und Tag beschädigte Möbel stehen. Sozusagen Ausschußware, die so nicht mehr zu verkaufen ist. Vielleicht könnten Sie uns davon etwas spenden ...

Oder auch billiger verkaufen, warf ich ein. Wir würden das bei unserem Einweihungsfest vor der Presse erwähnen, und das wiederum bedeutet Reklame für dich.

Fred sah mich lange an. Dann kniff er die Augen zusammen und sagte: Gut.

Karl und ich, die nicht wußten, was das bedeutete, warteten schweigend ab, während Fred langsam, die Hände in den Taschen seiner Hose versteckt, auf und ab lief.

Plötzlich blieb er vor mir stehen. Gut, sagte er zum zweiten Mal, du kannst dir mit deinem neuen Freund Karl aus dem Lager II herausholen, was du willst.

Ich wollte schon aufspringen, um ihm zu danken und ihn zu umarmen. Herr Feigel war auch aufgestanden, setzte sich aber wieder, als Fred abwinkte.

Wart's ab, sagte er, und das unverschämte Grinsen zeigte sich wieder in seinem Gesicht. Dir ist doch klar, daß den Kindern, durch deinen Entschluß, die Villa nicht verkauft zu haben, nach deinem Tod ein Nachteil entsteht.

Warum soll ich an meinen Tod denken, wenn ich mir gerade ein neues Leben aufbaue?

Fred nahm seine Wanderung wieder auf, die immer dicht an Herrn Feigels Füßen vorbeiging, bis der sie verlegen unter den Sitz seines Stuhls zog.

Ich jedenfalls fühle mich für Susan und Hannes verantwortlich, und da du das Gegenteil vorziehst, werde ich dir ab sofort nur noch den Betrag monatlich überweisen, der dir gesetzlich zusteht. Das Geld, das du von mir darüber hinaus bisher bekommen hast, werde ich ab nächsten Ersten auf einem Sparbuch zu Gunsten der Kinder anlegen.

Mir fiel nichts, aber auch gar nichts zu dieser Art Abstrafung ein. Gern hätte ich ihm eine schnoddrige Antwort gegeben, ihm ins Gesicht gesagt, daß ich auf sein Geld keinen Wert lege und daß er nicht glauben solle, mich über die Summe seiner Unterhaltskosten treffen zu können. Ich nickte nur zum Zeichen, daß ich mit seinem Vorschlag einverstanden sei, sagte mit einer seltsam hölzernen Stimme: einverstanden. Ich ging zur Tür, gefolgt von Herrn Feigel, der Fred vergebens zum Abschied die Hand gereicht hatte.

Die Baumaßnahmen gingen zügig voran. Ich war oft dort, saß im Garten und betrachtete die Villa, die nicht mehr mir gehörte, sondern dem Verein: Das weiße Haus. Wenn ich allein unter den alten Platanen saß, kam ich oft ins Träumen. Ich sah das Bild vor mir, das mir auf meiner Reise am Fluß erschienen war und alles ausgelöst hatte. Ich sah Grieschen, Dolli und Rike aus den Fenstern im Obergeschoß winken. Aus den Fenstern der Dachgauben lachten mir Elli und Lotte, Ulrich und Herr Feigel zu, während Rupert und Fina auf der Treppe vor dem Hauseingang standen. Dann spürte ich ein Glücksgefühl. Es hüllte mich ein und trug mich fort. Es machte mich stark und schenkte mir Selbstvertrauen. Jetzt, sagte ich mir, jetzt konnte uns nichts mehr passieren. War ich mit meinen Gedanken an dieser Stelle angelangt, hatte ich meistens die kleine Messingkugel in der Hand, von der die Poliwkokinder, die, wenn sie nicht spielten oder in der Schule waren, heimlich die Erwachsenen beäugten, wissen wollten, was es mit ihr auf sich habe.

Das ist eine Zauberkugel, sagte ich und ließ den kleinen Messingball aus dem Boudoir meiner Großmutter von einer Kinderhand in die andere gleiten.

Und was kann man damit zaubern? fragte Alicja mit großen Augen.

Na zum Beispiel den Ausbau der Villa.

Das machen doch die Rentner, widersprach Danka.

Und daß ihr hier wohnen bleiben könnt, was ist damit? Daß uns niemand mehr das Haus wegnehmen kann?

Danka, die mir immer noch nicht recht glaubte und mir die Kugel zurückgab, fragte, was ich denn noch damit zaubern könne. Ein Fahrrad zum Beispiel, oder so ein Ding für mich, wie Tante Dolli eins hat, geht das? fragte Witold.

Nein, sagte ich und steckte die Kugel wieder in meine Tasche. Sie ist nur für das Haus zuständig, und für die Menschen, die hier wohnen und einziehen werden..

Ich ahnte nicht, daß der Zauber schon in den nächsten Tagen nachlassen sollte. Daß es einen Ärger geben würde, der Fina in Lebensgefahr bringen sollte.

Als Hannes und Paul Suska auf der Baustelle auftauchten, war weder Ulrich zugegen noch einer von uns anderen zukünftigen Bewohnern. Ich mußte mir später, um den Vorgang nachzuvollziehen, die ganze Geschichte aus den verschiedenen Erzählungen zusammenreimen, und es war schwer zu entscheiden, was stimmte und was nicht.

Die Männer von der Rentnertruppe erzählten folgendes:

Am Vormittag seien zwei Herren erschienen, die behauptet hätten, der Neffe von Frau Suska und der Sohn von Frau Ungureit zu sein. Sie seien ebenso höflich wie freundlich gewesen und hätten gesagt, daß sie sich alles ansehen wollten.

Da ich warten mußte, bis ich mit meiner Arbeit anfangen konnte, weil der Tischler mit den Türen noch nicht fertig war, berichtete der Malermeister, erklärte ich mich bereit, den Herren zu zeigen, was wir bisher gemacht hatten. Sie sahen sich alles mit einer Genauigkeit an, als seien sie die Bauherren, und ich wunderte mich, daß sich einer der beiden ständig Notizen machte. Besonders interessiert waren sie am Ausbau des Dachgeschosses. Fragen hätten sie allerdings nicht gestellt. Weil uns aber die Herren mit der Zeit komisch vorkamen, ist der Klempner zu Bogdan Poliwko gelaufen, um ihn zu holen.

Herr Poliwko berichtete, daß er die Männer schon von weitem erkannt habe, wieder zurückgerannt sei, um seine Frau zu bitten, Frau Suska anzurufen und ihr zu sagen, wer sich hier herumtreibe.

Dann bin ich rauf, erzählte er, und habe mich den beiden in den Weg gestellt. Ich darf niemanden auf die Baustelle lassen, habe er gesagt, auch Sie nicht. Bitte verlassen Sie das Haus.

Darauf hätte Herr Suska einen roten Kopf bekommen und ihn angebrüllt, er lasse sich nicht von einem Polen von der Baustelle seiner Tante verjagen. Es sei hin und her gegangen, und wenn die Rentner nicht eingegriffen hätten, wäre es zu einer Prügelei gekommen. Herr Suska habe den Hausmeister einen verfluchten Polacken genannt, und der habe gebrüllt, daß er laut Frau Ungureit keinen von beiden ins Haus lassen dürfe. Schließlich sei er hier der Hausmeister.

Wollen wir doch mal sehen, habe darauf Herr Suska zu den Männern von der Rentnertruppe gesagt, wer hier mehr zu sagen hat, der Pole oder der Neffe von Frau Suska.

Und als er, Herr Poliwko, den Kerl am Kragen packen wollte, hätten ihn die Bauleute tatsächlich zurückgehalten und angeschrien, er solle keine Scheiße bauen.

Der Erfolg war, daß weder Herr Suska noch Herr Ungureit die Baustelle verließen. Der eine machte sich immer weiter Notizen, bis Frau Suska kam.

Fina teilte mir später im Krankenhaus mit, daß sie auf den Anruf von Frau Poliwko so schnell wie möglich ins weiße Haus gefahren sei, wo sich Paul und Hannes wie die Bauherren persönlich verhalten hätten. Sie hatten nicht nur das Haus von oben bis unten inspiziert, sondern sie hatten, als ich kam, bereits Zoff mit unseren Rentnern, die sie nicht nur für Schwarzarbeiter erklärten, sondern auch für nicht fachgerechte Arbeiter.

Ich habe gar nicht gefragt, was die beiden in unserem Haus wollten, sagte Fina und regte sich bei der folgenden Schilderung wiederholt so auf, daß ich ständig um ihre Gesundheit fürchtete.

Ich habe sie nur angeschrien, daß sie bei uns nichts zu suchen hätten. Wenn sie nicht verschwänden, würde ich die Polizei holen. Darauf habe Paul sie vor allen Männern für verrückt erklärt, und Hannes habe irgend etwas von familiärem Interesse gefaselt. Ich war so wütend, erzählte Fina weiter, daß ich den beiden mit meinen Männern drohte, die sie vierkant rausschmeißen würden, wenn sie sich nicht sofort davonmachten. Was danach passiert sei, wisse sie leider nicht mehr, denn sie sei vor Aufregung zusammengeklappt. Das Herz habe nicht mehr mitgespielt, und nun läge sie zu allem Überfluß auch noch im Krankenhaus.

Wie das vor sich gegangen war, erfuhr ich wiederum von Frau Poliwko. Die war nämlich aus Neugierde Fina ins Haus gefolgt und hatte die ganze Auseinandersetzung mitgekriegt.

Auf einmal ist sie ganz weiß geworden, erzählte Frau Poliwko, wenn ich nicht hinter ihr gestanden hätte, wär sie glatt die Treppe runtergefallen. So konnte ich sie auffangen, und sie ist nur auf die Stufen gerutscht. Als sie so merkwürdig nach Luft schnappte, hat irgend jemand gerufen, daß sie ins Krankenhaus muß. Ihr Sohn hat dann über Handy einen Krankenwagen angefordert. Als der kam und ein Arzt Frau Suska fürs erste versorgte, sind beide Herren in ihre Autos gestiegen und abgefahren.

Und wer hat Fina ins Krankenhaus begleitet? wollte ich wissen.

Mein Mann, sagte sie, und dann habe ich Sie angerufen.

Seit einer Stunde saß ich an Finas Bett und hielt ihre Hand. Der Arzt hatte gesagt, sie habe noch einmal Glück gehabt, aber ein zweites Mal dürfe sie sich solche Aufregungen nicht leisten, das halte ihr Herz nicht mehr aus.

Was wollten die nur, fragte Fina, kannst du mir das erklären?

Ohne daß sie sich dessen bewußt war, duzte sie mich, und ich war so glücklich darüber, daß ich ihre Wangen streichelte.

Ich weiß es nicht, Fina, vielleicht wollte dich dein Neffe nur ärgern.

Paul hält sich nicht damit auf, jemanden zu ärgern. Der hat irgend etwas vor, glaub mir. Ich weiß nur nicht, was.

Wir schwiegen und sahen beide aus dem Fenster, vor dem eine Linde stand, deren Zweige und Blätter das Sonnenlicht brachen und das Krankenzimmer in helles Grün tauchten. Tauben gurrten glucksend und übertönten das Geschwätz der Amseln.

Du mußt gesund werden, Fina, sagte ich und hielt ihre beiden Hände fest, ich brauch dich, hörst du? Ohne dich wird unsere Gemeinschaft nicht funktionieren. Ohne dich werde ich meinen Mut verlieren.

Ich beugte mich dicht zu ihr, und das Grün der Linde spiegelte sich in ihren grauen Augen, als hätten sie die Farbe gewechselt. Angst packte mich, Fina könnte sterben und mich allein lassen.

Sag was, sagte ich, sag was.

Das Haus ist finanziell abgesichert, antwortete Fina und lächelte müde.

Es geht doch nicht ums Geld, verstehst du mich denn nicht? Um dich geht es mir, um deine Gegenwart, deine Freundschaft und deine Liebe.

Das hat lange Zeit niemand zu mir gesagt, flüsterte sie und schloß die Augen, das hilft mehr als alle Medizin.

Und weil ich darauf nichts erwiderte und nur die Tauben

und Amseln zu hören waren, schlief Fina ein, ohne meine Hände loszulassen.

Vier Wochen später war Fina wieder so weit gesund, daß sie die Klinik verlassen konnte. Nach weiteren Wochen intensiver Schonung war sie wieder die alte und ging all den Pflichten nach, die sie übernommen hatte.

Im Dezember war das weiße Haus bezugsfertig. Die Rentner-Truppe hatte bis zum Schluß ganze Arbeit geleistet, und wir nutzten einen Advents-Sonntag, um mit den Männern Abschied zu feiern. Ich hatte Stollen mitgebracht, Frau Poliwko hatte Mengen von Lebkuchen gebacken, und nach dem Kaffee gab es Punsch, für den Ulrich gesorgt hatte. Als einer der Männer eine Mundharmonika aus der Tasche zog, sangen wir sogar Weihnachtslieder, und noch später, als Bogdan Poliwko ein Schifferklavier holte, spielten die beiden Melodien, die wir alle aus unserer Jugend kannten; aber bis auf den Refrain wußten wir die Texte nicht mehr. Also summten wir nur, wippten mit Füßen und Köpfen, und als Ulrich plötzlich aufstand und Fina, die beinahe einen Kopf größer als er war, zum Tanz aufforderte, klatschten wir fröhlich den Takt. Beim Abschied gaben die Rentner jedem einzeln die Hand, sagten, daß sie noch nie so gern wie bei uns auf einer Baustelle gearbeitet hätten, und wünschten uns alles Gute. Dann luden sie den Bus mit ihren Campingbetten und Schlafsäcken, mit ihrer Kaffeemaschine, ihrem Werkzeug und den Taschen voll und fuhren ins Ruhrgebiet zurück, um sich erst einmal zu erholen, wie sie sagten.

Die ersten, die einzogen, waren Rupert und ich. Fina sollte eine Woche später folgen, weil ich ihr beim Umzug helfen wollte. Auch Ulrich transportierte nach und nach sein weniges Hab und Gut ins Dachgeschoß. Herr Feigel, der seine bisherige Wohnung erst im Januar abgeben konnte, würde in ein paar Wochen zu uns kommen. Lotte und Elli wollten bis Weihnachten im weißen Haus sein, ebenso Grieschen, Dolli und Rike. Die drei trauten sich erst umzuziehen, wenn wir anderen schon komplett eingerichtet wären und das Haus eine gewisse Atmosphäre ausstrahlte.

Fred hatte sein Wort gehalten. Im Aufenthaltsraum standen jetzt Tische und Stühle, und in der Bibliothek hatte Herr Feigel Regale aufgebaut, obwohl die Zahl der Bücher bisher mehr als spärlich war. Unser Büro war fix und fertig eingerichtet, ebenso die Gemeinschaftsküche. Alles geschenkt, hatte mir Fred ausrichten lassen. Für den Wert des Mobiliars hatte er lediglich eine Spendenquittung verlangt. Mit gleichem Datum hatte er meinen monatlichen Unterhaltsscheck erheblich gekürzt und auf die gesetzlich festgelegte Summe beschränkt. Ich konnte ab jetzt nicht mehr so bedenkenlos mit meinem Geld umgehen, aber ich brauchte mir keine Sorgen zu machen.

Der Umzug. Er stand mir bevor und trieb mir nachts Angstschweiß auf die Stirn. Nie wieder würde ich rund um die Uhr für mich allein sein. Im weißen Haus bestand jederzeit die Möglichkeit, daß jemand an meine Tür klopfte. Wenn Rike zu schreien anfing, war ich es, die sie beruhigen mußte. Lief Grieschen davon, lag die Verantwortung bei mir, sie zu finden. Von morgens bis abends war ich als eingetragene Betreuerin für das Wohl und Wehe aller Bewohner zuständig, auch wenn das nach Ruperts Meinung nur auf dem Papier stand. Die voraussehbaren Pflichten legten sich wie eine schwarze Wolke über mich, die mir die Luft zum Atmen nahm. Dann stand ich auf, trank Lindenblütentee, und manchmal rief ich auch Rupert an.

Sei nicht hysterisch, sagte der in seiner direkten Art so liebevoll, wie es ihm möglich war, verantwortlich bist du in erster Linie für dich selbst. Die Pflichten fürs Haus tragen wir alle gemeinsam. Das ist schließlich der Sinn unserer WG. Sonst könnten wir doch gleich alle zu Herrn Senger ins Seniorenheim ziehen.

Ich hatte Einwände, jammerte und behauptete, nicht genug Kraft aufzubringen, um zu Ende zu führen, was ich begonnen hatte.

Gut, antwortete Rupert freundlich, aber bestimmt, dann laß uns eine Versammlung einberufen, und du sagst allen, daß du aussteigen wirst.

Ich will ja nicht aussteigen, ich habe nur Angst.

Wir haben alle Angst, Nele. Ich auch, das weißt du. Ich hab's dir zuerst gesagt, und du hast mir geantwortet, ich hätte doch dich.

Ich schwieg, worauf Rupert sagte: Und du hast mich. Danach wünschte er mir eine gute Nacht und legte auf.

Er hatte recht. Ich hatte ihn, und ich hatte Fina, und irgendwie waren wir einer für den anderen da und gehörten zusammen, wie Vögel im Schwarm. Aber die nächtlichen Ängste wurden nicht besser. Ich schlief kaum noch, egal, wie müde ich war. Tagsüber beschäftigte ich mich mit dem Aussortieren und Wegwerfen von Sachen, obwohl ich das nach dem Auszug aus Freds Haus schon einmal hinter mich gebracht hatte. Aber die beiden Zimmer, in die ich jetzt zog, setzten voraus, daß ich noch einmal sondierte und reduzierte. Die Bücher, so hatten wir es uns vorgenommen, sollten alle, bis auf die für einen selbst notwendige Lektüre, in die Bibliothek, wo sie später den Bewohnern zur Verfügung stehen würden. Mich von überflüssigen Möbeln zu trennen fiel mir nicht schwer, weil sie alle neu waren und noch nicht in mein Leben gehörten. Mit Bildern, Teppichen und all dem Kleinkram, der mich seit Jahrzehnten begleitet hatte, war es schon schwieriger. Über die Briefe, die Erinnerungen, die Zeichnungen der Kinder, ihre Bastelarbeiten, die ich alle aufgehoben hatte, die Fotoalben und kleinen Gegenstände, die sich über Jahre angesammelt hatten und zu mir gehörten, mußte ich jetzt entscheiden. Das alles brauchte viel Zeit, und es passierte mir immer wieder, daß ich plötzlich die Hände sinken ließ. Mein ganzes Leben zog an mir vorüber, Wunden rissen auf, die von ebenso rasch auftauchenden Glücksgefühlen wieder geheilt wurden.

Was übrig blieb, war leichtes Gepäck. Mehr, so sagte ich mir, mehr brauche ich nicht für die letzte Bleibe im weißen Haus. Für die Kinder hatte ich je einen Karton mit Dingen gepackt, von denen ich annahm, daß sie sich darüber freuen würden. Hannes bekam unter anderem alle Urkunden und die Briefe meines Vaters, die er aus dem Krieg an meine Mutter geschrieben hatte und in denen er Schlachten und Siege ebenso sorgfältig beschrieb wie Verluste. Es waren Briefe aus Polen, aus Frankreich und schließlich aus Rußland, wo er im Jahre 1944 von einer Handgranate zerrissen worden war.

Für Susan hatte ich ein wenig Silber zusammengepackt, die letzten Fotos meiner Mutter und den Ring, den mir Fred geschenkt hatte und den ich nie wieder tragen wollte.

Geholfen hatten mir übrigens beide Kinder nicht. Hannes hatte Arbeit vorgetäuscht und mir mitgeteilt, daß heutzutage die Packer einer Umzugsfirma alles einpackten, wenn man sie nur bezahlte, und an Geld würde es mir ja nicht fehlen. Auch Susan sagte ab, da es sich genau um die Tage handelte, in denen Felix Urlaub hatte und sie gemeinsam nach Rom fahren wollten. Es täte ihr leid, aber ich möge Verständnis für ihre Situation haben.

Als die Männer kamen und meine Wohnung leerräumten, war ich seltsam heiter. Die Möbel, die ich nicht mitnehmen konnte, hatte ich bereits verschenkt, auch Teile meines Geschirrs und das eine oder andere Küchengerät. Das einzige, was zurückblieb, waren die beiden Kartons für Hannes und Susan, die später von einem privaten Paketdienst abgeholt werden sollten. Sie standen wie Überbleibsel aus einer anderen Welt im ausgeräumten Wohnzimmer. Jedes Geräusch, das ich verursachte, hallte fremd in den Ohren. Als ich die Tür hinter mir abschloß, mich von der Nachbarin verabschiedete und ihr die Schlüssel für den Paketdienst gab, spürte ich, daß ich alle Angst zurückgelassen hatte, ganz so, als hätte ich sie mit in die Kartons für Hannes und Susan gepackt.

Ich fuhr mit dem Rad zum weißen Haus. Rupert war mit seinem Umzugswagen schon da. Die meisten seiner Sachen waren ausgeladen, so daß der Fahrstuhl für meine Möbel und Kartons frei war. Es ging alles schnell, und als die Dunkelheit hereinbrach, standen Schränke, Kommode, Bett und Couch an Ort und Stelle. Alles andere konnte ich allein von einem Platz auf den anderen rücken. Jetzt brauchte ich nur wieder auszupacken, was ich Tage zuvor eingepackt hatte. Nach ein paar Stunden konnte man schon erkennen, wie die Räume einmal aussehen würden. Am nächsten Tag wollte Herr Poliwko Bilder und Lampen aufhängen. Ich schaltete die von der Decke herabhängende Glühbirne aus, zündete Kerzen an, die ich mir vorsorglich mitgebracht hatte, und war nahe daran, in meinem Sessel einzuschlafen, als es klopfte. Rupert stand vor der Tür. Außer der Begrüßung nach meiner Ankunft hatten wir keine Notiz mehr voneinander genommen. Zumindest ich war viel zu sehr mit dem Auspacken meiner Kartons beschäftigt, um überhaupt an ihn zu denken.

Jetzt, wo er plötzlich vor mir stand, wurde mir erst bewußt, daß wir beide, von Familie Poliwko abgesehen, die einzigen Bewohner im weißen Haus waren. Ich wurde bei dem Gedanken verlegen, neben Rupert unter einem Dach zu wohnen.

Hast du schon etwas gegessen, wollte er wissen, wartete meine Antwort gar nicht erst ab, sondern zog mich sanft am Arm eine Tür weiter in seine Wohnung. Im Gegensatz zu mir hatte er kaum etwas ausgepackt. Nicht einmal die Möbel standen an Stellen, wo sie hinzugehören schienen. Nur Schumann hatte sich einen Platz erobert und lag auf seiner Decke, wie immer in der Nähe der Tür. Er begrüßte mich liegend, wedelte aber freundlich mit dem Schwanz. Dann rollte er sich seufzend wieder zusammen, wahrscheinlich unglücklich, sein früheres Zuhause verloren zu haben. Von einer Stehlampe beleuchtet, standen ein Tisch und zwei Stühle inmitten des Chaos, darauf wie ein Stilleben zwei Teller mit jeweils einer Pizza, Messer und Gabel, Servietten, eine Rose, zwei Gläser und eine Flasche Champagner.

Mir wurde ganz warm ums Herz. Nie wäre ich auf die Idee gekommen, einen Tisch zu decken, Pizza zu holen und Champagner kalt zu stellen. Während ich auspackte, war mir der Gedanke gekommen, später mit Rupert essen zu gehen, aber ich hatte vergessen, ihm das vorzuschlagen.

Als hätte er meine Gedanken erraten, sagte er, daß er keine Lust verspürt habe, am ersten Abend, den wir im weißen Haus verbrachten, ein Restaurant aufzusuchen.

Ich wollte es ein bißchen privat. Du hoffentlich auch, fügte er hinzu und überreichte mir feierlich die Rose. So sehr mich seine Bemühung berührte, mich zu verwöhnen, so sehr erschreckte mich die Nähe der Geste. Außer einem hilflosen Lächeln brachte ich nichts zustande.

Du mußt nichts sagen, meinte er und stellte die Rose in eine Wasserflasche neben meinen Platz, du sollst dich nur freuen.

Er goß Champagner ein. Auf uns, sagte er, auf das weiße Haus, und auf alle, die hier einziehen werden.

Mein Hunger war so groß, daß ich die Pizza in einer Viertelstunde verschlungen hatte.

Das war wirklich eine sehr gute Idee, lobte ich Rupert, vielen Dank.

Er nickte, aß und sah mich an. Das ist das erste und mit Sicherheit das letzte Mal, daß wir beide allein eine Nacht in diesem Haus verbringen. Ein seltsames Gefühl, findest du nicht?

Ich schüttelte den Kopf und suchte krampfhaft nach einem Themenwechsel. Das schien Rupert zu amüsieren, denn er ließ mich nicht aus den Augen, als er lächelnd hinzufügte, ich möge mir einmal vorstellen, wie es wäre, wenn wir beide dreißig Jahre jünger wären.

Wir sind es aber nicht, sagte ich heftig, ich werde im Januar siebzig, und du bist ein paar Jahre älter.

Schade, sagte er, und das Lächeln glitt aus seinem Gesicht, schade, daß du so störrisch bist und gar keine Phantasie entwickeln willst. Wenn ich nicht glaubte, dich zu kennen, würde ich meinen, du gefällst dir in der Rolle einer alten und total verkorksten Frau.

Ich riß die Augen auf und sagte, daß ich ihm so viel Unverschämtheit nicht zugetraut hätte.

Du hast nicht richtig hingehört, Rupert lächelte schon wieder, ich habe gesagt, wenn ich nicht glaubte, dich zu kennen, dann würde ich meinen ... Oder denkst du, ich würde dich überfallen und mich über dich hermachen?

Nein. Ich sah ihn nicht an. Meine Hand fuhr in die Tasche meiner Jacke und legte sich um die kleine Messingkugel aus Großmutters Boudoir. Das einzige, was ich fertigbrachte, war aufzustehen. Und um nicht sinnlos mitten im Zimmer zwischen Ruperts Möbeln und Kisten zu stehen, beugte ich mich zu Schumann und begann, ihn zu streicheln.

Na, wenigstens bist du zu Schumann nett, sagte Rupert ein wenig spöttisch und zog mich vorsichtig hoch.

Ich mußte dir das einmal sagen, Nele. Du weißt gar nicht, wie abweisend du sein kannst.

Doch, antwortete ich leise, ich weiß es. Damals, bei unserem Spaziergang durch den Park, als das weiße Haus noch nicht uns gehörte und wir es gemeinsam besichtigen wollten, bat ich dich, mit mir Geduld zu haben. Erinnerst du dich?

Natürlich erinnere ich mich. Nur mußt du wissen, daß in meinem Alter Geduld eine Begrenzung hat.

Ich sah wohl sehr unglücklich aus, denn er hob mein Kinn, so daß ich ihm ins Gesicht blicken mußte. Möchtest du in deine Wohnung gehen?

Ja, sagte ich und konnte nicht verhindern, daß mir Tränen aus den Augen liefen, die Rupert wegwischte, als wäre ich ein Kind, das sich weh getan hat.

Bis Weihnachten waren alle bis auf Herrn Feigel eingezogen. Bogdan Poliwko half, wo er helfen konnte, rückte Möbel, legte Kabel, schloß Lampen, Kühlschränke und Fernseher an und war dabei stets guter Laune. Er entwickelte sich zum guten Geist im Haus, und seine Kinder gewöhnten sich schnell an die neuen Bewohner. Besonders Witold schätzte es, uns der Reihe nach zu besuchen, wobei er sich am liebsten bei Dolli aufhielt, deren Gehhilfe er nach wie vor beneidenswert fand.

Nur Grieschen jagte uns, kurz nachdem ihr Umzugsgut angekommen war, einen tiefen Schrecken ein. Sie und Rike waren bis auf Herrn Feigel die letzten, die einzogen. Allein mit Rike war es schwierig genug. Sie schrie und weinte, klammerte sich im Heim an Türen und Laufstangen, drohte, fluchte, schlug um sich und war nur schwer aus dem Haus zu bekommen. Von den Dompteusen erhielten Rupert und ich kaum Hilfe. Ab jetzt, hieß es, trage man für Frau Neumann keine Verantwortung mehr. Wir waren auf die Unterstützung des Rot-Kreuz-Helfers angewiesen, der Rikes Transport übernommen hatte. Herr Senger, der an das weiße Haus gleich drei seiner Bewohner verlor, hatte Termine vorgeschoben, um sich nicht verabschieden zu müssen. Das behauptete zumindest Dolli, und nur ein paar Zivildienstleistende winkten, als Dolli, Grieschen und ich im Taxi davonfuhren.

In der Nacht zuvor hatte Grieschen vor Aufregung kein Auge zugetan. Von ihrer Gelassenheit und ihrer Freude, mit uns in einem Haus zu leben, war nichts mehr zu spüren. Sie war blaß, still, und ihre Hände zitterten, seit wir im Auto saßen. Hinterher stellten wir fest, daß es ein Fehler war, alle drei Frauen an einem Tag ins weiße Haus zu holen, denn jede beanspruchte nicht nur Zeit, sondern auch Zuwendung und, im Fall von Rike und Grieschen, Aufsicht. Am wenigsten Sorgen mußten wir uns um Dolli machen. Dafür war sie kaum in der Lage, selbst einen Handgriff zu erledigen, und mußte sich gedulden, bis andere für sie alles an Ort und Stelle brachten. Frau Poliwko war ebenso hilfsbereit wie Lotte. Hingegen fand Ulrich ständig Ausreden, wenn er aufgefordert wurde, etwas für jemand anderen zu tun, und der Ärger darüber war voraussehbar.

Der Einzug von Lotte und Elli verlief ohne Komplikationen. Zu unserer Freude und Überraschung ließ Elli ihr Klavier in den Aufenthaltsraum stellen, da sie fürchtete, daß es für Ulrich und Karl Feigel nicht zumutbar sei, wenn sie in ihrer Wohnung musiziere. Rupert hoffte sogar, daß Rike, wenn Elli Klavier spiele, ein wenig Ruhe und Seelenglück fände. Er hatte mit meiner Hilfe Rikes Wohnung fast fertig eingerichtet und war froh, als die Schwester, nach all der Aufregung in der neuen Umgebung, endlich eingeschlafen war.

Danach konnte ich mich um Grieschen kümmern. Sie war nervös und sah ständig aus dem Fenster, als erwarte sie jemanden. Die Möbel standen alle da, wo sie hingehörten, und es ging jetzt nur noch darum, Schränke, Kommoden und Regale zu füllen. Ich hatte die Kartons schon so hingestellt, daß Grieschen nur einzuräumen brauchte. Also ließ ich sie für zwei Stunden allein, um Fina zu helfen, die sich wegen ihres kranken Herzens auf keinen Fall überanstrengen durfte. Auch sie stellte den Großteil ihrer Bücher der Bibliothek zur Verfügung, die von Elli, so hatte sie es uns versprochen, in den nächsten Wochen katalogisiert und eingerichtet würde. Bei unserem Einweihungsfest, das wir im Januar an meinem siebzigsten Geburtstag feiern wollten, sollte jeder, der uns etwas schenken wollte, ein Buch mitbringen, neu oder bereits gelesen, das war uns egal.

Finas Wohnung war an Quadratmetern etwas größer als die anderen Wohnungen. Aus diesem Grund hatte sie kaum ein Stück ihrer schönen, alten Möbel weggeben müssen. Schon jetzt strahlten ihre Zimmer, im Unterschied zu allen anderen, viel Atmosphäre aus. Während ich nach ihren Anweisungen die Kisten auspackte und die Schränke füllte, redeten wir über Rike, die uns im Augenblick die meisten Sorgen machte. Wir hatten nicht damit gerechnet, daß ihr der Umzug derart große Ängste bereiten würde und sie deshalb nicht allein bleiben konnte.

Und Grieschen? fragte Fina, was ist mit Grieschen?

Die ist auch ein bißchen nervös, aber ich denke, bis zum Abend wird sie sich beruhigt haben. Zur Zeit räumt sie ihre Sachen ein.

Als ich zwei Stunden später in Grieschens Appartement erschien, war sie weg. Die Schranktüren standen offen, die Schubladen waren alle herausgezogen, Wäsche und Kleider lagen herum, und selbst im Bad herrschte chaotische Unordnung. Ich lief durchs ganze Haus, klopfte an alle Türen, aber niemand hatte Grieschen gesehen, auch Herr Poliwko und seine Frau nicht.

Unbeschreibliche Angst packte mich. Der Mund wurde mir trocken, denn jetzt ahnte ich, was passiert war. Wie im Seniorenheim mußte sich Grieschen, von allen unbemerkt, davongeschlichen haben. Nur, wo sollte ich sie suchen. Draußen lagen die Temperaturen weit unter dem Nullpunkt, und ich wußte nicht einmal, ob sie sich warm angezogen hatte.

Ich trommelte alle zusammen, um sofort eine Suchaktion zu starten. Dolli bekam die Aufgabe, bei Rike zu bleiben, bis sie aufgewacht wäre, um sie gegebenenfalls zu beruhigen. Rupert setzte sich ins Auto und fuhr Richtung Innenstadt. Fina blieb zu Hause, falls Grieschen von allein zurückkäme. Ulrich fuhr in seinem Wagen mit Lotte in die andere Richtung, aus der Stadt hinaus, während ich mit Danka und Alicja den Park und die anschließenden Wiesen absuchen wollte. Ich hatte Schumann mitgenommen und hoffte, er würde eine Spur finden, der ich folgen könnte. Da kein Schnee lag, gab es auch keine für uns erkennbaren Fußspuren. Danka und ich gingen in einem Abstand von zehn Metern langsam durch den Park. Alicja mal an meiner, mal an Dankas Hand, und Schumann, die Nase dicht am Erdboden, vorneweg, als wüßte er, was seine Aufgabe war. Wie Stromstöße schossen mir die Gedanken durch den Kopf. Ich sah Grieschen durch Wälder und Felder irren, ich sah sie in einem Graben liegen, auf einem zugefrorenen See. Ich sah, wie sie überfahren wurde, ich sah sie fallen und sich die Beine brechen. Ich glaubte sie weinen zu hören, wimmern, nach ihrer Tochter rufen und nach mir. Als nächstes stürzten die Vorwürfe auf mich ein, die mich erwarteten, von der Tochter, dem Sozialamt, von Herrn Senger. Ich war meiner Aufsichtspflicht als eingetragene Betreuerin nicht nachgekommen. Ich schrie plötzlich so laut nach Grieschen, daß die Kinder verstört stehenblieben und Schumann erschrocken sein Suchen einstellte. Aber es kam keine Antwort. Im Park blieb es still. Kein Vogel piepste, kein Eichhörnchen war zu sehen. Hier lag alles im Winterschlaf, und jeder Schritt, den wir machten, jedes Wort, das wir sprachen oder riefen, schien diese natürliche Ruhe zu verletzen. Nachdem wir das Gelände Meter für Meter durchkämmt hatten, wollten Danka und Alicja nach Hause. Zu kalt, sagten sie. Die Finger täten ihnen schon weh. Ich schickte sie zurück, während Schumann und ich weiter über die Wiesen liefen. Ich fing an zu beten und versprach dem Herrgott allerhand gute Taten, wenn ich Grieschen nur lebend finden würde. Ich lief hin und her, rief Grieschens Namen, schwitzte und wußte mit der Zeit nicht, ob es Schweißtropfen waren, die mir über das Gesicht liefen, oder Tränen.

Plötzlich fing Schumann an zu bellen und mit dem Schwanz zu wedeln. Und im gleichen Moment tauchte Grieschen aus einem Gebüsch auf, gesund und unversehrt, als hätte sie dort geschlafen. Nur ihr Hütchen war etwas verrutscht, und Brombeerhecken hatten die Ärmel ihres Mantels zerrissen. Sie kam auf mich zugelaufen, und bevor ich den Mund aufmachte, rief sie: Meine Tochter. Sie war da, aber ich hab sie nicht erkannt. Da ist sie weg, und ich hinter ihr her, durch den ganzen Park und über die Wiesen und wieder zurück und wieder über die Wiesen.

Grieschen legte ihre Arme um meinen Hals und fing an

zu weinen. Sie zitterte am ganzen Körper, während sie immer weiter jammerte. Jetzt ist sie weg, und ich weiß nicht, wo ich wohne. Sie hob den Kopf und sah mich an. Haben Sie sie nicht gesehen? Hat sie nicht nach mir gefragt?

Ich schüttelte den Kopf. Grieschen, sagte ich, Sie wissen doch, daß Ihre Tochter in Amerika ist, also kann sie nicht hier sein.

Aber …

Es gibt kein Aber, Grieschen. Sie haben mir einen furchtbaren Schrecken eingejagt. Alle im Haus suchen Sie. Warum tun Sie uns das an? Ihre Tochter weiß sehr genau, wo Sie wohnen. Ich habe es ihr selbst geschrieben.

Aber sie weiß nicht, wie schön ich wohne und mit wem zusammen, ihre Stimme wurde immer kläglicher, ich wollte ihr nur alles zeigen.

Und warum laufen Sie dann heimlich weg und sagen niemandem Bescheid?

Weil mir niemand glaubt und weil ich dann eingesperrt werde.

Ich nahm Grieschens Arm, und wir gingen langsam über die Wiesen, durch den Park nach Hause.

Bei uns sperrt Sie niemand ein. Ich möchte aber, daß Sie mir etwas versprechen, sagte ich und blieb stehen, um Grieschen in die Augen zu sehen.

Und was?

Wenn Sie nächstes Mal glauben, Ihre Tochter habe Sie besucht, und Sie wollen ihr hinterherlaufen, würden Sie es mir dann sagen und mich mitnehmen?

Das würden Sie tun?

Über Grieschens Gesicht zog ein derart seliges Lächeln, daß ich allen Zorn auf sie vergaß.

Natürlich, antwortete ich, Sie können sich auf mich verlassen.

Grieschen lächelte und nickte, und als wir vor dem weißen Haus standen, wo inzwischen Rupert und Ulrich von ihrer Suche zurückgekehrt waren und auf eine Erklärung von Grieschen warteten, ging sie wie eine Königin schweigend und mit erhobenem Kopf an ihnen vorbei. Erst nach Ulrichs Frage, wo sie sich um Gottes willen herumgetrieben habe, wandte sie sich ein wenig beleidigt um, zeigte auf mich und sagte: Sie kommt das nächste Mal mit.

An meinem Geburtstag wachte ich früher auf als sonst. Obwohl an diesem Tag unser Einweihungsfest stattfinden sollte, blieb ich noch etwas liegen, um meine Gedanken zu ordnen. Ab heute zählte mein Leben siebzig Jahre, egal, ob ich mich so fühlte oder nicht, ich war eine alte Frau. Und ob es mir paßte oder nicht, ich mußte zugeben, daß ich seit langem nachts schlechter schlief und dafür am Tag, öfter, als mir lieb war, einnickte. Ich mußte zugeben, daß meine Figur, so sehr ich auch darauf achtete, Formen annahm, die mir nicht gefielen. Der Bauch wölbte sich, während der Po immer flacher wurde. Die Schulterknochen drückten sich durch, und die Knie nahmen nicht nur an Umfang zu, sondern wurden auch von Tag zu Tag kraftloser und waren nicht mehr in der Lage, meinen Körper ohne Hilfe aus der Hocke aufzurichten. Stets griff ich nach einem Stuhl, nach einer Tischkannte oder sonst einem Gegenstand, der mir beim Hochkommen half. Mußte ich aus irgendeinem Grund schnell laufen, ging mir nicht nur die Puste aus, sondern ich spürte schmerzhaft die Steifheit meiner Gelenke.

Wenn also dieser Zustand nicht schlimmer werden sollte, mußte ich mich mehr bewegen, turnen, radfahren und mit Rupert lange Spaziergänge machen.

Plötzlich riß mich ein Gedanke aus meinem Selbstmitleid. Mir fiel der Morgen meines zweiundvierzigsten Geburtstags ein. Da war ich um die gleiche Zeit senkrecht aus dem Schlaf gefahren.

Was hatte ich bisher aus meinem Leben gemacht, und wieviel Zeit hatte ich noch, um es sinnvoll zu beenden?

Zum damaligen Zeitpunkt hatte ich immer nur von einem Tag in den anderen gelebt und die Zukunft für unendlich gehalten. Aber plötzlich war die Unendlichkeit begrenzt. Mehr als vierzig Jahre, dachte ich, mehr als vierzig Jahre hast du nicht mehr, und ich fragte mich, was ich in diesen vierzig Jahren zu tun gedachte. Eine gute Ehefrau wollte ich sein, eine gute Mutter, eine gute Geschäftsfrau. Meine Familie ist der Sinn meines Lebens. Ich weckte Fred, der neben mir schlief, und küßte ihn, bis er wach wurde.

Und nun, fast dreißig Jahre später? Nach damaliger Rechnung standen mir heute gerade noch zehn Jahre zu, um meinem Leben einen Sinn zu geben, zumal ich ihn in der Familie nicht hatte finden können.

Zehn Jahre? Das brachte mich auf die Beine. So schnell war ich schon lange nicht mehr aus dem Bett gehüpft. Über das Ziel meines Lebens brauchte ich nicht mehr lange nachzudenken. Es war das weiße Haus, das Gelingen unserer Wohngemeinschaft, die Zusammengehörigkeit, die Akzeptanz des Alters, es waren die Vorzüge einer Gemeinsamkeit, für die wir alle gleichermaßen verantwortlich waren. Heute, an meinem Geburtstag, war Anfang und Aufbruch zugleich, ich hatte keine Zeit mehr zu verlieren.

Als ich meine Wohnungstür öffnete, um nachzusehen, ob Karl Feigel schon die Zeitungen verteilt hatte, stand ein riesengroßer Strauß rosaroter Rosen vor mir, in deren Blüten ein Briefchen steckte.

Meinen Glückwunsch, liebe Nele, wie gut, daß es Dich gibt, Rupert.

Noch nie in meinem Leben hatte ich einen so großen Rosenstrauß bekommen. Es mußten tatsächlich siebzig sein. Ich mußte einen Eimer nehmen, den ich vorher mit Folie umwickelte, um sie alle einstellen zu können. Und während ich sie einzeln anschnitt, dachte ich an Rupert. Wie gut, daß es dich gibt, hatte er mir geschrieben. Nichts paßte besser zu meinen morgendlichen Gedanken als dieser Satz. Wäre Rupert jetzt neben mir, würde ich ihn umarmen. Langsam gestand ich mir, daß Rupert längst seinen Platz in meinem Leben hatte. Ich legte mein Gesicht in die Rosen und murmelte so etwas wie eine Entschuldigung für meine ständige Abwehr. Ich dankte für Geduld und Verständnis und versprach, ab heute ein offenes Herz für ihn zu haben.

Was für ein Tag, dachte ich, was für ein unglaublich schöner Beginn meines achten Lebensjahrzehnts. Ausnahmsweise hatten wir uns alle zum Frühstück in der Gemeinschaftsküche verabredet, um die letzten Vorbereitungen für unser Fest zu besprechen. Als ich kam, waren bis auf Rike alle da und sangen Happy Birthday. Mein Teller war mit einem Blumenkränzchen umlegt, vor dem ein Lebenslicht brannte. Einen Augenblick hatte ich das Gefühl, nicht siebzig, sondern sieben Jahre alt geworden zu sein. Jeder umarmte mich und hatte gute Wünsche für mich. Geschenke, so hatten wir es vorher ausgemacht, wollte ich nicht, und alle hatten sich daran gehalten. Ruperts Rosen, die sicher der eine oder andere gesehen hatte, wurden nicht erwähnt. Als er mich in den Arm nahm und ich ihn vor allen küßte, klatschte Fina so lange in die Hände, bis die anderen es ihr nachmachten.

Die Rosen, flüsterte ich, sie sind wunderschön, auch dein Briefchen.

Dann setzten wir uns auf die Plätze, die sich im Laufe der ersten Wochen für jeden eingebürgert hatten. Während

Lotte Kaffee eingoß, schnitt Grieschen den Streuselkuchen auf, den Frau Poliwko für den Abend gebacken hatte und den wir schon mal probieren sollten.

Wir rechneten mit fünfzig bis achtzig Gästen. So ganz genau wußte es keiner. Ulrich hatte die Einladung entworfen, die Elli dann auf ihrem Computer fertigstellte und ausdruckte. Auf der Vorderseite war das weiße Haus zu sehen, während innen nicht nur die Einladung mit Datum und Uhrzeit stand, sondern auch die Unterschrift eines jeden von uns. Die Adressen hatten wir gemeinsam geschrieben. Jeder hatte persönliche Freunde und Verwandte eingeladen, wobei auf Grund meines Geburtstags auf meiner Liste die meisten Personen standen. Dafür fiel die Zahl der Gäste, die Grieschen, Dolli und Ulrich angaben, dürftig aus. Zudem hatten wir unsere Einladung auch auf den für uns zuständigen Pflegedienst ausgedehnt, auf das Sozialamt, den Bürgermeister, Herrn Senger und das Personal vom Seniorenheim, den Arzt, der uns betreute, die Pfarrer unseres Sprengels und den Wirt der Kneipe, wo wir anfangs getagt hatten und wo wir hin und wieder unseren Wein tranken.

Natürlich hatten wir uns ein Programm ausgedacht. Fina sollte eine Rede halten, Rupert wollte einiges zu den Finanzen sagen, Elli würde etwas auf dem Klavier spielen, und bevor man zu Häppchen, Wein, Bier und Saft überging, wollte Ulrich die Besichtigung unseres Hauses anbieten. Wer damit einverstanden war, sollte die Tür seiner Wohnung offen lassen, damit die Besucher sich ein Bild davon machen konnten, wie wir hier lebten.

Herr Poliwko hatte darauf bestanden, in der Halle Papiergirlanden aufzuhängen, die mich nicht gerade begeisterten. Aber schließlich war es unser aller Fest. Von Karl wußte ich, daß er mehrere der Angestellen aus dem Möbelhaus Ungureit eingeladen hatte. Ich hatte an Fred, Heike, Susan mit Felix, Hannes, Nüßchen und ein paar unserer alten Bekannten gedacht, von denen ich annahm, daß sie mir vielleicht zum Geburtstag gratulieren wollten. Wer aber nun wirklich den Weg ins weiße Haus finden würde, das wußten wir nicht. Jedenfalls hatte ich nichts von meiner Familie gehört, und nur Nüßchen ließ mich wissen, daß sie kommen würde, um mir zu gratulieren.

Außer Ulrich und Dolli waren wir alle sehr aufgeregt. Rupert hatte mit den Rosen für mich noch andere Blumen gekauft, die Karl Feigel jetzt verteilte, so daß in jeder Wohnung ein Strauß auf dem Tisch stand. Nach dem Mittagessen machten wir unter der Anleitung von Frau Poliwko Schnittchen und stellten sie in unsere Kühlschränke. Später zogen wir uns um und machten uns so fein wie möglich. Selbst Dolli entschloß sich, ein richtiges Kleid anzuziehen, und die Poliwko-Kinder trugen ihre Sonntagsgewänder. Auch Rike hatten Rupert und ich schön angezogen und sie mit ihrem Rollstuhl in eine Nische gefahren, von wo aus sie alles in Ruhe beobachten konnte. Danka und Alicja sollten später die Platten mit den Schnittchen herumreichen, und Witold versprach brav zu sein, wenn er am nächsten Tag mit Dollis Gehhilfe über den Flur sausen dürfe. Bis die ersten Gäste kamen, waren wir sehr nervös. Dolli befürchtete plötzlich, vielleicht würde außer der Presse niemand kommen, und das stünde dann anderntags in der Zeitung. Grieschen, die mich gebeten hatte, auch an ihre Tochter eine Einladung zu schicken, stand die ganze Zeit am Fenster, starrte auf die Einfahrt und hoffte stumm auf das Kommen ihrer Tochter. Ich mußte sie mehrmals beruhigen, bis sie mir schließlich seufzend glaubte, daß die Tochter wegen unseres Festes nicht aus Amerika anreisen konnte.

Die ersten Gäste waren die Angestellten aus dem Möbelhaus Ungureit. Sie begrüßten Karl Feigel und mich herzlich, verstummten aber für längere Zeit, als sie hörten, daß Herr Feigel seine frühere Chefin beim Vornamen nannte. Eine weitere Überraschung war, daß Hannes in Begleitung von Paul Suska erschien. Finas Neffe verhielt sich, als sei nichts geschehen. Er begrüßte seine Tante ebenso herzlich, wie er mir zum Geburtstag gratulierte. Da Fina keinen Wert auf eine Auseinandersetzung mit Paul legte, nahm sie seine Gegenwart kühl zur Kenntnis, ohne sich weiter um ihn zu kümmern. Fred hatte mir Blumen mitgebracht, Heike eine überdimensionale Bonbonniere, obwohl Fred noch wissen mußte, daß ich nicht gern Konfekt aß. Von ihm und Susan bekam ich CDs, für die ich mich herzlich bedankte. Hannes hatte sich für ein Azaleenbäumchen entschieden, das er mir gleich in meine Wohnung stellte, wo er lange und ein wenig kopfschüttelnd vor den siebzig Rosen stand.

Sind die von einem Verehrer, fragte er schließlich, und ich antwortete, ohne zu erröten, mit einem lachenden Ja.

Mittlerweile schienen alle Gäste da zu sein, auch einige Journalisten, die Fina, Rupert und mich um Interviews zur Entstehung der Wohngemeinschaft baten. Es lief alles wie am Schnürchen, und langsam löste sich die Spannung. Als zwei Schwestern, eine Therapeutin und ein Zivi aus dem Seniorenheim erschienen, hielten wir den Abend für gelungen. Mein Geburtstag, der eigentlich der Anlaß war, geriet zu meiner Erleichterung langsam ins Hintertreffen, denn unsere Gäste waren mehr an dem Haus und dessen Bewohnern interessiert. Die einen staunten, die anderen sahen irritiert zu, wie Dolli mit ihrer Gehhilfe und Witold im Gefolge durch die Räume tippelte. Rike saß mit gefalteten Händen in ihrer Nische, schrie nicht und hatte nur Interesse für das Klavier, auf dem Elli später eine Sonate von Schumann spielen sollte.

Finas Rede war kurz und informativ. Nach der Begrüßung und Glückwünschen für mich dankte sie als erstes Fred für die spendierten Möbel. Erst dann sprach sie von unserer Gemeinschaft, die die Basis für das ganze Projekt sei, aber nicht mit einer Familie zu vergleichen wäre. Die Besucher sollten uns eher als eine Art Notgemeinschaft sehen, die den Kampf gegen die Diskriminierung der Alten in unserer Gesellschaft aufgenommen habe.

Richtig, unterbrach Ulrich, der in der hintersten Ecke stand und, wie ich sofort merkte, schon betrunken war, wir werden's euch allen zeigen.

Dolli bahnte sich einen Weg durch die Gäste, fuhr Ulrich mit ihrer Gehhilfe gegen das Schienbein und zischte ihn an, er möge still sein, worauf Ulrich sein Glas hob, es austrank und Prost sagte.

Die Gäste sahen sich an, lächelten verlegen oder schüttelten die Köpfe und wandten sich wieder Fina zu, die jetzt ein paar Worte über unser Konzept sagte und mit meinen Worten schloß: Wir sind aufeinander angewiesen wie Vögel in einem Schwarm.

Auch Ruperts Rede war kurz. Um Ulrich davon abzuhalten, sich weiter zu betrinken, lobte er ihn für den genialen Innenausbau und machte die Gäste auf die anschließende Besichtigung des Hauses unter seiner Führung aufmerksam. Das wirkte, denn er stellte sein Glas weg und nickte Rupert zu. Dann setzte sich Elli ans Klavier, und ich schob Rike neben das Instrument. Inzwischen wußten wir alle, daß nichts beruhigender auf Rike wirkte als Musik. Elli nickte Rike zu, und dann passierte etwas, womit keiner von uns gerechnet hatte. Rike gab Elli den Einsatz, hob die Hand und nickte kurz und energisch. Mit den ersten Tönen gerieten ihre Gesichtszüge in eine Verzückung, die mir Tränen in die Augen trieb. Dann hob sie die Hände, als müsse sie Ellis Spiel dirigieren, und dazwischen, als könne sie es besser, bewegten sich ihre Finger hin und her, als wären sie es, die auf den Tasten des Klaviers lägen. Als ich mich umsah, merkte ich, daß Rikes Verhalten unsere Gäste irritierte und von Ellis Vortrag ablenkte. Manche stießen sich an, manche grinsten, andere sahen lieber weg.

Nur wir, die Bewohner, wußten, was die Musik für Rike bedeutete, und nickten uns zu. Dann folgte die nächste Überraschung. Schumann sprang auf Rikes Schoß. Von Rupert wußte ich, daß er das seit ihrem Aufenthalt im Seniorenheim nicht mehr getan hatte. Er fürchtete ihren festen Zugriff und die Art, wie sie ihn unerwartet an sich drückte, bis er jaulte. Aber jetzt schien er keine Angst zu haben, und Rupert flüsterte mir zu, daß er früher, wenn sie Musik gehört habe, stundenlang auf ihrem Schoß saß. Er rollte sich seufzend zusammen und schloß, wie Rike, sofort die Augen, während sie weiter auf ihrem imaginären Klavier spielte oder dirigierte.

Am Ende nahm sie den Applaus mit der gleichen Selbstverständlichkeit entgegen wie Elli und verbeugte sich so tief in ihrem Rollstuhl, daß Schumann beleidigt von ihrem Schoß sprang.

Und jetzt, rief Ulrich mit etwas benebelter Stimme und hob den Arm wie zum Angriff, jetzt ist Schloßbesichtigung. Der größte Teil der Gäste folgte ihm, vorneweg Hannes und Paul Suska, von Journalisten und zwei Damen vom Sozialamt gefolgt.

Vielleicht sollte ich mitgehen, sagte Rupert, wer weiß, was Ulrich in seinem angetrunkenen Zustand für Unsinn erzählt. Zu allem Unglück hielt ich ihn davon ab, was später seine Folgen hatte und uns alle, die wir hier wohnten, in Teufels Küche brachte.

Inzwischen hatten sich Grüppchen gebildet. Als ich mich zu meiner Familie und Nüßchen setzte, schnappte ich gerade die letzten Worte auf.

Weiß Gott, ein originelles Altersheim, sagte Heike und erntete zustimmendes Gekicher, der eine ist Alki, die andere verrückt, und dazwischen zwei Behinderte. Das hält doch auf die Dauer kein Mensch aus …

Sicher halten wir das aus, mischte ich mich so freundlich wie möglich ein, und ich sag dir auch, warum.

Na, warum? fragte Nüßchen ein wenig schnippisch.

Weil wir eben kein Altersheim sind.

Ist ja egal, wie ihr euch nennt. Wichtig ist doch, wer hier mit wem zusammenlebt.

Du sagst es, Heike, antwortete ich spitz, du, zum Beispiel, kämst für das weiße Haus nicht in Frage, auch wenn du achtzig wärst.

Ohne ihre Empörung abzuwarten, drehte ich mich um und wandte mich anderen Gästen zu. Rike war inzwischen von Rupert in ihr Zimmer gebracht worden, wo sie mit Schumann, dem es im übrigen Haus zu laut und zu lebhaft war, in ihrem Sessel einschlief. Die Schnittchen waren fast aufgegessen, auch der Streuselkuchen von Frau Poliwko und unser Weinvorrat neigten sich dem Ende zu, als sich die ersten Gäste verabschiedeten, darunter auch meine Familie mit Nüßchen. Heike vermied es, mir die Hand zu geben. Fred winkte mir zu, nur Susan umarmte mich.

Ich weiß nicht, Mom, sagte sie, ich weiß nicht, ob das hier das Richtige für dich ist. Dann gab sie mir einen Kuß. Felix reichte mir die Hand und meinte, das weiße Haus sei sehr eindrucksvoll. Vielleicht, sagte er in seiner mir schon bekannten Überheblichkeit, vielleicht kann ich meine Redaktion dazu überreden, den einen oder die andere in meine Talk-Show einzuladen.

O ja, antwortete ich mit gespielter Begeisterung, Frau Doll wäre absolut dafür geeignet.

Und wer ist Frau Doll?

Die Dame mit der Gehhilfe. Sie ist sehr schlagfertig, wenn man ihr gestattet zu rauchen. Soll ich sie mit dir bekannt machen?

Großer Gott, murmelte Felix, drehte sich um und ging weg, ohne auf Susan zu warten.

Als alle Gäste fort waren, saßen wir erschöpft in der Küche um den großen Tisch. Nur Ulrich war nicht dabei. Er schliefe seinen Rausch aus, berichtete Karl, der Ulrich behilflich gewesen war, ins Bett zu finden. Wir überlegten, wer mit ihm sprechen sollte. Aber Fina meinte, er hätte uns schließlich vorher gesagt, daß er sich dreimal im Jahr betrinke, und heute wäre es eben das erste Mal gewesen. Lotte, Grieschen, Karl, Rupert und ich räumten gemeinsam mit Frau Poliwko auf, und in zwei Stunden war die alte Ordnung wiederhergestellt.

Mal sehen, sagte Fina, nachdem alle noch einen Schluck auf mein Wohl getrunken hatten, mal sehen, was morgen oder übermorgen über uns in der Zeitung steht.

Später holten Rupert und ich Schumann aus Rikes Zimmer und gingen mit ihm spazieren. Das Licht des Vollmonds versilberte die dünne Schneeschicht, die unter unseren Schuhen knirschte und unsere Spuren wie große schwarze Löcher aussehen ließ. Rupert hatte mich eingehakt. Seine Nähe schützte mich angenehm vor dem aufkommenden Ostwind.

Und, fragte er, fandest du deinen Geburtstag schön?

Ja, sehr schön. Aber das Schönste waren deine Rosen und was du mir dazu geschrieben hast.

Er blieb stehen, und einen Moment lang glaubte ich schon, er würde mir einen Kuß geben. Aber dann ging er weiter, und ich spürte nur seine Hand, die die meine fest umschloß.

Die ersten zwei Monate lief alles wie am Schnürchen. Es gab weder Gezänk noch Reibereien. Man half sich gegenseitig, war freundlich und zeigte sich zufrieden. Wenn Außenstehende uns fragten, wie unsere WG funktioniere, sagten wir, großartig, fingen an zu schwärmen und behaupteten, das große Los gezogen zu haben.

Erst nach Wochen bildeten sich allmählich Grüppchen. Fina, Rupert und ich hatten uns zusammengeschlossen. Wir gingen hin und wieder gemeinsam in die Weinstube oder kochten in der Gemeinschaftsküche für uns, was von den anderen mit scheelen Blicken, wenn auch wortlos registriert wurde. Dolli schien unsere Dreierfreundschaft am wenigsten zu passen. Sie war es auch, die Lotte aufforderte, auch mal ein Essen zuzubereiten. Aber Lotte kochte nicht gern und sah keine Veranlassung, sich einer solchen Mühe zu unterziehen. Sie, Elli und Karl hatten sich angewöhnt, mindestens dreimal in der Woche Skat zu spielen. Das machte ihr mehr Spaß. Insofern ergab es sich wie von selbst, daß Dolli und Ulrich mehr und mehr zusammenhockten. Dann hüllten sie sich in Zigarettenrauch, bis einer den anderen kaum noch sah, lästerten miteinander und verstummten, wenn sich ein dritter dazugesellte. Mit der Zeit fanden sie sogar gemeinsame Interessen und wetteiferten miteinander, wer sich besser in der italienischen Renaissance-Malerei auskannte. Dabei sahen sie heimlich im Lexikon nach, um anderntags dem anderen eine Falle zu stellen. Eines Abends kam Ulrich auf die Idee, Dolli zu malen. Dazu mußte sie ihre rote Baskenmütze aufsetzen, ihr kurzes Baumwollkleidchen und ihre roten Leggins anziehen. Stundenlang saß sie ihm Modell, ohne auch nur einen Blick auf das entstehende Kunstwerk werfen zu dürfen. Niemand von uns durfte es betrachten, bevor es fertig war, egal, wie neugierig Dolli und wir anderen waren.

Trotz des friedlichen Miteinanders entwickelte sich eine seltsame Spannung, die sich keiner so recht erklären konnte und über die wir nie sprachen. Wie unter künstlicher Beatmung bewegten wir uns in einer Art Vakuum des Friedens und der Beschaulichkeit. Kontakt nach außen suchten wir nicht. Brauchten ihn nicht, wie jeder jedem beteuerte, denn wir hatten ja uns. Die einzigen Fremden, die uns besuchten, gehörten zu Rikes Pflegedienst. Die notwendigen Besorgungen erledigten Karl und Herr Poliwko. Frau Poliwko putzte das Haus und auf Wunsch unsere Appartements. Die Kinder waren überall gern gesehen, wobei sich Witold am liebsten bei Dolli aufhielt. Er hatte sie tatsächlich dazu gebracht, daß sie ihm hin und wieder ihre Gehhilfe überließ, mit der er dann unter lautem Getöse, Autogeräusche nachahmend, den Flur auf und ab karrte.

Wer weiß, ob es einer von uns überhaupt merkte, wenn das weiße Haus eines Tages abhöbe und sich an einem anderen Ort niederließe, so sehr hatten wir uns, ohne es zu merken, von der Außenwelt isoliert.

Nur Grieschen und Rike schienen wirklich glücklich zu sein, machten sich und uns nichts vor, und eigentlich waren sie es, die uns tagtäglich vermittelten, daß es uns im weißen Haus an nichts fehlte.

Seit Wochen hatte Rike nicht mehr geschrien. Elli spielte ihr sooft wie möglich auf dem Klavier vor, und Schumann akzeptierte wieder sein früheres Frauchen, hielt sich tagsüber, wenn wir nicht mit ihm spazierengingen, bei ihr auf und schlief nur nachts bei Rupert oder bei mir. Hin und wieder sprach Rike sogar wieder ein oder zwei Worte. Eines Tages, als ich nach ihr sah, sagte sie: Schumann Gassi.

Wollen Sie mitkommen? fragte ich. Rike nickte lächelnd. Ich zog sie an, wir fuhren im Fahrstuhl nach unten, und dann schob ich sie langsam im Park in den ersten Strahlen der Frühjahrssonne auf und ab.

Grieschen ging ganz in der Aufgabe auf, die Wäsche zu betreuen. Sie bügelte für jeden, der es wollte. Sie mangelte mit Frau Poliwko die Bettwäsche und legte die Handtücher zusammen. Stundenlang stand sie hinter ihrem Bügelbrett und ließ es sich nicht nehmen, jedem einzeln, ohne je etwas zu verwechseln, Wäsche, Blusen und Hemden zu bringen. Es kam mir vor, als würde sie seit jenem Tag, wo sie eine selbständige Aufgabe übertragen bekommen hatte, klarer im Kopf. An Weglaufen schien sie nicht mehr zu denken, und ihre Tochter erwähnte sie auch nicht mehr. Eines Tages stellte ich fest, daß von den zahlreichen Fotos der Tochter, die in ihren Zimmern an Wänden hingen und auf der Kommode standen, einige verschwunden waren.

Was ist los, Grieschen, fragte ich, da fehlen doch Fotos?

Es sind noch genug andere da, antwortete sie verschmitzt und fragte dann zurück: Meinen Sie, meine Tochter hat auch so viele Fotos von mir in ihrer Wohnung?

Nein, sagte ich, das glaube ich nicht.

Und sie: Ich auch nicht.

Vielleicht hätte diese auf mich so seltsam wirkende Stimmung der Friedfertigkeit noch länger angehalten, wenn es nicht zu einem jeden von uns aufrüttelnden Krach zwischen Ulrich und Dolli gekommen wäre, in den wir, ohne es zu wollen, alle hineingezogen wurden.

Es fing damit an, daß Ulrich uns mitteilte, das Bild fertig gemalt zu haben. Es war mit einem farbbekleckten Laken verhängt, das er erst entfernen wollte, wenn sich alle Bewohner in seinem Atelier befänden. Nur Rike und das Ehepaar Poliwko waren ausgenommen, während sich Witold, Danka und Alicja neugierig zwischen uns nach vorn drängten und auf dem Fußboden Platz nahmen. Dolli hatte zur Feier des Tages angezogen, was sie die ganze Zeit über als Modell getragen hatte, und thronte jetzt mit einer Zigarette im Mundwinkel, die rote Baskenmütze auf dem Kopf, in einem Sessel zwischen uns. Ulrich machte es spannend. Er wies uns darauf hin, daß es sich hier um das erste Bild handle, das er im weißen Haus gemalt habe. Er wolle es dem Verein schenken, sagte er, und wünsche sich, daß es im Aufenthaltsraum, den wir inzwischen unser Zimmer nannten, seinen Platz finde.

Dann zog er mit einem Ruck das Laken von der Staffelei, und bevor wir überhaupt richtig hinsehen konnten, fragte er, ob wir etwa anderer Meinung seien. Kaum war das Bild unseren Blicken ausgesetzt, breitete sich eine Stille aus, als wären wir allesamt unter Wasser gedrückt worden. Selbst von den Kindern war kein Laut zu hören, kein Atemzug von Fina. Dolli, die vor mir saß, schien bewegungslos, wie ausgestopft.

Na, fragte Ulrich, der unser Schweigen für Bewunderung hielt, was sagt ihr nun?

Ich streckte den Kopf nach vorn und kniff der besseren Sicht wegen ein bißchen die Augen zusammen. Als erstes stürzten die Farben Grau und Rot des einsfünfzig mal einszwanzig Meter großen Gemäldes auf mich ein. Wenn auch die Varianten der beiden Farben unendlich zu sein schienen, wirkten sie auf mich düster und aggressiv. Wie unter einer körperlichen Bedrohung zog ich meinen Kopf wieder zurück. Gleichzeitig schälte sich aus dem Grau der Körper von Dolli, der in seinen absichtlich verzerrten Proportionen etwas Teuflisches hatte. Sie hockte in ihren roten Leggins mit verdrehten Beinen auf einem Schemel, den Kopf mit der roten Baskenmütze schief zur Seite geworfen, mit einem Gesicht, das nur aus ihren kleinen Augen und den zusammengezogenen Lippen bestand, zwischen denen eine Zigarette hing. Dolli hatte weder eine Nase noch Ohren. Ihre Wangen waren nicht nur steingrau, sondern auch unnatürlich tief nach innen gezogen, als sei sie vor Jahr und Tag zur Mumie vertrocknet. Ihre Arme hingen viel zu lang, kraftlos und zu nichts mehr nutze links und rechts am Körper, der sich, dem imaginären Gesicht folgend, der Gehhilfe zuwandte, die von Ulrich bis ins Kleinste detailgerecht silbriggrau gemalt war, als habe sie ein himmlischer Sonnenstrahl getroffen. Und auf dieser Gehhilfe turnte Witold, den Kopf nach unten und nur auf die Hände gestützt, in mühsamer Fahrt an Dolli vorbei. Auch sein Gesicht war nicht zu sehen, war weggedreht, während seine Beine bleischwer in der Luft vorwärtsschlichen.

Witold, der sich an seiner Jacke erkannt hatte, durchbrach die unheilvolle Stille mit dem Satz: So ein doofes Bild, ich kann das doch gar nicht.

Danka hielt ihm sofort den Mund zu und kündigte ihm Prügel an.

Laß ihn, knurrte Dolli, er hat recht.

Dann schrie sie mit mal tiefer, mal sich überschlagender Stimme auf Ulrich ein, was er sich dabei gedacht habe, sie so zu verarschen. Jawohl, Dolli sagte verarschen. Was in ihm vorgegangen sei, wollte sie wissen, daß er sie tagelang für diese Karikatur von einer verkrüppelten Drossel hatte Modell sitzen lassen. Lustig mache er sich über sie, ihre Gehbehinderung und die Anhänglichkeit von dem Kind.

Plötzlich stand Dolli auf und versuchte, ihren Stock, der in der Gehhilfe steckte und den ihr Witold bereitwillig reichte, in das Gemälde zu bohren. Aber Ulrich war schneller, fing den Stock auf und stieß ihn so heftig zurück, daß Dolli mit einem kleinen Schrei in ihren Sessel flog.

Wohl verrückt geworden, brüllte jetzt Ulrich. Sein Gesicht nahm die Farbe von Dollis Baskenmütze an, während er sich mit ausgebreiteten Armen schützend vor sein Werk stellte. Er sah Dolli an, die immer noch bereit zu sein schien, das Bild zu zerstören, und sagte etwas ruhiger: Das ist doch kein Porträt, Dolli. Es ist das Abbild eines Zustandes, in dem wir uns alle befinden. Die Gehhilfe steht in ihrer naturgetreuen Darstellung für Abhängigkeit, die Person daneben zeigt dem Betrachter, wie er uns sieht, und das Kind hofft vergeblich, alles, was ihm unter die Finger kommt, für sich zu nutzen.

Das kann ich schon verstehen, mischte sich jetzt Fina ein, aber Dolli sieht das anders, und an ihrer Stelle wäre ich auch irritiert.

Wenn sie etwas von Kunst verstünde, giftete Ulrich, dann wäre sie nicht beleidigt, sondern stolz, daß ich sie ausgewählt habe.

Darauf war Dolli schon wieder auf den Beinen und fuchtelte mit ihrem Stock herum.

Wenn diese Schmiererei irgendwo hier im Haus aufgehängt wird, zieh ich aus, das versprech ich euch.

Ohne eine Reaktion von uns abzuwarten, gab sie Witold einen Wink. Der Junge schob ihr sofort die Gehhilfe hin, und beide machten sich auf den Weg, so schnell wie möglich aus dem Atelier zu kommen. Ich stieß Rupert an, der sich sofort Dolli in den Weg stellte, um sie versöhnlich zu stimmen.

Ich bin auch davon überzeugt, daß Ulrich Sie nicht kränken wollte, sagte er verbindlich. Aber da knallte ihm Dolli schon die Gehhilfe gegen das Schienbein, so daß er mit schmerzverzerrtem Gesicht zur Seite sprang, was mich seltsamerweise zum Lachen brachte.

Nachdem Dolli das Atelier verlassen hatte, sagte Lotte plötzlich mit schneidender Stimme zu mir: Ich weiß wirklich nicht, was an der Situation so lustig ist. Und ich antwortete, sie möge nicht so humorlos sein. Als sei das Ventil eines Dampftopfs in die Luft geflogen, ging es plötzlich los. Bis auf Karl Feigel und Grieschen schrien alle durcheinander. Lotte ließ an mir kein gutes Haar. Elli stichelte für alle hörbar, Ulrich hätte lieber sie malen sollen, denn sie könne mit ihrer Behinderung weit besser umgehen als die verrückte Dolli. Ulrich wiederum bestand in gleicher Lautstärke darauf, sich seine Modelle selbst auszusuchen. Selbst Rupert, der sich immer noch sein Schienbein rieb, wurde laut und rief: Das ist ja schlimmer als in einem Kindergarten.

Karl Feigel lief händeringend von einem zum anderen und sagte, er habe sich unsere Gemeinschaft so nicht gedacht. Aber niemand hörte ihm zu. Auch Fina, die mehrmals in die Hände klatschte und immer wieder um Ruhe bat, hörte niemand zu. Nur Grieschen stand still in der Mitte des Studios und hielt sich, uns zum Hohn, die Ohren zu.

Ich hatte plötzlich das absurde Gefühl, daß jeder froh war, die Glocke der Harmonie, die wir uns selbst übergestülpt hatten, durchstoßen zu haben. Schimpfworte fielen. Und plötzlich rückten wir in die Gruppen zusammen, denen wir uns zugehörig fühlten. Grieschen stellte sich als erstes hinter mich. Ich aber stand neben Rupert und Fina, während sich uns gegenüber Lotte, Herr Feigel und Elli postierten. Nur Ulrich hatte keinen Kumpan. Aber den brauchte er auch nicht. Er schien uns alle gleichermaßen zum Kotzen zu finden. Er hängte sein farbenbeschmiertes Laken wieder über das Bild, öffnete die Tür und warf uns kurzerhand mit den Worten aus seinem Atelier, Flachköpfe, Stümper und Banausen hätten nichts bei ihm zu suchen.

Wir gingen, knurrten wie Hunde vor uns hin, warfen uns giftige Blicke zu und verschwanden in unseren Appartements, ohne daß einer für den anderen auch nur ein Wort fand. Wie aus dem Rudel verbannte Tiere zogen wir uns in unsere Höhlen zurück, schmollten und grübelten über die plötzlich ausgebrochene Streitlust der bisher so friedfertigen Hausgemeinschaft nach.

Selbst Fina mochte ich in dem augenblicklichen Zustand der Spannung nicht besuchen. Meine Enttäuschung über die unerwartete Zankerei innerhalb der Gruppe war ebenso groß wie meine Wut auf Dolli. Ich mußte zwar zugeben, daß Ulrichs Gemälde für sie wenig schmeichelhaft war und daß es auf den Betrachter bedrückend wirkte. Aber nachdem er uns erklärt hatte, was damit gemeint war, begriff ich, daß er fern davon war, Dolli zu beleidigen. Wie bei einem Schachspiel schob ich die Schuld von einer Figur zur anderen, nur mich selbst ließ ich aus.

Der erste, zu dem ich wieder Kontakt aufnahm, war Rupert, und wir gingen mit Schumann, ohne irgend jemandem Mitteilung zu machen, in die nahe gelegene Weinstube. Rike hatte inzwischen gelernt, mit einem Piepser umzugehen, den sie bediente, wenn sie etwas von uns wollte. Mit dem Auto wären wir in weniger als fünf Minuten wieder im weißen Haus, so daß wir uns den von den anderen Bewohnern unbemerkten Ausgang leisten konnten. Nur Herrn Poliwko sagten wir Bescheid und baten ihn, unser Verschwinden für sich zu behalten.

Als wir in der Kneipe vor unseren Weingläsern saßen, hätte ich nicht von mir behaupten können, daß es mir gutging. Ich hatte vor allem Fina gegenüber ein schlechtes Gewissen.

Warum haben wir Fina nicht mitgenommen? fragte ich, und Rupert antwortete: Weil ich mit dir alleinsein wollte.

Wieder schwiegen wir. Ich merkte, daß ich zu schnell trank, und spürte Hitze im Gesicht.

Wenn das im weißen Haus so weitergeht, sagte ich endlich, dann weiß ich wenigstens, daß ich alles falsch gemacht habe und Hannes recht hatte.

Nur weil es einmal Krach gegeben hat?

Aus einem Krach wachsen zwei, erwiderte ich störrisch, ich kann mir sehr gut vorstellen, wie das weitergeht.

Könntest du dir denn vorstellen, nur mit mir zusammenzuwohnen?

Mit dir? Ich blickte ihn so lange an, daß viele Bilder in meinem Kopf Platz hatten. Ich sah ihn morgens neben mir frühstücken, mit mir einkaufen, spazieren und ins Kino gehen. Ich sah ihn mit mir vor dem Fernseher sitzen, auf einem Balkon die Zeitung lesen. Ich sah ihn im Bad sich duschen, rasieren und abtrocknen. Ich sah Rupert überall und ständig neben mir, auch im Bett.

Nein, sagte ich langsam und liebevoll, als hätte ich ja gesagt.

Und was kannst du dir überhaupt mit mir vorstellen?

Eine Reise, sagte ich leise, eine Reise mit dir auf einem Schiff ins Eismeer, in ein Licht, das wir nicht kennen, und in eine Stille, wie wir sie noch nie erlebt haben. Das kann ich mir mit dir vorstellen.

Wahrscheinlich wäre mir noch mehr eingefallen, diese Reise zu beschreiben, denn der Wein hatte mir meine üblichen Hemmungen genommen. Für kurze Zeit hatte ich sogar das weiße Haus vergessen. Ich war mit Rupert unterwegs in eine Welt, von der ich annehmen konnte, daß ich sie außerhalb meiner Phantasie nie erreichen würde. Da fiel es mir nicht schwer zu schwärmen und eine Nähe auszumalen, die ich in Wirklichkeit nicht zuließ. Aber, wie gesagt, ich kam nicht weit, in Worte zu fassen, was ich mir vorstellte. Rikes Piepser piepste. Ein Geräusch, das mich zusammenfahren ließ und in die Realität zurückholte.

Rupert sprang auf, Schumann stand bereits an der Tür, und ich ließ mein halbvolles Glas Wein zurück.

Zahlen, riefen wir dem Wirt zu, zahlen würden wir das nächste Mal. Ein paar Minuten später standen wir atemlos in Rikes Zimmer, in das wir ohne anzuklopfen hineingestürzt waren.

Es ist schon wieder alles in Ordnung, sagte Fina freundlich, die neben Grieschen an Rikes Bett stand, eigentlich hättet ihr gar nicht zu kommen brauchen.

Wir sahen uns beschämt an und murmelten jeder für sich eine Entschuldigung.

Fina ging nicht weiter darauf ein und erzählte, was passiert war.

Rike hatte aus irgendeinem Grund schlecht geträumt und zu schreien begonnen, sie hatte um sich geschlagen, alles vom Nachttisch gefegt und einen solchen Lärm veranstaltet, daß Grieschen es hörte. Als sich weder an meiner noch an Ruperts Tür jemand meldete, war sie zu Fina gelaufen und wieder zurück, um auf den Piepser zu drücken.

Eine Umsicht, die ich Grieschen nie und nimmer zugetraut hätte.

Dann hatten die beiden Rike abwechselnd in den Arm genommen, sie gestreichelt und beruhigt. Als sie wieder bei Sinnen war, hatte Fina ihr Tropfen gegeben, die für solche Fälle, wie jeder von uns wußte, bereitstanden. Geweint hätte

Rike dann und nach Rupert und Schumann verlangt. Als ihr Grieschen mit ihrer dünnen Altweiberstimme schließlich ein Schlaflied vorgesungen habe, hätte Rike zwar unwillig den Kopf geschüttelt, sei aber doch eingeschlafen.

Rupert bedankte sich bei beiden Frauen, ohne auf Grieschens Frage einzugehen, wo wir denn gewesen seien und warum wir niemandem etwas gesagt hätten.

Das müssen sie ja auch nicht, sagte Fina, ohne uns anzusehen, Sie waren ja da, und ich. Wie Sie sehen, hat das genügt, um Rike zu beruhigen.

Jedes Wort fuhr mir unter die Haut. Das Schiff, Rupert und das Eismeer waren vergessen. Was übrig blieb, war das bedrückende Gefühl, Fina und Grieschen nicht nur übergangen, sondern auch im Stich gelassen zu haben.

Zwei Tage später – wir waren uns in großer Höflichkeit und so gut es ging aus dem Weg gegangen – wurden alle Hausbewohner zu Fina in ihr Appartement eingeladen. Dolli und Ulrich überlegten sich ernsthaft, ob sie absagen sollten, wurden aber von Karl Feigel und mir überredet, doch zu erscheinen. Sie müßten ja nicht nebeneinander sitzen, schlugen wir vor, aber es sei unmöglich, Fina eine Absage zu erteilen.

War es der Respekt vor Fina, war es Neugier, was die Einladung zu bedeuten hatte, oder war es eine willkommene Ablenkung? In jedem Fall waren alle Bewohner pünktlich. Auf Finas Wunsch brachten Rupert und ich Rike mit, die, Schumann auf dem Schoß, wach in ihrem Rollstuhl saß.

Fina hatte ihre Wohnung mit Kerzen beleuchtet. Überall standen Teller mit Gebäck oder Schnittchen, und Frau Poliwko servierte auf Wunsch Tee oder Kaffee. Fina ließ uns genug Zeit, Verwunderung und Staunen über die unerwartete Party miteinander auszutauschen. Das lockerte die

Stimmung, und ich merkte, wie sich ganz langsam die in den letzten Tagen zwischen uns entstandene Reserviertheit löste. Nur Dolli und Ulrich hatten keinen Blick füreinander und behandelten sich gegenseitig wie Luft. Es mochte eine Stunde vergangen sein, als Fina mit einem kleinen silbernen Glöckchen läutete und wir alle, egal, was wir uns auch erzählten, den Mund hielten.

Später sagte mir Rupert, daß auch er, was den Streit und das Verhalten der Bewohner betraf, von Fina eine gewaltige Gardinenpredigt erwartet habe. Und jeder, das konnte ich den Gesichtern ablesen, vermutete das gleiche. Aber weit gefehlt. Fina dankte uns für unser Kommen so herzlich, als hätte jeder dazu einen stundenlangen Weg bewältigt. Sie freue sich sehr, sagte sie, und hoffe, daß uns Gebäck und Schnittchen, die Frau Poliwko für uns zubereitet habe, schmeckten. Wir murmelten kopfnickend Dank, gespannt, was Fina uns noch zu sagen hatte.

Ich weiß nicht, fuhr sie fort, ich weiß nicht, ob Sie auch gemerkt haben, daß wir hier im weißen Haus mit oder ohne Absicht in totaler Isolation leben. Unser Kontakt nach draußen ist gleich Null. Alles, was wir wissen, erfahren wir durch Zeitung und Fernsehen. Dadurch, daß Karl und Herr Poliwko den Einkauf übernommen haben, gehen wir andern nicht mehr in den Supermarkt. Die einzigen fremden Gesichter, die wir sehen, gehören zum Pflegedienst, der Rike betreut. Anders ausgedrückt, wir drehen uns miteinander und umeinander im Kreis, und das kann, wie wir alle erfahren haben, gefährlich werden.

Wieder nickten wir, wenn auch nicht so beflissen wie zuvor. Fina, die bisher gestanden hatte, setzte sich jetzt, trank ein bißchen Tee und steckte ein Plätzchen in den Mund. Und dann fragte sie uns, wie es denn mit den Aufgaben stehe, die wir uns vor dem Einzug ins Haus vorgenommen hätten. Außer Karl, der unsere Einkäufe machte und Zeitungen und Post verteilte, und Grieschen, die sich mit großer Hingabe um die Wäsche kümmerte, wüßte sie nicht, wer sein geplantes Vorhaben durchführe. Fina zählte ohne Vorwurf in der Stimme auf, was wir damals im Park ausgemacht hatten. Lotte wollte sich um den Garten kümmern, Elli wollte ein Tagebuch führen und die Bibliothek katalogisieren. Ulrich, der sich für Reparaturen zuständig erklärt hatte, habe bis heute noch nicht die oberen Fenstersimse gestrichen, die erst nach Abzug der Rentnertruppe fertig geworden waren. Rupert wollte Schülern Nachhilfestunden in Mathematik geben, aber sie habe bis heute keine Schüler im Haus gesehen.

Und du, Nele, sagte sie freundlich zu mir, du hast versprochen, Außenkontakte herzustellen und dich als Ansprechpartnerin im Haus zur Verfügung zu stellen. Aber offensichtlich macht nur Rupert davon Gebrauch. Jemand fing an zu kichern. Ich wurde rot. Aus dem Kichern wurde Lachen, in das Fina einstimmte.

Bißchen wenig, denke ich, oder?

Ich wollte aufbrausen, mich wehren, mir den Spott verbitten, mit dem man sich in mein Privatleben einmischte. Ich spürte die Röte auf meinem Hals und im Gesicht. Ich holte schon Luft und hatte die ersten groben Worte auf der Zunge, als Rupert mich am Arm zupfte und mir zuflüsterte, ich möge mir überlegen, was ich sage. Ich sah ihn an, sah in die Runde und von einem Gesicht zum anderen. Nirgendwo fand ich Spott oder Häme, sondern ein freundliches, verständnisvolles bis kumpelhaftes Lächeln, das mich plötzlich umschloß, als müsse man mich davor bewahren, von einem Felsen zu stürzen. Ich schluckte die groben Worte hinunter, und es gelang mir tatsächlich zurückzulächeln.

Du hast recht, Fina, sagte ich laut und deutlich. Irgend jemand klatschte in die Hände, hörte aber sofort wieder auf, als niemand einfiel. Eine Weile sagte überhaupt niemand etwas, und in das Schweigen hinein war plötzlich Rike zu hören. Sie sagte: Fina, und noch einmal, Fina.

Mehr nicht, aber für uns war das sehr viel, weil sie bisher außer Rupert und Schumann noch nie jemanden beim Namen genannt hatte, auch mich nicht.

Vor Staunen blieb uns der Mund offen stehen, und als Fina aufstand, zu Rike ging, sie umarmte und ihr einen Kuß gab, klatschten jetzt alle in freudiger Überraschung.

Finas Einladung hatte wie eine Art Startschuß gewirkt. Jeder begann, sich um seine Aufgabe zu bemühen. Auf einmal war im Haus eine Geschäftigkeit zu spüren, die unseren Tagesrhythmus von der bisherigen Trägheit in ein ungewohntes Tempo führte. Weder Alter noch Krankheit oder Behinderung spielten eine Rolle. Wir hatten zu tun, und Elli schrieb alles auf. Bei Rupert trafen die ersten Schüler ein. Lotte war ständig im Garten zu sehen und Herrn Poliwko eine große Hilfe. Nur Ulrich schob seine Pflichten hinaus, sagte, seine Malerei gehe vor, und er könne nur den Klempner, Tischler, Anstreicher oder Elektriker spielen, wenn er Zeit habe. Noch sagte niemand etwas, aber es war abzusehen, daß es irgendwann Ärger geben würde. Ich stellte die ersten Kontakte mit Seniorenheimen, Altentagesstätten und Fachschulen für Altenpflege her, um Gäste für ein von mir geplantes Erzählcafé zu gewinnen. Bei den Seniorenheimen fand ich wenig Interesse. Sie hätten ihre eigenen Veranstaltungen, hieß es, zudem sei der Weg ins weiße Haus zu weit, die Fahrt zu umständlich, und man sei mit meinem Angebot auch nicht auf Interesse der Bewohner gestoßen. Ich schrieb Briefe, ich telefonierte, ich machte

Besuche, wenn auch bisher mit wenig Erfolg, aber ich gab nicht auf.

Fina, mit der ich das Projekt eigentlich zusammen machen wollte, fiel aus. Sie hatte sich noch immer nicht von ihrer Herzattacke erholt und war kaum belastbar. Auf ihren Wunsch informierte ich sie über alle meine Bemühungen. An einem Nachmittag, als ich aus dem Haus gehen wollte, klingelte es an meiner Wohnungstür, und als ich öffnete, stand Hannes vor mir.

Du besuchst mich? fragte ich eher mißtrauisch als erfreut und vergaß, ihn hereinzubitten, verwundert, wie ich war.

Möchtest du, daß ich wieder gehe?

Natürlich nicht, komm rein.

Ich schämte mich meiner Ruppigkeit und machte Tee, den Hannes, wie ich wußte, gern trank. Ich stellte Teller und Tassen auf den Tisch und schüttete Gebäck in eine Schale. Die Frage, was er hier wolle, beunruhigte mich derart, daß ich nicht einmal auf die Idee kam, ihn zu fragen, ob Paul Suska auch mitgekommen sei.

Später erfuhr ich, daß Paul zur gleichen Zeit, als Hannes mich besuchte, bei Fina aufgetaucht war. Fina jedoch hatte ihren Neffen höflich, aber bestimmt vor die Tür gesetzt und eine Unterhaltung abgelehnt, egal, was Paul für ein Anliegen hatte. Er wolle sich entschuldigen, habe er gesagt, und die Beziehung zu Fina wieder ins Reine bringen. Aber Fina sei zu einem solchen Versuch nicht fähig gewesen. Sie brauche Zeit, habe sie geantwortet, und zudem erlaube ihr der gesundheitliche Zustand, in dem sie sich befinde, keine Aufregung.

Ich hatte von Pauls Versuch, mit Fina wieder Kontakt aufzunehmen, keine Ahnung, zumal Hannes den neuen Geschäftsfreund weder erwähnte noch mir über dessen Anwesenheit im Haus etwas erzählte. Ich gab mich lieber dem

Gedanken hin, daß Hannes sich eines Besseren besonnen hatte und mit mir Frieden schließen wollte. Er hatte mir Blumen mitgebracht, die er jetzt, während ich den Tee zubereitete, anschnitt und in eine Vase stellte. Als er sagte, er wisse doch, welche Blumen ich liebe, und mich dabei Muttchen nannte, protestierte ich nicht, sondern biß die Zähne zusammen und griff nach der kleinen Messingkugel, die ich ständig in meiner Jackentasche bei mir trug. Sie gab mir, behauptete ich, nicht nur Kraft, sondern bewahrte mich auch vor Lug und Trug.

Ich betrachtete meinen Sohn aus den Augenwinkeln, weil ich nicht wollte, daß er meinen Ärger über die verhaßte Anrede merkte. Es gefiel mir, wie er die Blumen einstellte. In meiner Erinnerung gab es keinen Mann, der Blumen so geschmackvoll in einer Vase arrangierte. Anschließend wusch er das Messer ab, mit dem er die Stiele angeschnitten hatte, säuberte das Brettchen, das er dazu benutzt hatte, und räumte beides weg, ohne mich zu fragen, wohin die Gegenstände gehörten. Das war mein Hannes. Hilfsbereit, umsichtig und stets darauf bedacht, mir einen Handgriff zu ersparen. Sein Profil ähnelte dem von Fred. Auch die Art zu gehen und nach getaner Arbeit die Hände in die Hosentaschen zu stecken. Selbst die Wahl seiner Kleidung war der des Vaters ähnlich. Ein wenig zu konservativ, aber edles Material. Nur die bunt gemusterte Seidenweste war ein Zugeständnis an sein Alter.

Also, sagte ich fast liebevoll, warum bist du gekommen?

Ich wollte dich sehen, Muttchen.

Mutter, sagte ich, bitte tu mir den Gefallen und nenne mich Mutter.

Und Hannes wiederholte gehorsam: Ich wollte dich sehen, Mutter.

Da ich ihn schweigend, aber freundlich ansah, fuhr er

langsam fort, daß ihn unser Streit bedrücke. Er sagte, er habe in letzter Zeit viel an seine Kindheit gedacht und daran, wie er mich als kleiner Junge geliebt habe. Seine Worte machten mich sprachlos. Ich konnte mich nicht erinnern, daß Hannes, seit er erwachsen war, je seine Kindheit erwähnt hatte. Wenn Susan die eine oder andere Episode erzählte, hatte er meist schweigend zugehört, genickt oder zweifelnd den Kopf geschüttelt.

Dann red du doch, hatte ich ihn ein ums andere Mal aufgefordert. Aber Hannes hatte sich stets mit der Begründung geweigert, daß ihn Kindergeschichten langweilten. Und nun saß er mir hier nach wochenlangen Auseinandersetzungen gegenüber, hatte Blumen mitgebracht, trank Tee und behauptete, sich mit seiner Kindheit zu beschäftigen. Ohne daß ich es näher hätte begründen können, wurde ich abermals mißtrauisch und fragte, wie er denn darauf komme.

Nur so, sagte Hannes mit einem kleinen, steifen Lächeln, nur so.

Und was ist dir dabei durch den Kopf gegangen? fragte ich, um das Gespräch nicht abreißen zu lassen, auch in der Hoffnung, daß sich mein Mißtrauen auflöse und der Hoffnung Platz mache, wieder zurückzufinden zu der alten Beziehung zwischen meinem Sohn und mir.

Es sind einzelne Bilder und Situationen, die ich nicht vergessen kann.

Erzähl sie mir.

Zum Beispiel, wie ich meinen ersten Schlitten bekam. Nachdem endlich Schnee gefallen war, sind wir alle zusammen zum Trümmerberg gefahren. Du, Susan und ich sind mit dem Schlitten den Berg raufgestiegen. Vater blieb unten stehen. Dann hast du mich auf den Schlitten gesetzt, und ich hab gefragt: Kommst du nicht mit?

Nein, hast du gesagt, du bist ein großer Junge, du kannst allein runterfahren, und du gabst dem Schlitten einen Schubs. Ich schrie entsetzlich laut, weißt du noch?

Ich schüttelte den Kopf, konnte mich zwar an den Ausflug in den Schnee erinnern, nicht aber an einen Schrei von Hannes.

Der Schubs, sagte er, den habe ich nie vergessen. Damals dachte ich, du wolltest mich weg von dir in den Abgrund stoßen, damit ich nie mehr wiederkäme. Vor Angst wurde ich ganz steif, alles flog an mir vorbei, Kinder, Erwachsene, Bäume und Sträucher. Ich glaubte, die Fahrt würde nie ein Ende nehmen, und ich würde, von allen verlassen, in einem riesigen Schneefeld landen, wo es keine Menschen, keine Häuser und keine Tiere gab. Als ich mit geschlossenen Augen unten ankam, stand Papa da, lachte und sagte, das hätte ich toll gemacht, und ich solle mit meinem Schlitten wieder hinauf, damit Susan auch mal fahren könne.

Als ich oben ankam, trampelte Susan schon vor Aufregung, und ich wußte, sie würde ohne Angst allein den Berg hinunterfahren. Sie war schon dabei, sich mit ihren kleinen Beinen abzustoßen, als du plötzlich riefst, du wolltest mit und dich im letzten Moment, bevor der Schlitten hinuntersauste, hinter Susan setztest, sie umarmtest und mit ihr aus meinen Blicken verschwandest. Wieder war ich allein, diesmal auf der Spitze des Berges, und ich hatte das Gefühl, daß er wüchse, immer höher, immer höher, je schneller mein Schlitten mit euch in die Tiefe fuhr.

Das ist ja eine schreckliche Geschichte, sagte ich und hörte meine brüchige Stimme.

Findest du? fragte Hannes, eigentlich ist es nur der Schubs, den ich nicht vergessen kann, die Schlittenfahrt als solche hat mich damals stark gemacht. Ich wußte plötzlich, daß ich auch etwas allein kann, und das habe ich dir zu verdanken.

Es war meine Rolle, die mir in dieser Geschichte nicht gefiel, auch wenn Hannes sie noch so positiv darstellte.

Hast du keine schöneren Erinnerungen? wollte ich wissen.

Ich weiß ja nicht, was du unter schön verstehst, aber es gibt noch ein Erlebnis, das mich beeindruckt hat.

Erzähl!

Vater und du, ihr habt euch gestritten. Um was es ging, weiß ich nicht, ich weiß nur, daß ihr euch angeschrien habt. Erst du, dann Vater, dann wieder du. Das ging hin und her, bis es nur noch Vater war, der brüllte. Susan und ich spielten im ersten Stock. Obwohl alle Türen zu waren, hörten wir euch. Als ich deine Stimme nicht mehr hörte, bekam ich Angst. Komm, Susan, hab ich gesagt, wir gehen runter und helfen Mama. Nein, hat Susan gesagt, sie ginge unter keinen Umständen runter, schließlich wolle sie von Vater keine gewischt kriegen. Und Mama? hab ich gefragt, was ist mit Mama? Soll sie doch weglaufen, hat Susan geantwortet und sich wieder ihrem Spiel gewidmet. Darauf habe ich allen Mut zusammengenommen, bin die Treppe hinuntergeschlichen und habe ganz leise die Tür zum Wohnzimmer aufgemacht. Du hast auf dem Sofa gesessen und geweint, während Vater immer noch brüllte. Ihr habt mich nicht gesehen und schon gar nicht gehört. Ich weiß noch, daß ich am ganzen Leib zitterte, und ich mußte mir auf die Lippen beißen, damit meine Zähne nicht klapperten. Dann habe ich Luft geholt, ganz so, als müsse ich tauchen, bin zu dir gerannt, habe mich breitbeinig vor dich gestellt und dem Vater ins Gesicht gesehen. Sprechen konnte ich nicht. Ich habe nur rücklings deine Beine umklammert, und obwohl ich damals nicht älter als sechs oder sieben Jahre alt war, bildete ich mir ein, dich zu beschützen.

Was willst du denn hier? raunzte mich Vater an, mach, daß du wieder rauf in dein Zimmer kommst.

In dem Augenblick fühlte ich deine Arme auf meinen Schultern und auf meiner Brust. Sie waren ganz weich und warm, und du rochst wunderbar.

Während Hannes das erzählte, löste sich sein steifes Lächeln. Er sah plötzlich viel älter aus, als er war, und sehr traurig. Ich griff nach seiner Hand, die er nicht zurückzog.

Ich erinnere mich, sagte ich, Vater und ich hatten einen furchtbaren Streit, weil er eine junge Frau entlassen hatte, die ein paar Kissenbezüge geklaut hatte. Ich war der Meinung, man könne ihr den Wert der Bezüge vom Lohn abziehen und mit einer Kündigung drohen, Vater aber schmiß das Mädchen sofort raus.

Und dann, fuhr Hannes fort, der an dem Grund des elterlichen Streites kein Interesse zeigte, hast du mich nicht mehr losgelassen, bist mit mir, wie mit einem Schutzschild, aus dem Zimmer gegangen, hast dich mit mir ins Auto gesetzt und bist mit mir in eine Eisdiele gefahren, wo ich so viel Eis essen durfte, wie ich wollte.

Mein kleiner Beschützer, hast du zu mir gesagt, das vergesse ich dir nie.

Ich nickte, sah den kleinen Hannes vor mir, wie er sich vor mich stellte und dem Vater die Stirn bot, ich sah ihn auch Eis essen, bis er nicht mehr konnte, und war verwundert, daß ich das alles vergessen hatte.

Das ist aber noch nicht die ganze Geschichte, sagte Hannes, und das steife Lächeln kehrte in sein Gesicht zurück. Du weißt doch, daß wir bei Gewitter zu euch ins Schlafzimmer kommen durften.

Natürlich weiß ich das.

Susan kroch zwar öfter zu euch. Aber ich hielt mich an das Gebot, nur bei Gewitter zu kommen. Damals ahnte ich nicht, daß Vater und du euch längst wieder vertragen hattet. Ich war vielmehr der Meinung, er würde dich immer noch bedrohen, und als ich spätabends eure Stimmen im Schlafzimmer hörte, nahm ich mein Kopfkissen und meine Decke, erschien im Schlafzimmer, wollte ins Bett zwischen Vater und dich, um dich erneut zu beschützen. Ich kam gar nicht bis zum Bett. Du lagst im Arm von Vater und sahst mich ziemlich ärgerlich an.

Was willst du denn Hannes? fragte Vater, und du sagtest, schließlich sei kein Gewitter und ich möge so schnell wie möglich in mein Bett zurückgehen.

Und du hast nicht gesagt, warum du gekommen bist?

Hannes schüttelte den Kopf. Ich hielt immer noch seine Hand, die er mir jetzt sanft entzog.

Ich bin in mein Bett und hab mich so lange geschämt, bis ich eingeschlafen bin.

Die Geschichte ist ja genauso schrecklich wie die erste, sagte ich, wie habe ich dich nur so mißverstehen können, was war ich für eine Mutter.

Eine, von der ich viel lernen konnte, sagte Hannes.

Dann klatschte er in die Hände, als sei die Vorstellung seiner Kindheit beendet, stellte seine Tasse hin und sagte: Jetzt erzähl mal von dir, wie du hier lebst und was du den ganzen Tag machst.

Obwohl ich zunächst nichts von mir berichten wollte und in Gedanken noch bei der Schlittenfahrt war, dem Schubs und Hannes' rührendem Versuch, mich in der Auseinandersetzung mit Fred zu beschützen, und der späteren Abfuhr, als er hoffte, mir mit seiner Nähe eine Hilfe zu sein, gab ich schließlich nach.

Ich erzählte vom weißen Haus und von den Bewohnern, wobei ich von Rupert am wenigsten berichtete. Hannes wollte alles wissen und zeigte ein Interesse, das ich ihm nie zugetraut hätte. Er ließ sich von Dolli, von Grieschen und von Rike erzählen, die ich aus dem Seniorenheim mitgebracht hatte. Ich berichtete von Fina, ohne daß er oder ich Paul Suska erwähnten. Ich genoß diese Stunde des Vertrauens, des Friedens und der Anzeichen einer Nähe zu Hannes, an die ich schon lange nicht mehr geglaubt hatte. Als Geschäftsmann interessierte ihn auch die Finanzierung des Hauses, und er hörte aufmerksam zu, als ich ihm von den Fördergeldern erzählte, die wir für unser Projekt erhielten. Aber wenn ihr hier eine Altenwohngemeinschaft habt, die so etwas Ähnliches ist wie betreutes Wohnen, dann muß doch auch ein Betreuer oder eine Betreuerin dasein.

Sicher, sagte ich, das bin ich. So steht es jedenfalls auf dem Papier.

Aber du hast doch gar keine entsprechende Ausbildung.

Nein, hab ich nicht, aber das weiß ja keiner. Bei einem Modellprojekt ist so etwas möglich, und es hat auch noch niemand danach gefragt.

Hannes sah nachdenklich vor sich hin, dann blickte er auf die Uhr und behauptete plötzlich, die Zeit sei ihm davongelaufen.

Es war sehr interessant bei dir, Mutter. Er stand auf, umarmte mich hölzern wie immer und war so schnell verschwunden, daß ich ihm gar nicht mehr sagen konnte, wie sehr ich mich über seinen Besuch gefreut hätte.

Komm wieder, rief ich ihm nach, ruf mich an und komm wieder.

Seine Antwort verstand ich nicht, weil er schon im Fahrstuhl stand. Die automatische Tür schloß sich hinter ihm.

Was hast du ihm vom weißen Haus erzählt, fragten Fina und Rupert wie aus einem Mund, als ich ihnen von dem Besuch berichtete.

Mein Gott, was er wissen wollte, schließlich ist er mein Sohn. Er war wirklich interessiert, ganz anders als sonst, ohne Häme, ohne Hinterhältigkeit und Vorwürfe.

Und daß Paul bei mir war, macht dich das nicht mißtrauisch?

Nein, sagte ich verstockt, es muß ja nicht immer einen Zusammenhang zwischen den beiden geben.

Ich entschloß mich, weder Fina noch Rupert etwas von dem nur dürftig begründeten und so plötzlichen Abschied von Hannes zu erzählen. Ganz wohl war mir dabei nicht, aber ich beruhigte mich damit, daß es letzten Endes unmöglich war, daß Hannes mich nur aushorchen und dem weißen Haus schaden wollte.

Trotzdem machte mir das Gespräch mit ihm im nachhinein zu schaffen. Mein unsensibles Verhalten als Mutter dem damals noch kleinen Jungen gegenüber beschämte mich, und der Wunsch, wiedergutzumachen, was ich in seiner Kindheit versäumt hatte, ließ mir keine Ruhe. Ich wollte die Gespräche fortsetzen, wollte mit Hannes reden, um das zerrüttete Vertrauen wieder aufzubauen. Aber er war für mich kaum zu erreichen. Er sei nicht in seinem Büro, sagte die Sekretärin, wann immer ich anrief, und wenn ich ihn schließlich zu Hause erwischte, hatte er keine Zeit, war gerade auf dem Sprung, oder er erfand eine andere Ausrede, um nicht mit mir zu sprechen.

Ich will dich sehen, Hannes, um unser Gespräch fortzusetzen, bat ich und mußte hören, daß er leider gar keine Zeit habe, zudem sei alles gesagt, und ich möge die Vergangenheit nicht dramatisieren. Seine Stimme klang kalt, und ich spürte seine Absicht, das Telefonat so schnell wie möglich zu beenden. Später wurde mir klar, daß es für alle Beteiligten besser gewesen wäre, wenn ich von Anfang an wenigstens Rupert über Hannes' Verhalten informiert hätte.

Also verdrängte ich die ganze Geschichte und ging lieber den Aufgaben nach, die ich für das weiße Haus übernommen hatte.

Ich stellte mir vor, ein Gespräch unter uns Hausbewohnern stattfinden zu lassen, bei dem ich meine Ideen für das Konzept des Erzählcafés unterbreiten wollte.

Der einzige, der nicht zu dem von mir angesagten Termin kam, war Ulrich. Er hätte keine Lust und auch nichts zu erzählen, ließ er mir durch Karl Feigel mitteilen. Wir saßen alle in unserem sogenannten Zimmer, vor uns Kaffee und den uns schon bekannten Streuselkuchen von Frau Poliwko. Da wir Zusammenkünfte dieser Art noch nicht gewohnt waren, saßen alle mehr oder weniger stumm und, wie ich fand, ohne rechtes Interesse am Tisch.

Wir brauchen Außenkontakte, begann ich vorsichtig, wir müssen lernen, uns darzustellen, um das Bild zu verändern, das sich in den letzten Jahrzehnten von alten Menschen entwickelt hat. Wir müssen fragen, warum wir innerhalb der Gesellschaft, für die wir die Hälfte unseres Lebens verantwortlich waren, beiseite geschoben werden. Für mich ist es nicht selbstverständlich, daß jemand in dem Augenblick, wo er aus dem Arbeitsleben ausscheidet und eine Rente bezieht, nicht nur Verantwortung abgibt, sondern auch seinen gewohnten Lebensanspruch. Ich bin nicht scharf darauf, mich in meinem eigenen Land zu einer Gruppe zählen zu lassen, die einen Stellenwert hat, aber angeblich zu nichts nutze ist. Obwohl wir nicht nur älter, sondern auch immer mehr werden, gibt man uns im Alltag keinen Platz. Nicht einmal in der Werbung spielen wir eine Rolle, es sei denn für die Haltbarkeit der dritten Zähne, Blasenleiden oder die Installierung eines Treppenlifts. In Spielfilmen schiebt man uns die Rollen der komischen Alten zu, und im Fernsehen gibt es hin und wieder Dokumentarfilme über die unzumutbaren Zustände in Alten- und Pflegeheimen. Im Anschluß daran bekommen wir zu hören, wie viel Geld es Staat und Bürger kostet, wenn diese Zustände verbessert werden sollen.

Ich sah von einem zum anderen und fand nur bei Fina und Rupert eine Bestätigung meiner Worte. Es ist ihnen alles egal, dachte ich, sie haben sich daran gewöhnt, keine Ansprüche an ihr Leben im Alter zu stellen. Es genügt ihnen, versorgt zu sein. Wohnen, schlafen, essen und im Notfall eine ärztliche Versorgung, was anderes, so glauben sie, stehe ihnen nicht zu.

Ich will, daß wir das zumindest für uns ändern, sagte ich, und wenn wir das ändern wollen, brauchen wir Kontakte mit anderen Generationen. Die jungen Menschen wissen nichts über uns, und wir wissen nichts über sie. Ich sehe es nicht ein, daß wir zu einer Art menschlicher Last abgestempelt werden, um uns dann als Opfer zu fühlen.

Es gibt Ausnahmen, sagte Fina.

Natürlich gibt es Ausnahmen. Die werden sofort als Originale bezeichnet. Wenn eine Person mit über Neunzig noch etwas zu sagen hat, wird sie ausgestellt und vorgestellt und in Talkshows eingeladen. Aber wie geht man mit ihnen um? Allein der Ton, die betuliche Wortwahl und das Mienenspiel der Interviewer machen mich wütend. Selten finde ich eine Gleichstellung oder Respekt, eher dümmlich wirkende Verwunderung, daß man in diesem Alter noch etwas zu sagen hat, womöglich selbständig lebt und beweglich ist.

Ich habe eher an uns gedacht, unterbrach mich Fina.

Ich begriff, daß sie mir helfen wollte, und sah sie dankbar an.

Wir müssen uns wehren, fuhr ich fort, ohne in die Gesichter meiner Mitbewohner zu blicken, räusperte mich, holte Luft und tastete nach der Messingkugel in meiner Tasche.

Wenn wir uns abkapseln und uns zu den Verlierern zählen, werden wir nichts als Verachtung ernten und keine

Kraft zu der notwendigen Weiterentwicklung finden. Das erfordert allerdings eine Bereitschaft, noch einmal den Schritt ins Unbekannte zu wagen. Das verlangt nach einem ganz neuen Mut und nach der Fähigkeit, Zurückweisung zu verkraften, ohne das eigene Selbstvertrauen zu verlieren. Wir müssen es einfach probieren. Ich denke, wir müssen beweisen, daß das Alter ein Selbstgefühl mit sich bringt, von dem die Jüngeren nichts wissen.

Wir sind doch nicht zusammen ins weiße Haus gezogen, um uns in den Ruhestand und die Isolation zurückzuziehen, also um uns abzuschotten. Wenn wir stark und offen sind, kann das Alter für uns ein Tor zu einem neuen Leben sein.

Mehr zu sagen gelang mir nicht. Ich wurde das dumme Gefühl nicht los, gegen Wände geredet zu haben. Ich wartete. Irgend jemand mußte doch etwas sagen. Warum schwieg Rupert? Warum unterstützte Fina mich nicht? Einen nach dem anderen sah ich an und merkte, daß meine Argumente nicht überzeugt hatten. Vielmehr schien es, als hätte ich einen mühsam erkämpften Frieden zerstört. Niemand schenkte mir ein Lächeln. Grieschen, die Papier und Bleistift mitgebracht hatte, zog Striche und Kreise, malte kleine Karos aus und hatte die Schultern bis zu den Ohren hochgezogen. Karl Feigel, der immer bereit war, mir in allem, was ich sagte, zuzustimmen, sah verzweifelt aus und putzte sich umständlich die Nase. Elli zuckte mit den Schultern und murmelte, sie sei zwar behindert, aber nicht alt. Lotte nickte. Auch sie fühle sich nicht alt, sagte sie, zudem habe sie mit dem Garten genug zu tun und brauche keine neuen Aufgaben. Fina schwieg weiterhin, nickte mir aber aufmunternd zu, während Rupert einen für mich fast arroganten Gesichtsausdruck hatte. Er nahm das, was ich sagte, nicht ernst. Ich glaubte ihn gut genug zu kennen, um zu ahnen, daß ihm bei allem, was ich vortrug, das Spiel mit der Macht fehlte, mit dem er als Mann und als ehemaliger Bankdirektor umzugehen gewohnt war. Er fühlte sich nicht wohl. Er hatte kein Bedürfnis, das Alter auf meine Weise zu definieren. Ich sah ihm an, daß er drauf und dran war, mit Rike und Schumann unser Zimmer zu verlassen.

Dolli drehte sich eine Zigarette nach der anderen, auf Vorrat. Endlich machte sie den Mund auf und fragte, was ich denn mit dem Tor und dem neuen Leben meine.

Ich muß sagen, brummte sie mürrisch in meine Richtung, ich fühle mich hier, wo wir ganz unter uns sind, ohne verwaltet und herumkommandiert zu werden, sehr wohl. Was soll ich also mit einem neuen Leben?

Grieschen, Karl und Elli nickten. Rupert nickte nicht, schmunzelte aber.

Wartet doch erst einmal ab, was Nele für Vorschläge hat, sagte Fina, ich finde es ebenso richtig wie wichtig, was sie sich ausgedacht hat. Wir sollten im weißen Haus wirklich nicht wie auf einer Insel leben.

Und was sind das für Vorschläge?

Weil ich niemanden angesehen hatte, wußte ich auch nicht, wer diese Frage, die mehr der Höflichkeit als dem Interesse galt, gestellt hatte. Das einzige, was ich wahrnahm, war die Trägheit um mich herum, die nichts anderes zuließ als den Wunsch nach Bequemlichkeit. Der Umzug ins weiße Haus und die Lebensumstellung, die nicht nur eine zum Teil ungewohnte Selbstverantwortlichkeit verlangt hatte, sondern die Akzeptanz der Gemeinschaft, war ihnen genug, und vielleicht sollte mir das auch selbst genug sein.

Ich zögerte und war kurz davor, alles, was ich mir ausgedacht hatte, für mich zu behalten, als die gleiche Stimme – sie gehörte Dolli – erneut fragte, um was für Vorschläge es sich denn handle.

Naja, begann ich, im Gegensatz zu meinen anfänglichen Ausführungen lustlos und ohne Begeisterung, ich dachte an zwei unterschiedliche Gesprächsgruppen. Die eine sollte nur uns betreffen und Themen behandeln, die auch nur uns etwas angehen.

Und was sind das für Themen?

Eigentlich sollten die von Ihnen vorgeschlagen werden. Ich für mich denke zum Beispiel an: Altern als Verlust, an Wunschträume, an Empfindlichkeit gegenüber Kritik, an die Notwendigkeit von Anpassung, an Bequemlichkeit im Alter.

Ich machte eine Pause und sah in verschlossene Gesichter. Dann sagte Karl liebenswürdig und höflich, wie er war, daß er über solche Sachen noch nie geredet habe und gar nicht wüßte, ob er sich richtig ausdrücken könne.

Das ist ja auch kein Seminar, antwortete ich, sondern ein Gespräch.

Und wozu soll das gut sein? wollte Dolli wissen. Lotte stimmte ihr sofort zu. Grieschen sagte gar nichts. Sie wirkte nervös, als fühle sie sich von etwas bedroht, was sie nicht abwehren könnte. Sie schüttelte den Kopf und sagte: Ich will das nicht. Elli schien noch keine Meinung zu haben. Auf der einen Seite, so sagte sie, interessiere sie mein Vorschlag, auf der anseren Seite fühle sie sich für die Gruppe zu jung.

Ich ließ mich von keiner Reaktion zu einem Kommentar hinreißen, auch nicht, als Fina sagte, daß sie sich auf diese Art Diskussionen schon jetzt freue. Ihr Hilfsangebot war mir zu dick aufgetragen. Ich wandte mich nur noch Rupert zu.

Und du, fragte ich, was ist deine Meinung?

Er hob die Schultern, so daß sein Kopf plötzlich, wie der von Grieschen, wie eingeklemmt wirkte. Er wisse nicht, ob er für solche Gespräche geeignet sei, sagte er vorsichtig, würde aber selbstverständlich teilnehmen.

Das gab mir den Rest. Ich schob meine Zettel zusammen,

steckte meinen Kugelschreiber weg und wollte schon aufstehen, als Karl Feigel, für mich völlig unerwartet, fragte, was es denn mit der anderen Gruppe auf sich habe, die ich für das weiße Haus plane. Als hätte jeder gemerkt, daß ich zu gehen beabsichtigte, wollten plötzlich alle Karls Frage beantwortet wissen.

So kurz wie möglich berichtete ich von meiner Absicht, ein Erzählcafé einzurichten, denn das gebe es mit viel Erfolg auch in anderen Städten.

Und was erzählt man sich da?

Seine Erlebnisse, seine Biographien, was einen im Leben geprägt hat.

Und wen soll das interessieren?

Das liegt daran, wen wir dazu einladen. Ich zum Beispiel will ins Seniorenheim gehen und dort fragen, wer Lust hat zu kommen. Vielleicht weiß der eine oder andere von Ihnen auch jemanden, den er einladen könnte. Stille, Kopfschütteln, Ratlosigkeit. Wieder hatte ich das Gefühl, gegen eine Wand geredet zu haben.

Enttäuscht zog ich mich schließlich doch in meine Wohnung zurück und machte auch nicht auf, als es an der Tür klingelte. Ich wollte niemanden sehen, und erstmals bereute ich meinen Entschluß, die Villa meines Urgroßvaters mit Fina in ein Altenprojekt umgewandelt zu haben.

Ich spürte einen faden Geschmack im Mund, der durch die Kehle in den Magen drang und sich dort ausbreitete, bis mir übel wurde. Inzwischen klingelte es zum zweiten Mal. Diesmal lauter und länger. Es blieb mir nichts anderes übrig, als zu öffnen. Vor mir stand Rupert, dicht hinter ihm Schumann. Ohne zu fragen, ob es mir recht sei, schob Rupert mich beiseite und kam herein, während ihm Schumann, an den Füßen vorbei, längst voraus war und mit einem gezielten Sprung auf meinem Sofa Platz nahm.

Ehrlich gestanden wollte ich keinen Besuch, sagte ich, und Rupert antwortete, daß er das wisse. Dabei setzte er sich mit einer Selbstverständlichkeit neben Schumann auf das Sofa, die mich nicht nur verblüffte, sondern auch ärgerte. Er sei nicht sehr rücksichtsvoll, fuhr ich ihn an und blieb, um meine Empörung zu unterstreichen, vor ihm stehen. Auch das gab er zu, nickte auch noch bestätigend, ließ mich aber nicht weiter zu Wort kommen.

Meinst du, ich habe nicht gemerkt, wie verletzt du dich gefühlt hast? Wie enttäuscht du von meiner ablehnenden Haltung warst?

Stimmt, sagte ich kühl, du hast dich in nichts von den anderen, Fina ausgenommen, unterschieden.

Nur meine Beweggründe sind andere. Rupert sah sich um, ob ich nichts zum Anbieten hätte. Aber ich dachte nicht daran.

Du weißt zwar einiges aus meinem Leben, begann er, aber du weißt nichts über meinen Beruf und meine Karriere. Vor etwas mehr als fünfzig Jahren habe ich eine Banklehre begonnen, und ich habe es bis zum Direktor einer großen Filiale gebracht.

Das ist mir bekannt, unterbrach ich ihn spitz.

Rupert senkte nicht nur die Stimme, sondern auch den Blick, und seine Hände fuhren in Schumanns Fell hin und her, was dem Hund unangenehm zu sein schien. Er stand auf, schüttelte sich und sprang auf den nächsten Sessel hinüber.

Ich glaube es liegt daran, sagte Rupert kaum hörbar, daß ich mich nicht mit Grieschen, Dolli, Karl und den anderen auf einer Ebene sehe. Ich habe nie darüber nachgedacht. Aber deine Argumente und deine Diskussionsvorschläge haben mich darauf gebracht.

Du hast vorher gewußt, mit wem du zusammen in einer

Gemeinschaft leben wirst. Zu Ruperts Erleichterung setzte ich mich endlich.

Richtig, sagte er. Aber da ging es um die Organisation, um das Zustandebringen eines Projekts, das mir einleuchtete. Ich konnte dir helfen, dich beraten, mit Behörden verhandeln, den Verein gründen, alles Dinge, die ich vermißt habe, seit ich nicht mehr arbeite. Zudem wohne ich hier gerne, und Rike verdankt dem weißen Haus eine weitaus höhere Lebensqualität. Mein Problem ist ein anderes. Ich fühle mich nicht in der Lage, mit Karl oder Dolli, mit Elli oder Lotte geschweige denn Grieschen über meine Wunschträume zu reden, über mein Altern als Verlust, über meine Empfindlichkeiten gegenüber Kritik.

Und warum nicht?

Weil Welten zwischen ihnen und mir liegen. Mein Wirkungskreis war nun mal ein anderer, ich habe über Millionenkredite verfügt, ich hatte kraft meiner Stellung Einfluß auf Wirtschaft und Politik, und jetzt soll ich mit Karl oder Dolli meine Wunschträume erörtern, über Verluste und Kritik reden. Kannst du dir vorstellen, daß mir das ein Bedürfnis ist, ganz abgesehen davon, daß außer Fina und dir niemand wüßte, wovon ich überhaupt rede?

Es ist sehr überheblich, was du da sagst.

Mag sein, sagte Rupert, aber es ist so, und ich habe keine Lust, dich anzulügen.

Und jetzt? Ich fühlte wieder, wie Zweifel mich ansprang. Soll ich vielleicht alles aufgeben? Oder wollen wir eine Zwei-Klassen-Gesprächsrunde einführen? Eine, die deinem Niveau entspricht, und eine fürs Fußvolk? Soll ich auf das Erzählcafé verzichten und statt dessen für dich einen Abend mit Börsianern veranstalten?

Red keinen Unsinn, Nele. Ich habe dir nur gesagt, welche Probleme ich habe.

Es war ihm anzusehen, wie ernst er es meinte und wie schwer es ihm gefallen war, mir das alles zu sagen. Aber mir war nicht danach zumute, ihn zu trösten. Also schwiegen wir uns so lange an, bis Schumann den Kopf hob und von einem zum anderen sah. Als wenn er die Spannung zwischen Rupert und mir nicht aushalten könne, sprang er vom Sessel auf meinen Schoß und von meinem Schoß zu Rupert aufs Sofa.

Es fehlt bloß noch, daß er jetzt bellt, sagte Rupert und hielt mir seine Hand hin, in die ich meine langsam und zögernd legte.

Wirst du denn wenigstens dabeisein und zuhören? fragte ich leise.

Ich werde es versuchen.

Ein paar Tage später besuchte ich das Seniorenheim, in dem Dolli, Grieschen und Rike gelebt hatten.

Die Dame an der Anmeldung begrüßte mich ebenso erstaunt wie skeptisch. Ob ich wieder jemanden abwerben wolle, fragte sie mit gespieltem Humor, und ich war mir darüber im klaren, daß sie, sobald ich außer Sichtweite war, Herrn Senger von meiner Anwesenheit unterrichten würde.

Ich ging ins Erdgeschoß, wo sich die Aufenthaltsräume befanden. Kaffeezeit. Ausdruckslos saßen die Alten auf ihren Plätzen, stopften sich Kuchen in den Mund, tranken Kaffee und starrten mümmelnd und schluckend vor sich hin. Wieder war es die Stille, die mich erschreckte, die Stumpfsinnigkeit in den Gesichtern. Kein Lächeln, keine Neugierde, kein Blick, der sich auf mich, die Fremde, richtete. Obwohl ich grüßte, bekam ich kaum eine Antwort. Nur die Schwester, die den Kuchen verteilte und Kaffee ausschenkte, grüßte zurück. Mir fiel ein, daß ich die Namen der beiden Frauen, die mit dem Zivi und der Therapeutin auf unserem Einweihungsfest waren, vergessen hatte. Ich wußte nicht, nach wem zu fragen war und wie ich sie finden sollte.

Ich ging den langen, mit Linoleum ausgelegten Gang in der Hoffnung bis zum Ende, eine der beiden Schwestern zu treffen. Ein paar Alte begegneten mir, die sich mühsam an den Laufstangen zum Aufenthaltsraum entlanghangelten, als hätten sie einen Kilometermarsch zu absolvieren. Dazwischen zweistöckige Teewagen mit Tellern und Tassen für jene, die nicht mehr laufen konnten und in ihren Zimmern saßen. Einige der Dompteusen, wie ich die Schwestern früher heimlich genannt hatte, erkannten mich.

Nanu, Frau Ungureit, auch wieder mal da?

Ich nickte, und weil mir nichts Besseres einfiel, um ins Gespräch zu kommen, bot ich meine Hilfe beim Austeilen der Kuchenteller und Kaffeetassen an. Die Zimmer durfte ich nicht betreten, goß nur Kaffee oder Tee ein und reichte die Teller zu. Es war immer der gleiche Geruch, der mir durch die offene Tür entgegenschlug, muffig und verbraucht wie die Frauen und Männer, die teils in ihren Betten lagen, teils in Sesseln ruhten. Das Klopfen und Öffnen der Tür war eins, die Stimme der Schwester laut. Wer will Tee, wer will Kaffee? Einige antworteten nicht, andere lächelten, griffen nach dem Arm der Schwester, flüsterten ein Danke, froh, daß sich etwas vor ihren trüben Augen bewegte.

Kommen Sie wieder?

Natürlich komme ich wieder.

Und raus war sie, schloß die Tür, um ins nächste Zimmer zu eilen.

Gewindelt wird später, sagte sie und nahm mir Teller und Tassen ab. Es ist nett, daß Sie mir helfen. Ich bin nämlich hinter der Zeit zurück.

Als wir mit Tempo am Ende des Flurs angelangt waren, wandte sich die Schwester mir zu.

Was macht Ihre Wohngemeinschaft, fragte sie neugierig. Wie geht es Frau Griese, Frau Doll und Frau Neumann?

Danke, gut, sie lassen grüßen.

Schwester Irmgard und Schwester Gerda haben uns von Ihrem Einweihungsfest erzählt. Sie sagten, Frau Neumann wäre auch dabeigewesen und habe nicht einmal geschrien. Frau Griese habe selbständig Kuchen serviert, nur Frau Doll sei unverändert gewesen und habe wie ein Schlot geraucht, ohne daß es ihr jemand untersagt hätte.

Ich denke, sie ist alt genug, um zu wissen, was sie tut, sagte ich.

Na, mit dem Standpunkt kämen wir hier nicht weit, antwortete die Schwester und bekam den mir schon vertrauten Dompteusenblick. Erleichtert, so unvermittelt die Namen der Schwestern erfahren zu haben, nach denen ich suchte, fragte ich, wo ich die beiden finden könne, und verabschiedete mich höflich.

Erzählcafé, fragten Schwester Irmgard und Schwester Gerda, was ist das denn?

Soweit es mir die kurze Zeit erlaubte, die die beiden Frauen für mich hatten, erklärte ich, was ich mir darunter vorstellte.

Wir sollen den Alten aus unserem Leben erzählen? fragten sie halb ablehnend, halb amüsiert, wozu das denn?

Weil wir nichts voneinander wissen, antwortete ich, und um näher aneinanderrücken zu können.

Also, ich weiß nicht, sagte Schwester Irmgard, fuhr sich mit der Hand in die ordentlich sitzenden Haare, sah ihre Kollegin an und fragte: Was sagst du denn?

Ich weiß auch nicht, ob ich das möchte, antwortete Schwester Gerda.

Aber vielleicht wissen Sie's, wenn Sie einmal am Erzählcafé teilgenommen haben, und bringen Sie, wie das letzte Mal, den Zivi mit.

Stefan? Den fragen Sie lieber selbst, sagte Schwester Irmgard, er ist drüben in der Wäschekammer.

Also werden Sie kommen?

Vielleicht, wenn wir Zeit haben.

Stefan freute sich, mich zu sehen, fragte nach Dolli, Grieschen und Rike und sagte, daß ihm unser Fest so gut gefallen habe.

Bei Ihnen ist alles ganz anders als hier, sagte er. Frau Griese hat auf mich so fröhlich gewirkt, und Frau Neumann habe ich zum ersten Mal lächeln sehen. Ich konnte es kaum glauben. Überhaupt, er hielt in seiner Arbeit inne und strahlte mich an, ich find das toll, wie Sie da im weißen Haus leben.

Das ermunterte mich, Stefan etwas ausführlicher von der Einrichtung des Erzählcafés zu berichten.

Er fand das Klasse, wie er sagte, und echt super.

Werden Sie kommen?

Klar komme ich, das ist doch spannend.

Ich hätte ihn gern umarmt, gab ihm aber nur die Hand und sagte, daß Schwester Irmgard und Schwester Gerda nicht so begeistert reagiert hätten. Die würde er schon noch rumkriegen, versprach er und trug mir für Grieschen, Dolli, Rike und Herrn Neumann herzliche Grüße auf.

Als ich das Seniorenheim verlassen wollte, traf ich, wie vorausgeahnt, auf Herrn Senger. Er mußte mir aufgelauert haben. Denn kaum tauchte ich in der Eingangshalle auf, schoß er aus seinem Büro heraus. Die Hand gab er mir nicht, aber er wollte mit säuerlicher Miene wissen, ob ich etwa wieder vorbeigekommen sei, um ihm Bewohner für das weiße Haus abzuluchsen.

Abzuluchsen?

Naja, Sie wissen schon, wie ich das meine.

Nein, das weiß ich nicht, Herr Senger, gab ich höflich zurück, ehrlich gesagt, ich will es auch gar nicht wissen.

Es war ihm anzusehen, daß ihn meine Antwort ärgerte und daß ihn der Anlaß meines Besuches brennend interessierte. Hätte er auch nur mit einem Satz nach Rike, Grieschen und Dolli gefragt, ich hätte ihm nicht nur von deren Wohlbefinden berichtet, ich hätte ihm auch etwas über das Erzählcafé gesagt. Aber so, wie er sich verhielt, sah ich keine Veranlassung, ihm irgendwelche Auskünfte zu geben. Ich nickte ihm nur zu und ging davon.

Das nächste Gruppengespräch fand ohne Kaffee und Kuchen statt. Ulrich, der diesmal beschlossen hatte teilzunehmen, suchte sich seinen Platz neben Rupert am Ende des Tisches, wo schon Karl Feigel so weit wie möglich von mir entfernt saß. Es war erstaunlich, daß die drei Männer, die sonst wenig Kontakt miteinander hatten, plötzlich die gegenseitige Nähe suchten. Sie hatten ihre Stühle ein wenig zurückgeschoben, saßen also abseits, redeten aber nicht miteinander. Die Frauen hatten sich in der gleichen Reihenfolge wie das letzte Mal um den Tisch gruppiert. Ob es einen Themenvorschlag gebe, fragte ich. Offensichtlich gab es keinen. Ich sah in verschlossene und zum Teil mürrische Gesichter.

Ehrlich gestanden, meldete sich Lotte zu Wort, können wir uns unter der Gesprächsrunde, wie Sie sie geplant haben, nichts vorstellen.

Und Dolli fuhr fort, daß sie keine Notwendigkeit darin sehe, ihr Innerstes vor allen Mitbewohnern auszubreiten. Es genüge doch vollständig, wenn man in Frieden miteinander unter einem Dach lebe.

Und wenn der Frieden nicht hält, weil wir uns nicht kennen? Weil uns die eingefahrenen Gewohnheiten des anderen auf die Nerven gehen? Weil wir es nicht für nötig halten, uns auseinanderzusetzen? Weil wir kein gemeinsames Ziel haben? fragte ich. Auch das nützte nichts. Niemand wollte mir zustimmen, allerdings auch nicht widersprechen. Vielleicht hätte ich ja recht, sagte Ulrich, aber wenn er ehrlich sein solle – er lasse sich nun mal nicht gern in die Karten gucken. Und die Themen, die mir vorschwebten, erforderten genau das. Er zum Beispiel habe nicht die geringste Lust, sich mit der Zahl seiner Lebensjahre auseinanderzusetzen. Denn daß er alt sei, das wisse er auch so.

Karl Feigel nickte erleichtert, froh, daß Ulrich in so wenigen Worten auf den Punkt gebracht hatte, was er selbst dachte.

Dolli kicherte, weil sie, wie sie sagte, Ulrich keinen so vernünftigen Standpunkt zugetraut hätte. Wenn Rupert nicht geistesgegenwärtig Ulrich die Hand auf die Schulter gelegt hätte, wäre es zu einem unerfreulichen Wortwechsel zwischen den beiden gekommen. So schwieg Ulrich, vielleicht sogar dankbar, die Hand eines Gleichgesinnten zu spüren.

Wir waren in dem, was wir mit dem weißen Haus, im Gegensatz zu den üblichen Altersheimen, zum Ausdruck bringen wollten, schon mal weiter, sagte ich nicht nur enttäuscht, sondern auch wütend.

Vielleicht liegt es daran, daß du uns keine Zeit läßt, sagte Fina und fand damit große Zustimmung. Es schien, als habe sie mit ihrem Satz die Bedrohung weggeschoben, die meine Fragen und Forderungen hervorgerufen hatten.

Fina hat recht, hieß es plötzlich, man kann solche Gespräche nicht erzwingen.

Und das Erzählcafé, fragte ich, soll das auch am Sankt-Nimmerleins-Tag stattfinden?

Lotte seufzte, Dolli rollte mit den Augen, Grieschen hampelte auf ihrem Stuhl herum, und Elli antwortete, sozusagen für alle, ich möge doch nicht so schrecklich ungeduldig sein. Rupert schüttelte unmerklich den Kopf, während Ulrich und Karl keine Miene verzogen.

Da endlich begriff ich, was ich nicht nur bei Rupert, sondern auch bei den anderen Bewohnern, wenn auch auf recht unterschiedliche Weise, ausgelöst hatte: Angst! Wie eine Giftwolke breitete sie sich aus, vernebelte Verstand und Herz und ließ, so wie es aussah, keinen Mut zur Realität zu. Jetzt, wo sie beweisen konnten, daß Altern keine Schande ist, sondern zur Aufgabe werden konnte, zogen sie sich zurück. Sie glaubten weder an sich noch an ihre Überzeugungskraft, trauten sich nichts zu, weil sie Ablehnung und Zurückweisung fürchteten, der sie im weißen Haus endlich entkommen waren. Und dieses Gefühl wollten sie mit Vorschlägen, wie ich sie gemacht hatte, nicht aufs Spiel setzen.

Plötzlich spürte ich, daß diese Angst auch in mir saß. Hatte sie mich nicht an Nüßchens Geburtstag erwischt, an Susans Verlobung in Freds Haus? Sprang sie mir nicht ständig entgegen, nur daß ich sie nicht zuließ und sie mit allen Mitteln bekämpfte, um sie eines Tages für immer zu besiegen?

Wenn wir nicht gemeinsam versuchen, das Altern nicht als Schicksal zu begreifen, sondern als Herausforderung, werden wir immer Angst davor haben, sagte ich.

Wieso soll ich vor dem Altern Angst haben, wenn ich längst alt bin? muckte Dolli auf, ohne daß jemand auf ihre Bemerkung einging.

Es blieb still, und als Witold vorsichtig den Kopf zur Tür hereinsteckte und Dolli fragte, wann er mit ihrer Gehhilfe auf dem Flur herumfahren dürfe, waren wir alle dankbar für die Unterbrechung.

Vielleicht stimmt es, was Fina sagt, dachte ich, vielleicht bin ich wirklich zu ungeduldig und muß lernen zu warten, bis der Wunsch nach Veränderung und Selbstverwirklichung von allein entsteht. Ich sah hinüber zu Rupert, der mir wie einem Kind zulächelte, das endlich eingesehen hatte, nicht mit dem Kopf durch die Wand zu können.

Aufbruchstimmung und allgemeine Erleichterung. Alle redeten durcheinander, und Witold stand bereits mit einem Bein auf Dollis Gehhilfe, als Fina um Ruhe bat. Sie wolle eine Einladung für den Abend aussprechen, sagte sie.

In der Stadt trete zur Zeit eine Gruppe von über zwanzig amerikanischen Frauen und Männern mit Gesang und Tanz auf. Die jüngsten seien zweiundsiebzig Jahre alt, die älteste fünfundneunzig.

Und die tanzen und singen?

Wir sahen uns an und mußten lachen. Keiner von uns konnte sich das ernsthaft vorstellen. Eher schien uns eine solche Veranstaltung lächerlich und an der Grenze der Peinlichkeit.

Ich weiß, was ihr denkt, sagte Fina, bevor auch nur einer von uns sich zu ihrer Einladung geäußert hatte, aber die Kritiken sind umwerfend gut und voller Bewunderung. Ich meine, das sollten wir uns nicht entgehen lassen.

Warum?

Weil es etwas mit uns zu tun hat.

Nach kurzer Zeit waren wir Frauen uns einig, Finas Einladung anzunehmen, während die Männer noch zögerten. Karl behauptete, sich aus Musik und Tanz nichts zu machen, Ulrich wollte lieber junge Mädchen singen hören und tanzen sehen, und Rupert gab vor, Rike nicht allein lassen zu können. Aber Fina hatte schon vorgesorgt und mit Frau Poliwko gesprochen, die sich in der Nähe von Rikes Zimmer aufhalten wollte, bis wir wieder zurückwären. Und mit Herrn Poliwkos Hilfe hatte Fina auch schon einen Kleinbus besorgt. Sogar die Karten hatte sie bereits bestellt und für Ellis Rollstuhl einen Platz reserviert. Auch wenn alles ein bißchen über unsere Köpfe hinweg geplant worden war, wollte keiner von uns Fina kränken. Wir behaupteten sogar, uns zu freuen, auch wenn das keineswegs der Fall war.

Im Grunde genommen waren wir davon überzeugt, daß eine Veranstaltung von Greisen das letzte war, was uns Spaß machen könnte, geschweige denn etwas mit uns zu tun hatte.

Trotzdem waren wir alle ein bißchen aufgeregt. Schließlich war es unser erster gemeinsamer Ausflug. Ich wagte gar nicht zu fragen, wer wann zuletzt in einem Theater war, aber ich ahnte es. Bei Grieschen und Dolli mochte es Jahrzehnte her sein, und von Karl wußte ich nicht einmal, ob er überhaupt je in einem Theater war, ein Singspiel gehört hatte oder ein Kabarett erlebt. Nur Ulrich war brummig, maulte herum und tat alles, um uns den Rest unserer sowieso geringen Vorfreude zu nehmen.

Fina hatte an nichts gespart, wir saßen in der ersten Reihe. Ich hatte mich zwischen Grieschen und Dolli gesetzt, daneben Fina und die drei Männer, während Lotte und Elli, des Rollstuhls wegen, am Rand Platz genommen hatten.

Als der Vorhang sich öffnete, bot sich uns ein merkwürdiges Bild. Im Hintergrund der Bühne sah man weiß bezogene Betten, die wie in einer Kaserne, einem Auffanglager oder Pflegeheim Seite an Seite aufgereiht waren. Daneben standen, mit dem Rücken zum Publikum, merkwürdig gekleidete Gestalten, denen auf den ersten Blick anzusehen war, daß sie alt und gebrechlich waren. Im Vordergrund war eine Art Stationszimmer angedeutet, in dem zwei ältere Krankenschwestern einen Mann im Rollstuhl betreuten. Auf der anderen Seite der Bühne setzten sich jetzt Musiker an ihre Instrumente. Im nächsten Moment füllte sich die Bühne mit einer Horde alter Menschen in den schrillsten Kostümen. Teils trugen sie barocke Papierperücken, teils Hüte und Hauben. Manche stellten Käfer und Bienen dar, einer war wie Ludwig der XIV. gekleidet. Eine Frau, die verwirrt ins Publikum blickte, als sei sie nicht von dieser Welt, trug ein Minikleid, eine andere Kniehosen mit Spitzenbund

und Perlen im Haar. Sie brauchten eine Weile, bis sie sich aufgereiht hatten, wobei die Schwestern dafür zu sorgen schienen, daß jeder an der richtigen Stelle stand. Dolli flüsterte mir zu, das könne ja heiter werden.

Dann setzte die Musik ein und mit ihr der Gesang. Ich traute meinen Ohren nicht, ich hörte *Forever Young* von Bob Dylan. Und plötzlich, von einer Sekunde zur anderen, verwandelten sich diese alten Menschen, von denen wir wußten, daß sie alle über siebzig bis achtzig Jahre alt waren, die älteste sogar fünfundneunzig. Sie sangen nicht nur kräftig, richtig und voller Power, sie bewegten sich auch so. Sie rissen die Arme hoch und zeigten uns kleine, zerbrechliche Greisenfäuste. Sie stampften im Rhythmus wie die Kids in der Disco. Sie lachten, zeigten uns die Zunge und tauchten wieder in den Takt der Musik, als zögen sie an ihrem Publikum vorbei und ließen uns weit hinter sich zurück.

Danach folgte ein Gesangssolo nach dem anderen. Da wurden Songs von den Stones gesungen, von den Beatles, den Bee Gees und John Travolta. Nicht eine Stimme zitterte, keine einzige Textpause entstand. Hingegen blieb uns Zuschauern fast das Herz stehen, als einer der alten Herren plötzlich stolperte und aufgefangen werden mußte. Dann trat die Darstellerin in dem Minikleid mit dem verwirrten Blick nach vorn und schmetterte mit leuchtenden Augen und schwingenden Hüften ihren Song ins Publikum, als sei sie gerademal zwanzig. Aber kaum war sie fertig, klappte ihr Kinn wieder nach unten, der Blick zog sich nach innen, und sie ging nicht etwa wieder an ihren Platz zurück, sondern irrte hilflos über die Bühne, bis sie von den Schwestern am Arm gepackt und resolut dahin gebracht wurde, wo sie laut Choreographie hingehörte. Genau in diesem Augenblick wollte Grieschen auf die Bühne springen, um der Sängerin zu helfen. Ich konnte sie gerade noch zurückhalten, als auch sie merkte, daß die Hilflosigkeit gespielt war.

Die alten Frauen und Männer machten sich mit einer solchen Selbstironie und Glaubwürdigkeit über sich lustig, daß es dem Publikum den Atem verschlug. Mit jedem dieser winzigen, manchmal bis ins Hämische reichenden Gags machten sie dem Zuschauer bewußt, wie die Alten heutzutage wahrgenommen werden, um im nächsten Atemzug einen Westernsong zu singen, der uns von den Stühlen riß. Ruperts Fuß hörte nicht mehr auf zu wippen, und Ulrich, ich wollte es kaum glauben, pfiff seinen Beifall auf zwei Fingern. Dolli wischte sich ununterbrochen die Tränen aus den Augenwinkeln.

Ich kann's nicht glauben, flüsterte sie mir immer wieder zu, ich kann's einfach nicht glauben.

Elli und Lotte hielten sich an den Händen, und als der Rollstuhlfahrer *Stairway To Heaven* sang, hing Elli an seinen Lippen, als habe der alte Mann dieses Lied nur für sie gesungen.

Mit der Zeit fielen die Gags weg. Sie waren nicht mehr nötig. Das Publikum hatte begriffen, worum es den Alten ging. Jetzt gab es nur noch Lacher, Fröhlichkeit und Staunen. Es wurde gesteppt, eine der über Achtzigjährigen legte einen Spagat aufs Parkett, daß ich meinte, es knacken zu hören. Als die Fünfundneunzigjährige mit einer sehr leisen, aber sicheren Stimme eine Ballade zum Besten gab, liefen auch mir die Tränen über das Gesicht. Und als die Gruppe zum Schluß den Beatles-Titel *She's Leaving Home* geradezu meisterhaft sang, kannte der Applaus keine Grenzen. Noch nie hatte ich von alten Menschen eine derart geballte Lebensfreude zu spüren bekommen, ein von Erfahrungen geprägtes Selbstbewußtsein, das das Publikum tief beschämte. Da war keine Larmoyanz zu finden, keine Peinlichkeit – und schon gar nicht ein Mitleid heischendes Auftreten. Ich glaube, es war der Mut, der uns alle, wie wir da in der ersten Reihe saßen, aus unseren Ängsten riß, nicht mehr dazuzugehören. Der Mut zum Rollstuhl, zum Stock, zu krummen Rücken und Beinen, zu Bäuchen, Hängebrüsten und Falten im Gesicht, den diese Menschen auf der Bühne nicht zu verstecken suchten, sondern mit Würde als eine Realität nahmen, mit der es zu leben galt. Der Applaus nahm kein Ende. Ulrich pfiff, daß Dolli behauptete, ihm würden, wenn er nicht aufpaßte, die Zähne rausfliegen. Karl ging es wie vielen, auch er hatte Tränen in den Augen. Fina strahlte, daß ihr der Coup gelungen war, uns mit diesem Abend über unsere selbstgezogenen engen Grenzen hinwegzuholen.

Als wir zu Hause ankamen, saßen wir noch lange zusammen in unserem Zimmer und erzählten, was uns berührt und zum Staunen gebracht hatte. Ohne daß es einer von uns aussprach, wußten wir, daß wir uns jetzt nicht mehr vor unseren Diskussionsgruppen fürchteten, daß wir nicht nur untereinander reden würden, sondern auch das Erzählcafé in Angriff nehmen wollten. Und als wir uns verabschiedeten, um ins Bett zu gehen, umarmten wir einander, und Ulrich nannte Dolli lachend altes Mädchen.

Was ist hier los? fragte die Altenpflegerin, die regelmäßig zu Rike kam, um sie zu waschen, anzuziehen und die notwendige Gymnastik mit ihr zu machen, hier sind ja alle so fröhlich.

Abwechselnd erzählten wir, was wir erlebt hatten, berichteten von den alten Frauen und Männern, wie sie gesungen, getanzt und uns mit Humor und Selbstironie klargemacht hätten, wie man sein Alter sehen und damit umgehen könne.

Nur Ulrich hatte sich nicht blicken lassen, hatte nichts zu sagen und schien seine Begeisterung verloren zu haben. Auch am nächsten Tag sah ihn niemand von uns. Nicht einmal Zigaretten holte er sich, sondern bat Karl, ihm welche zu besorgen. Wie ich hörte, kochte Karl sogar für seinen Mitbewohner Suppe. Und als wir Karl und Ulrich zu einem gemeinsamen Abendbrot einluden, ließ Ulrich uns mitteilen, daß er nicht käme.

Ist er krank? wollte ich wissen.

Nein, sagte Karl verlegen, er ist nicht krank, er will nur allein sein, ich möge mir keine Sorgen machen.

Willst du mal nach ihm sehen? fragte ich Rupert. Aber der lehnte mit der Begründung ab, daß hier jeder sein eigenes Leben führen könne, und wenn Ulrich niemanden von uns sehen wolle, dann sei das sein gutes Recht.

Der Ton zwischen Rupert und mir war, nach unserem Gespräch über die Gruppendiskussion und seiner Weigerung, sich daran zu beteiligen, weniger herzlich als früher. Er ging mir aus dem Weg, und ich wollte nicht zugeben, daß ich darunter litt. Mir kam es vor, als seien uns die Worte im Hals stecken geblieben und bildeten dort wachsende Klumpen, die uns am Sprechen hinderten. Wenn wir uns im Flur trafen, nickten wir uns bloß zu, würgten einen Gruß hervor, dem ich manchmal die Frage folgen ließ, ob ich mit Schumann spazierengehen könne. Fina und den anderen gegenüber ließ ich mir von der Spannung nichts anmerken. Ich wollte weder über Rupert sprechen noch über meine Hoffnung, daß er sich vielleicht eines Besseren besinne und von seinem hohen Roß herunterkäme. Aber nichts da. Weder klopfte Rupert an meine Tür, noch rief er mich an. Er ging allein spazieren und fuhr Rike allein in den Park. Manchmal setzte er sich in sein Auto und fuhr davon, ohne einen Blick zu meinem Fenster zu werfen, hinter dem ich stand und ihm nachsah.

Auch daß plötzlich zwei Jungen der Oberstufe des nahe

gelegenen Gymnasiums erschienen und nach Herrn Neumann fragten, weil sie bei ihm zur Nachhilfe in Mathematik einbestellt worden seien, erzählte er mir nicht. Rupert behandelte mich nicht gerade wie Luft, aber er mied jegliche Nähe und Vertrautheit.

Wenn die Fenster offen waren, hörte ich ihn manchmal mit den Jungen lachen, und einmal fuhr er sogar nach dem Unterricht mit ihnen weg. Ich fühlte mich ausgeschlossen, und es fiel mir schwer, meine Enttäuschung zu verbergen. Irgendwie hoffte ich, mich mit der Gesprächsrunde abzulenken, ahnte aber, daß ich im Grunde genommen nur Ruperts Verhalten prüfen wollte. Schließlich bat ich Fina, einen Termin vorzuschlagen.

Du bist zu voreilig, Nele, gab sie mir zur Antwort, der Wunsch muß aus der Gruppe kommen, nicht von dir oder mir. Das alles braucht Zeit.

Sie sah mich derart prüfend an, daß ich schon vermutete, Rupert habe mit ihr über mich gesprochen.

Warum bist du nur immer so ungeduldig, wenn es nicht nach deinem Willen geht, fügte sie kopfschüttelnd hinzu.

Aber ich habe schon Leute eingeladen, und irgendwann müssen wir doch anfangen, widersprach ich ärgerlich. Und weil ich befürchtete, sie könnte mich auf mein gespanntes Verhältnis zu Rupert ansprechen, zog ich es vor zu gehen. Plötzlich hatte ich Sehnsucht nach meiner alten Wohnung, nach der Ruhe und dem Gleichklang der Tage. Ich schloß die Augen und sah mich dort sitzen, sah mich lesen, denken und hin und wieder ein bißchen schlafen. Aber dann tauchten die amerikanischen Frauen auf, tanzten in ihren verrückten Kostümen in das Bild der Ruhe und Gleichförmigkeit, sangen ihre Beatles- und Stonessongs, ballten die Fäuste und schüttelten sie im Takt, als müßten sie mich aus meinem Sessel treiben. Sie lachten und schnitten Grimassen, ließen ihre Stöcke kreisen und stampften mit den Füßen, daß meine Ohren zu dröhnen begannen und ich für Sekunden eine von ihnen wurde und über mich und die Welt lachte.

Eine Woche später ließ Ulrich, den nur Karl in der letzten Zeit gesehen hatte, fragen, wann denn nun die erste Gesprächsrunde stattfinde. Mehr aus Spaß und Neugierde, warum ausgerechnet Ulrich auf den Termin drang, der bisher von einem Tag auf den anderen verschoben worden war, einigte man sich auf den kommenden Abend.

Zu unser aller Verwunderung schloß Ulrich sich vorher mit Karl in unser Zimmer ein, aus dem kurze Zeit später ein Hämmern und Bohren zu hören war.

Vielleicht, sagte Lotte, vielleicht bringt er jetzt endlich die Wandlampen an, die wir zum Einzug geschenkt bekamen und die noch immer auf dem Klavier liegen.

Und dazu schließt er sich ein? Dolli schüttelte den Kopf. So wie sie Ulrich kenne, habe der etwas ganz anderes in petto.

Dann öffnete Ulrich die Tür, als handle es sich um ein Weihnachtszimmer, schob beide Flügel weit auf, damit wir nicht hintereinander, sondern gemeinsam eintreten konnten. Vorneweg Rike und Elli in ihren Rollstühlen.

Als hätten wir alle die gleiche Halluzination, blieben wir wie versteinert stehen und blickten auf die gegenüber liegende Wand, von der wir uns fast in gleicher Aufstellung entgegenkamen. Das Bild nahm fast die ganze Wand ein. Ulrich mußte Tag und Nacht gemalt haben, denn die Farbe war noch nicht ganz trocken, roch und stieg uns in die Nasen. Rike war die erste, die reagierte, auf sich zeigte, obwohl bis auf die Haltung, mit der sie in ihrem Rollstuhl zu sitzen pflegte, nichts von ihr oder ihrem Gesicht zu erkennen war.

Nur ihre Hände an überlangen Armen hingen in der Luft. Sie schien zu dirigieren, während Schumann als eine verwischte kleine Kugel auf ihrem Schoß lag.

Rike, sagte Rike, lächelte, was selten vorkam, und wiederholte noch mehrmals ihren Namen.

Von uns anderen sagte vorerst niemand etwas. Wir starrten das Bild an, und jeder suchte sich selbst, erkannte aber weit eher die anderen, obwohl niemand wirklich ein Gesicht hatte. Dem einen fehlte Mund und Nase, dem nächsten fehlten die Augen, oder der Kopf bestand nur aus einem undefinierbaren Farbklecks mit Haaren. Es war die Haltung, an der ich die Figuren den einzelnen Bewohnern zuordnen konnte. Die Haltung, die Kleidung, die Geste, die, übertrieben und verzerrt, jeden von uns erschreckte. Ein Haufen häßlicher, alter Menschen, denen man erst bei genauem Hinsehen eine gewisse Energie anmerkte, besser gesagt eine Art Eigendynamik, mit der die Gruppe gemeinsam vorwärts strebte. Ich suchte mich und fand mich neben Rupert, die Arme um Grieschen gelegt, als würde ich sie festhalten. Grieschen hingegen hatte ein Bein, das viel zu lang war und mit dessen Fußspitze sie von der hinteren Reihe bis vor Ellis Rollstuhl reichte. Den Kopf hatte ich eingezogen, als bekäme ich Schläge, und meine Haltung drückte von oben bis unten Verzweiflung aus. Ruperts Kopf, der über alle hinwegragte, bestand aus einer Zahl, auch die Finger an seinen Händen, in denen er Rosen hielt, waren Zahlen, und da, wo sein Herz schlug, wanden sich kleine mathematische Zeichen aus Hemd und Jackett. Dolli hatte die bekannte rote Mütze auf dem Kopf und rauchte eine schlohweiße große Zigarette, auf der winzigklein Witold ritt, während ihr Gehgestell wie auch die Rollstühle beängstigend realistisch zur Schau gestellt wurden. Hinter allen stand Fina mit ausgebreiteten Armen, mit denen sie die gesamte Gruppe umschloß. In einer Hand hielt sie ihr silbernes Glöckchen. Ihr Gesicht zeigte nur einen großen, lachenden Mund, während Augen, Nase und Ohren fehlten. Am meisten mußte ich nach Karl suchen, bis ich ihn, noch unfertig und kaum zu erkennen, zwischen den anderen Figuren fand. Vor ihm stand Ulrich, der mit dem Rücken zur Laufrichtung dabei war, Karl erst noch zu malen. Mein Blick ging zurück zu Elli, die als einzige ein fertiges Gesicht von trauriger Schönheit zeigte. Ihr Kopf wurde von Lotte, die hinter ihr stand, gehalten, als könne er jeden Moment zu Boden fallen. Auf Ellis Schoß lagen Stöße von Büchern, die ihren ganzen Körper verdeckten und fast bis unter ihr Kinn reichten.

Die Geste, mit der Lotte den Kopf ihrer Frau, wie sie ja Elli zu nennen pflegte, aufrecht hielt, war so anrührend und lenkte eine Weile die Aufmerksamkeit auf sich.

Jetzt erst stellte ich fest, daß die ganze Gruppe eng aneinandergepreßt und ein wenig nach vorn geneigt war, als kämpfe sie gegen Sturm und Regen. Der eine oder andere Rock zog Falten, die flatternd nach hinten flogen, während sich Ulrichs Jacke, da er ja rückwärts lief, merkwürdig aufblähte. Alles in allem machten wir auf dem Bild den Eindruck, daß wir alle, wenn einer sich aus der Gruppe löste, zu Boden stürzen würden.

Noch immer war kein Wort von uns zu hören. Ich sah in die Gesichter meiner Mitbewohner. Die Bestürzung wich langsam der seltsamen Befriedigung, daß hier, außer Elli, keiner sonderlich gut wegkam. Und plötzlich war da ein Lacher. Kurz und kräftig fuhr er uns in die Ohren, kam von Lotte, steckte uns irgendwie an und ließ, ob wir wollten oder nicht, keinerlei Empörung zu. Als wäre der Lacher ein Startzeichen, so schoben wir uns, immer noch eng aneinandergedrückt, durch die Tür nach vorn vor das Bild. Mit der Bewegung verschwand die Sprachlosigkeit. Auf einmal konnten wir reden, zeigten auf die eine oder andere Figur, zeigten auf uns, sahen uns an und kamen einstimmig zu dem Beschluß, daß uns Ulrich verdammt gut getroffen hatte.

Schön sind wir ja nicht, sagte Grieschen.

Die neulich abend waren auch nicht schön, ergänzte Dolli, und Karl fügte schüchtern hinzu: aber eindrucksvoll.

Wir setzten uns auf die Stühle, um den Tisch, dem Bild zugewandt.

Ja, sagte ich, das sind wir.

Niemand widersprach. Ich schielte zu Rupert hinüber, der an dem einen Ende des Tisches Platz genommen hatte und seltsam irritiert aussah. Er fuhr sich mehrmals mit der Hand über den Kopf, als müsse er sich die Zahlen aus dem Gesicht wischen und von den Fingern schütteln. Er war der einzige, der nichts sagte.

Fina fragte nach einer Weile, wie Ulrich denn sein Bild nenne.

Das wollte ich eigentlich euch überlassen, antwortete er und sah uns fragend an.

Ein Bild betiteln, das hatte noch niemand von uns verlangt. Und schon war die Diskussion in Gang geraten, die ich mir so sehr gewünscht hatte. Da war von Angst die Rede, von Alter, von Kampf und von Gemeinschaft.

Keiner ohne den anderen, schlug ich vor, und irgend jemand sagte: typisch Nele.

Mein Vorschlag gefiel nicht. Der von Karl fand auch keinen Beifall. Sein Titel hieß: Mut zum Alter.

Obwohl der Gedanke ganz richtig sei, sagte Fina, müsse man auch an Elli denken, die nicht alt sei, aber auch zu uns gehöre.

Dafür sitze ich im Rollstuhl, entgegnete sie, worauf wir länger über den Unterschied zwischen Behinderung und Alter in der Gesellschaft diskutierten. Und plötzlich war er da, der Name für unser Bild, wie wir es inzwischen nannten. Ausgerechnet Rupert war er eingefallen, obwohl Fina und ich uns schon einmal so bezeichnet hatten.

Wie Vögel im Schwarm, sagte er, stand auf und umkreiste uns mit seinen Händen auf dem Bild, als wolle er uns in die Arme nehmen und wegtragen.

Wir saßen noch lange zusammen. Die Angst, uns einander anzuvertrauen, war gewichen, und als ich vorsichtig auf das Erzählcafé zu sprechen kam, hatte keiner mehr etwas dagegen.

Am Ende dankten wir Ulrich nicht nur für das Bild, das jetzt unser Zimmer schmückte, sondern auch für den Denkanstoß, den wir gebraucht hatten, um zu merken, daß wir ohne Probleme offen füreinander sein konnten und vielleicht ein gemeinsames Ziel finden würden.

Als wir uns schließlich trennten, um in unsere Wohnungen zu gehen, richtete ich es so ein, daß ich neben Rupert die Treppe hinaufging.

Der Titel des Bildes ist sehr schön, sagte ich, um ein Gespräch zu beginnen.

Fein, daß er dir gefällt.

Er blieb stehen und legte den Arm um meine Schultern und nahm ihn auch nicht herunter, als uns oben Dolli begegnete, die, während sie uns staunend zusah, mit ihrer Gehhilfe mühsam den Flur entlangtippelte.

Ich habe nicht nur von den amerikanischen Alten, sondern auch von Ulrich sehr viel gelernt. Vielleicht hast du das gemerkt.

Ja, sagte ich und gab ihm, für uns beide unerwartet, einen Kuß.

Damit war das alte Verhältnis zwischen uns fast wieder hergestellt, ohne daß ich erneut auf seine Weigerung, an der Diskussionsrunde teilzunehmen, zu sprechen kam. Eigentlich hatte er schon das Gegenteil bewiesen, und als das Datum für die erste Veranstaltung des Erzählcafés feststand, machte er sogar einen Vorschlag für den Ablauf der Veranstaltung, und alle waren einverstanden. Als erstes sollten wir, die Bewohner, uns vorstellen. Wir hofften, daß unsere Gäste unserem Beispiel folgen würden. Nach Ruperts Meinung würde sich das durch Fragen ergeben, wobei wichtig war, daß keiner von uns kniff. Dann zeigte er auf Ulrichs Bild und fügte lächelnd hinzu: Denkt einfach daran, daß wir alle das gleiche wollen, und wenn dem einen oder dem anderen das nicht gelingt, soll er an die amerikanischen Alten denken. Denn die haben es uns, wenn auch auf eine andere Art, vorgemacht.

Ich sagte dem Zivi Stefan den Termin telefonisch durch, denn ich hatte zu einem abermaligen Besuch im Seniorenheim keine Lust. Er versprach, Schwester Gerda und Schwester Irmgard Bescheid zu sagen. Rupert hatte zwei seiner Nachhilfeschüler eingeladen, und Fina wollte dafür sorgen, daß ein Lehrer und ein paar Studenten der Fachschule für Altenpflege zu uns kamen.

Insgesamt waren wir bei unserm ersten Zusammensein achtzehn Personen. Frau Poliwko hatte Kaffee gekocht und, wie schon oft, mehrere Bleche mit wunderbarem Streuselkuchen gebacken, den Lotte und Grieschen jetzt aufschnitten und anboten.

Als erstes bestaunten unsere Gäste zum Teil etwas verlegen Ulrichs Bild.

Na, schön sehen Sie ja darauf nicht gerade aus, sagte Schwester Irmgard, und Dolli antwortete grinsend: Das sind wir ja auch nicht.

Aber sollte man das denn auch noch dokumentieren und an die Wand hängen?

Ja, erwiderte ich, das sollte man; wir wollen es ja nicht vergessen.

Die beiden Schwestern ließen uns ihre Skepsis am meisten spüren. Sie beäugten Grieschen und warteten darauf, daß sie den Kaffee danebengoß oder einen Kuchenteller fallenließ. Nicht daran gewöhnt, bei ehemaligen Heiminsassen zu Gast zu sein und von ihnen bedient zu werden, wußten sie nicht recht, wie sie sich verhalten sollten. Am meisten staunten sie über Rike, die, mit Schumann auf dem Schoß, unter uns saß und ein Stück Kuchen nach dem anderen aß.

Schreit sie noch? flüsterte Schwester Gerda Lotte zu, die neben ihr saß.

Wer?

Na, Frau Neumann.

Warum soll sie schreien? fragte Lotte sprachlos, die Rike noch nie außer sich erlebt hatte.

Bei uns hat sie immer geschrien, wenn ihr was nicht paßte.

Vielleicht paßt ihr hier alles, gab Lotte kühl zurück, worauf Schwester Gerda das Fragen nach Rike einstellte.

Nach der Begrüßung begannen wir mit der Vorstellung. Zu meiner Erleichterung erwähnte Grieschen ihre Tochter mit keinem Wort, was bei Schwester Gerda und Schwester Irmgard abermals tiefes Staunen auslöste. Wie wir erwartet hatten, fiel es unseren Gästen, bis auf die Schüler und Studenten, viel schwerer als uns, sich selbst vorzustellen. Dazu seien sie nicht hergekommen, sagte der Lehrer aus der Fachschule.

Wie sollen wir uns sonst kennenlernen? fragte Fina freundlich. Der Name allein ist uns zu wenig.

Die Informationen der Gäste über sich selbst waren dürftig, bestanden mehr aus Daten als aus Situationsschilderungen und beschränkten sich auf Ausbildung und Berufsleben.

Als sich alle vorgestellt hatten, ergriff zu meinem Erstaunen Ulrich das Wort, kam erneut auf sein Bild zu sprechen und bat die Gäste, sich dazu zu äußern. Das war eigentlich nicht geplant, aber ich entnahm Finas Blick, daß sie es für richtig hielt, den Dingen ihren Lauf zu lassen. Schwester Irmgard und Schwester Gerda sahen sich mit heruntergezogenen Mundwinkeln an, seufzten und hielten den Mund.

Naja, sagte einer der Schüler, irgendwie macht mir das Bild Angst.

Und warum?

Der Schüler, von dem ich wußte, daß Rupert ihn am liebsten hatte, druckste herum und sagte dann schließlich nach mehreren Aufforderungen, daß die Leute auf dem Bild für ihn wie Monster aussähen.

Großer Gott, dachte ich und sah zu Ulrich. Hoffentlich bekommt er jetzt nicht wieder einen Wutanfall und provoziert einen ähnlichen Krach wie nach der Besichtigung von Dollis Porträt. Aber weit gefehlt. Ulrich wurde nicht wütend, sondern er lachte und zeigte auf Ellis von schöner Traurigkeit gezeichnetes Gesicht.

Und Elli, sieht sie auch wie ein Monster aus?

Nein, natürlich nicht, aber sie ist ja auch noch nicht alt.

Dolli zog hörbar die Luft durch die Nase, während ich mich zusammennehmen mußte, um den jungen Mann nicht auf seine Taktlosigkeit hinzuweisen. Fina erzählte mir später, daß sie drauf und dran gewesen sei, das Alter zu verteidigen, als sich der Zivi Stefan zu Wort meldete und Elli fragte, wieso sie überhaupt im weißen Haus lebe, da es doch andere, ihrem Alter entsprechende Möglichkeiten gebe. Ich sah Elli an und merkte, daß alle Bewohner sie ansahen. Genau jetzt war der Augenblick da, wo die erste Biographie zur Sprache kommen mußte. Wir signalisierten Elli zu sprechen, nickten ihr zu und verstanden nicht, warum sie plötzlich aschfahl im Gesicht wurde und nach Lotte griff. Ein paar Sekunden saßen die beiden Hand in Hand wie versteinert da, bis Lotte schließlich Ellis Hand losließ und sie aufforderte zu reden. Hoffentlich beginnt sie ihren Bericht nicht damit, daß sie von Lotte als von ihrer Frau spricht, fuhr es mir durch den Kopf, als Elli von etwas ganz anderem zu erzählen begann, von ihrer Kindheit. Anfangs war sie kaum zu verstehen. Die Worte kamen leise über die Lippen, und ihren Kopf hielt sie tief gesenkt.

Als sie zwölf Jahre alt gewesen sei, begann sie im Flüsterton, habe sich ihr Vater an sie herangemacht.

Alle blickten erschrocken auf. Keiner von uns wußte etwas davon, und die Gäste waren auf eine Schilderung dieser Art nicht gefaßt.

Schon beim ersten Mal sei sie nicht in der Lage gewesen, sich zu wehren, da sie ihren Vater über alles geliebt habe. Er sei zwar ein strenger Vater gewesen, habe aber nie mit Lob und Belohnung gespart, wenn sie gehorsam gewesen sei.

Hat Ihre Mutter davon gewußt? fragte jemand.

Nein, sagte Elli, sie habe es nicht fertig gebracht, der Mutter davon zu erzählen. Elli machte eine Pause. Es sah aus, als bereue sie, was sie uns und den Fremden so freimütig erzählt hatte, und ich befürchtete, daß sie zu weinen anfinge. Aber Lotte sagte ihr irgend etwas ins Ohr, was ihr Mut machte.

Um es kurz zu machen, Elli schluckte ein paarmal, mein Vater vergewaltigte mich von meinem zwölften bis zu meinem fünfzehnten Lebensjahr. Vielleicht wäre es noch weiter gegangen, wenn meine Mutter nicht krank geworden wäre und ich bis zu meinem Schulabschluß bei meinen Großeltern gelebt hätte.

Und haben Sie denen nichts gesagt? wollte Stefan wissen.

Ich bildete mir ein, sie würden mich dann rausschmeißen. Ich schämte mich und fühlte mich schuldig. Am schlimmsten war es, wenn mein Vater zu Besuch kam und mich bedrängte, mit ihm ins Auto zu steigen. Es gelang mir, mich zu wehren, Großvater zu bitten, mitzukommen, oder ich täuschte Kopfschmerzen vor.

Vater wurde immer wütender, drohte, mir das Taschengeld zu entziehen oder mir die Ferienreise zu verbieten. Meine Standhaftigkeit kostete mich fast die Existenz, und in meiner Lehrzeit als Buchhändlerin wußte ich oft nicht, von welchem Geld ich mir etwas zum Essen kaufen sollte.

Du weißt, du kannst alles haben, sagte er mir immer wieder am Telefon, es liegt nur an dir.

Alle hörten schweigend zu, keiner fragte, warum Elli das alles erzählte, und die meisten von uns sahen nicht sie an, sondern ihr Gesicht auf dem Bild, wie es Ulrich gemalt hatte.

Mein Leben wurde erst erträglich, als ich Lotte kennenlernte. Sie war die erste, der ich alles erzählen konnte, ohne mich zu schämen. Das ist jetzt dreißig Jahre her, und seitdem gehören wir zusammen.

Danach schien Elli nicht mehr in der Lage zu sein, weiterzusprechen. Sie sah Lotte an und bat sie, an ihrer Stelle fortzufahren. Gut, sagte Lotte. Ihre Stimme klang hart, unversöhnlich und haßerfüllt. Zwei Jahrzehnte habe sie auf Elli eingeredet, den Vater zur Rede zu stellen, um sich von dem Zwang, schuldig zu sein, zu befreien. Im gemeinsamen Leben mit ihr sei Elli eine ebenso fröhliche wie selbstbewußte Frau geworden, die nach Lottes Meinung eine Begegnung mit dem Vater verkraften könnte, um die Last der Vergangenheit loszuwerden.

Warum sprach Lotte bloß so laut. Ich lehnte mich unwillkürlich zurück.

Elli schaffte es, sagte Lotte, sie fuhr zu ihrem Vater und stellte ihn zur Rede. Aber der alte Bock lachte sie aus. Von ihm aus könne sie ruhig zur Polizei gehen, sich lächerlich machen und denen ihre über dreißig Jahre zurückliegende Kindergeschichte auftischen. Was ganz genau vorgefallen ist, hat Elli auch mir nie erzählt. Ich weiß nur, daß ihr Vater, so alt, wie er inzwischen war, abermals versucht hat, sich an sie heranzumachen. Das einzige, was ich von Elli weiß, ist die Tatsache, daß sie, als sie die Nähe des Vaters spürte, ihn roch und seine grapschenden Hände fühlte, den Verstand verloren habe und durch das geöffnete Fenster zwei Stockwerke tief heruntergesprungen sei. Seit damals sitze sie im Rollstuhl, querschnittsgelähmt, nicht mehr fähig, selbständig zu laufen.

Mir fiel ein, daß Lotte uns etwas von einem selbstverschuldeten Autounfall erzählt hatte, über den weder sie noch Elli hatten sprechen wollen. Warum erzählten die beiden ausgerechnet jetzt, vor den uns fremden Menschen, die Wahrheit?

Ich begriff es nicht, und ich sah unsern Mitbewohnern an, daß sie es auch nicht begriffen. Vielleicht wäre uns das Verhalten der beiden für immer ein Rätsel geblieben, wenn nicht einer der Schüler, vielleicht sogar aus Verlegenheit, in die kaum noch erträglich Stille hinein plötzlich Stefans Frage widerholt hätte, warum Elli jetzt hier im weißen Haus lebe.

Sie hob den Kopf, und ihr Lächeln glich jetzt dem Lächeln auf dem Bild.

Weil hier meine Hoffnung erfüllt wurde, in der Gemeinschaft mit älteren Menschen meine Angst zu verlieren. Hier werde ich, hier wird meine Partnerschaft mit Lotte anerkannt. Hier fühle ich mich zum ersten Mal in meinem Leben sicher.

Sie glauben nicht, wie gut es mir tut, daß meine Behinderung in diesem Haus keine Behinderung mehr ist. Sie sehen also, es gibt mehrere Gründe, warum ich hier lebe und, soweit es mir möglich ist, glücklich bin. Um das verständlich zu machen, was ich für wichtig halte, mußte ich Ihnen die ganze Geschichte erzählen. Daß ich das geschafft habe, tut mir gut, weil es eines der Ziele unseres Erzählcafés ist, die Wahrheit über sich zu sagen. Ich wäre Ihnen nur dankbar, wenn Sie jetzt keine weiteren Fragen mehr an mich stellen.

Dazu war auch niemand von uns fähig. Ausgerechnet die stille Elli, die sich selten einmischte und kaum etwas sagte, hatte von ihrem schweren Schicksal berichtet und einen Mut bewiesen, den ihr keiner von uns zugetraut hätte. Als einzige stand Fina auf, ging zu ihr hin und umarmte sie.

Kurze Zeit später trennten wir uns, machten aber einen Termin für ein nächstes Treffen aus. Und der Abschied von Schwester Gerda und Schwester Irmgard fiel weitaus herzlicher aus als Stunden zuvor die Begrüßung.

Wie Elli es gewünscht hatte, sprach sie niemand mehr auf ihr Schicksal an. Aber untereinander redeten wir immer wieder darüber. Obwohl wir alle Ellis Mut bewunderten, begriffen wir nur langsam, wieso sie uns ihre Geschichte in der ersten Erzählcafé-Runde verraten hatte. Nie war eine Andeutung über den Sprung aus dem Fenster, nie war ein Wort über den Vater gefallen. Und dann plötzlich diese Offenbarung.

Ich glaube, sagte Rupert, sie wollte uns den Weg bereiten, Wahrheiten auszusprechen. Fina teilte Ruperts Meinung, fügte nur hinzu, daß sie in Ellis Bericht auch so etwas wie Dankbarkeit sähe. Sie wollte uns und unseren Gästen mit ihrer Geschichte beweisen, wie wohl sie sich im weißen

Haus fühle und daß es nichts mehr in ihrem Leben gebe, was sie verheimlichen müsse.

Ob wir alle so ehrlich sein werden? fragte ich Rupert auf einem unserer gemeinsamen Spaziergänge, und er antwortete, daß das sehr schön wäre. Anschließend überlegte ich, was ich wohl von mir zu berichten bereit wäre. Etwa meine Trennungsgeschichte von Fred? Das Verhältnis zu meinen Kindern? Oder mein Aufbegehren gegen das Alter?

Rupert schien ähnliche Gedanken zu haben, denn wir blieben stumm, obwohl wir eingehakt im Gleichschritt nebeneinander gingen. Erst als wir den Park des weißen Hauses wieder erreicht hatten und Lotte Blumen pflanzen sahen, brach Rupert unser Schweigen.

Kannst du so ehrlich wie Elli über dich reden?

Ich weiß es nicht, sagte ich, wirst du es denn können?

Und zu meinem Erstaunen sagte Rupert, daß er es versuchen wolle.

Ein paar Tage später, es war ein regnerischer Nachmittag, und ich hatte mich gerade dazu entschlossen, den vom Bundesland geforderten Bericht über das weiße Haus für die weiteren Fördermittel zu konzipieren, um ihn dann mit Rupert zu schreiben, klingelte es an meiner Wohnungstür.

Zu meiner Verblüffung stand Susan vor der Tür. Es war zwischen uns nicht üblich, daß einer den anderen unangemeldet aufsuchte. Schon auf den ersten Blick sah ich, daß irgend etwas nicht in Ordnung war. Susan hatte sich nicht geschminkt. Ihre Nase leuchtete vom vielen Putzen knallrot, während das Gesicht völlig verquollen war. Von ihren verheulten Augen war kaum noch etwas zu sehen.

Mama, sagte sie und fiel mir schluchzend in die Arme. Aus Erfahrung wußte ich, daß es Susan, wenn sie Mama sagte und nicht Mom, schlecht ging. Ich ließ ihr Zeit und zog sie von der Tür in meine Wohnung. Ihr Kopf lag zwischen meiner Schulter und meinem Hals. So hatte sie sich schon als kleines Mädchen bei mir ausgeweint, und ich hätte mich nicht gewundert, wenn ihr Haar plötzlich wieder diesen bouillonähnlichen Geruch eines Kleinkindes ausgeströmt hätte. Aber Susans Haar roch nicht nach Bouillon, sondern nach Spray und parfümiertem Shampoo.

Mama, wiederholte sie schluchzend, ohne sich von der Stelle zu bewegen, es ist alles so schrecklich.

Ihre Arme hielten mich fest umschlungen, und ich hatte Mühe, sie bis zu einem meiner Sessel zu schieben, in den sie sich fallen ließ, als versagten ihr von einer Minute zur anderen die Beine.

Was, um Gottes willen, ist denn passiert?

Ich nahm ihr, wie früher, die Hände vom Gesicht und hob ihr Kinn hoch, bis sie mich ansah.

Susan, sagte ich liebevoll, was ist los?

Vom Schluchzen geschüttelt, war sie nur schwer zu verstehen, und ich brauchte eine Weile, bis ich den Sinn ihrer Worte begriff. Felix hatte die Verlobung aufgelöst. Die ganze letzte Zeit sei er so komisch gewesen, habe nie Zeit für sie gehabt, berichtete sie unter Tränen, und bei der kleinsten Kleinigkeit habe er Streit angefangen. Als er auch nicht mehr bei ihr übernachtete und unter den lächerlichsten Begründungen nicht mehr mit ihr schlafen wollte, habe sie ihn direkt gefragt, ob es für ihn eine andere Frau gebe.

Und was hat er gesagt?

Ja, hat er gesagt, einfach ja, und kein Wort mehr.

Aber du bist mit mir verlobt, habe ich geschrien und zu heulen angefangen. Darauf hat er ganz langsam seinen Verlobungsring vom Finger gezogen und ihn vor mich auf den Tisch gelegt.

Bis heute, Susan.

Ich muß ihn wie eine Irre angesehen haben, denn er wurde ganz verlegen. Sicherlich wäre er am liebsten weggelaufen. Aber ich habe mich auf ihn gestürzt und mit den Fäusten so lange auf ihn eingetrommelt, bis er meine Hände zu fassen kriegte und sie auf meinen Rücken drehte.

Benimm dich nicht wie eine Vierzehnjährige, hat er gesagt, sonst erfährst du gar nichts.

Darauf bin ich still geworden und habe mich wie in einer Gerichtsverhandlung auf meinen Stuhl gesetzt.

Na also, hat Felix gesagt und mir über den Kopf gestrichen, ich weiß doch, daß du vernünftig sein kannst.

Ich habe zwar geflüstert, faß mich nicht an, aber ich glaube nicht, daß er es gehört hat. Statt dessen fing er mit Vorwürfen an. Ich sei keine eigenständige Frau, hat er gesagt, ich klebe an ihm und lasse ihm keine Luft zum Atmen. Alles, was er mache, wolle ich auch machen, egal, ob ich dazu geeignet sei oder nicht. Um ihn ja nicht aus den Augen zu lassen, hätte ich mich sogar im Studio um eine Anstellung bemüht.

Stimmt das? wollte ich wissen.

Susan nickte. Aber nicht um ihn zu kontrollieren, verteidigte sie sich, sondern um in seiner Nähe zu sein. Ich war der Meinung, das würde ihn freuen.

Mit der Zeit, sagte er, hätte ich ihn mit meiner Anhänglichkeit rasend gemacht, und das Schlimmste an mir sei diese Meinungslosigkeit. Zum Schluß hätte er sich nicht mehr gewundert, wenn ich ihm bei der Behauptung, der Himmel sei nicht blau, sondern grün, auch noch zugestimmt hätte.

Während Susan erzählte, holte ich ihr ein Glas Wasser. Niemand wußte besser als ich, daß Weinen durstig machte. Sie trank es auch hastig in einem Zug aus.

Und hat er auch etwas über die andere Frau gesagt?

Susan preßte die Lippen aufeinander, um nicht zu wimmern, was sie oft tat, wenn sie unglücklich war.

Wenn du nicht willst, sagte ich, brauchst du es mir nicht zu erzählen.

Dabei dachte ich für mich, daß das, was meine Tochter mir jetzt erzählen würde, eine zigtausendfache Wiederholung dessen war, was unendlich vielen Frauen, unter anderem auch mir, widerfahren war. Ich setzte mich auf die Lehne des Sessels, nahm sie in den Arm und wiegte sie vorsichtig hin und her.

Das Verrückte ist, ich kenne die Frau auch noch, murmelte Susan. Ich dachte sogar, wir wären befreundet. Sie ist an dem Sender Redakteurin, an dem Felix arbeitet.

Die wisse von allein, wo Bartel den Most holt, habe Felix gesagt. Zudem könne er glänzend mit ihr an der Konzeption seiner Talkshow arbeiten, und dabei habe sich allmählich eine Beziehung entwickelt.

Während er das sagte, habe ich die ganze Zeit versucht, meinen Verlobungsring vom Finger zu ziehen. Aber der saß fest, wie angewachsen. Also lief ich ins Bad, wo ich ihn mit Hilfe von Seife endlich losbekam. Zurück im Zimmer, sah ich gerade noch, wie er seinen Verlobungsring einsteckte.

Hier, habe ich gesagt und ihm meinen Ring in die Hand gedrückt, vielleicht paßt er ja meiner Nachfolgerin. Dann habe ich mit letzter Kraft die Wohnungstür geöffnet und raus geflüstert, obwohl ich ihm das Wort laut ins Gesicht brüllen wollte. Du glaubst gar nicht, wie schnell der von der Bildfläche verschwunden war.

Jetzt war es nicht nur Susan, die weinte, ganz gegen meinen Willen liefen auch mir die Tränen über die Wangen.

Ich weiß, wie dir zumute ist, sagte ich leise, das alles habe ich auch erlebt. Das Schreckliche für mich ist die Tatsache, daß dir das gleiche widerfahren ist.

Ich habe ihn so geliebt, Mama, schluchzte Susan, die mir nicht zugehört hatte, und ich liebe ihn immer noch.

Es dauerte eine lange Zeit, bis Susan sich etwas beruhigt hatte. Irgendwann konnte sie nicht mehr weinen, irgendwann hatte sie Hunger, und irgendwann hörte sie mir auch zu.

Ich wünsche mir, sagte ich, während Susan aß, was ich ihr vorgesetzt hatte, daß du nicht den gleichen Fehler machst wie ich.

Und welcher ist das?

Den Partner als Besitz ansehen.

Versteh ich nicht. Natürlich hat Felix mir gehört, und ich ihm.

Man kann nur verlieren, was man glaubt zu besitzen. Und weil man das glaubt, macht man sich ständig Sorgen, fürchtet den Verlust, der einen treffen könnte, und ist ständig auf der Hut. Daraus entstehen Angst und Unsicherheit, die sich dadurch ausdrücken, daß man sich selbst aufgibt, um ganz und gar so zu werden, wie man glaubt, daß es dem Partner recht ist.

Und das ist falsch?

Ja, Susan. Dein Zentrum ist in dir selbst. Die Fähigkeit, eigene Kräfte auszudrücken, muß von dir abhängig sein, nicht von Felix. Alles, was man glaubt zu besitzen, kann man, wie du siehst, verlieren.

Und wenn ich verloren habe?

Dann bist du, wie du dich jetzt fühlst, gebrochen, besiegt und erbarmungswürdig. Ehrlich gestanden habe ich deinen Felix nie sehr gemocht, aber ich kann nachvollziehen, daß er die Partnerschaft, wie du sie praktiziert hast, nicht mehr ausgehalten hat.

Sag bloß, du verteidigst sein mieses Verhalten auch noch.

Das nicht. Aber die Ursache dafür ist mir bekannt. Dein

Vater hat sich aus ähnlichen Gründen von mir getrennt, und ich habe über ein Jahr dazu gebraucht, um zu begreifen, wo mein Fehler lag.

Susan, die mit dem, was ich ihr sagte, nicht einverstanden war, flüchtete sich schon wieder in Tränen und Schluchzen.

Du tust ja gerade so, als wenn es schlimm wäre, einen Mann zu lieben, sagte sie und sah mich feindselig an.

Blödsinn, Susan, du mußt nur lernen, du selbst zu bleiben, und darfst nicht bereit sein, andere über dein Leben bestimmen zu lassen.

Da wir am Abend Gruppendiskussion hatten, kam ich auf die Idee, Susan dazu einzuladen.

Was denn, ich soll mit den Alten über ihre Zipperlein reden?

Ihre Reaktion ärgerte mich, aber ich nahm mich zusammen.

Wir haben es uns verboten, in der Gruppe über Krankheiten zu sprechen, sagte ich. Du brauchst ja nicht zu reden, hörst einfach nur zu. Es ist spannender, als du denkst. Wir planen an solchen Abenden das Konzept für die nächste Veranstaltung im Erzählcafé, und von den Teilnehmern sind einige jünger als du.

Dann ließ ich sie allein und holte mir bei den Mitbewohnern die Erlaubnis, daß Susan an unserer Diskussionsrunde teilnehmen durfte.

Und warum? wollte Fina wissen.

Ihr Verlobter hat sie sitzenlassen, und da wir uns als Thema Verlust und Verlassenheit vorgenommen haben, dachte ich, es täte ihr gut, dabeizusein.

Niemand hatte etwas dagegen. Am Abend stellte ich den Hausbewohnern Susan vor, und sie war über die Herzlichkeit verblüfft, mit der sie in der Runde aufgenommen wurde.

Fina hatte diesmal die Moderation übernommen, und ich bewunderte sie, wie selbstverständlich sie das Thema auf den Punkt brachte. Sie wollte wissen, wer von uns schon einmal verlassen worden war oder andere verlassen hatte. Und Susan mußte staunend feststellen, daß sie ihr Schicksal mit den meisten der Anwesenden teilte. Es waren nur zwei, die zugaben, verlassen zu haben, Ulrich und Dolli. Sie erzählten knapp und ein wenig mühsam ihre Geschichten, während die übrigen mit mehr oder weniger Inbrunst oder Selbstmitleid zum Besten gaben, was ihnen widerfahren war. Jeder hörte jedem zu, egal, wie viele Jahrzehnte das Erlebnis zurücklag, und wenn man alle Erlebnisse miteinander verglich, ähnelten sie sich wie die Schicksale eines Films, nur mit wechselnden Darstellern.

Susan war die Verwunderung über das, was sie hörte und was letztlich auch ihr zugestoßen war, anzusehen. Aber sie schwieg und wollte sich nicht mit den Alten auf eine Stufe stellen.

In solchen Fällen, sagte Fina, ist der oder die Verlassene der festen Überzeugung, zum ersten Mal erlebt zu haben, was wirkliche Liebe ist, und glaubt nicht mehr weiterleben zu können. Nicken, Seufzen und Lächeln. Nur Susan gab sich Mühe, keine Reaktion zu zeigen.

Der oder die Verlassene ist der Meinung, fuhr Fina fort, nie wieder einen Menschen so lieben zu können wie den, der sie oder ihn zurückgelassen hat.

Da machte Susan endlich den Mund auf und fragte leise: Und warum soll das nicht stimmen?

Erst nickte Fina, als wolle sie Susan recht geben. Dann sah sie in die Runde, und ihr Blick blieb schließlich an dem von Ulrich gemalten Bild hängen.

Ich sehe das so, sagte sie, der, der verlassen wurde und sich jetzt nicht mehr für lebensfähig hält, war nie fähig, aktiv zu lieben. In Wirklichkeit überträgt dieser Mensch nur seine Sehnsucht nach Liebe auf den Partner und glaubt, nur in der Vereinigung Liebe zu erleben. Je mehr der oder die Verlassene alle Sehnsucht nach Liebe und Glück auf den Partner überträgt, um so leerer fühlt er sich, wenn er getrennt wird. In Wirklichkeit, und jetzt sah Fina Susan an, in Wirklichkeit lebt der oder die Verlassene nur in der Illusion zu lieben.

Einen Augenblick glaubte ich schon, Susan würde widersprechen, würde vielleicht ihre Geschichte erzählen, so wie die anderen erzählt hatten. Aber sie schwieg.

Spätabends, als sie sich auf den Heimweg machte, umarmte sie mich inniger als sonst.

Ich danke dir nicht nur für diesen Abend, ich bewundere dich auch, Mama, sagte sie.

Und warum?

Weil du diese Menschen gefunden hast, mit denen du hier zusammenlebst. Ich glaube, du kannst sehr glücklich sein.

Zum folgenden Erzählcafé kamen tatsächlich alle Teilnehmer, die auch schon beim letzten Mal da waren. Ich hatte auch Susan eingeladen. Sie sagte mir mit der Begründung ab, sie müsse erst noch über ihren letzten Besuch im weißen Haus nachdenken. Noch immer sehe sie das große Bild vor sich und habe dabei die Worte meiner Freundin Fina im Ohr, die ihr sehr geholfen hätten. Susan nannte mich auch wieder Mom, und als ich sie fragte, was sie denn für Pläne habe, erzählte sie mir, daß sie vielleicht für ein Jahr in die Staaten ginge, um ihre englischen Sprachkenntnisse zu vervollständigen.

Und wann kommst du mich wieder besuchen?

Bald, liebste Mom, bald.

Die Diskussion über das Verlassenwerden fanden wir so wichtig, daß wir sie ins Erzählcafé übernehmen wollten. Diesmal fiel das Los der Moderation auf mich, und ich sagte vieles von dem, was mir von Finas Ausführungen im Gedächtnis geblieben war. Aber das Gespräch lief völlig anders. Verlust war das Stichwort. Da war von Geld die Rede, von nicht erhaltener Erbschaft, von Diebesgut, von Freundschaft, und plötzlich tauchte das Wort Gesundheit auf. Ich mußte meine ganze Autorität einsetzen, um das Gespräch aus dem Sumpf der Klage und des Jammerns herauszuholen. Die Jüngeren in der Runde begannen sich zu langweilen und waren drauf und dran, aufzustehen und zu gehen, als sich einer von ihnen zu Wort meldete.

Was Sie unter Verlust verstehen, sagte er mit heruntergezogenen Mundwinkeln, geht mir am Arsch vorbei.

Er übersah das Kopfschütteln und überhörte das Aufmucken über seine Ausdrucksweise.

Ich war dem Jungen, es war einer von Ruperts Schülern, dankbar, daß er den Mut hatte, dem Gezeter ein Ende zu machen. Als Stille eintrat, wurde er erst rot, dann blaß. So recht wußte ich nicht, wie ich ihm Mut machen sollte, und sah hilfesuchend zu Rupert. Der stand auf, stellte sich hinter seinen Schüler, flüsterte ihm etwas zu und legte ihm die Hand auf die Schulter.

Ich werde Ihnen sagen, was Verlust ist, sagte der Junge mit großer Aggressivität in der Stimme, wenn man nämlich seine Familie verliert.

Schweigen. Jeder dachte sofort an einen Unfall, auch ich. Aber der Junge meinte die Scheidung seiner Eltern. Er erzählte, inzwischen wieder mit rotem Kopf, was das für ihn bedeutet habe. Vater und Mutter nicht mehr unter einem Dach, an einem Tisch und in einem Bett zu wissen. Er sei als Kind auf der Strecke geblieben, habe mal beim Vater, mal bei der Mutter gewohnt und sich weder dem einen, noch dem anderen zugehörig gefühlt. Dadurch habe er nicht nur seine Familie verloren, sondern auch seine Kindheit. Das bedeute für ihn Verlust, nicht das Gejammer um Hab und Gut oder um eine verlorengegangene Freundschaft. Bis ins kleinste schilderte er, was er bei der Mutter vermißt hatte und was beim Vater. Schon als kleiner Junge habe er lernen müssen, was Einsamkeit ist. Zu sich gefunden habe er erst, nachdem er als Mensch ohne Kindheit mit gerade mal siebzehn Jahren in eine eigene Wohnung gezogen war.

Keiner hatte auf Grieschen geachtet. Alle starrten verlegen den Jungen an und suchten nach Worten, um seiner Sicht die Schärfe zu nehmen und ihm Verständnis für die Eltern nahezubringen.

Elli war mir aufgefallen, die sich in ihrem Rollstuhl vorgebeugt hatte, um Grieschen besser sehen zu können. Ich wollte wissen, warum, und stellte fest, daß Grieschen über die Maßen aufgeregt war. Ihr Kinn zitterte, als würde sie jeden Augenblick anfangen zu weinen, und ich fürchtete, daß wir jetzt zum hundertsten Mal die Tochterstory zu hören bekämen, mit der uns Grieschen seit ihrem Weglaufen nach dem Umzug verschont hatte. Schon wollte ich aufspringen, um sie vom Reden abzuhalten, als sie, mit den Händen in der Luft herumfuchtelnd, loslegte. Aber sie erwähnte nicht ihre Tochter, sondern sie sprach den Jungen an. Er solle froh sein, sagte sie mit wackliger Stimme, noch zu seinen Eltern hingehen zu können, sie zu beschimpfen, zur Rechenschaft zu ziehen oder sich mit ihnen zu versöhnen.

Der Junge antwortete, daß er das alles nicht wolle, denn das Thema Eltern sei für ihn erledigt.

Grieschen schüttelte den Kopf. Dabei faltete sie die Hände, als würden sie sonst davonflattern. Gut, sagte sie, das ist dann deine Sache. Aber es gibt noch etwas Schlimmeres, als sich verlassen zu fühlen.

Und das ist?

Ausgestoßen zu sein, für tot erklärt zu werden, nicht mehr zu existieren, weil es einen für den anderen nicht mehr gibt.

Wir wußten nicht recht, was es mit Grieschens Ausbruch auf sich hatte. Ehrlich gestanden hatte auch niemand Lust, schon wieder ein menschliches Drama erfahren zu müssen. Irgend jemand sagte, daß es so etwas in einer zivilisierten Gesellschaft längst nicht mehr gebe.

O doch, widersprach Grieschen und fing ohne Aufforderung an zu erzählen, was keiner von uns wußte.

Ich wurde mit knapp neunzehn Jahren schwanger und heiratete. Sehr schnell merkte ich, daß ich den Vater meines Kindes weder liebte noch ablehnte. Das Ende des Krieges war abzusehen, das Baby kam kurz danach zur Welt, und wir hielten uns zu dritt recht und schlecht über Wasser. So weit, so gut, das alles ist nichts Besonderes. Aber als meine Tochter drei Jahre alt war, verliebte ich mich unsterblich in einen anderen Mann, den ich später auch heiratete.

Grieschen war jetzt ruhiger geworden, erzählte ihre Geschichte fast leidenschaftslos und eilig, als müsse sie so schnell wie möglich zum Schluß kommen.

Mein erster Mann, der mißtrauisch geworden war, setzte mir jemanden auf die Fährte und erfuhr von meiner Liebschaft. Es kam zu furchtbaren Krächen, bei denen er mich schlug, bis ich eines Tages floh, um mir ein neues Leben aufzubauen. Ich plante, mein Töchterchen nachzuholen, sobald ich eine Wohnung und einen Verdienst hätte.

Und wer hat sich bis dahin um Ihre Tochter gekümmert? wollte der Schüler mit der verlorenen Kindheit wissen.

Eine Nachbarin, sagte Grieschen. Sie liebte das Kind und

hatte versprochen, sich um sie zu kümmern, bis ich eine Bleibe gefunden hätte. In der Zwischenzeit sammelte mein Mann Beweise gegen mich, fand sie und reichte die Scheidung ein.

Grieschen lehnte sich erschöpft zurück und atmete tief durch, als brauche sie für das, was sie uns jetzt erzählen wollte, mehr Kraft, als sie hatte. Sie sah mich hilfesuchend an, und ich nickte ihr, vielleicht sogar aus Neugierde, mehrmals zu, fortzusetzen, was sie begonnen hatte.

Mit der Scheidung, fuhr Grieschen endlich fort, mit der war ich einverstanden, auch daß ich für schuldig erklärt wurde. Aber nicht, daß mir das Sorgerecht für meine Tochter entzogen und sie ihrem Vater zugesprochen wurde. Der Richter räumte mir ein kärgliches Besuchsrecht ein, vertrat aber auf Grund des Beweismaterials, das mein Mann gegen mich gesammelt hatte, den Standpunkt, daß ich durch die Pflichtverletzung meiner Ehe für die Erziehung meiner Tochter ungeeignet sei.

Grieschen verkrampfte die Hände ineinander, bis sie weiß wurden, und fügte hinzu: Ich habe meine Tochter nie wieder gesehen.

Auch nicht, als sie erwachsen wurde?

Grieschen schüttelte den Kopf.

Und warum nicht?

Erst hat der Vater dem Kind gesagt, ich bin tot, flüsterte Grieschen, und später hat er ihr eingetrichtert, ich hätte sie verlassen, wollte nichts von ihr wissen und habe mir einen anderen Mann genommen. Meine Geschenke bekam sie, ohne daß man ihr sagte, daß sie von mir wären. Wenn ich sie besuchen wollte, wurde sie vorher weggeschickt. Als sie schreiben konnte, schrieb sie mir, sie wolle nichts von mir wissen, weil ich sie verlassen hätte. Später kamen meine Briefe ungeöffnet zurück. Als sie erwachsen war, schrieb sie mir eine einzige Karte, auf der stand, daß ich für sie nicht existiere und daß es mich nie für sie gegeben habe.

Wie zur Strafe bekam ich von meinem zweiten Mann keine Kinder, und der Wunsch, meine Tochter zu sehen, beherrschte mich immer mehr, je älter ich wurde. Nachdem mein zweiter Mann gestorben war und ich ganz allein lebte, wurde das Bedürfnis, meine Tochter zu sehen, immer größer, und ich fing an, täglich von ihr zu reden und nachts von ihr zu träumen. Anders ausgedrückt, ich drehte durch, und irgendwann kam ich ins Heim. Ich weiß nicht, wie, und ich weiß nicht, wer meine Tochter im Ausland aufgespürt hatte. Jedenfalls erklärte sie sich bereit, die Heimkosten zu übernehmen. Von da an glaubte ich in bestimmten Abständen, daß sie mich besuchen kam, um sich mit mir zu versöhnen. Aber da ich sie ja zuletzt mit drei Jahren gesehen hatte, erkannte ich sie nicht, worüber sie sich derart ärgerte, daß sie sich jedesmal wortlos davonmachte. Dann lief ich ihr hinterher, suchte sie und wußte schließlich nie mehr, wo ich war, bis man mich fand und zurück ins Heim brachte. Seit ich im weißen Haus wohne, ist sie nicht mehr gekommen.

Und in Wirklichkeit war sie nicht ein Mal da? wollte Elli wissen.

Grieschen blickte zu mir herüber, und ich sah ihr an, daß sie im Augenblick nicht mehr wußte, ob der Besuch ihrer Tochter der Wahrheit entsprach oder nicht.

Als habe sie mich gefragt, schüttelte ich den Kopf, und Grieschen brachte ein mühsames Nein heraus.

Alle in der Runde waren beeindruckt. Wenn ich nicht Einhalt geboten hätte, wäre Grieschens Tochter schlecht weggekommen. Die ersten Urteile über sie wurden bereits gefällt, als ich merkte, wie Grieschen darunter litt.

Ich denke, sagte ich bestimmt, es ist nicht unsere Aufgabe, eine Meinung über jemanden abzugeben, der nicht unter uns weilt.

Statt dessen brachte ich die Sprache wieder auf Grieschen und darauf, daß im weißen Haus ihre Zwangsvorstellungen bisher nicht aufgetaucht seien. Wir redeten lange über das Warum und kamen zu dem Ergebnis, daß es Grieschens Angst vor der Isolation von ihrer früheren Familie und vor der Ächtung war, die sie in die Wahnvorstellung getrieben hatte. Erst die Gruppe, deren Zuneigung und die Akzeptanz ihrer Person hatten sie wieder in die Realität zurückgeholt.

Und jetzt? fragte Schwester Gerda, weniger aus Neugierde als aus einem bis dahin noch nie gezeigten Mitgefühl, was ist jetzt mit Ihrer Tochter?

Was soll sein, sagte Grieschen mit einem so todtraurigen Lächeln, daß ich schlucken mußte, nichts ist mit ihr. Ich habe Ihnen doch erzählt, ich existiere nicht für sie.

Monate später marschierten wir auf eine Katastrophe zu, ohne auch nur die geringste Ahnung davon zu haben. Unser Leben im weißen Haus hatte sich eingespielt, und jeder ging wie selbstverständlich seinen Pflichten nach. Zu unser aller Leidwesen war Ulrich in langen Abständen wiederholt sturzbetrunken. Dann stänkerte er, schikanierte Karl und behauptete von uns allen – bis auf Fina, vor der er großen Respekt hatte –, daß wir vertrottelt und verkalkt seien. Ausziehen müsse er, randalierte er herum, denn ein Leben unter halsstarrigen Greisen sei ihm nicht zuzumuten. Als er uns das erste Mal beschimpfte, hatten wir ihn zur Rede gestellt und uns seine Unverschämtheiten verbeten. Aber wir merkten schnell, daß wir ihn damit nur noch mehr reizten und daß es zu unerfreulichen Szenen kam. Also schwiegen wir, gingen ihm aus dem Weg, während sich Rupert des armen Karl annahm und ihn aus der Schußlinie holte. Sobald Ulrich wieder nüchtern war, entschuldigte er sich bei allen, brachte uns Blumen und gelobte zerknirscht Besserung. Es war ein Kreuz mit ihm, aber keiner von uns kam auf die Idee, ihn hinauszuwerfen.

Im Erzählcafé schilderte er ausführlich und nicht ohne Dramatik die Geschichte eines Freundes, von der sich nach einer Fangfrage von Rupert herausstellte, daß es seine eigene war. Mit der Zeit hatten wir alle unsere Biographien erzählt. Selbst Schwester Gerda und Schwester Irmgard hatten aus ihrem Leben berichtet, und als Letzter hatte Rupert, wenn auch unter Schwierigkeiten und großen Pausen, den Grund für Rikes Schicksal mitgeteilt.

Mit der Zeit wandten wir uns mehr und mehr den täglichen Problemen zu, wobei sich die Generationsunterschiede als äußerst hilfreich erwiesen. Wir lernten uns immer mehr respektieren, und im Laufe der Zeit vergaßen wir bei Meinungsverschiedenheiten hin und wieder sogar die zum Teil großen Altersunterschiede.

Auch die Gesprächsrunden unter uns Hausbewohnern hatten wir nicht aufgegeben. Die Themen nahmen kein Ende, und oft brachten wir sie später in unser Erzählcafé ein. Das Alter kam ebenso zur Sprache wie unsere Skepsis der Jugend gegenüber. Wir sprachen über den Tod und die Angst davor, über die Vor- und Nachteile von Familie, und immer öfter über die Möglichkeit erfüllten Alterns.

Ich hatte mich an die Nähe von Rupert gewöhnt und konnte mir einen Alltag ohne ihn nicht mehr vorstellen. Wir verbrachten viel Zeit miteinander, und wenn einer der Hausbewohner sah, daß er den Arm um mich legte, war ich nicht mehr so verlegen. Dolli hatte uns einmal Turteltauben genannt, und während ich mich verlegen abwandte, hatte Rupert lachend gefragt, ob Dolli etwa eifersüchtig sei.

Darauf hatte sie uns zugezwinkert und behauptet, daß das absolut der Fall werden könne.

Alles in allem hatten wir einen Sommer voller Harmonie hinter uns. Licht und Farben wurden kräftiger, morgens roch es bereits nach dem zu erwartenden Herbst, und kaum kam ein Wind auf, segelten die ersten Blätter von den Bäumen.

Es war ein Freitag, als plötzlich zwei uns unbekannte Damen im Haus erschienen, um sich, wie sie höflich sagten, unsere Wohnungen anzusehen. Selbstverständlich wiesen sie sich auf meinen Wunsch aus und stellten sich als Beamtinnen der Stadtverwaltung vor, die bevollmächtigt seien, die Objekte zu überprüfen, die von der Stadt unterstützt wurden und zudem Fördermittel vom Land zur Verfügung gestellt bekommen hatten.

Vielleicht wäre alles ein bißchen anders gelaufen, wenn Rupert nicht gerade mit Rike zu einer Untersuchung in die Klinik gefahren wäre und Ulrich sich nicht einer seiner seelischen Durchspülungen unterzogen hätte.

Herr Poliwko hatte die Damen abgefangen und sie zunächst zu mir gebracht. Ich zeigte den beiden nicht nur die Gemeinschaftsräume, Waschküche, das Bügelzimmer und den Garten, ich führte sie auch in meine Wohnung, die sie interessiert und zufrieden nickend inspizierten.

Danach wollten sie alles über meine Ausbildung erfahren, die mich zur Betreuerin des Hauses qualifizierte. Ich mußte passen und versuchte zu retten, was zu retten war, indem ich auf den Modellcharakter unseres Hauses hinwies.

Ich glaube, da irren Sie sich, sagten beide, schneidend und keine weitere Erwiderung zulassend, als hätten sie diesen Satz gemeinsam einstudiert.

Wenn Sie wollen, sagte ich höflich ablenkend, kann ich Sie auch in die Wohnung von Herrn Neumann und in die seiner Schwester führen.

Das sei nicht nötig, sagten die Damen, denn ihr Interesse gelte in erster Linie dem Ausbau des Dachgeschosses. Meine Begleitung wurde abgelehnt, und ich war froh, Ulrich zu Hause zu wissen. Schließlich war er der Architekt und hatte die Anträge für Fördermittel mit Rupert gemeinsam ausgearbeitet. Demnach hoffte ich zu Recht, er würde von den Mängeln der nicht ganz den Vorschriften entsprechenden

Wohnungen geschickt ablenken. Daß Ulrich betrunken war, ahnte ich nicht, und ich erfuhr erst später von Elli, Lotte und Karl, was sich zugetragen hatte.

Als erstes besuchten die Beamtinnen Elli und Lotte. Nachdem sie von einem Zimmer ins andere gegangen waren, stellten sie fest, daß es sich hier um eine Wohnung für eine Person handelte, daß aber zwei Wohneinheiten angegeben worden waren. Nach Ihrem Antrag, sagte eine der Damen, müßte es hier eine weitere Küche geben und, sie sah Elli an, ein Behindertenbad.

Wir haben eins, einen Stock tiefer, warf Lotte ein.

Der Vorschrift nach gehört aber ein zweites Behindertenbad, dem Zustand der Bewohnerin entsprechend, zu einer der hiesigen Wohneinheiten.

Wenn man hier überhaupt von zwei Wohneinheiten sprechen kann.

Sie machten sich Notizen, fragten nach der Quadratmeterzahl, der Miethöhe und danach, auf wen der Mietvertrag liefe.

Dummerweise, sagte Lotte später, gaben wir beide zu, jeder einen gesonderten Mietvertrag unterschrieben zu haben.

Danach verabschiedeten sich die Damen höflich und distanziert, um bei Ulrich und Karl zu klingeln. Letzterer öffnete, um Ulrichs Angriffslust, in der er sich offensichtlich befand, keine Plattform zu bieten. Erschrocken grüßte er die ihm fremden Damen, und als sie sich auch noch als Beamtinnen vorstellten, die den Ausbau des oberen Stockwerks begutachten wollten, wurde er vollends verlegen, bat die Damen, ein andermal zu kommen, und stellte sich, ganz gegen seine Gewohnheit, breitbeinig in die Tür.

Das müssen Sie schon uns überlassen, wann wir kommen, sagte eine der Beamtinnen und schob Karl freundlich, aber bestimmt beiseite.

Aber es paßt nicht, protestierte Karl jetzt lautstark, was wiederum Ulrich veranlaßte, in der Tür zu erscheinen und zu fragen, was denn hier los sei.

Er habe zum Fürchten ausgesehen, erzählte Karl, als die Frauen weg waren. Sein Gesicht sei knallrot gewesen, und die Haare hätten ihm zu Berge gestanden. Auch sei er nicht richtig angezogen gewesen, und zu allem Übel habe er auch noch eine Wodkaflasche in der Hand gehabt.

Was wollen denn die Weiber? habe er noch einigermaßen freundlich gefragt. Aber als die Beamtinnen sich als Mitarbeiterinnen der Stadtverwaltung vorstellten, um die Wohnungen im Dachgeschoß zwecks der Anträge für Fördergelder und Unterstützung seitens der Kommune zu inspizieren, sei er ausgerastet. Schnepfen lasse er nicht in seine Wohnung, habe er gebrüllt. Sie sollten sich ins Knie ... Karl fühlte sich nicht in der Lage, mir gegenüber Ulrichs Worte zu wiederholen. Auf alle Fälle sei Ulrich sehr ausfallend und ordinär gewesen. Die Damen hätten dann verlangt, wenigstens Karls Wohnung zu sehen, wo sie ebenfalls, wie bei Elli und Lotte, eine Küche vermißten.

Wo kochen Sie, hatten sie gefragt.

Karl habe ihnen die Küche gezeigt, wobei beide prompt wissen wollten, wo der Nachbar denn koche.

Auch hier, habe er schließlich geantwortet, was die Damen lediglich mit einem Aha kommentiert hätten.

Als sie durch den Flur zur Tür gingen, sei Ulrich abermals erschienen und habe ihnen Schlimmes nachgerufen. Ich wollte wissen, was, und Karl berichtete errötend, Ulrich habe unter anderem gerufen, daß sich die beiden verpissen sollten, sonst würde er ihnen so lange Beine machen, bis sie glaubten, daß die Mutter Gottes ein Raubvogel sei. Er habe ihnen sogar irgend etwas hinterhergeworfen, habe aber nicht getroffen.

Und jetzt?

Jetzt liegt er in seinem Atelier und schläft seinen Rausch aus.

Kaum hatten die Beamtinnen das weiße Haus verlassen, kam Rupert mit Rike zurück. Ich erzählte ihm so genau wie möglich, was sich abgespielt hatte. Wo war Fina, wollte er wissen, und ich sagte ihm, daß ich sie nicht habe aufregen wollen, da es ihr wieder einmal nicht gutging. Später hätte ich ihr alles in Ruhe erzählt. Sie würde sich nicht wundern, wenn Paul hinter der ganzen Aktion steckte.

Vielleicht auch Hannes, sagte ich jetzt, und Rupert antwortete: vielleicht.

Die ganze Situation fand er mehr als bedenklich. Bis zum Abend führte er mehrere Telefonate, um zu erfahren, was an Unannehmlichkeiten auf uns zukommen könnte.

Nach dem Abendbrot fanden wir uns alle, bis auf Ulrich und Rike, ohne daß es eine Verabredung gegeben hätte, in unserem Zimmer ein. Da hockten wir nun, unter dem von Ulrich gemalten Bild, ängstlich und hilflos um den Tisch, wie in einem Kartenhaus, das jederzeit über uns zusammenfallen konnte. Schweigend starrten wir Rupert an und hofften, daß er uns beruhigen würde. Aber er meinte, es sehe nicht gut aus.

Der Anwalt sowie sein Mittelsmann in der Stadtverwaltung hätten ihm gesagt, daß es nicht nur um die unvollständigen Wohnungen im Dachgeschoß gehe, sondern auch um mich. Bei den Wohnungen sehe es so aus, daß es sich nun nicht mehr, wie bisher, um vier Wohneinheiten handle, sondern um zwei. Das bedeute, daß wir nicht nur weniger Fördermittel und städtische Unterstützung bekämen, sondern auch eine größere Summe zurückzuzahlen hätten. Wir müßten auch damit rechnen, daß man uns auf Grund der unkorrekten Angaben die finanziellen Mittel ganz und gar streiche.

Und was heißt das?

Ich weiß es nicht, Rupert hob Schultern und Hände, was ihn kleiner wirken ließ, als er war. Sosehr er sich bemühte, keine Panikstimmung zu verbreiten, erkannte ich die Hoffnungslosigkeit in seinem Gesicht.

Da ist ja noch die Sache mit Nele, fuhr er fort, die wir als Betreuerin angegeben haben. Ohne Betreuerin gibt es, wie der Name schon sagt, kein betreutes Wohnen. Nele fehlt aber die entsprechende Ausbildung, und sie wird daher nicht als Betreuerin anerkannt. Das heißt, wir müßten eine Betreuerin einstellen, die wir nicht nur bezahlen, sondern die auch bei uns wohnt.

Das Kartenhaus brach zusammen. Alles, was wir uns mühsam aufgebaut hatten und was als Vorbild für andere ältere Menschen gelten sollte, war auf dem besten Wege, zunichtegemacht zu werden. Jeder wußte vom anderen, was er dachte. Grieschen drohte ein städtisches Altersheim, Dolli müßte mit Rike in das Seniorenheim, aus dem sie gekommen waren. Karl würde zurück in die Einsamkeit gestoßen werden, Ulrich in den Alkoholismus, und Elli und Lotte müßten sich ihrerseits eine neue Bleibe suchen. Die Sorge um Fina war am geringsten, da sie von uns allen am meisten Geld hatte, auch wenn sie den Ausbau des weißen Hauses als reines Verlustgeschäft zu verbuchen hätte.

Und ich? Mein Blick flog zu Rupert, und plötzlich überfiel mich die Vorstellung, mit ihm eine gemeinsame Bleibe zu suchen. Aber hier ging es nicht um Fina, Rupert und mich, hier ging es um die anderen, die wir alle unter ein Dach in dieses Haus gelockt hatten.

Grieschen hatte plötzlich wieder diesen flirrenden Blick, mit dem sie nichts wahrnahm. Dolli drehte sich mit zitternden Händen eine Zigarette nach der anderen, obwohl schon ein ganzes Häuflein vor ihr lag. Karl saß wie gelähmt auf seinem Stuhl, während sich Elli und Lotte an den Händen hielten, als müsse eine die andere retten. Zu sagen hatten wir alle nichts mehr, und insofern waren wir fast froh, als es klopfte und Herr Poliwko den Kopf zur Tür hereinsteckte.

Darf ich reinkommen?

Einen Augenblick war jeder von uns für die kurze Ablenkung dankbar. Setzen wolle er sich nicht, sagte Herr Poliwko, aber er sei der Meinung, uns allen, besonders aber Frau Suska, eine Mitteilung machen zu müssen. Dann druckste er eine Weile herum, suchte nach einem Anfang und begann schließlich damit, daß es seine Frau sei, die unbedingt wünsche, daß er berichte, was er gehört habe.

Fina nickte ihm zu, ich lächelte ihn an, so gut ich konnte, und Rupert sagte: Also, was ist, Herr Poliwko?

Herr Poliwko überlegte, ob es richtig sei, uns zu sagen, was er heimlich belauscht hatte. Er verlagerte umständlich sein Gewicht von einem Bein auf das andere, lehnte erneut ab, sich zu setzen, holte tief Luft, blies ein wenig die Backen auf und fing endlich an zu reden.

Als die beiden Frauen die Treppe herunterkamen, habe ich mich in der Kammer unter den Stufen versteckt, aber die Tür offen gelassen. Weil sie ziemlich laut sprachen, konnte ich jedes Wort verstehen.

Was die Alten sich hier ausgedacht haben, ist reiner Betrug, hätte die eine gesagt, und die andere hätte geantwortet, das kann man wohl sagen. Allein vier Wohneinheiten anzugeben, wenn es nur zwei gibt, ist eine Unverfrorenheit. Die glauben tatsächlich, sich auf Kosten des Staates einen flotten Lebensabend machen zu können. Aber da haben sich die Herrschaften getäuscht.

Herr Poliwko machte eine Pause, als müsse er abermals zum Reden aufgefordert werden.

Wenn das alles ist, sagte Dolli, finde ich das nicht so schlimm.

Das ist aber nicht alles, widersprach Herr Poliwko, jetzt kommt erst der Hammer. Sie haben nämlich auch von Frau Ungureit gesprochen, die zwar das Haus dem Verein übertragen habe, aber keineswegs im Recht sei, sich als Betreuerin auszugeben und damit die Behörden zu täuschen.

An der Stelle waren sie auf der untersten Stufe angelangt, also fast in meiner Höhe. Sehen konnten sie mich nicht, ich aber konnte sie noch besser hören. Und da sagt doch die eine: Wenn uns der Herr Suska das nicht alles berichtet hätte, wären wir den Alten wahrscheinlich nicht so schnell auf die Schliche gekommen.

Und die andere antwortet: Na, die können was erleben.

Und dann waren sie draußen. Was sie da noch gesagt haben, konnte ich nicht mehr verstehen.

Während Herr Poliwko seinen Bericht abgab, war Fina in sich zusammengefallen, und in der folgenden Stille hörten wir sie alle atmen.

So schnell ich konnte, lief ich in ihre Wohnung und holte ihre Tropfen. Rupert brachte Wasser, und ein paar Minuten später war Fina so weit stabil, daß Rupert und ich sie zurück in ihre Wohnung bringen konnten. Reden wollte sie nicht mit uns. Ich sah nur, daß ihr Tränen in den Augen standen, und als ich mich über sie beugte, um sie zuzudecken, hörte ich sie nur, dieses Schwein, vor sich hin flüstern. Dann machte sie die Augen zu, und ich blieb bei ihr, bis sie eingeschlafen war.

Am nächsten Morgen machte merkwürdigerweise niemand der Bewohner Ulrich einen Vorwurf. Da ihm sein Gedächtnis bei solchen Exzessen stets abhanden kam, mußte Karl ihm bis ins kleinste Detail schildern, was vorgefallen war.

Ulrich war so zerknirscht, daß er sich kaum aus seinem Atelier traute, und die üblichen Blumen bekamen wir diesmal sehr viel später.

Fina erholte sich nur langsam. Nach zwei Tagen stand sie zwar wieder auf, saß aber die meiste Zeit in ihrem Sessel. Ich war froh, daß sie nicht im Haus herumlief. So spürte sie nicht die Nervosität, die sich unter uns breitgemacht hatte. Es ging sogar so weit, daß sich einige weigerten, an unserem Gruppengespräch teilzunehmen. Das habe ja doch alles keinen Sinn mehr, hieß es, bis es Winter ist, sind wir hier sowieso weg vom Fenster. Die kleinsten Kleinigkeiten funktionierten nicht mehr. Zum Beispiel vergaß Karl Dollis Einkaufszettel. In der Wäsche, die Grieschen zu bügeln pflegte, befanden sich plötzlich Falten, und als ich in der Bibliothek Ellis Tagebuch fand, stellte ich fest, daß sie mit dem Besuch der Beamtinnen die Eintragungen eingestellt hatte. Das alles war nicht der Rede wert, aber es löste eine Unruhe unter uns aus, als wären wir von einer schleichenden Krankheit befallen. Es fehlte bloß noch, daß Rike wieder zu schreien anfing. Ständig wollte sie neben ihrem Klavier sitzen, um auf Elli zu warten und deren Spiel zu dirigieren. Aber Elli kam nicht. Elli saß oben in der Wohnung und weinte, laut Lottes Worten.

Der einzige, der sich von nichts beirren ließ, war Ulrich. Nicht daß er in seinem Atelier mehr malte als sonst. Er malte überhaupt nicht. Er brachte alles das in Ordnung, wozu er sich vorher wochenlang nicht aufraffen konnte. Er reparierte, was zu reparieren war, kaufte von seinem eigenen Geld Farbe und strich, wie seit langem versprochen, endlich die Fenstersimse.

Auch Rupert behauptete, nicht aufzugeben, und versuchte, Ruhe zu bewahren.

Die Nachricht, daß Susan nach Amerika ginge, um dort

für ein Jahr Freunde von Fred in Philadelphia zu besuchen, lenkte mich von den augenblicklichen Sorgen ab. Es wäre alles sehr schnell gegangen, sagte sie mir am Telefon.

Paps hat mir die Reise und den Aufenthalt in den Staaten zum Trost geschenkt, damit ich Felix vergesse, sagte sie, und ihre Stimme zwitscherte wie in alten Zeiten.

Sehen wir uns noch mal, fragte ich, traurig, Susan so schnell wieder zu verlieren, nachdem wir uns gerade wieder aneinander gewöhnt hatten.

Ja, Mom, sagte sie, komm einfach her und hilf mir beim Packen.

Froh, ein paar Stunden der bedrückenden Atmosphäre des weißen Hauses entfliehen zu können, klingelte ich eine Stunde später an Susans Tür.

Wie schön, daß du gleich gekommen bist.

Sie fiel mir um den Hals, küßte mich wie als Kind auf die Nase und entschuldigte sich im gleichen Atemzug für das Chaos. Eigentlich konnte ich keinen Fuß vor den anderen setzen, ohne auf irgendein Kleidungsstück, Schuhe, Wäsche oder Kosmetikartikel zu treten. Im Schlafzimmer stand ein überquellender Koffer, der, so wie Susan ihn vollgepackt hatte, unmöglich zu schließen war.

Wir einigten uns, daß sie alles herbeitragen solle, was sie mitnehmen wollte, während ich Stück für Stück zusammenfaltete und in den Koffer legte.

Toll, wie du das machst, sagte Susan, ohne dich wäre ich verloren.

Über Felix fiel kein Wort, und ich hütete mich, ihn zu erwähnen. Aber ich wunderte mich, wie schnell sich die große Liebe für meine Tochter in Luft aufgelöst hatte. Sie plapperte unentwegt über das, was sie von dem neuen Land, dem Ort und den Menschen erwartete. Das ging mir ein bißchen auf die Nerven, ich versuchte, das Thema zu wechseln, und wollte wissen, was aus ihrer Wohnung würde. Vielleicht könnte sie eine vorübergehende Bleibe für mich sein, falls das weiße Haus seine Existenz aufgeben mußte.

Heikes Schwester zieht hier ein. Du weißt ja, die Wohnung gehört Paps.

Dazu war nichts zu sagen, und ich schwieg, während Susan jetzt von mir verlangte, daß ich die mitzunehmenden Kleider mit ihr auswählen sollte.

Susan, sagte ich, gibt es denn kein anderes Thema mehr für dich als Philadelphia und was du in deine Koffer packen willst?

Eigentlich nicht, antwortete sie und sah mich lächelnd an. Plötzlich schien ihr etwas einzufallen, was ich wissen sollte, denn sie hörte auf, in ihren Sachen zu kramen, und sagte: Übrigens müßt ihr euch vor Paul Suska in acht nehmen.

Und warum?

Weil er immer noch das weiße Haus für sein Golfhotel haben will. Der Verkauf der Wiesen hinter eurem Park ist angeblich doch akut, und Paul Suska sagt, er hätte für seinen Golfplatz mit dem dazugehörigen Hotel wieder Chancen. Dazu braucht er das weiße Haus, und deshalb versucht er, euch anzuschwärzen.

Woher weißt du das?

Von Hannes.

Und? fragte ich mit aufeinandergepreßten Zähnen, mischt Hannes da auch mit?

Was weiß ich, antwortete Susan und war mit ihren Gedanken schon wieder bei ihren Koffern, da muß du ihn schon selbst fragen.

Susan, sagte ich und drehte sie zu mir herum, es kann sein, daß alles das, was Fina und ich aufgebaut haben, zusammenbricht, daß unsere WG platzt, die Bewohner wieder dahin müssen, woher sie gekommen sind, und die Alterswohngemeinschaft als Modell durch die Intrigen von Paul Suska aufgegeben werden muß.

Es war nur eine winzige Ungeduld, aber ich sah sie sofort in Susans Augen aufblitzen, auch ihrer Geste merkte ich sie an, mit der sie irgend etwas aufs Bett knallte.

Mom, sagte sie bemüht, du kannst dich doch nicht für das Wohl jeden einzelnen Hausbewohners verantwortlich machen. Was nicht geht, geht nicht. Und du hast letzten Endes keinen Schaden, wenn du die Villa nach Auflösung eures Vereins verkaufst.

Du verstehst überhaupt nicht, wovon ich rede.

Doch, Mom, ich versteh dich schon. Ich weiß auch, was du da auf die Beine gestellt hast. Wenn das jetzt mit dem Haus schiefgeht, ist das zwar traurig, aber es bedroht nicht deine Existenz. Und für deine Gesprächsgruppe und das Erzählcafé brauchst du nicht unbedingt eine Villa. Dafür kann man sich schließlich Räume mieten.

Darauf fiel mir keine Antwort ein. Susan wußte wirklich nicht, wovon ich redete, und ich begriff, daß es sie auch nicht im geringsten interessierte. Die Lebensberechtigung älterer Menschen, ihre Wünsche, Hoffnungen und ihr Wille, selbständig zu bleiben, gehörten nicht in das Gedankengut meiner Tochter. Mir war es nicht gelungen, ihr meine Pläne und Wunschvorstellungen nahezubringen. Noch nie hatte ich mich so entfernt von Susan gefühlt. Und so alt.

Den Rest des Kofferpackens erledigten wir mehr oder weniger schweigend. Ich hab dich doch nicht verletzt, hatte Susan nach einer Weile gefragt, und ich hatte geantwortet: Nein, ganz und gar nicht. Wir verabschiedeten uns herzlich voneinander. Ich drückte sie an mich, als würde ich sie nie wiedersehen, und hielt sie so lange umschlungen, bis sie sich aus meinen Armen wand.

Mom, sagte sie lächelnd, du tust ja gerade so, als bliebe ich für immer in Philadelphia.

Den Nachhauseweg legte ich zum größten Teil zu Fuß zurück. Die frische Luft tat mir gut, auch wenn mich der Anblick der sterbenden Blätter an den Bäumen melancholisch stimmte. Im Park roch es nach Pilzen und faulen Schlehenfrüchten. In ein paar Wochen würde man durch die Bäume hindurch von einem Ende zum anderen sehen können und hätte einen freien Blick auf das weiße Haus. Ich dachte an Hannes und verdrängte den Gedanken, daß er mit Paul Suska gemeinsame Sache machte.

Vor der Einfahrt stieß ich auf Herrn Poliwko, der mir sagte, wie froh er sei, daß ich da wäre.

Warum, was ist los?

Der Neffe von Frau Suska ist da, und sie hat mir aufgetragen, Sie zu bitten, sofort zu ihr in die Wohnung zu kommen.

Tatsächlich saß Paul bei Fina im Wohnzimmer. Er hatte Blumen mitgebracht, die in der Garderobe auf dem Tischchen lagen. Sie hatte ihrem Neffen auch keinen Tee angeboten, keinen Kaffee und keinen Keks. Kerzengerade saß sie in ihrem Sessel, und nur die winzigen Schweißtropfen auf ihrer Stirn zeigten mir, wie aufgeregt sie war.

Paul schien von meiner Gegenwart nicht begeistert zu sein. Nicht einmal die Hand gab er mir, während mich Fina bat, Platz zu nehmen.

Das alles ist ein bedauerliches Mißverständnis.

Ich hatte das Gefühl, daß er seine Worte meinetwegen wiederholte. Sein Lächeln wirkte wie ein Grinsen, und ich fragte angriffslustig, was denn seiner Meinung nach ein bedauerliches Mißverständnis sei.

Daß ich für das Erscheinen von Beamten hier im Haus verantwortlich sein soll. Schließlich bin ich kein Mitarbeiter der Stadt und habe mit den zuständigen Behörden nichts zu tun.

Ich ließ ihn reden, sah ihn nur an und gab Fina ein Zeichen, Paul nicht zu unterbrechen. Erst als er dabei war, zuzugeben, daß er um des eigenen Vorteils willen zwar Fehler gemacht habe, aber unter keinen Umständen die Tante übervorteilen wolle, meldete ich mich zu Wort.

Sie lügen, sagte ich, stand auf und stellte mich hinter Finas Stuhl, erstens hat unser Gärtner gehört, wie unter den Beamtinnen, die hier waren, Ihr Name fiel und daß die Informationen, die die Kontrolle ausgelöst haben, Ihnen zu verdanken sind.

Unsinn, sagte Paul Suska, Sie werden doch nicht einem polnischen Gärtner glauben, der Gott weiß was erzählt, weil er um seinen Job fürchtet.

Zweitens, unterbrach ich ihn laut, zweitens weiß ich von meiner Tochter, daß die Wiesen hinter unserem Park weiterhin zum Verkauf stehen und daß Sie deshalb erneut an der hiesigen Villa interessiert sind, um Ihr Golfhotel zu bauen.

Jetzt wurde Paul Suska wütend. Am liebsten wäre er auch aufgesprungen, traute sich aber nicht.

Sie irren, meine Dame, sagte er, als wüßte er meinen Namen nicht, leider verfüge ich nicht über das Kapital für den Ausbau eines Hotels. Das hat ja meine Tante inzwischen in Ihr Objekt gesteckt. Zudem weiß ich nicht, woher Ihre Tochter diese obskure Nachricht hat.

Von Hannes, meinem Sohn und Ihrem Freund.

Paul Suska überlegte eine Weile schweigend, um schließlich bedauernd den Kopf zu schütteln.

Hör zu, Tante Fina, sagte er und würdigte mich weiter keines Blickes, das alles sind Gerüchte und Intrigen. Meine Absprachen mit Hannes Ungureit betrafen lediglich das inzwischen der Vergangenheit angehörende Hotelprojekt. Er ist ausgestiegen, und ich habe seither nichts mehr von ihm gehört.

Und nun, er beugte sich vor und strich leicht über Finas Hand, wäre ich dir sehr dankbar, wenn wir unsere Unterhaltung unter vier Augen fortsetzen könnten. Schließlich bin ich gekommen, um mich für mein Verhalten zu entschuldigen und um dir zu sagen, daß ich nichts mit den Kontrollbesuchen zu tun habe, die eure Fördermittel in Frage stellen.

Da ich hinter Finas Stuhl stand, konnte ich ihr Gesicht nicht sehen. Und weil sie schwieg und nur einmal kurz die Hand hob, nahm ich an, Pauls Aufforderung an mich, die Wohnung zu verlassen, sei ihr recht.

Später gab ich mir eine tiefe Schuld, daß ich sie nicht gefragt hatte, ob ich bleiben solle. Ich war nicht einmal um den Stuhl herumgegangen, um sie anzusehen. Ich war so wütend, daß sie dem Anschein nach auf Pauls Geschwafel hereinfiel, daß ich, ohne mich umzudrehen, die Wohnung verließ.

Ich verstehe Fina nicht, sagte ich später zu Rupert, dem ich erzählte, was sich abgespielt hatte, wie kann sie diesem Kerl auch nur noch ein Wort glauben.

Rupert begriff es auch nicht, versuchte sich aber in Fina zu versetzen, indem er mir erklärte, daß ältere Menschen oft mehr an ihren Verwandten hingen, als diese es verdienten. Schließlich habe Fina Paul großgezogen, und er sei das einzige Familienmitglied, das sie noch habe.

Während wir ein wenig miteinander stritten und Rupert mich bat, nicht so unversöhnlich zu sein, denn vielleicht hätte Paul recht und stecke wirklich nicht hinter der ganzen Sache, sah ich Finas Neffen in großer Eile die Einfahrt überqueren und zu seinem Auto laufen.

Guck mal, sagte ich, der rennt zu seinem Auto. Kannst du mir mal sagen, warum?

Ich rief Fina über den Hausapparat an, aber sie meldete sich nicht, was mich um so mehr wunderte, als das Telefon neben dem Sessel stand, in dem sie gesessen hatte.

Warum geht sie nicht ran, sagte ich, da ist doch was faul.

Obwohl Rupert meinte, ich solle Fina in Ruhe lassen, da sie sich vielleicht über Paul aufgeregt habe und nicht gestört werden wolle, entschloß ich mich, nach ihr zu sehen. Seit sie im Krankenhaus gelegen hatte, besaß ich einen Schlüssel zu ihrer Wohnung, den ich mir jetzt holte, ohne Rupert zu sagen, was ich vorhatte.

Nie werde ich den Anblick vergessen, wie ich Fina auf dem Boden liegend vorfand. Ihr Kopf lehnte wie abgeknickt an einem der Sesselfüße, während sich der Körper in einer merkwürdigen Drehung auf dem Boden krümmte, die Beine angewinkelt, als habe sie noch versucht aufzustehen.

Fina, schrie ich und rückte sie so zurecht, daß ich ihren Kopf in meinen Schoß legen konnte. Gott sei Dank öffnete sie die Augen.

Hat Paul dir deine Tropfen geholt und die Kapseln, die du nehmen sollst, wenn du einen Anfall bekommst, hat er dir die gegeben?

Nein, flüsterte sie, weggelaufen.

Sie schloß schon wieder die Augen. Als ich aufstehen wollte, um ihre Medizin zu holen, hielt sie mich mit beiden Händen fest.

Ich sterbe, murmelte sie, daß ich sie kaum verstehen konnte, ich sterbe, Nele.

Und dann rutschte ihr Kopf seitlich von meinem Schoß auf den Fußboden. Ihr Puls war nicht mehr zu fühlen, ihr Atem nicht zu spüren, und ihre Hände ließen mich ganz langsam los.

Fina war tot.

Ich brachte kein Wort hervor, keine Bitte, sie möge wieder aufwachen. Der gebrochene Blick hatte etwas entsetzlich Endgültiges. Ich beugte mich lange über sie, und während meine Tränen auf ihr Gesicht tropften, verfolgte ich, wie sich ihre Züge entspannten und einen Frieden ausstrahlten, den ich noch nie an Fina bemerkt hatte. So liebevoll und zärtlich, wie ich nur konnte, schloß ich ihr die Augen. Es fiel mir schwer aufzustehen, Rupert zu benachrichtigen, den Arzt anzurufen und alles Erforderliche in Angriff zu nehmen. Weitaus lieber wäre ich bei Fina auf dem Fußboden sitzen geblieben, um ihren Tod zu begreifen, den ich nicht wahrhaben wollte.

Als erstes holte ich Herrn und Frau Poliwko, um Fina mit deren Hilfe auf ihr Bett zu legen. Ich wollte nicht, daß Rupert oder einer der Bewohner Fina hier auf der Erde liegen sah. Frau Poliwko begann sofort zu weinen und bekreuzigte sich, bevor sie Fina mit ihrem Mann hochhob und ins Schlafzimmer trug. Wir deckten sie mit einem ihrer großen Seidenschals zu und falteten ihre Hände. Dann holte ich Rupert. Erst als ich sein erschrockenes Gesicht sah, fing ich richtig an zu weinen.

Vielleicht trage ich Schuld an ihrem Tod, schluchzte ich und warf mich an seinen Hals. Als sie mit der Hand winkte, dachte ich, daß ich gehen sollte. Aber vielleicht wollte sie mir ein Zeichen geben, daß es ihr nicht gutging. Ich habe mich ihr nicht mehr zugewandt und ihr nicht ins Gesicht gesehen, sondern habe die Wohnung verlassen.

Rupert streichelte mich, denn sprechen konnte er nicht. Schließlich sagte er, daß ich mit meinem unguten Gefühl wohl recht gehabt hätte.

Paul Suska hat Finas Tod auf dem Gewissen, nicht du. Wahrscheinlich hat er ihr die notwendigen Medikamente absichtlich nicht gegeben. Er wollte ihren Tod, um das weiße Haus zu bekommen.

Dann machte Rupert sich auf, um den Hausbewohnern Bescheid zu geben und alle in unser Zimmer zu bitten.

Dort saßen wir eine Stunde später stumm und wie gelähmt. Weder Rupert noch ich sagten etwas von unserer Vermutung, daß Paul Suska Finas Tod willentlich ausgelöst habe. Ohne daß wir uns abgesprochen hatten, wollten wir nicht, daß die Trauer um Finas Verlust durch Wut und Haß auf den Neffen gestört oder gar verdrängt werden konnte.

Keiner von uns hatte auf Finas Stuhl Platz genommen oder ihn weggestellt. Als einziger unbesetzt, drückte er so schmerzlich ihre Abwesenheit aus, daß Elli zu weinen begann. Daraufhin flüsterte Grieschen, daß sie es erst glauben könne, wenn sie Fina gesehen habe. Der Schmerz um den Verlust von Fina wurde von Minute zu Minute größer, und mit einem Male wollten alle Fina sehen.

Können wir sie nicht noch einen Tag bei uns behalten? fragte Dolli.

Noch einen Tag, warum? fragte Ulrich.

Um uns von ihr zu verabschieden, sagte Lotte, sie gehörte doch zu uns und war eine von uns.

Und wie sollen wir das machen? fragte ich, wenn der Arzt den Totenschein ausgestellt hat, müssen wir ein Beerdigungsinstitut benachrichtigen, das sie abholt. So ist es üblich. Außerdem müssen wir Finas Neffen informieren.

Der Kerl kommt uns nicht ins Haus, fuhr Dolli auf.

Was heißt hier üblich, unterbrach mich Ulrich. Ich kenne den Besitzer von so einem Institut. Wenn ich ihn anrufe und sage, er soll uns den Sarg herbringen, Fina zurechtmachen, hineinlegen und nicht gleich mitnehmen, sondern sie uns noch einen Tag lassen, macht er das. Was meint ihr dazu?

Das wäre schön, sagte Lotte, dann kann sich jeder bis morgen überlegen, was er Fina mit auf die Reise geben will. Das erste Lächeln tauchte auf, huschte über das eine oder andere Gesicht und verschwand wieder. Dann wurde Ulrich gebeten zu telefonieren.

Zu unserer großen Erleichterung setzte Ulrich seinen Vorschlag durch. Ein Sarg wurde gebracht, Fina hineingelegt und in ihrem Wohnzimmer aufgebahrt. Herr und Frau Poliwko hatten dafür gesorgt, daß die Sessel in der gleichen Anordnung wie zuvor blieben, nur daß nicht der Tisch in der Mitte stand, sondern der Sarg, in dem Fina so friedlich lag, als schliefe sie. Herr Poliwko stellte genügend Stühle zwischen die Sessel, so wie er es oft für Fina getan hatte, wenn wir bei ihr zu Gast waren. Frau Poliwko hatte Finas Lieblingsplätzchen gebacken und am Morgen Häppchen zubereitet, um sie auf Finas Platten und Tellern zu servieren. Auf Ulrichs Wunsch hatte sie auch Sektgläser bereitgestellt, während er schon am frühen Morgen in die Stadt gefahren war, um Champagner zu kaufen.

Am Nachmittag, so hatte der Mann vom Beerdigungsinstitut uns gesagt, wolle er Fina abholen, denn länger könne er sie uns, den Vorschriften entsprechend, nicht lassen.

Also trafen wir uns am späten Vormittag. Jeder hatte sich so angezogen, als hätte uns Fina zu einer Party eingeladen.

Aber nichts Schwarzes, hatte Dolli zuvor gesagt, es ist Finas Abschiedsfest. Trauern können wir später.

Da saßen wir nun, sonntäglich gekleidet, die Champagnergläser in der Hand rund um Finas Sarg und prosteten ihr zu.

Wir wünschen Ihnen eine gute Reise, sagte Elli.

So lange wie möglich, werden wir Sie begleiten, sagte Lotte.

Obwohl es für uns schlimm ist, daß Sie weggegangen sind, sagte Dolli, hoffe ich für Sie, daß es Ihnen jetzt besser geht.

Ich werde Sie nie vergessen, sagte Grieschen.

Fina, Fina, sagte Rike und hob ihr Glas ganz hoch.

Als Karl an der Reihe war, glaubte ich, er würde keinen Satz herausbringen, aber er sagte: Für mich waren Sie so, wie Ulrich Sie gemalt hat.

Ich war dran, sah in Finas Gesicht und beugte mich weit nach vorn. Ich bitte dich, sagte ich leise, bleib immer bei mir, wenn du kannst.

Rupert, von dem ich ahnte, daß er mit dieser Art Abschied Schwierigkeiten hatte, machte es so kurz wie möglich. Du warst mir immer ein Vorbild, murmelte er, und wirst es immer bleiben.

Herr und Frau Poliwko sagten hintereinander die gleichen Worte, nämlich daß der Herr Fina beschützen möge. Ulrich war der letzte in der Runde: Er hob, ähnlich wie Rike, sein Glas hoch und sagte viel zu laut, um seine Rührung zu verbergen: Auf Sie, liebe Fina. Sie waren das Herzstück unseres Hauses.

Obwohl wir nun alle über den Sarg hinweg mit unseren Gläsern auf Finas Wohl anstießen, waren wir über Ulrichs Trinkspruch erschrocken. Er hatte gesagt, Fina war das Herzstück des Hauses. Was würde aus uns werden, wenn man sie hinaustrug?

Als wir von dem Champagner getrunken und unsere Gläser abgestellt hatten, holten wir unsere Geschenke für Fina hervor. Wieder war Elli die erste, fuhr mit ihrem Rollstuhl zum Sarg und legte das Tagebuch hinein, das sie über uns und das Haus geführt hatte. Ulrich legte die ersten Pläne, die er für den Umbau gezeichnet hatte, eng zusammengerollt an Finas Fußende. Dolli schenkte Fina ein Foto von uns allen, das bei der Einweihung gemacht worden war. Lotte holte einen Strauß Herbstzeitlose unter ihrem Stuhl hervor, den sie Fina jetzt unter die gefalteten Hände schob. Auch Rike, die kein Geschenk hatte, fuhr mit ihrem Rollstuhl an den Sarg, beugte sich vor, küßte Fina auf die Stirn und streichelte ihre Hände.

Grieschen, die sich wegen ihres Geschenkes zu genieren schien, legte so schnell etwas in den Sarg, daß es keiner von uns erkennen konnte. Später stellte ich fest, daß es ein Stickbild war, das Grieschens Tochter für die Mutter gemacht hatte, als die beiden noch zusammengelebt hatten. Es war wirklich außer den Fotos das einzige Andenken, das Grieschen an ihre Tochter besessen hatte.

Von mir bekam Fina die kleine Messingkugel, die inzwischen durch das ständige Tragen in meiner Tasche golden glänzte. Rupert hatte sich etwas Besonderes ausgedacht. Er nahm Finas kleines silbernes Glöckchen, mit dem sie uns gern zur Ordnung rief, von der Kommode und schob es zu den Herbstzeitlosen unter die gefalteten Hände.

Wir werden es hören, wenn du uns ermahnen willst, sagte er leise.

Frau Poliwko legte ein Marienbildchen auf Finas Decke, und Herr Poliwko hatte einen Rosenkranz mitgebracht. Beide konnten sich wohl nicht vorstellen, daß man Toten etwas anderes mit in den Sarg gab.

Danach setzten wir uns wieder hin, tranken weiter Champagner, und mit der Zeit sprachen wir über die tote Fina hinweg miteinander, als sei sie noch am Leben.

Ulrich hat ganz richtig angedeutet, was uns allen im Kopf herumgeht, sagte Dolli. Fina war das Herzstück. Wenn sie weggeht, werden wir auch weggehen müssen. Was uns bleibt, wird die Erinnerung sein und die Erfahrung, daß alte Menschen auch anders leben können, als man es von ihnen erwartet.

Rupert bereitete uns schonend darauf vor, daß Paul als einziger Verwandter Finas Vermögen erben würde, wahrscheinlich auch ihren Anteil am weißen Haus, der Fina nach dem von ihr finanzierten Ausbau der Villa laut Vertrag zustand.

Ihr müßt wissen, sagte Rupert, daß wir erstens durch die Nachzahlung, zweitens durch die erneuten Auflagen und drittens durch Paul Suskas Erbanteil am weißen Haus vor dem finanziellen Ruin stehen.

Wir nickten und senkten die Köpfe.

Am Nachmittag wurde Fina abgeholt, ohne daß einer der Bewohner Notiz davon nahm. Ich hatte mir nur ausbedungen, den Sargdeckel aufzulegen. Es war ein schrecklicher Moment, und ich bat den Mitarbeiter des Beerdigungsinstituts zweimal, noch zu warten. Immer wieder mußte ich Fina streicheln, und schließlich war es die Kühle ihres Körpers und ihrer Haut, die mir half zuzulassen, daß sich der Deckel über sie senkte.

Keiner von den Bewohnern, außer Rupert und mir, wollte an der Beerdigung teilnehmen. Der Abschied von Fina, so sagten sie, habe hier im weißen Haus stattgefunden. Keiner fühlte sich in der Lage, seinen Schmerz mit fremden Menschen zu teilen.

Es war nur einen Tag nach der Beisetzung, als Rupert und ich jeder einen Brief von einem uns unbekannten Anwalt bekamen. Karl brachte uns die Post zur gleichen Zeit, und Rupert sagte, bevor wir die Briefe öffneten, daß Paul Suska es verdammt eilig zu haben schien. Aber die gleichlautenden Briefe waren nicht von Paul veranlaßt, sondern sie waren von Finas Testamentsvollstrecker geschrieben worden. Wir wären im Testament berücksichtigt, hieß es, deshalb sei unser Erscheinen zur Eröffnung erwünscht.

Was mag uns Fina vermacht haben? fragte Rupert.

Ihr Mobiliar, antwortete ich, das hat sie mir mal gesagt. Wenn sie tot sei, sollten wir jemanden suchen, der sich in ihren Möbeln wohl fühlen würde.

Auch das noch, murrte Karl, ging davon, und ich war mir sicher, daß er die Neuigkeit so schnell wie möglich weitererzählen würde.

In der Anwaltskanzlei wurden wir in ein holzgetäfeltes, dunkles Zimmer geführt und um Geduld gebeten. Warum Rechtsanwälte nur immer so ein Faible für Eichenholz und holzgetäfelte Wände haben, dachte ich, als ich in einem Sessel Paul Suska entdeckte. Verblüfft, uns zu sehen, murmelte er einen kurzen Gruß, während ich sofort den Zorn in mir hochsteigen fühlte. Es nützte nichts, daß Rupert versuchte, mich festzuhalten. Ich stürzte auf Paul Suska zu und fauchte ihn ohne Vorrede an, daß Fina noch leben könnte, wenn er sich nicht geweigert hätte, ihr ihre Medizin zu geben und anschließend weggelaufen wäre.

Wie kommen Sie auf diesen Unsinn?

Weil Fina es mir gesagt hat. Und ich werde Sie wegen unterlassener Hilfeleistung anzeigen.

Paul Suska lächelte maliziös und schüttelte nachsichtig den Kopf.

Was Sie nicht sagen, meine Dame. Aber ohne Zeugen und Beweise werden Sie nicht viel Erfolg haben.

Ich fühlte meine Tränen und schämte mich, weil ich selbst wußte, daß ich Paul Suska nichts nachweisen konnte. Es gab keinen Zeugen für Finas letzte Worte.

Sie sind ein Mörder, sagte ich leise und ohne jede Dramatik, und das wird Sie irgendwann schwer zu stehen kommen.

Paul Suska murmelte darauf ein amüsiertes Nana und vertiefte sich gelangweilt in eine der auf dem Tisch liegenden Zeitschriften.

Endlich wurden wir in das Arbeitszimmer des Anwalts gebeten, vor dessen Schreibtisch drei Stühle für uns bereitstanden. Nachdem er sich vorgestellt und Paul Suska sein Beileid ausgesprochen hatte, begann er mit dem Verlesen des Testaments.

Ich war noch immer über Paul Suskas Worte so aufgewühlt, daß ich überhaupt nicht richtig zuhörte und erst aufmerksam wurde, als Rupert mich anstieß und den Anwalt bat, den eben begonnenen Absatz zu wiederholen. Schon bei den ersten Sätzen hielt ich die Luft an, zwickte mich in den Arm, sah zu Paul Suska hinüber, dessen Gesicht weiß wie Schnee geworden war. Fina hatte ihr gesamtes Vermögen, drei Mietshäuser in bester Wohnlage und die Anteile des weißen Hauses, unserem Verein vermacht, während Paul Suska ihr Mobiliar, ihren Schmuck und weitere persönliche Gegenstände überschrieben worden waren.

Ich merkte gar nicht, daß ich Ruperts Hand festhielt, ich merkte auch nicht, daß ich weinte. Ich hörte nur, wie Paul Suska plötzlich schrie, daß er das Testament anfechten würde, da seine Tante in der letzten Zeit geistig verwirrt gewesen sei. Der Anwalt, der Paul Suska höflich zur Ordnung rief, bestritt diese infame Behauptung.

Ihre Tante, Frau Fina Suska, war im Besitz aller ihrer geistigen Kräfte, als dieses soeben verlesene Testament bei mir in der Kanzlei von ihr zu Papier gebracht und unterschrieben wurde. Eine Anfechtung desselben ist daher ohne jede Aussicht auf Erfolg.

Da sprang Paul Suska so heftig auf, daß sein Stuhl hinter ihm zu Boden fiel. Einen Augenblick sah er mich haßerfüllt an, und mir gelang es, mich, wenn auch unter Tränen, für seinen Blick mit einem ähnlich unverschämten Lächeln zu revanchieren, wie er es mir zuvor im Wartezimmer geschenkt hatte.

Dann rannte er raus und knallte die Tür, daß der Anwalt, Rupert und ich zusammenfuhren.

Kaum waren wir im weißen Haus angekommen, riefen wir alle Bewohner und das Ehepaar Poliwko zusammen. Selbst Witold schlich sich mit in unser Zimmer und hockte sich auf Dollis Gehhilfe. Ich konnte es kaum erwarten, bis sich alle eingefunden hatten. Offensichtlich hatte Karl von dem Brief des Anwalts berichtet, und man hatte sich einen Vers darauf gemacht, was diese Versammlung zu so ungewöhnlicher Zeit zu bedeuten hatte.

Grieschen, Lotte, Karl und Ulrich setzten sich erst gar nicht. Sie standen wie auf dem Sprung hinter ihren Stühlen, als würden sie jeden Moment in ihre Wohnungen getrieben, um zu packen und das Weite zu suchen.

Wir haben uns alle geirrt, begann Rupert, nach Finas Testament ist nicht ihr Neffe der Erbe ihres Vermögens, sondern unser Verein.

Es dauerte eine Weile, bis alle begriffen, was das hieß.

Wir müssen hier nicht weg? fragte Grieschen mit zittriger Stimme.

Nein, Grieschen, antwortete Rupert, keiner von uns muß hier weg. Wir brauchen auch nicht mehr die Fördermittel von Stadt und Land. Wir haben jetzt genug Geld, um uns selbst zu finanzieren.

Und was haben wir geerbt? wollte Ulrich wissen.

Finas Vermögen, ihre Anteile am weißen Haus und drei Mietshäuser. Zusammen sind das ein paar Millionen. Es kommt darauf an, was wir davon verkaufen müssen, um weiter so zu leben, wie wir bisher gelebt haben.

Es war Frau Poliwko, die plötzlich in die Hände klatschte. Dann klatschten wir alle, bis Rupert um Ruhe bat.

Seid mal still, sagte er lächelnd, und haltet den Atem an, dann könnt ihr das silberne Glöckchen hören, das ich Fina mit in den Sarg gelegt habe.

Da hielten wir alle überglücklich den Atem an, schickten Fina unseren Dank und horchten so lange in die Stille, bis jeder glaubte, das Glöckchen zu hören.